国家社科基金重大项目“《文心雕龙》汇释及百年‘龙学’学案”
（批准号：17ZDA253）特辑

U0784547

中國文論

［第十辑］

戚良德／主编

山东人民出版社·济南

国家一级出版社 全国百佳图书出版单位

图书在版编目(CIP)数据

中国文论. 第十辑/戚良德主编. -- 济南: 山东人民出版社, 2022.10
ISBN 978-7-209-13294-7

Ⅰ. ①中… Ⅱ. ①戚… Ⅲ. ①中国文学—文学理论—研究 Ⅳ. ①I206

中国版本图书馆 CIP 数据核字(2022)第 007172 号

中国文论（第十辑）
ZHONGGUO WENLUN (DISHIJI)
戚良德　主编

主管单位　山东出版传媒股份有限公司
出版发行　山东人民出版社
出 版 人　胡长青
社　　址　济南市市中区舜耕路 517 号
邮　　编　250003
电　　话　总编室（0531）82098914
　　　　　市场部（0531）82098027
网　　址　http://www.sd-book.com.cn
印　　装　山东华立印务有限公司
经　　销　新华书店

规　　格　16 开（169mm×239mm）
印　　张　19.5
字　　数　319 千字
版　　次　2022 年 10 月第 1 版
印　　次　2022 年 10 月第 1 次
ISBN 978-7-209-13294-7
定　　价　38.00 元

《中国文论》编辑委员会

目　录
CONTENTS

文心雕龙

文之枢纽

论文叙笔

剖情析采

知音君子

学科纵横

文场笔苑

《庄子》寓言：哲思表述和文艺实践理论中的非凡建树

涂光社

摘　要：《庄子》寓言是先秦子书中以“谬悠”“荒唐”笔触撰就的绝世精品，拥有跨越时空局限的文化意义和理论价值。其中既对有违无为施治的社会政治、思想意识的深刻批判，也申述了合规律的养生之道以及“卫生”“尊生”的人生哲学和生命理念，乃至社会发展和万物生成演化规律。“寓言十九”的写作将《庄子》归诸文学范畴，既能全身远害，其笔触又可自由挥洒，是极为成功的文学实践。其中若干针对思维、心理、情感与艺术规律以及文学表达的精辟论证，对两千多年中国的艺术创造有深刻影响和引领作用。先秦问世的《庄子》既是道家哲学经典，也是个性独特、其他作家难能企及的浪漫主义文学杰作，且以“法天贵真”的系列言说多层面地阐扬了老子“道法自然”的理论精髓。

关键词：寓言十九；得意忘言；养生尊生；法天贵真；尚大不惑

一、《庄子》寓言的结集：先秦子书中以浪漫笔触撰就的绝世精品

庄周是先秦思想理论大家，也是用浪漫妙笔叙说寓言故事表达哲理的文学巨匠。《庄子》为庄周及其门人撰著，身处险恶生存环境，为葆全生命和自由表述哲思，全书“寓言十九”，话语“谬悠”“荒唐”似无可稽考，却意指真知大道。其中有社会政治批判：揭示有违无为施治的弊端，警示社会发展危亡的前景；鼓吹精神自由、养生尊生与生死转换中的超然，以及类同生物进化论的生命哲学；也有与造艺关联的思考。

其寓言写法个性鲜明，多是围绕各篇宗旨的系列寓言组合，其逾越时

空身观局限无比灵动笔触令人惊叹；虽是虚构故事，其中主角却多先秦圣贤，当然也有因故事需要而虚设者，甚至有动植物生灵以及亡魂、神明和造物者，但总的说全书宗教色彩淡薄；如同《说剑》《盗跖》那样篇幅稍长者则可谓最早的小小说。

《庄子》寓言数量超过二百。因用“象形为先”的汉字写作，许多富于涵蕴的文词成为此后诗文广泛运用的概念、语汇和成语，其优长几乎是中外古今著述中绝无仅有、不可企及的。

世界上的寓言作品中或唯古希腊的《伊索寓言》堪与相比。通过比较更能了解庄子寓言多侧面思想理论建树和华夏文学艺术创造的一些特征。

世界知识出版社 1992 年出版的《世界名著便览》中介绍《伊索寓言》说：

> 本书相传出自公元前 6 世纪希腊一个名叫伊索的作家之手，是一本借用各种动物进行讽喻的故事集。作者情况不详，据希腊史学家希罗多德的说法，伊索是萨摩斯岛国雅德蒙家的奴隶。现存的《伊索寓言》是由 14 世纪君士坦丁堡的修道士普拉努德斯编辑而成，在他编辑的《伊索寓言》序言里，只简单地提到伊索是本书的作者。《伊索寓言》里，作者以狐狸、兔子等各种动物充当主人公，作者把动物的活动和行为秉性人格化，巧妙地描写了人世间的人情世态，阐释了市民生活中的重要的道德伦理观念，是寓言文学的先驱。最早的传本，是公元 2 世纪罗马诗人巴布里乌斯用希腊语编辑的由 123 个故事构成的寓言集。流传广泛的还应属普拉努德斯的《伊索寓言》，它被译成各种语言，书中包含了许多印度故事。①

古今中外写过寓言的作家不少，唯独庄子明示自己选择寓言表述哲思的所以然。其寓言数量最多，所写内容、方式个性鲜明——鼓吹卸除陈腐思想观念枷锁作生命精神的自由游履，享受天赋的智慧人生，批判有违自然规律的社会政治；且是围绕各篇主旨以“荒唐”浪漫的笔触在系列寓言中进行的艺术传达。

---

① 天津编译中心译：《世界名著便览》，北京：世界知识出版社 1992 年版，第 647 页。

《天下》篇是《庄子》全书的序，明言全书“寓言十九”，而且说：

> 以谬悠之说，荒唐之言，无端崖之辞，时恣纵而不傥，不以觭见之也。以天下为沉浊，不可与庄语。以卮言为曼衍，以重言为真，以寓言为广。独与天地精神往来，而不敖倪于万物。不谴是非，以与世俗处。其书虽瑰玮，而连犿无伤也。其辞虽参差，而諔诡可观。彼其充实，不可以已。①

“以天下为沉浊，不可与庄语”表明，其时的生存环境和学术氛围不容直言自己的思想主张，“不谴是非，以与世俗处，其书虽瑰玮而连犿无伤也”，不追究谁是谁非才能与世俗相处，所言奇诡却不会伤害他人。说出了全身远害的不得已。

《庄子》寓言的描述看似奇诡荒唐无可稽考，却指向事物现象之本真和运化规律。既是“与世俗处”之所需，也是为充分展示其思考所作的选择。“彼其充实，不可以已”表明寓言故事意涵不是事理的逻辑规定，往往可作多层面的发挥。

《庄子·寓言》篇强调“卮言日出，和以天倪，因以曼衍，所以穷年”，“非卮言日出，和以天倪，孰得其久”②，拥有不断补充拓展更新与整合的发展态势。

庄子寓言笔触纵恣洒脱，屡见惊世骇俗、恢诡奇幻的描述，在中国文学史上曾庄骚并峙，被标举为先秦时期浪漫主义文学典范。

庄子寓言中既有以散文体表述的，也有类同诗体的韵文。其诗意表达上易被忽略的一点是民族特色鲜明的概念和语汇创用，运用“象形为先”的汉字令概念、语汇（包括成语）文词简约、意涵深蔚，首见于《庄子》被传承和广泛的范畴概念和词汇、成语之丰富在古今著述中首屈一指。

与西方寓言相比，中国寓言有自己的特点。西方寓言多及社会道德，包括《庄子》在内的诸子寓言则多针对社会政治问题。《庄子》与众不同的是还有一些涉及万物生成演化和人生命存在转换的哲学思考。

《庄子》的寓言还独具风采：各篇以成系列长短不一的寓言从各相关侧

---

① 陈鼓应注译:《庄子今注今译》(最新修订版),北京:商务印书馆2016年版,第1016页。

② 陈鼓应注译:《庄子今注今译》(最新修订版),第836页。

面阐发该篇主旨；少数篇幅较长者是如同小说般的故事，如《说剑》《盗跖》《秋水》即然。其他诸子的寓言以及西方的寓言均是独立的短章。

《庄子·外物》篇说："筌者所以在鱼，得鱼而忘筌；蹄者所以在兔，得兔而忘蹄；言者所以在意，得意而忘言。吾安得夫忘言之人而与之言哉!"① 在"得意忘言"之论后申说了欲与"忘言之人"交谈的希求，表明其寓言意涵还应摆脱语言描述的束缚做进一步拓展。

首篇《逍遥游》一开始就说北冥的鲲变身为鹏，"水击三千里，抟扶摇而上者九万里"②，践行"图南"之志。可谓奇幻之至，大幅度地拓展了读者的耳目和精神视野。"谬悠之说，荒唐之言，无端崖之辞"，更有助于浪漫笔触作灵动自由抒写。奇原非正、幻亦非真，然而庄周奇幻描述中却有真的指向和道的涵蕴。其"逍遥游"（包括其他篇言及的宇宙、"六合"内外的"游履"）宣示的是思考和精神无所羁缚的自由以及对时空身观局限的超越。

其政治批判是辩证的，有充分的理性思考：

痛斥"窃钩者诛，窃国者为诸侯"③ 不必说，对黄帝与尧、舜和孔、颜等圣贤虽有所肯定，重要的则是指出他们背离自然规律有害社会进步作为和政治主张；世人追逐的欲、利也包括名声、荣誉，"医门多疾"的寓言中孔子对颜回欲赴卫国拯乱救民的劝阻，就一本从政应重施治实效而不求虚名的原则。

庄子寓言中有对远古纯朴原始社会的追溯，有对尧舜之时业已萌生的人为治理的批评，也有黄帝为寻觅无为施政途径奔走求教牧马童子的故事。庄子鄙弃世俗的利欲观，但"螳螂捕食，异鹊在后"的寓言说到庄周被"虞人逐而谇之"④，经"三日不庭"的反思，认识到自己遭逐谇之辱也是"见利而忘真"的缘故！是利欲膨胀造成的人性扭曲。

《天地》中抱瓮丈人不用机械灌园，说："有机械者必有机事，有机事者必有机心。机心存于胸中，则纯白不备；纯白不备，则神生不定；神生不定者，道之所不载也。"⑤ 丈人忧惧"机事""机心"所提示的是，科技

---

① 陈鼓应注译:《庄子今注今译》(最新修订版),第832—833页。
② 陈鼓应注译:《庄子今注今译》(最新修订版),第8页。
③ 陈鼓应注译:《庄子今注今译》(最新修订版),第302页。
④ 陈鼓应注译:《庄子今注今译》(最新修订版),第605页。
⑤ 陈鼓应注译:《庄子今注今译》(最新修订版),第372页。

的发展运用尽管能提高生产力，但是由对“机事”“机心”的追求发展到思想精神受其控驭，将会导致人与自然关系的破坏以及人的异化。甚至会启发现当代学人叩问：科技发展有无负面影响？战争频仍、杀人武器效率不断提高——从大刀长矛到炸药、枪炮、导弹的使用以及核武器、生化武器……的威胁；加上人与自然关系的破坏，会不会有地球不再适合人类生存的那一天？

《庚桑楚》中说：“大乱之本，必生于尧、舜之间，其末存乎千世之后，其必有人与人之相食者也。”[①] 指出人为之治令人性异化积累，将导致“（尧舜）千世之后其必有人吃人相食”社会大乱毁灭的悲惨结局。

无可企及浪漫笔触鼓吹并展示一己超越身时空局限的精神自由作“六合”内外的游履，也言及蜗角触蛮血流飘杵和“以息相吹”的细小生命体；描述了神人、至人与逃避尘俗高士的生活境界，河伯、北海若的对话，有创世的造物者现身，也有与庄周交流的髑髅……然而总的说，宗教意识淡薄，并未强调神灵主宰一切和鬼魅的侵害。

庄子申说生命观和人生哲学的寓言中有合规律身体营卫锻炼（包括“吹呴呼吸，吐故纳新，熊经鸟申”[②]“游刃有余”“缘督为经”[③]）的养生、为寿之道；指出“大块载我以形，劳我以生，佚我以老，息我以死”[④] 合乎自然律则；言及庄生梦蝶的生命转化和大梦大觉的彻悟，其妻死鼓盆而歌是他从生死是自然转换的理解中获得解脱，有理性的生死转换之超然；拒绝厚葬既是对习俗破除，也有平等对待一切生命体（如说蝼蚁和乌鸢皆可食我遗体等等）的意味。

此外，还借助史事阐发具有深刻文化意义的“尊生”“卫生”观念；《至乐》篇末的“种有几”一段，概略地说生物最初从水中生成、衍化，部分登陆之后又有一支演变成鸟类，陆上其余的发展成为马以及最高层次的人类。所作是类似近代西方达尔文生物进化论的表述，严复先生在《庄子评点·至乐》中指出此论“可以之与晚近欧西生物学家所发明者互证”[⑤]。

---

① 陈鼓应注译：《庄子今注今译》（最新修订版），第 686 页。
② 陈鼓应注译：《庄子今注今译》（最新修订版），第 456 页。
③ 陈鼓应注译：《庄子今注今译》（最新修订版），第 116、113 页。
④ 陈鼓应注译：《庄子今注今译》（最新修订版），第 223 页。
⑤ 严复：《庄子评语》，王栻主编：《严复集》第四册，北京：中华书局 1986 年版，第 1130 页。

一些寓言的表述中可见庄子对人的情感活动和心理的体察细致入微，有的与艺术的思维创造密切关联，如《徐无鬼》“去人滋久，思人滋深”[①]的家国情怀；《田子方》的“目击道存”和“解衣槃礴”[②]；《达生》中描述“外重者内拙”的赌徒心理，佝偻承蜩的“用志不分，乃凝于神”和“梓庆削木为鐻”的“以天合天”[③]；其他篇则有“体尽无穷，而游无朕”“大梦大觉”“体性抱神”“得心应手”“虚则静，静则动，动则得”[④]……“法天贵真”和“尚大不惑”阐发“道法自然”的理念尤为精要。

全书的阐发无论针对社会政治还是生命精神，均围绕人与自然的关系和物我关系的宗旨，进行的是中外古今学人哲思难能企及的艺术表达。《庄子》寓言是用绝妙的既荒诞又切中肯綮的笔触进行表述，也有若干造艺方式和规律的精要论证。可以说既是浪漫主义的文学实践，也是“道法自然”“法天贵真”的文艺理论批评的经典著述。其卓越的思维理论建树和文学艺术成就属于中国，也属于全世界。

二、庄子用“三言”表述哲思和鼓吹“忘言”之所以然

《庄子》是与众不同的先秦子书，既是哲学名著，更是一部浪漫主义文学的绝世精品。庄周有古今哲人难以企及的宇宙观、人生观和社会发展观，甚至有人类历史发展中出现异化及其将导致危亡的警示。读来无不惊叹其思维方式、生命理念及其政治学说见解之卓越。比如，庄子强调人生的理想境界应是拥有精神活动与思维的自由。首先是能够突破无论宏观还是微观的身观局限，在《逍遥游》描述鲲鹏变身扶摇而上九万里从北冥飞南冥之后，立即写到野马状蒸腾的水气和细微的尘埃。其他篇中言及大者，有六合内外的遨游、用到宇宙的概念；说到小，则引述蜗角触蛮血流飘杵的争战……其思考不受固陋思想意识和理论束缚、能逾越时空局限的想象和探究事物本根和生成运化规律的意识和能力。对生命现象——包括人的生命意识、社会历史发展，人类以及万物的生成进化规律皆有堪称卓绝的认识和表述。……许多论断在两千多年中外科学技术发展和理论实践中得到印证，令人确信其逾越时空局限的非凡价值。

---

① 陈鼓应注译：《庄子今注今译》（最新修订版），第724页。

② 陈鼓应注译：《庄子今注今译》（最新修订版），第617、630页。

③ 陈鼓应注译：《庄子今注今译》（最新修订版），第550、568页。

④ 陈鼓应注译：《庄子今注今译》（最新修订版），第264、102、373、415、393页。

《庄子·天下》篇明言全书“寓言十九”，“其辞虽参差，而諔诡可观。彼其充实，不可以已。”① 其浪漫主义的描述惊世骇俗，看似奇诡荒唐无可稽考，却指向事物现象之本真和运化规律。“彼其充实，不可以已”则表明寓言故事的具体性一般不是事理的逻辑规定，往往可作多层面的发挥。《外物》篇作言意之辨以后庄子还特别表达了“吾安得夫忘言之人而与之言哉”② 的渴望。

庄子寓言笔触纵恣洒脱，屡见惊世骇俗、恢诡奇幻的描述，文学史上曾庄骚并峙（如韩愈《进学解》所言：“上规姚姒，浑浑无涯……《诗》正而葩；下逮《庄》《骚》，太史所录，子云、相如，同工异曲。”③）被标举为先秦时期浪漫主义文学典范。

庄子寓言中既有以散文体表述的，也有类同诗体的韵文。其诗意表达上易被忽略的一点是民族特色鲜明的概念和语汇创用，运用“象形为先”的汉字令概念、语汇（包括成语）文词简约、意涵深蔚，首见于《庄子》被传承和广泛的范畴概念和词汇、成语之丰富在古今著述中首屈一指。庄子寓言的艺术境界和理论高度中外古今难能企及。

《庄子》“荒诞”的“寓言十九”表述的是这位理论建构者的自觉选择，以为能全身远害，更有助于开拓思维空间、更新思维方式，其模糊性和多指向性则使寓意有充实、拓展的余地。与此相适应的理论范畴概念主要用于表述精神活动、思维运作和调适生存方式的思考，其中不少是全新的创设。

庄子寓言中创用的范畴概念合乎其论说需要，也是无可替代的一种推动古代理论发展、层次提升的思维成果。拙著《庄子范畴心解·引言》中有云：

> ……尤其在解读那些由庄子首创的范畴、概念时，你眼前闪灼成片的会是睿智的火光，比如：
>
> “游”的读解使你知道个人应该并可以求索精神的自由逍遥；
>
> “忘”告诉你怎样取舍思维对象、净化心灵的空间；

---

① 陈鼓应注译：《庄子今注今译》（最新修订版），第 1016 页。

② 陈鼓应注译：《庄子今注今译》（最新修订版），第 833 页。

③ ［唐］韩愈著，刘真伦、岳珍校注：《韩愈文集汇校笺注》，北京：中华书局 2010 年版，第 147 页。

> “适”指顺适环境的体验和生存状态；
> “迹”是事物演化留下的印记而非事物本身；
> “体”也是一种重要的思维和把握事物的方式；
> “竟（同境）”可以指思维的层次和范围；
> “宇宙”是广袤无垠的空间与往复不断的时间的组合；
> “法天贵真”道出了老庄自然论的宗旨……①

所举诸例子中“体”是汉语名词的一种动用；“游”“忘”“适”“竟（同境）”皆从字的多种义涵中择用合乎理论思考所需者；“天”（自然天成）和“真”（本真）则是从两个维度阐发“自然”范畴的美学涵蕴。这些范畴的创设运用以及大抵由庄子首倡的“言意”之辨均见诸后来的文学评论。

此外“法天贵真”阐发的自然论在古代文学艺术创造的影响至为深远，这一系列的美学范畴概念有自然天成、天真、本真、天籁、无为、清虚、纯素、朴拙、实诚、本色、平淡……陶渊明有“此中有真意，欲辨已忘言”之佳句，李白斥责“雕虫丧天真”的修饰，苏轼有“行云流水”的叙写，李贽论文有童心说……

在文学创作中庄子寓言故事的引领也不乏见，如有“逍遥游”的叙写，就有诗人的“梦游”“神游”“心游”的妙笔；有庄周的入梦变身和“大梦大觉”就能写出梁祝“化蝶”的美好结局，有《南柯一梦》的传奇和《牡丹亭》的“游园惊梦”、《红楼梦》这样的戏曲、小说佳作巨制。

书中随机频出的寓言表述深刻的哲学思考，作者虽坦言全为虚构幻设的故事，展示的却是类似近现代的时空观和相对论理念，揭示人生、社会现象和万物生存衍化的机理、规律，多方面与现当代高水准的科学理念切近，其浪漫笔触甚至不乏超越现当科学幻想小说之处。

庄子“寓言”的“谬悠”“荒唐”中有切中肯綮道理；“重言”借助圣贤言说，表明对其思想德行是有所认可的（《天下》篇的诸子述评也可见其包容开放的学术怀抱），全书中“重言十七”说明“重言”基本上也在“寓言十九”之中；“卮言日出，和以天倪”表明思想理论总在不间断的更新整合中。以“三言”表述思考，既是全身远害的需要，也是透露了

---

① 涂光社：《庄子范畴心解》，北京：中国社会科学出版社 2003 年版，“引论”第 20—21 页。

一点：所阐发的超前的卓绝思考尚有待思想理论和科技历史发展的验证。庄子倡导“得意忘言”，渴求与人作“忘言之谈”，表明其寓言意涵拥有拓展阐发的空间。

（一）《庄子》运用寓言表述哲思之优长

先秦以寓言说事的子书不止一部（如《孟子》《荀子》《韩非子》等），但寓言在他们论说中的地位和功用远不及《庄子》。

《史记·老子韩非列传》中评介庄周说：

> 其学无不窥，然其要本归于老子之言。其著书十余万言，大抵率寓言也。作《渔父》《盗跖》《胠箧》以诋訿孔子之徒，以明老子之术。畏累虚、亢桑子之属，皆空语无事实。然善属书离辞，指事类情，用剽剥儒墨，虽当世宿学不能自解免也。其言洸洋自恣以适己，故自王公大人不能器之。①

“其学无所不窥”是谓庄学的视野博大，既有涉及宇宙万物的自然生成衍化、社会政治的历史演进、人的思想观念生理心理现象诸多方面的思考，也不无对于庄子兼取各家学说之优长开放态度的赞许。

司马迁明确指出《庄子》为宗尚老子学说运用“寓言”形式撰就的论著，简明地介绍其“诋訾孔子之徒”“剽剥儒墨”的思想倾向；“皆空语无事实，然善属书离辞，指事类情”和“其言洸洋自恣以适己”则涉及表述风格，是学术史上对《庄子》写作特点的最早认定。

先秦诸子中写作寓言并非庄子一人，《孟子》《荀子》《韩非子》等子书中也有不少寓言，如《孟子》中的“揠苗助长”（《公孙丑上》）、“齐人有一妻一妾”（《离娄下》）、“弈秋诲二人弈”（《告子上》），《荀子·宥坐》的《孔子观东流之水》以及《赋》篇的《礼》《蚕》《箴》诸章，《韩非子》的“鲁人善织屦妻善织缟而欲徙越”（《说林上》）、“伯乐教所憎者相千里马”（《说林下》）、“南郭处士为齐王吹竽”（《内储说上》）、“郑人买履”（《内储说左上》）……然而不容置疑的是，唯独《庄子》“寓言十九”在全书比重至大，表述的哲学思考无比奇崛精妙，建树非凡。正因为如此，史迁才说该书“大抵率寓言也”，此为“寓言”在学术史论中之首见，是

---

① ［汉］司马迁：《史记》卷六十三，北京：中华书局2013年修订本，第2594—2595页。

认可一种文学样式的标志性表述。

《庄子·寓言》篇有段话被人们视为全书凡例，释“寓言”“重言”“卮言”说：

> 寓言十九，重言十七，卮言日出，和以天倪。
>
> 寓言十九，藉外论之。亲父不为其子媒。亲父誉之，不若非其父者也。……
>
> 重言十七，所以已言也。是为耆艾。年先矣，而无经纬本末以期年耆者，是非先也。人而无以先人，无人道也。人而无人道，是谓陈人。
>
> 卮言日出，和以天倪，因以曼衍，所以穷年。……非卮言日出，和以天倪，孰得其久！……万物皆种也，以不同形相禅，始卒若环，莫得其伦，是谓天均。天均者，天倪也。①

称“寓言”占全书十分之九，“藉外论之”以利读者接受。像父亲给孩子做媒那样，自已赞誉孩子不如旁人介绍有说服力。“重言”指有名望长者有分量的言说，但补充说：年长者若不能引领人走正道，只能说是陈腐的人，所说不属“重言”。“卮言日出”谓不成系统随机频出有新义的理论话语。“和以天倪”表明学术在发展中能自然而然地实现新的和谐，包括相互融汇互补实现新的对立统一。

“寓言十九”表明全书几乎全用寓言这种有文学属性的方式描述：“重言十七”说明是借名贤之口替自已申述道理的叙写，也属寓言，否则何能达“十七”（十分之七）之数。此外，运用“重言”还透露孔子、颜回、子贡等圣贤的思想学说也有所吸纳，并不全拒斥；

“卮言日出，和以天倪”明示日新月异的哲学思考似乎零散无序，但终归会自然整合一体。“万物皆种也，以不同形相禅，始卒若环，莫得其伦，是谓天均。”谓万物各以不同的类型延续循环变化，“天均”即自然达成的和谐——“天倪”。

强调“因以曼衍，所以穷年”“非卮言日出，和以天倪，孰得其久”的不断补充拓展才能形成不断更新与整合的发展态势。

---

① 陈鼓应注译:《庄子今注今译》(最新修订版),第836页。

我国古代（尤其先秦时代）的文学表述善用比喻，《诗经》“六义”中就有“赋”“比”“兴”的表现手法；“比”毋须说，即使“赋”与“兴”中也未必完全排斥况喻成分，如“杨柳依依”“雨雪霏霏”即然。如上所述《孟子》《荀子》《韩非子》中也用过寓言喻理。寓言可以说是以故事做比喻的文学样式。

《庄子》中的一些寓言吸纳了些微神话传说元素（如世外的神人、至人，以及造物者与河伯、北海若，有梦蝶的生死转化，也曾与髑髅对话……），但总的说宗教色彩淡薄。《天下》有云：“上与造物者游，而下与外生死、无终始者为友。其于本也。弘大而辟，深闳而肆；其于宗也，可谓稠适而上遂也。虽然，其应于化而解于物也。其理不竭，其来不蜕，芒乎昧乎，未之尽者。”[①] 谓其超越凡俗精神境界升华达于“上与造物者游，而下与外生死、无终始者为友”的极致，求索的是万物生成演化之本根，弘博深邃无可穷尽之大道。

《庄子》非出自一人之手，一些篇章的表述虽略有某些差异，仍基本合乎庄子学派主张，“内篇”的思想理念与《天下》《寓言》的方法论更一本宗旨。

“寓言十九”令《庄子》也归属文学领域，其“谬悠”“荒唐”“恣纵”“无端崖”的表述令其成为绝世无双的浪漫主义作品。

（二）“三言”的再认识，以及与庄子的忘言谈

庄子是古今中外写作寓言最多的思想理论家，解读庄子采用“寓言十九”说事以及欲作“忘言”谈的所以然，有助了解其思想理论产生的时代背景、寓言形式艺术表达的特征，从而探究其当代价值。

先说说庄子运用“三言”的目的功用。

以“谬修”“荒唐”的寓言说事，既是乱世中的全身之道，也因所说的一些事理尚有待在科技进步和社会政治历史发展中印证。

与西方寓言比较有一点值得注意，就是中国寓言是用汉字写作和记录的。作为书写符号，“象形为先”有表意性的汉字较之拼音文字在话语和词汇、概念上往往有更多艺术性的具象元素，组合更为灵便，义蕴也更为简约。如鲲鹏图南、庄周梦蝶、东施效颦、望洋兴叹、螳臂当车之类。对考究对象的认知，既仰赖逻辑规定，也少不了具体成分意涵的传达。西方哲

① 陈鼓应注译:《庄子今注今译》(最新修订版),第1016页。

学范畴概念是抽象的。马克思、恩格斯在把握事物现象的哲学思考上推崇“从抽象回到具体”①。这种“回归”是对抽象的验证和必要补充，并为重新启动思考的导向。因为事物现象毕竟是具体的，抽象只限定在一定层面，止步于抽象不可能全面、完整把握事物现象。

古人的哲学思考与表述往往都是“不舍象”的，传统的范畴概念“抽象”程度虽较一般语词为高，但大都未与“具体”绝缘。“不舍象”的思维有其优势（相当训诫上避免偏颇、绝对），有对精微处的模糊把握，也为进一步的思考以及从片面到整体，从认知上升到智慧留有余地。因为论证的对象一般都是具体的（其“具体”带有浑融成分，绝非逻辑规定可以全面表达的，姑且不论其逻辑规定有无偏差）。“以象为先，表意为第一属性”的汉字的偏旁部首，在语言表述中增添了象形具体成分带来语意一定的可塑性。

寓言的故事性描述，对其具体性意涵进行阐发的空间较大。庄子寓言创用概念语汇（包括由寓言故事浓缩而成者）之多，流传之久远任何其他著述无法企及。

拙文《〈庄子〉“寓言十九”的当代启示》中指出：

> “寓言十九”是庄子一种充分理性的选择。正如上面所提及的，不仅出于规避争议“与世俗处”的需要，也出于对语言传达功能局限的考虑。《天道》篇说：“世之所贵者，书也。书不过语，语有所贵者。语之所贵者，意也，意有所随。意之所随者，不可以言传也，而世因贵言传书。”《秋水》篇指出：“可以言论者，物之粗也；可以意致者，物之精也；言之所不能论，意之所不能察致者，不期精粗焉。”《外物》篇更有一段名言：“筌者所以在鱼，得鱼而忘筌；蹄所以在兔，得兔而忘蹄；言所以在意，得意而忘言。吾安得夫与忘言之人而与之言哉！”……由于认识到语言文辞的表述功能在“达道”上存在着局限，

① 马克思《政治经济学批判·导言》中说：“从表象中的具体达到越来越稀薄的抽象，直到我达到一些最简单的规定。于是行程又得从那里回过头来，直到我最后又回到人口，但是这回人口已不是关于整体的一个混沌的表象，而是一个具有许多规定和关系的丰富的总体了。……具体之所以具体，因为它是许多规定的综合，因而是多样性的统一。因此它在思维中表现为综合的过程，表现为结果，而不是表现为起点。虽然它是现实的起点，因而也是直观和表象的起点。”（《马克思恩格斯选集》第二卷，北京：人民出版社2012年版，第700—701页。）

庄子只是用描述提供自己的某种思路、感悟和生动丰富的意象，触发开启读者的思考和再创造，去体认寓言所包孕、所指向的意蕴和“意之所随”。“彼其充实不可以已”与其后“其理不竭，其来不蜕，芒乎昧乎，未之尽者”表明其上通于道的意指不可穷尽，其思路的延伸、给予接受者的启示、所能触发的联想没有止境。庄子说：“吾安得夫与忘言之人而与之言哉！”充分表现出他对在后来的接受者中找到“忘言之人”（也即能与他心灵沟通的知音和体道者）进行“对话”的渴求。笔者由衷希望自己和其他读《庄》者一起，通过不懈努力也都成为“忘言之人”中的一员。①

与思想大家庄周作“忘言谈”，可在其引领下充分认识与多侧面地开掘其寓言的意涵和理论价值。古代文人说事好打比方，寓言可谓是一种以小故事作比体的譬喻。若与庄子以“忘言”的方式交流，无妨以先秦先贤以水论道作为小引——

水滋育万物生命，又始终谦卑下行、容纳一切，其性状为人熟悉。故老庄、孔孟和荀子都曾以水喻道。

《老子》中说：“上善若水，水善利万物而不争。”（八章）“江海之所以能为百谷王者，以其善下之。”（六十六章）②

《论语·子罕》：“子在川上曰：‘逝者如斯夫，不舍昼夜。’”③ 《孟子·离娄下》亦有所阐发：“原泉混混，不舍昼夜，盈科而后进。放乎四海，有本者如是，是之取尔。”④

若说老子、孔子所作的仍属比喻，《庄子·秋水》就是以寓言描述了。《荀子·宥坐》的寓言也归纳出水的“九德”：

孔子观于东流之水。子贡问于孔子曰：“君子之所以见大水必观焉者，是何？”孔子曰：“夫水，遍与诸生而无为也，似德。其流也埤下，裾拘必循其理，似义。其洸洸乎不淈尽，似道。若有决行之，其应佚

---

① 徐中玉、郭豫适主编：《中国文论的方与圆——古代文学理论研究（第三十一辑）》，上海：华东师范大学出版社2010年版，第126—127页。

② 陈鼓应注译：《老子今注今译》（修订版），北京：商务印书馆2003年版，第102、308页。

③ ［宋］朱熹：《四书章句集注》，北京：中华书局2016年版，第113页。

④ ［宋］朱熹：《四书章句集注》，第298页。

若声响，其赴百仞之谷不惧，似勇。主量必平，似法。盈为求概，似正。淖约微达，似察。以出以入，以就洁鲜，似善化。其万折也必东，似志。是故君子见大水必观焉。”[①]

寓言故事的意蕴一般不作逻辑的规定，读者也常只取用其部分或者某一层面的寓意。于此可将人们对《庄子》一些寓言的转意理解和运用作为例证：

《逍遥游》中学鸠、斥鷃对鲲鹏的讥嘲既可说是“燕鹊安知鸿鹄之志”的狭隘，也有类似“鷦鷯巢于深林不过一枝，偃鼠饮河不过满腹”[②] 的乐天安命知足常乐；

《山木》中的“螳螂捕蝉，异鹊在后”在流行中被改口为“螳螂捕蝉，黄雀在后”，就不再有原来故事叙说中庄周“三日不庭”[③] 自我反省方面的联想；

《齐物论》的“朝三暮四”人们常用其“反复无常”之意，而非寓言原本所指“名实不亏”“喜怒为用”；“毛嫱丽姬，人之所美也，鱼见之深入，鸟见之高飞，麋鹿见之决骤”[④] 变身为“沉鱼落雁”之后专喻女子美貌非凡，就不再是人对鱼禽的吓阻了；

《知北游》中的“每下愈况”原况喻的事物越卑下越能说明至理（大道），以后变为“每况愈下”，是谓况喻的是人和事的处境越来越低下、糟糕……

庄子盼与“忘言之人而与之言”[⑤]，既可拓展其哲思又无妨矫其偏谬。“忘言”体现了一种力求摆脱语言传达局限的自觉，无须说占全书十之八九的寓言本是一种间接性的、有很大可塑性的思维表达。渴望与“忘言之人”交流，说明以“寓言”“重言”和“卮言”表述思考的庄子更有一种殷切的期待。

还有必要对庄子创用“忘”概念的所以然做一点补充：庄子所谓“忘”绝不等同于忘却、忘记，是思维主体自觉地对陈腐固陋观念的摒弃，

---

① ［清］王先谦撰，沈啸寰、王星贤点校：《荀子集解》，北京：中华书局2013年版，第619—621页。
② 陈鼓应注译：《庄子今注今译》（最新修订版），第25页。
③ 陈鼓应注译：《庄子今注今译》（最新修订版），第605页。
④ 陈鼓应注译：《庄子今注今译》（最新修订版），第97页。
⑤ 陈鼓应注译：《庄子今注今译》（最新修订版），第833页。

排除其干扰，令精神达至虚静状态，从而具备由静而动，在瞬间实现思维能力和境界跃升。

再者，除回避社会政治和学术论争中的敌意和迫害以外，还出于一种需要：以荒诞不经的文学性描述表达理论思考，可拓宽视野、触发联想、摆脱固陋思想精神束缚，诸如宏观和微观世界的情境以及生命的奥秘、精神现象……但多是无从稽考的推测和臆想，当时的科技水平无法验证这些超前思考，很难给予逻辑规定或明确结论。以“三言”表述有庄子的不得已，谋求“忘言”是理所当然。“忘言”不是对寓言意旨的背弃，而是给不受话语局限的再阐发留下空间。

“重言”是庄子有所借助的有分量的名贤言说，《庄子》“重言”的故事也是寓言，尤以孔子及其门人所言居多。庄子常指出他们的某些偏颇失误，但总的说对孔门学人品性、诉求多所肯定，否则何得称之“重言”。对“重言”的“忘”，是谓读者不必在意、考究是否真有其说其事，读懂并认同其中事理即可。倚重“重言”表明庄子学术精神开放包容，对孔门名贤积极参与时政的作为虽存异议，不仅不排斥其思想学说，甚至还有所推崇；痛斥的只是如“儒以《诗》《礼》发冢”寓言中那样卑鄙无耻的假道学。

“卮言日出，和以天倪……非卮言日出，和以天倪，孰得其久！”① 昭示“卮言”是摆脱陈旧理论框架束缚随机频出有新义的话语。“和以天倪”表明学术发展中有创意的哲思将会自然而然地整合为一，实现新的谐和。不如此“孰得其久”的反问和“因以曼衍，所以穷年”强调只有这样学术才能无止境地进步拓展。

庄子未指出社会发展的光明前景，是否认为科技进步的负面影响无法规避，种种有违无为而治的弊端愈演愈烈，对人类的未来彻底绝望了呢？

他既未归隐山林，也不指望复古（如向往投奔“至德之世”或“建德之国”），更无取信侯王出仕从政的企求，史迁说他著书立说“用剽剥儒墨，虽当世宿学不能自解免也。其言洸洋自恣以适己，故自王公大人不能器之。”② “其言洸洋自恣以适己”透露了其“三言”（特别是寓言）既合乎故事意涵多侧面拓展的需要，也利于在恶劣生存环境中的自我葆全。揭示时政弊端、警示其对未来的危害正是在呼唤世人觉醒，而非厌世、弃世

① 陈鼓应注译：《庄子今注今译》（最新修订版），第836页。

② ［汉］司马迁：《史记》卷六十三，第2595页。

的逃避。

庄周立“言”论政，且期待与“忘言之人”交流，既为昭示并拓展“三言”中的寓意，渴望更多的人摆脱陈腐思想观念的束缚，以为只有普遍的觉醒，才能克服积弊，令无为的施政合乎生存发展需要，拯救国家民族乃至人类的命运。

（三）《庄子》中的心理和艺术思维论

《庄子》拥有超前的哲学思考，也是杰出浪漫主义文学作品。笔下可见逾越身观局限乃至宇宙时空的精神视野，也能道出精微的思辨和贴切的生命体验。

说到神人、至人、真人的境界和造物者的创世之功，就不无宗教意味；有对先王圣君贤能的批评，更有对施暴恶行和伪善的痛斥，不乏对世人的心理疏导和思想精神引领。

“寓言十九”有人物思想情感、心理行为的文学描叙，关联造艺思维的理论表述也不少。比如：

《徐无鬼》中有云：“子不闻夫越之流人乎？去国数日，见其所知而喜；去国旬月，见所尝见于国中者喜；及期年也，见似人者而喜矣。不亦去人滋久思人滋深乎？”[①] 说的不正是一种家国情怀吗？

《达生》中来到楚国的孔子告诉其弟子，痀偻丈人持竿粘蝉如同随地拾取般的灵巧，是因其“用志不分，乃凝于神”的缘故；在回答颜渊“津人操舟若神”之所以然时，言及另一个心理影响决断的例子：赌徒“以瓦注者巧，以钩注者惮，以黄金注者惛”，是因“外重者内拙”。[②]

《田子方》“列御寇为伯昏无人射”的寓言中指出，列御寇射箭“引之盈贯，措杯水其肘上，发之，适矢复沓，方矢复寓”，稳定发挥是因未受心理干扰。一旦伯昏无人“登高山，履危石，临高百仞之渊，背逡巡，足分二垂外，揖御寇而进之”则“御寇伏地，汗流至踵”，再也不能“神气不变”地施射了。[③]

《渔父》的寓言中客（渔父）教训孔子时说：

---

① 陈鼓应注译：《庄子今注今译》（最新修订版），第724页。

② 陈鼓应注译：《庄子今注今译》（最新修订版），第550、552页。

③ 陈鼓应注译：《庄子今注今译》（最新修订版），第635页。

甚矣，子之难悟也！人有畏影恶迹而去之走者，举足愈数而迹愈多，走愈疾而影不离身，自以为尚迟，疾走不休，绝力而死。不知处阴以休影，处静以息迹，愚亦甚矣！子审仁义之间，察同异之际，观动静之变，适受与之度，理好恶之情，和喜怒之节，而几于不免矣。谨修而身，慎守其真，还以物与人，则无所累矣。今不修身而求之人，不亦外乎！①

以“畏影疾走，绝力而死”比喻一种“不修身而求之人”的心态及其可悲结局。讥讽那些对自己的行径和作为没有自信，害怕自己留下影迹带来祸患，尽力逃避的人！指出“谨修而身，慎守其真，还以物与人（将非一己本真的企求，还给其原所属的外物和他人），则无所累矣”。

一些寓言已言及造艺或与造艺相关联，如《田子方》中说：

宋元君将画图，众史皆至，受揖而立，舐笔和墨，在外者半。有一史后至者，儃儃然不趋，受揖不立，因之舍。公使人视之，则解衣般礴羸。君曰：“可矣，是真画者也。”②

宋元君不取“受揖而立，舐笔和墨”者，而认定“后至”的“儃儃然不趋，受揖不立”“解衣般礴”那一位是真画者。知其气定神闲，有成就高水平画作的高度自信。不抢先，也毋须装模作样作舐笔和墨的姿态，到了画图之时其卓拔于“众史”艺境的将自然呈现。当然，故事中也有对宋元君慧眼识才的肯定。

《达生》“梓庆削木为鐻”更是“法天贵真”的艺术创造：

梓庆削木为鐻，鐻成，见者惊犹鬼神。鲁侯见而问焉，曰：“子何术以为焉？”对曰：“臣，工人，何术之有！虽然，有一焉：臣将为鐻，未尝敢以耗气，必齐以静心。齐三日，而不敢怀庆赏爵禄；齐五日，不敢怀非誉巧拙；齐七日，辄然忘吾有四枝形体也。当是时也，无公朝。其巧专而外骨消，然后入山林，观天性形躯，至矣，然后成见鐻，

① 陈鼓应注译：《庄子今注今译》（最新修订版），第944页。

② 陈鼓应注译：《庄子今注今译》（最新修订版），第630页。

然后加手焉，不然则已。则以天合天，器之所以疑神者，其由是与！”①

梓：即梓人，周时官名，主造笋簴、饮器等物。鐻：通簴，是一种悬挂钟磬等乐器的木架子，上面饰有鸟兽的雕饰图像。“梓庆削木为鐻”的造艺能取得“见者惊犹鬼神”的效果，是因为他削木为鐻之前做到“守气、静心、全神，内忘有我，外忘有物”排除杂念，“然后入山林”取法鸟兽之“天性形躯”成功地造型。

与文学创作有直接联系的是“虚静”论和言意之辨。《庄子·人间世》中孔子向颜加解答“心斋”时说：“若一志无听之以耳，而听之以心。无听之以心，而听之以气。耳止于听，心止于符。气也者，虚而待物者也。唯道集虚。虚者，心斋也。”② 用“气”的“虚”比况心境的空灵明觉。用“心斋”解释“虚”，同《大宗师》等篇的“坐忘”“堕肢体，黜聪明，离形去知”以及“无己”“丧我”“去知”一样，强调摆脱一切有主观局限的感觉经验和固有知识的干扰束缚自由的观照，以求“大通”于道。如《天道》所说：

万物无足以铙心者，故静也。水静则明烛须眉，平中准，大匠取法焉。水静犹明，而况精神！圣人之心静乎！天地之鉴也万物之镜。夫虚静恬淡寂寞无为者，天地之平而道德之至也。故帝王圣人休焉。休则虚，虚则实，实者备矣。虚则静，静则动，动则得矣。……朴素而天下莫能与之争美……③

由虚而静，以静驭动，凭借自由空灵的心境在万象纷呈中进行客观超脱，冷静明敏，全面允当的观照和把握。《庚桑楚》倡言“乇志之悖，解心之谬，去德之累，达道之塞”，指出“悖志”“谬心”“累德”“塞道”四者各有六种表现，“此四六者不荡胸中则正，正则静，静则明，明则虚，虚则无为而无不为”。④

---

① 陈鼓应注译:《庄子今注今译》(最新修订版),第567—568页。

② 陈鼓应注译:《庄子今注今译》(最新修订版),第139页。

③ 陈鼓应注译:《庄子今注今译》(最新修订版),第393页。

④ 陈鼓应注译:《庄子今注今译》(最新修订版),第713页。

尚“虚无”在思维方式上推崇超越感性知觉、世俗理性，以非逻辑，甚至非“言”非“象”的对“道”的体味、默契、欣合为理想境界，是一种有别于今人所熟悉的具象思维和抽象思维的体认和悟解。《老子》五十六章有“知者不言，言者不知。塞其兑，闭其门，挫其锐，解其纷，和其光，同其尘，是谓玄同”①；十章又如是反诘：“载营魄抱一，能无离乎？抟气致柔，能如婴儿乎？涤除玄鉴，能无疵乎？”② “玄同”就是“涤除玄鉴”，就是排除世俗杂念的纷扰，净化心灵，专精抱一、抟气全神，使内心如婴儿般柔纯，从而实现与道的契合。《庄子·天地》篇所谓“坐忘”“心斋”之所至与此相通。《刻意》把这种把握道的方式称为“能体纯素”。成玄英《疏》云：“体，悟解也。妙契纯素之理，所在皆真道也。”③

《庄子》中一些寓言不同侧面的诠解也与操作或造形相关。《养生主》“庖丁解牛”的寓言中庖丁自谓“臣以神遇而不以目视，官知止而神欲行”④，其“神遇”是超越感官和理性思辨的观照和把握，是“神”与“道”的直接沟通、契合。《达生》中有“津人操舟”“佝偻承蜩”等故事，《天道》也有“轮扁斫轮”的寓言，其中悟道通神者都是在实际操作中凭借虚心、静气、凝神，最后才做到了然于心、得心应手，对事物及其结构和相关运作完整而透彻的把握。

庄子创设的与艺术思维密切关联的理论范畴是游、忘、体，以及言意之辨。高层次的审美创造生成于充分自由精神活动中，庄子所谓“至美”“至乐”是与功利无涉的美的最高境界。

《逍遥游》中称之“逍遥”的“游”之所至是与审美境界类同的自由精神活动空间；“游于无穷”与其他篇中所谓“游于六合内外”知其有对空间的大幅度超越；“游于无何有之乡”和《齐物论》的“忘年忘义，振于无竟（境），故寓诸无竟（境）”⑤ 是谓抛弃对生命有限的忧惧，摆脱世俗伦常规范的束缚，在虚无的境界中让生命精神获得最为充分的自由解放。“齐物”的前提是“坐忘”“丧我”：“坐忘”指在宁静中实现的精神超脱；

① 陈鼓应注译:《老子今注今译》(修订版),第 277 页。

② 陈鼓应注译:《老子今注今译》(修订版),第 108 页。

③ [晋]郭象注,[唐]成玄英疏,曹础基、黄兰发点校:《庄子注疏》,北京:中华书局 2011 年版,第 296 页。

④ 陈鼓应注译:《庄子今注今译》(最新修订版),第 116 页。

⑤ 陈鼓应注译:《庄子今注今译》(最新修订版),第 106 页。

“丧我”指摒除沉迷世俗是非功利的小我。

《田子方》中“儃儃然不趋，受揖不立”“解衣般礴”画者的气定神闲；《达生》中梓庆“削木为鐻”之前做到了守气、静心、全神，内忘有我，外忘有物。

在《庄子》中频出的“忘”不是遗忘、忘却，而是对精神活动境域和思维对象的一种选择：抛弃、清空那些有碍思维自由驰骋的因素。

《应帝王》中说帝王治世应当“无为名尸，无为谋府，无为事任，无为知主；体尽无穷，而游无朕；尽其受乎天，而无见得，亦虚而已！”① ——不为虚名，不作谋主，不以事自任，尽其本分，不以人助天。“体尽无穷，而游无朕”即体悟真源，冥会无穷，游心于大道而不现形迹。

“体”作为一种认知方式，其特点是借助生命体验进行“游心”作浑全的领会。也可以说是一种不拒斥具体、感性，非逻辑的神会。故《天地》篇中子贡在楚得闻“机械”“机事”“机心”的高论，回到鲁国告诉孔子，孔子说其人是“……明白太素，无为复朴，体性抱神，以游世俗之间者……”②

文学区别于其他艺术的重要特点是用语言文字作为传达媒介。在中国，“象形为先”以表意为第一属性的汉字语义传达上有拼音文字难以企及的长处，故中国古代有言意之辨，尤其在《庄子》中有若干堪称经典的论述：

> 世之所贵者，书也。书不过语，语有贵也。语之所贵者，意也，意有所随。意之所随者，不可以言传也，而世因贵言传书。③
>
> ……北海若曰：“夫自细视大者不尽，自大视细者不明。故异便，此势之有也。夫精，小之微也；垺，大之殷也。夫精粗者，期于有形者也；无形者，数之所不能分也；不可围者，数之不所不能穷也。可以言论者，物之粗也；可以意致者，物之精也；言之所不能论，意之所不能察致者，不期精粗焉。”④
>
> 筌者所以在鱼，得鱼而忘筌；蹄者所以在兔，得兔而忘蹄；言者所以在意，得意而忘言。⑤

---

① 陈鼓应注译：《庄子今注今译》（最新修订版），第 264 页。
② 陈鼓应注译：《庄子今注今译》（最新修订版），第 373 页。
③ 陈鼓应注译：《庄子今注今译》（最新修订版），第 413—414 页。
④ 陈鼓应注译：《庄子今注今译》（最新修订版），第 485 页。
⑤ 陈鼓应注译：《庄子今注今译》（最新修订版），第 832—833 页。

指出“言”不过是“得意”的工具，“得意”后应该“忘言”。显然，主体“得意”后思维尚有一定运作空间，在义蕴上有粗略规定性的“言”在思维中继续存在可能有碍“意”的进一步丰富和完善。此处所谓“忘”，是淡化、消解，是对达意媒介束缚的摆脱。“得意”后就尽可能摒除这只宜展示“物之粗”的媒介——“言”的制约和干扰，因为把握“物之精”（甚至进而领会“意之所随者”）才是目的。简言之，若不“忘言”则会妨碍对“言”外之“意”精微之处的神会。

传“意”是“言”的功能和目的所在；诉诸“言”和“意”的“物”有精粗之分；“意”的层次高于“言”，但“意”还不是至上的“道”，那无形的“道”——“意之所随者”是不可“言”论和以“意”察致的。故云：“可以言论者，物之粗也；可以意致者，物之精也；言之所不能论，意之所不能察致者，不期精粗焉。”《知北游》中曾申明：“道不可闻，闻而非也；道不可见，见而非也；道不可言，言而非也。知形之不形乎！道不当名。”①

（四）庄子寓言的艺术特色和多元创意

《庄子》本是哲学巨著，却主要运用荒诞的“寓言”表述，有突出的文学性，文学史上曾《庄》《骚》并峙（如韩愈《进学解》有云：“上规姚姒，浑浑无涯……《诗》正而葩；下逮《庄》《骚》……同工异曲。”②）被推尊为先秦浪漫主义文学的典范作品。

庄子寓言的话语充分发挥了运用汉字的优势：所创设的范畴概念得到广为运用传承。语汇（包括成语）无论数量之多还是表达之奇幻精妙，是古今其他任何一部著述都无法企及的。上面所举诸例中“体”是名词的一种动用；“游”“忘”“适”“竟（同境）”皆从字的多种义涵中取用合乎其思考所需者；“天”（自然天成）和“真”（本真）则是从两个维度阐发“自然”范畴的美学涵蕴。

庄子的哲学思考选择“寓言十九”表述，其文学性可知；范畴创用上亦可谓“近取诸身”而“远”及精深，堪称不作定义、作“不舍象”模糊把握的典范，对古代美学和造艺实践有重大影响。“游”“忘”“体”“天”“真”“境”等范畴以及大抵由庄子首倡的“言意”之辨均见诸后来的文学

---

① 陈鼓应注译：《庄子今注今译》（最新修订版），第668页。

② ［唐］韩愈著，刘真伦、岳珍校注：《韩愈文集汇校笺注》，第147页。

评论。

《庄子》创设运用概念语汇之丰富古今无人能及，其“内篇”中有：鲲鹏图南、越俎代庖、扶摇而上、无所至极、大相径庭、不近人情、大而无当、断发文身以及磅礴、陶铸、绰约、彷徨……（《逍遥游》）朝三暮四、大梦大觉、师其成心、存而不论，以及天籁、真宰、孟浪、宇宙、吊诡、曼衍……（《齐物论》）庖丁解牛、薪尽火传、游刃有余、踌躇满志、依乎天理、安时处顺，以及神遇、肯綮……（《养生主》）螳臂当车、无可奈何、无用之大用，以及师心、心斋、坐驰、风波、散木、栋梁、溢美……（《人间世》）死生亦大、鉴于止水、以及彀中、一贯、灵府……（《德充符》）相濡以沫、善始善终、唯命是从，以及真知、屈服、天机、自适、莫逆、造物者、造化、附赘、端倪、安排、坐忘……（《大宗师》）泣涕沾襟、虚以委蛇、雕琢复朴、体尽无穷、劳形怵心，以及心醉、气机、浑沌……（《应帝王》）

“外篇”“杂篇”中首创和有所发明的语汇也不少，如《马蹄》的攀援、纯朴和中规中矩；《胠箧》的世俗、权衡、利器，以及窃钩者诛，窃国者为诸侯；《在宥》的烂漫、无视、郁结、猖狂、无端与拊髀雀跃、独往独来；《天地》的厌世、机械、体性、蠢动、飞扬和螳臂当车；《天道》的虚静、精神、漠然与明烛须眉、得心应手；《天运》的推行、运转、披拂、充满、鉴照、可耻、陈迹以及劳而无功；《刻意》的刻意、闲暇、导引、淡然，以及吐故纳新、虚无恬淡；《缮性》的蒙蔽、淡漠；《秋水》的望洋兴叹、井蛙之见、邯郸学步、猜意鹓雏、一日千里、管窥锥指；《至乐》的夜以继日、箕踞鼓盆而歌；《达生》的灵台以及佝偻承蜩、昭然若揭；《山木》有似是而非、得终天年、君子之交淡若水、处势不便；《田子方》有目击道存、解衣槃礴、瞠乎其后、亦步亦趋、失之交臂；《知北游》的每下愈况、腐臭化为神奇、天地有大美而不言、人生若白驹过隙；《徐无鬼》有尚大不惑、匠石运斤；《则阳》有陆沉、鸡鸣狗吠、蜗角触蛮、得其环中；《外物》有辙中鲋鱼、得意忘言；《让王》有劳动、捉襟见肘；《盗跖》有横行天下、摇唇鼓舌；《说剑》有后发先至、芒然自失；《渔父》有虚心、精诚与法天贵真、分庭抗礼；《列御寇》有觉悟、呻吟与屠龙之技、渊骊颔珠；《天下》有参验、荒唐、纵恣、连环，与沐风栉雨、变化无常、学富五车……

以上词语皆众所熟悉，被广为沿用。随机频出的寓言中表述深刻的哲学思考，虽坦言全为虚构幻设的故事，所揭示的却多是事物生存衍化规律及其运动变化的机理，与近现代许多高水准的科学理念切近，其浪漫笔触则与中外科学幻想小说类同。

庄子寓言以浪漫笔触展示的精神视野和理论境界堪称卓异：庄周有古今哲人难以企及的宇宙观、人生观和社会发展观，即使当代学者也不能不惊叹其思维方式、生命理念及其政治学说逾越时空局限的非同凡响。

置全书之首的《逍遥游》开篇就出人意表，描述鲲鹏变身南翔由北冥飞赴南冥，令读者心境思考豁然超越身观局限；所谓“游”譬喻的是思维与精神活动的充分自由。

《齐物论》推崇自然天成的“天籁”之音，说万事万物的构成皆有“齐与不齐”的对立统一。从“道通为一”上看，是与非、生与死、贵与贱、荣与辱、成与毁、小与大、寿与夭、然与不然、可与不可等等，都是相对的，也可以是无差别的。说到“六合”（天地四方）内与外的游履，有“宇宙”（《庄子·知北游》“外不观乎宇宙”一句下古疏有云：“天地四方曰宇，往古来今曰宙。”①）概念的创用，先秦时代就有如此的时空观念何其了得！

《庄子》从多个层面论及生命现象和人类社会发展道路。

《养生主》有合规律“游刃有余”的养生之道。《刻意》说“吹呴呼吸，吐故纳新，熊经鸟伸，为寿而已矣。此导引之士，养形之人，彭祖寿考者之所好也。”②

与宗教典籍类似的一点是常抚慰世人生命有限的伤感：《德充符》中强调“死生亦大”；《大宗师》用了拟神的比况，说到创生万物的“造物者”；有“大块载我以形，劳我以生，佚我以老，息我以死”的自然归宿论；《齐物论》说：“昔者庄周梦为胡蝶，栩栩然胡蝶也。自喻适志与！不知周也。俄然觉，则蘧蘧然周也。不知周之为胡蝶与？胡蝶之梦为周与？周与胡蝶，则必有分矣。此之为物化。”③ 梦中所谓“物化”，也可谓对死生轮转的一种诠释；当然，各篇对神人、圣人、至人之类高士与彭祖等长寿者精神和生活情态的描述带有些宗教教义的含蕴。

《寓言》有云：“万物皆种也，以不同形相禅，始卒相禅。”④《至乐》

---

① ［清］郭庆藩撰，王孝鱼点校：《庄子集释》，北京：中华书局2016年版，第759页。

② 陈鼓应注译：《庄子今注今译》（最新修订版），第456页。

③ 陈鼓应注译：《庄子今注今译》（最新修订版），第109页。

④ 陈鼓应注译：《庄子今注今译》（最新修订版），第836页。

称“万物皆出于机，皆入于机”[①]；末尾的“种有几”一段描述了生物从初级发展演进到高等的过程：始生成于水中，继而有了上陆地的物种，又部分成为乌类，最后由马而达至人类的生物进化论。

《马蹄》“夫至德之世，同与禽兽居，族与万物并，恶知君子小人哉？同乎无知，其德不离；同乎无欲，是谓素朴；素朴而民性得矣。”[②]《山木》描述了“建德之国”自然浑朴的社会图景：“南越有邑焉，名为建德之国。其民愚而朴，少私而寡欲；知作而不知藏，与而不求其报；不知义之所适，不知礼之所将；猖狂妄行，乃蹈乎大方；其生可乐，其死可葬。”[③] 称“其民愚而朴”，死生乐得其所，颇有原始共产主义社会的意味。

《天道》称许“朴素而天下莫能与之争美”。老子最早提出“见素抱朴”的主张，赞许过“小国寡民，老死不相往来”[④] 的古朴社会。庄子《山木》也倡导“既雕既琢，复归于朴”[⑤]。

“建德之国”中人的生死乐得其所。世人的羡慕中难免忧虑：如何才能重建并在历史发展中维系良好的社会关系呢！

《天地》中的为圃丈人灌园宁可“用力甚多而见功寡”而不用机械，因其师有“有机械者必有机事，有机事者必有机心”的告诫。认为“机心存于胸中，则纯白不备；纯白不备，则神生不定；神生不定者，道之所不载也。”[⑥] 明示“机事”“机心”膨胀带来精神污染、对道的背离，人本质的异化。说明科技发展生产力提高、经济发展，给人与自然的关系和社会关系带来一定的负面影响。

《庚桑楚》中所谓“大乱之本，必生于尧、舜之间，其末存乎千世之后，其必有人与人之相食者也”[⑦] 是一种警示：历史长河中可以看到经济发展社会进步，也能看到阶级的分化和社会矛盾冲突，乃至部族、国家间愈演愈烈的掠夺、争战，人与自然、人与人之间的关系日益恶化，人类如何才能葆有生存发展的光明前途，避免走向毁灭的绝境呢？

美国史华慈教授的《中国与当今千禧主义》一文中对在美国出现并向

---

① 陈鼓应注译:《庄子今注今译》(最新修订版),第 534 页。
② 陈鼓应注译:《庄子今注今译》(最新修订版),第 290 页。
③ 陈鼓应注译:《庄子今注今译》(最新修订版),第 583 页。
④ 陈鼓应注译:《老子今注今译》(修订版),第 345 页。
⑤ 陈鼓应注译:《庄子今注今译》(最新修订版),第 588 页。
⑥ 陈鼓应注译:《庄子今注今译》(最新修订版),第 372 页。
⑦ 陈鼓应注译:《庄子今注今译》(最新修订版),第 686 页。

全球蔓延，如脱缰野马般失控的消费主义、物质主义造成人文主义日益偏枯，功利化、浮躁的世风越来越严重，以及在西方形成的“新科技·经济千禧主义”的盲目乐观对世界必将造成严重恶果，深感忧虑。王元化先生在2003年为中国人文教育高层论坛的题词中写道：“人文精神不能转化为生产力，更不能直接产生经济效益。但一个社会如果缺乏由人文精神所培养的责任伦理，公民意识、职业道德、敬业精神，形成精神世界的偏枯，使人的素质越来越低下，那么这个社会纵使消费发达，物品丰茂，也不能算文明社会，而且最终必将衰败下去。”① 先生对消费主义、物质主义日益猖獗，逐渐席卷中国、席卷世界，人文精神日益偏枯的趋势，怀着深深的忧虑，对人类发展前途不乐观的想法不时溢于言表。

近现代科学中有达尔文的生物进化论；原子弹的出现令爱因斯坦作出2060年人类社会将遭毁灭的推断；自然环境的恶化让霍金预言：二百年后地球不再适合人类生存，须寻找别的星球栖息。这些与庄子相关论说皆有一定契合处。

三、从“道法自然”到“法天贵真”“尚大不惑”：尚自然理念中的真美追求

（一）从老子的“道法自然”说起

世人常将美划为真、善、美三大类。三者的关联值得考究。所谓真指事物和情感之本真：真指向本根和规律——包括人在内的万物生成运化皆“天”（至高无上、涵容一切的大自然）所造就，真谛为造艺所本。真不与善、美绝缘：所谓善出自理想宜生的人际和社会关系，有人与之间的相互体贴关照的仁爱，讲究诚信；所谓美指愉悦感受的多样性呈现，有表浅直观的，也有奇异豁人耳目的……但都得合规律（善：讲究诚信就是真诚，美：也是精神愉悦直切的感受），合规律也是一种真。

《老子》二十五章云：“道法自然。”② “道”是以路径比喻其通达的至理。“法”是效法，以为规范的意思。“自然”指万物之本然（本真）以及生成运作转化的自然而然。庄子奇崛、荒诞的表述中所说的“法天贵真”就是“法自然”，就他而言也有求索和遵循客观事物本质规律、作生命精神

---

① 王元化：《清园近作集》，上海：文汇出版社2004年版，第204页。

② 陈鼓应注译：《老子今注今译》（修订版），第169页。

遨游和一本救世情怀的真。

庄子充分发挥汉字在语词组合上的优长，创用了一系列有“天”的概念组合系列，多层面地阐扬了古人崇尚自然的美学追求，尤其是对“真”（包括对清纯、素朴、愚拙、本色）美学意蕴的肯定，凸显了传统审美意识和文学艺术创造上的一个重要文化特征。

“道法自然”——“法天贵真”概念系列：贯穿古代文学始终的真美追求。“自然”在不同语境中意蕴各有侧重，或指事物现象之本真，或指其运动变化和规律的自然而然。在艺术史论中义近的概念有天成、纯素、朴拙、本色……古代文论经典《文心雕龙》中多次用到“自然”的概念，在《诸子》篇赞许“庄周述道以翱翔”①。在讨论文学创作思维规律的《神思》篇更主要是以《庄子》中的材料为依据：无论是开篇的“形在江海之上，心存魏阙之下”还是随后的“神与物游”“陶钧文思，贵在虚静，疏瀹五脏，澡雪精神”“独照之匠，窥意象而运斤”“意翻空而易奇，言征实而难巧”与“意授于思，言授于意”皆然。②

古代诗文大家的作品中们往往从不同角度叙写对“自然”的向往，“法天贵真”的审美追求，乃至精神的游履与“尚大不惑”的视野。如陶渊明的“少无适俗韵，性本爱丘山。……久在樊笼里，复得返自然”和“此中有真意，欲辨已忘言”③；李白的“大雅久不作”“雕虫丧天真”，“清水出芙蓉，天然去雕饰”④；苏轼的“如行云流水……文理自然，姿态横生”⑤。

文学艺术是展现民族文化精神的重要方面，老庄自然论原属广义的社会哲学，却在审美理论和造艺上得到充分的阐扬和运用，有重要的引领作用。《老子》以“道法自然”表述道家学说的核心理念，《庄子》多层面的阐发可用“法天贵真”之说概括。本文梳理相关理论表述，证之以历代文艺评论以及祖述其说的范畴概念，宣示审美自然论对追求“真”美的艺术创造的推动作用。

---

① 范文澜：《文心雕龙注》，北京：人民文学出版社 1958 年版，第 308 页。

② 范文澜：《文心雕龙注》，第 493 页。

③ ［晋］陶渊明著，逯钦立校注：《陶渊明集》，北京：中华书局 2018 年版，第 35、92 页。

④ ［清］王琦注：《李太白全集》，北京：中华书局 1977 年版，第 87、133 页。

⑤ ［宋］苏轼：《答谢民师书》，郭绍虞主编：《中国历代文论选》第 2 册，上海：上海古籍出版社 2001 年版，第 307 页。

西方美学也推崇真美，但对真美本质规律的探究远不如老庄自然论深刻、充分。这与古人思考和理论建构的文化特征相关联。

老庄倡言“自然”。其后《管子》《韩非子》和《淮南子》《论衡》中也用到这一概念，但义涵的侧重点不尽一致，显示出理解和运用方面的差异。汉魏六朝“自然”范畴现身于审美领域和文艺评论，在刘勰《文心雕龙》和钟嵘《诗品》的论说中都有重要地位。古代文学艺术所以成就辉煌，关键因素之一就是常能获得崇尚“自然”的理念和美学追求的有力推动。

《老子》中的“无为”“素朴”“恬淡”“无味”与其“自然”的意旨密切联系，《庄子》更以“法天贵真”的系列概念对“自然”范畴义的若干层面进行阐发和拓展，为审美“自然”论提供充分、坚实的理论依据。

以文学评论为例，若说唐人多直接运用“自然”“天真”范畴概念的话，宋以后不仅扩大“自然”的运用范围，又从“平淡”和“无味”“无迹”“巧拙”等方面进行拓展；宋话本和元曲、杂剧以及明清小说等“俗文学”样式登上文坛，促进了对通俗文学“真”“朴”“凡俗”美学特征的认识，明、清是验证、辨识、汇总古代文艺实践和理论成果的时期，在“贵真”“童心”“性灵”“本色”“化境”“化工”诸说中对此前的“自然”论作了有价值的补正和阐扬、提升。

学界历来不乏对老庄“自然”论的探讨。本文概言原典“自然”要义，并对以往易被忽略者（包括解读与“自然”论关联的概念和“万物并作，吾以观复”等论）以及《庄子》“法天贵真”对《老子》“自然”论多侧面的阐发进行补充。

“自然”的概念首见于《老子》（《道德经》），万物之本然和自然而然是其基本意涵。“自然”包括本然（原本如此）以及运作和生成演化的自然而然（合乎规律）两方面的意思。是存在与属性的本然以及运作演化规律的本然。有云：

> 悠兮，其贵言。功成事遂，百姓皆谓我自然。（十七章）
>
> 希言自然。（二十三章）
>
> 有物混成，先天地生。寂兮寥兮，独立而不改，周行而不殆，可以为天下母。吾不知其名，字之曰道，强为之名曰大。大曰逝，逝曰远，远曰反。故道大，天大，地大，人亦大。域中有四大，而人居其

一焉。人法地，地法天，天法道，道法自然。（二十五章）

万物莫不尊道而贵德。道之尊，德之贵，夫莫之命而常自然。（五十一章）

以辅万物之自然而不敢为。（六十四章）①

就“自然”的范畴义而言，表述最为全面贴切的是二十五章的一段。其中明谓此“物”“先天地生”可为“天下母”，由于义涵“混成”（模糊浑融），无法确切表述，不知如何称“名”，以“道”为别名称之，勉强以“大”名之。随后的“法”是取法、效法之法。“域中四大”尽管皆“大”（都了不起），但其涵容有递进的层级，故云：“人法地，地法天，天法道”，最高层级的“道法自然”表明“自然”就是地位至上“先天地生”“可以为天下母”的“混成”之“物”。

说“字之曰道”，是因为“道”毕竟是一种比况，而非对其学说核心理念严谨的逻辑规定。“道”原义为路径，能通达目标；出自“道”所比况的范畴义包含万物运作殊途同归的必由之径，以及由此通达的至境。“自然”生成天地万物，在永无止境的演化中不断呈现。因此“道法自然”也是一个永不休止的过程，这也是《老子》一章称“道可道，非常道（‘道’所况喻的意涵若能用语言作终结性的逻辑规定，那就不是恒常不变的‘道’）”的缘由。“道”况喻由两字组合成词的“自然”，尽管未必尽善尽美也较为理想，表述上尚简约的古代学者普遍认同“道”所取法、所喻指的“自然”学说的核心理念，称老庄为道家不足奇。“道法自然”毕竟非“自然”范畴义的逻辑规定。老庄所谓“自然”常为其某一侧面义蕴或功用的描述。

“自然”范畴在《老子》中并非独立特行，其自然和自然而然的基本义涵更多时候是以与其通同的概念和理论话语（如“无为”“见素抱朴，少私寡欲”和“赤子德厚”“虚无恬淡”以及“万物并作，吾以观复”之类）在不同层面进行阐释和拓展的。《庄子》这方面所用的概念和话语更丰富多彩。

以下略述一些首见于《老子》，又在《庄子》得到阐扬的“自然”论言说：

① 陈鼓应注译：《老子今注今译》（修订版），第 141、164、169、260、301 页。

《老子》四十五章云："大巧若拙。"十九章有"见素抱朴，少私寡欲"；三十七章的"不欲以静，天下将自正"；五十七章："圣人云：我无为而民自化，我好静而民自正，我无事而民自富，我无欲而民自朴。"[①]（不仅"无为""静""素朴"与"自然"有通同处，几段话中的"自"皆自然而然之义。）《庄子·天地》则有："明白入素，无为复朴"[②]；《刻意》有："素也者，谓其无所与杂也；纯也者，谓其不亏于神也。能体纯素，谓之真人。"[③]《应帝王》有："雕琢复朴"；《山木》称："既雕既琢，复归于朴。"[④]

《老子》四十九章称"圣人皆孩之"，五十五章有"含'德'之厚，比于赤子，毒虫不螫，猛兽不据，攫鸟不搏。骨弱筋柔而握固。未知牝牡之合而朘作，精之至也。终日号而不嗄，和之至也"。[⑤]《庄子·庚桑楚》亦云："儿子终日嗥而不嗄，和之至也；终日握而手不倪，共其德也；终日视而目不瞚，偏不在外也；行不知所之，居不知所为，与物委蛇，而同其波：是卫生之经已。"[⑥]

《老子》明言"恬淡""淡乎其无味"方为道的至境。三十一章反对战争杀戮，称："恬淡为上，胜而不美。"恬淡，清心寡欲之谓也。《老子》第十二章有："五色令人目盲，五音令人耳聋，五味令人口爽，驰骋畋猎令人心发狂，难得之货令人行妨，是以圣人为腹不为目，故去彼取此。"[⑦]以声、色、味这类人感官的感觉体验比况社会政治生态，指出超过生命需求的享受会导致对生命的伤害，须理性地弃、取。第三十五章云："执大象，天下往。往而不害，安平太。乐与饵，止过客。故道之出口，淡乎其无味，视之不足见。视之不足见，听之不足闻，用之不可既。"[⑧]王弼注云："言道之深大。人闻道之言，乃更不乐与饵，应时感悦人心也。乐与饵则能令过客止，而道之言淡然无味。视之不足见，听之不足悦其目；听之不足闻，

---

① 陈鼓应注译：《老子今注今译》（修订版），第243、147、212、280页。
② 陈鼓应注译：《庄子今注今译》（最新修订版），第373页。
③ 陈鼓应注译：《庄子今注今译》（最新修订版），第463页。
④ 陈鼓应注译：《庄子今注今译》（最新修订版），第588页。
⑤ 陈鼓应注译：《老子今注今译》（修订版），第253、274页。
⑥ 陈鼓应注译：《庄子今注今译》（最新修订版），第693页。
⑦ 陈鼓应注译：《老子今注今译》（修订版），第195、118页。
⑧ 陈鼓应注译：《老子今注今译》（修订版），第205页。

则不足以娱其耳。若无所中然，乃用之不可穷极也。”[①] 尽管不否认交织的五色、五音、五味能带给人美的感受，却不能如同“无味”和“淡味”那样适“中”，“不可穷极”。《庄子 · 天道》称：“夫虚静恬淡，寂寞无为者，天地之平，而道德之至也。”《胠箧》有：“释夫恬淡无为。”[②]

《老子》第六十三章称：“为无为，事无事，味无味。”[③] 前一个“味”动用，是品味、体味的意思，其后的“无味”即指道的清虚恬淡。“味无味”也可以说是体味事物之本真——自然纯素的质性，道家修养的一种恬淡无为的境界。

老子对“道”的性状多用混沌模糊的词语形容，其义涵的相关表述中常用“无”字，除上面已经叙及的以外，还有如下一些：

> 有无相生，难易相成。（二章）
>
> 三十辐共一毂，当其无，有车之用；埏埴以为器，当其无，有器之用；凿户牖以为室，当其无，有室之用。故有之以为利，无之以为用。（十一章）
>
> 视之不见名曰夷，听之不闻名曰希，博之不得名曰微，此三者不可致诘，故混而为一。其上不皦，其下不昧，绳绳不可名，复归于无物。是谓无状之状，无象之象，是谓惚恍。（十四章）
>
> 道之为物，惟恍惟惚。惚兮恍兮，其中有象；恍兮惚兮，其中有物。（二十一章）
>
> 天下万物生于有，有生于无。（四十章）
>
> 大方无隅，大器晚成，大音希声，大象无形，道隐无名。（四十一章）[④]

“法自然”的“道”意指的宇宙本体是浑成的，有“象”而无“形”（相对于具体的“物”而言，“道”是模糊的、涵容无限的“大象”），其义蕴生生不息无法穷尽，不可能用逻辑的语言作终结性规定。这也是“道可道非常道”的缘故。

---

① ［魏］王弼注，楼宇烈校释：《老子道德经注校释》，北京：中华书局2016年版，第87页。

② 陈鼓应注译：《庄子今注今译》（最新修订版），第393、310页。

③ 陈鼓应注译：《老子今注今译》（修订版），第298页。

④ 陈鼓应注译：《老子今注今译》（修订版），第80、115、126、156、226、229页。

此所谓“无”并非一无所有（正如“无为”不是无作为，“无事”不是无所是事。“无为”是没有背离自然法则的作为，“无事”是不违“常道”的事务）。“无味”是谓弘深精妙的“道（至道）”全无那些寻常诉诸人感官的具体属性，故以“淡”和“无味”称之；“味无味”表明“道”的义涵可由人琢磨体味、逐步拓展深化。“为无为，事无事，味无味”表明，“道”不可能得之于任何有违自然的人为，不在人的感觉中呈现，只能寻味于体悟之中。

文学作品也能见到这类概念：李白诗：“独游沧江上，终日淡无味。”①“淡无味”就是对“道”的体味。南朝齐梁间丘迟《思贤赋》：“目击而道存，至味其如水。”② 南宋魏了翁《题跋》：“无味之味至味也。”③ 明确表述这一命题的意旨。

尤须补充说明的是：道家学说的特点就是高度重视对事物本质和运作演化客观规律的探寻，在《老子》第十六章一段未直接运用“自然”范畴的论证中，明确宣示了“道法自然”宗旨的一个重要侧面：

> 致虚极，守静笃，万物并作，吾以观其复。夫物芸芸，名复归其根。归根曰静，静曰复命。复命曰常。知常曰明。不知常，妄作，凶。知常容，容乃公，公乃王，王乃天，天乃道，道乃久，没身不殆。④

其意为：务必营造最佳的“虚静”精神状态，从而能够考察万物的本质和运动变化的规律；“观其复”的“复”既指回复到“万物”之根本，又指“万物并作（运作）”重复回还出现的规律性。“命”指本性；“常”即常规、客观规律。“知”（认知、了解）事物运作的常规，才能“明”取舍；有包容，明取舍、有包容才能公允无偏，才合乎指向与“自然”通同的“天”“道”，“没身”（一辈子、永远）不遭灾害。

“万物并作，吾以观其复”就是对万物本质和客观规律的考察，实为“道法自然”认知上的一条重要途径。老子说：“致虚极，守静笃，万物并作，吾以观复。”《庄子·天道》对如何体认天地万物作了进一步的解释：

---

① ［清］王琦注：《李太白全集》，第 991 页。
② ［唐］欧阳询撰，汪绍楹校：《艺文类聚》卷二十一，北京：中华书局 1965 年版，第 394 页。
③ 金生杨编：《魏了翁全书》第 63 册，北京：北京燕山出版社 2019 年版，第 103 页。
④ 陈鼓应注译：《老子今注今译》（修订版），第 134 页。

“言以虚静推于天地，通于万物。”“万物无足以铙心者，故静也。水静则明烛须眉，平中准，大匠取法焉。水静犹明，而况精神！圣人之心静乎？天地之鉴也，万物之镜也，夫虚静恬淡寂寞无为者，天地之本也，而道德之至也。……虚则静，静则动，动则得矣。”① 其后兼综诸子的《荀子·解蔽》亦云：

> 心何以知？曰：虚壹而静。心未尝不藏也；然而有所谓虚；心未尝不两，然而有所谓一；心未尝不动，然而有所谓静。人生而有智。志也者，藏也；然而有所谓虚，不以已藏害所将受谓之虚。心有生而有知，知而有异，异也者，同时兼知之；同时兼知之，两也；然而有所谓一，不以夫一害此一谓之壹。心，卧则梦，偷则自行，使之则谋。故心未尝不动也，然而有所谓静，不以梦剧乱知谓之静。未得道而求道者，谓之虚壹而静，作之则。将须道者，虚则入；将事道者，壹则静。静则察。知道察，知道行，体道者也。虚壹而静，谓之大清明。万物莫形而不见，莫见而不论，莫论而失位。坐于室而见四海，处于今而论久远，疏观万物而知其情，参稽治乱而通其度，经纬天地而官司万物，制割大理而宇宙理矣。……②

此为“体道”必由“虚静”而致之说最透辟的解读。庄子所谓“通于万物”、为“大匠取法”、其所“得”都指向本然和自然而然的“道”。

哲学中的“自然”范畴有深厚的美学涵蕴。万事万物之本然（原本如此）和生成演化的自然而然，皆有鲜明的客观性。本然的美即天成的本真之美；自然而然指合乎事物运作演化（包括艺术表现）的客观规律，也是自如的、不受其他非本质因素干扰的运作和表现。两方面的义涵都指向真。

（二）“法天贵真”：庄子对“自然”范畴义的演绎

《老子》说：“人法地，地法天，天法道，道法自然。”③《庄子·渔父》的寓言中的“客”（渔父）则向孔子表述一通“法天贵真”的宏论，其所谓“法天”即与“法自然”通同；《天道》篇中也倡言“以虚静推于天地，

① 陈鼓应注译：《庄子今注今译》（最新修订版），第 393 页。

② ［清］王先谦撰，沈啸寰、王星贤点校：《荀子集解》，北京：中华书局 2013 年版，第 467—469 页。

③ 陈鼓应注译：《老子今注今译》（修订版），第 169 页。

通于万物”[①]。

《庄子》中除用一些寓言对“自然”范畴义作形象性的表述外，更以“法天贵真”的系列概念入论做了全面的阐发。老庄“自然”论在审美领域的核心义涵是尚本真和合规律的艺术表现。不仅体现在“自然”“天真”“天成”“朴拙”“恬淡”“天籁”“本色”“化工”“童心”等范畴概念运用和相关言说中，其他范畴概念系列中也常能见其浸润，如“无味”“天趣”之类。

“自然”指万有（一切事物）的本然和自然而然，包括人类社会以及与其相对应的、常以大自然代指的外部世界。与人类的思想行为相比，大自然涵盖面宽泛无际，运作演化客观，能够给人以种种启示、导向乃至生命精神的归宿感。

《说文》云：“天，巅也，至高无上，从一大。”[②] 古人意识中，天至高无上，有最大的涵容，笼盖一切：日月星辰、山岳湖海、四时更替、风霜雨雪、动植众生皆在其中，万物的生存演化也听命于天。以农立国华夏民族，人们常以大自然代指的客观世界为“天”，“天人合一”是传统“自然”观的重要的组成部分。

“自然”初始义并不能与今所谓“自然界”和“大自然”完全画等号，是天地万物无干扰的（也即原生、自在、本然的也是合乎客观规律的）生存状态和运动演化方式。以此为基础，后来才指向大自然和自然界。

山水描绘的自然和当代所谓“自然”多指大自然，而易被忽略的是范畴义的另一侧面——顺适客观规律的自然而然。尽管两者有内在联系。

老子说“道可道，非常道”，“道”永远在自然万物演进的不断显示中被体认。“道法自然”，自然的显现无限丰富，其演化不会终结，道的涵蕴也就不可穷尽。古代学者认为“自然”是不可能求得“甚解”的。自然万物所蕴含的无所不在的道，既是真实的，又是幽深莫测的；既是指导和制约一切的，又是超越一切的。简言之，是本原，是实质，也是不可穷尽的规律和真谛。

1. 通同“自然”的“天”与“真”

老子提出“道法自然”的命题对自然论居功至伟。“法”是效法，以

---

① 陈鼓应注译：《庄子今注今译》（最新修订版），第 397 页。

② ［汉］许慎：《说文解字》，第 7 页。

为法则。“道”是道家的最高范畴，“道法自然”除凸显客观规律制约一切的内涵以外，还由于“自然”是万物之原创和演变的自然而然，表明“道”是一个没有止境的显示过程，因此对于人而言“道”的体悟是一个在“自然”的启示下不断进展、不断完善又不可穷尽的过程。老庄之所以被称之道家，可以说是其“道法自然”的理念得到学界的广泛认可。

《庄子》沿用了“自然”的概念，如《德充符》中庄子对惠子说：“吾所谓无情者，言人之不以好恶内伤其身，常因自然而不益生也。……”① 《天运》中黄帝称：“吾又奏之以无怠之声，调之以自然之命，故若混逐丛生，林乐而无形；布挥而不曳，幽昏而无声。”②《缮性》说：“古之人，在混芒之中……当是时也，莫之为而常自然。”③《田子方》中老聃曰：“无为而才（才性）自然矣。”④ 除《秋水》中的“知尧桀之自然而相非”的“自然”是各因其自己之所然而为然（即“自以为是”）的意思以外，都是强调无为和自然而然。

《老子》说“道法自然”。庄子倡导“法天贵真”，其“法天”就是法“自然”。“法”就是效法，就是以为规范！老子的“道法自然”与庄子的“法天贵真”指向的就是对万事万物之本然和自然而然的探寻和遵依。

“道法自然”表明道与“自然”的吻合。在艺术中“自然”是表现对象的本质精神、客观属性和美的所在；也指表现上的自然而然。“法天贵真”即以自然为法则，表现上恪守事物的淳良天性，其核心是真朴与顺适自然。

作为核心理念，“自然”与老庄学说中许多范畴概念密切关联，由“天”“大”“素”“朴”“适”“迹”“待”“游”等参与组合的话语，常常就是对“自然”范畴义某一侧面的阐发，有的甚至本身就与“自然”通同，其论即“自然”论的一种延伸。庄子的“法天贵真”论可谓老子“自然”论的充分拓展。

《秋水》中“牛马四足，是谓天；落（络）马首，穿牛鼻，是谓人。故曰：无以人灭天，无以故灭命”⑤。所谓“天”，就是本然（自然天成）

---

① 陈鼓应注译：《庄子今注今译》（最新修订版），第193页。
② 陈鼓应注译：《庄子今注今译》（最新修订版），第427页。
③ 陈鼓应注译：《庄子今注今译》（最新修订版），第468页。
④ 陈鼓应注译：《庄子今注今译》（最新修订版），第624页。
⑤ 陈鼓应注译：《庄子今注今译》（最新修订版），第496页。

的意思，所谓“人”即有违本然的人为。此外，《刻意》有“平易恬淡，则忧患不能入，邪气不能袭”“虚无恬淡，乃合天德”“纯素之道，唯神是守。守而无失，与神为一。一之精通，合于天伦。……故素也者，谓其无所杂也；纯也者，谓其不亏其神也。能体纯素，谓之真人”[①] 等论；《达生》说梓庆削木为鐻达到“以天合天”的至境；《天运》云：“迹，履之所出，而迹岂履哉！”[②]《齐物论》则将“天籁”自鸣称为音乐之至境……皆为“自然”论的阐发。

自然环境中的天清虚、博大、弘深、幽远，超然大地之上，是日月星辰运行的无垠空间，有莫测的风云变幻，不可穷尽也不知究里，当然也不受人的意志制约；它提供芸芸众生的生存条件，又能造成无法抗御的灾难，甚至毁灭一切，似乎主宰着万物的命运。人们心目中，天是至上的、威力无穷的、永恒神秘的，在各个民族历史发展的早期几乎都受到崇拜。有“天人合一”传统观念的中国更是如此，《尚书·泰誓》曰：“天矜于民，民之所欲，天必从之”[③]；《论语》有“唯天为大，唯尧则之”[④]；屈原说：“皇天无私阿兮，览民德焉错辅”[⑤] ……且不说帝王认为天是至高无上的神明，自称天子代表上天对万民进行统治；民众也接受对天的崇拜信仰，家中神道上供奉着“天地君亲师”的牌位。指天为证、祈祷上天者史不绝书，《诗经》中记录着少女述情有呼天明志之语，汉乐府的《上邪》亦然……人们心中“天”既是至上的，也是最亲近和可仰赖可为鉴证的。满怀敬畏和亲近，投入许许多多情感和想象。

“自然”较“天”抽象，“天”虽高远无可穷尽，毕竟是切近、可感的存在，何况顶戴于上，本有高高在上的心理优势。其引申义更易接受和理解。

周代更多地以对天（尽管代指着主宰一切的神明、上帝）的崇拜取代殷商时代对鬼神的崇拜，在中国文化史和思想史上仍然有重大意义。庄子之“天”虽与“自然”相通，毕竟凸显了天性授予者至高无上的地位。庄子更多地超越了政治，从生命意义的探求、人个体天性的维护、虚静心境

---

① 陈鼓应注译:《庄子今注今译》(最新修订版),第463页。
② 陈鼓应注译:《庄子今注今译》(最新修订版),第451页。
③ [汉]孔安国传,[唐]孔颖达疏:《尚书正义》,北京:北京大学出版社2000年版,第325页。
④ [宋]朱熹:《四书章句集注》,第107页。
⑤ [宋]洪兴祖撰,白化文等点校:《楚辞补注》,北京:中华书局1983年版,第23页。

的修养、精神桎梏（世俗的道义观念、礼法成规）的破除，到对事物自然属性和客观规律的尊重……都进一步深化了天人合一的理念，丰富了崇尚自然审美意识。于是，对后来文学艺术中主体意识的觉醒、对真（包括素朴和超越）美追求的强化，对艺术规律的探索和推崇都有重大意义。

与老子的“天法道，道法自然”相比，庄子的“天”就是“自然”，两者同一而无间隔层次，也体现着道！《庄子》中除篇名人名外用了644个“天”字：有天地、天下、青天、天子之类指称，更多的是以“自然”之义组词者，如天池、天籁、天钧、天府、天理、天德、天乐、天行、天门、天灾、天性、天壤、天机、天放、天年、天刑、天鬻、天光、天民、天成、天布、天和、天难、天倪……即使是天地、天子，也未必与“自然”无关联，《刻意》的“恬淡寂寞虚无无为，此天地之本而道德之质也”① 和《庚桑楚》所谓“人之所舍，谓之天民；天之所助，谓之天子”② 就是例子。

天和天地常与受人景仰的品格联系起来，《德充符》中仲尼说：“受命于地，唯松柏独也正，在冬夏青青；受命于天，唯尧舜独也正，在万物之首。”③ 天在地之上，似乎更侧重道德智慧和精神的创造力和统驭力；而松柏虽有“冬夏青青”的坚贞品格，毕竟不是“万物之首”而只是其中的一员。

老子有“道法自然”的论断，以“天”代指“自然”或将“天”与“道”“自然”等同，带来自然至上、规律至上、超越至上的理念。庄子常将“天”指代和等同“自然”，所用的“天”和由天参与组合的词语基本与神明无涉，既是对老子“道法自然”学说的拓展，也是对西周以来“天”的理念的进一步更新和非宗教化。

文明的进程中会出现人性的异化，走入误区。学术思想演进的动力来自批判。先秦出现诸子百家的学术争鸣，其思辨精神高扬，论辩水平跃升的一个重要标志，是对固有观念、结论、规范、法则的质疑和批判、否定，反向思维取得的突破是普遍的。庄子的“天”论也有一系列物极必反、相反相成的高论：“天籁”是和的最高境界；天倪是以大自然为模式的包容一切（是与非，彼与此，然与不然，可与不可）的和；素朴是修饰之极致

① 陈鼓应注译:《庄子今注今译》(最新修订版),第393页。
② 陈鼓应注译:《庄子今注今译》(最新修订版),第699页。
③ 陈鼓应注译:《庄子今注今译》(最新修订版),第172页。

（“既雕既琢，复归于朴”[①]）；辩不若默；黄帝遗失“玄珠”，“知”（智识）、“离朱”（明察）、“吃诟”（巧辩）都找不到，而“罔象”（超经验、超感觉、非逻辑的模糊把握）得之……《庄子》是那个时代批判哲学的代表，其“天”论也可谓集反向思维之大成的自然论。

2. 天人之辨

老庄“自然”论的要义集于其天人之辨。

庄子面对社会现实，其主导倾向诚然是出世的，但绝非与政治不相干，不妨说是因由对时政的失望。《庄子》也有与老子无为而无不为一脉相承的东西，以“天德”论无为就是很好的例子。《天地》说：

> 玄古之君天下，无为也，天德而已矣。……
>
> 故通于天者，道也；顺于地者，德也；行于万物者，义也；上治人者，事也；能有所艺者，技也。技兼于事，事兼于义，义兼于德，德兼于道，道兼于天，故曰：古之畜天下者，无欲而天下足，无为而万物化，渊静而百姓定。《记》曰：“通于一而万事毕，无心得而鬼神服。”
>
> ……无为为之之谓天，无为言之之谓德。[②]

其他篇中，《刻意》曰：“虚无恬惔，乃合天德。”[③]《天道》说：“昔者舜问于尧曰：‘天王之用心何如？’尧曰：‘吾不敖无告，不废穷民，苦死者，嘉孺子而哀妇人。此吾所以用心已。’舜曰：‘美则美矣，而未大也。’尧曰：‘然则何如？’舜曰：‘天德而出宁，日月照而四时行，若昼夜之有经，云行而雨施矣。’尧曰：‘胶胶扰扰乎！子，天之合也；我，人之合也。’”[④]“虚无恬惔”的“天德”有无为而治的意味。

《齐物论》有个不无讽喻之义的寓言：“劳神明为一，而不知其同也，谓之朝三。何谓朝三？狙公赋芧曰：‘朝三而暮四。’众狙皆怒。曰：‘然则朝四而暮三。’众狙皆悦。名实未亏而喜怒为用，亦因是也。是以圣人和

---

① 陈鼓应注译:《庄子今注今译》(最新修订版),第588页。
② 陈鼓应注译:《庄子今注今译》(最新修订版),第347、350页。
③ 陈鼓应注译:《庄子今注今译》(最新修订版),第459页。
④ 陈鼓应注译:《庄子今注今译》(最新修订版),第401页。

之以是非而休乎天钧，是之谓两行。”[①] 狙公给予芧的总量没有差异，只是分配手法略有变化，本来这种改变对狙毫无益处，众狙前后却有“怒”和“悦”的不同。以此比喻政治，受治于人的民众或“怒”或“悦”没有意义，甚至是上当。圣人的治理其实不能改变自然赐予的多少，道其“是非”充其量是其调和矛盾的手段，一切只会在“天钧”——自然的平衡和谐中协调统一起来。

老子的自然与无为相通，与人为相对立。这在《庄子》中得到阐扬，是其论“天”的核心。值得注意的是庄子常将无为引申到人的自然情感和自然万物的生成变化上，如《养生主》说：老聃死，他的朋友秦失去吊丧，只号哭三声就出来了。其弟子问这样可以吗？秦失回答，若像老人哭儿子，少年人哭母亲，就是“遁天倍（背）情”。忘怀所禀受自然生命的长短（“忘其所受”）古人称为“遁天之刑”。秦失所谓“遁天倍情”指背离自然违背真情；“遁天之刑”也指有悖自然而遭受的刑罚。同篇还有另一段对话：“公文轩见右师而惊曰：‘是何人也？恶乎介也？天与？其人与？’曰：‘天也，非人也。天之生是使独也，人之貌有与也。以是知其天也，非人也。’”[②] 右师只有一只脚（“介”），公文轩不知这是天生的还是人为造成的，故惊问之。所谓“天”就是与“人”（即人为）相对的天生、天成。又如《至乐》：“天无为以之清，地无为以之宁，故两无为相合，万物皆化生。……故曰天地无为也无不为也，人也孰能得无为哉！”[③]，是把“天”（或“天地”）和“无为”直接联系起来。《大宗师》指出，能够区别“天之所为”和“人之所为”是认识的至境，由此才能智慧地享受自然赋予的整个生命：“知天之所为，知人之所为者，至矣，知天之所为者，天而生也；知人之所为者，以其知之所知，以养其知之所不知，终其天年而不中道夭者，是知之盛也。”[④]《德充符》云：

> 故圣人有所游，而知为孽，约为胶，德为接，工为商。圣人不谋，恶用知？不斫，恶用胶？无丧，恶用德？不货，恶用商？四者，天鬻也；天鬻者，天食也。既受食于天，又恶用人！有人之形，无人之情。

① 陈鼓应注译：《庄子今注今译》（最新修订版），第76页。
② 陈鼓应注译：《庄子今注今译》（最新修订版），第121页。
③ 陈鼓应注译：《庄子今注今译》（最新修订版），第522页。
④ 陈鼓应注译：《庄子今注今译》（最新修订版），第199页。

有人之形，故群于人；无人之情，故是非不得于身。眇乎小哉，所以属于人也！謷乎大哉，独成其天！①

圣人的精神境界无须“知”“约”（约束）、“德”“工”（工艺）。不用谋划何须智？“不斫”（无伤于自然）何须人为约束？无所失于天性何须德？不做买卖何须商？有这四者就是受自然的“天养”，而不用人为，就没有一般的人情和是非。属于人为的东西是渺小的，唯独与天同体的圣人是伟大的。随即又有惠子与庄子讨论人究竟有无“情”的对话：

惠子谓庄子曰：“人故无情乎？”庄子曰：“然。”惠子曰：“人而无情，何以谓之人？”庄子曰：“道与之貌，天与之形，恶得不谓之人？”惠子曰：“既谓之人，恶得无情？”庄子曰：“是非吾所谓情也。吾所谓无情者，言人之不以好恶内伤其身，常因自然而不益生也。”惠子曰：“不益生，何以有其身？”庄子曰：“道与之貌，天与之形，无以好恶内伤其身。今子外乎子之神，劳乎子之精，倚树而吟，据（槁）梧而瞑。天选之形，子以坚白鸣！”②

“情”不是来自“天”，即非天性；是世俗之好恶影响下产生的可能“内伤其身”的继生之情。“益生”是增益、人为养成，意即并非自然天成。

《秋水》中说：“牛马四足，是谓天；落（络）马首，穿牛鼻，是谓人。”③ 这是区分“人”和“天”最直白的论断！随即说：“无以人灭天，无以故灭命，无以得殉名。谨守而勿失，是谓反其真。”④ 强调对自然本性的维护和回归。

然而庄子看来，人与天不仅是对立的，也是统一的。《山木》篇借受困于陈蔡间的孔子之口说：“无受天损易，无受人益难。无始而非卒也，人与天一也。”⑤ “无受天损易”是谓作为人，本来就是整个自然运行参与者，生存、遭际和言行与自然合拍，不受其损伤容易。“无受人益难”谓世俗追

① 陈鼓应注译:《庄子今注今译》(最新修订版),第191页。
② 陈鼓应注译:《庄子今注今译》(最新修订版),第193—194页。
③ 陈鼓应注译:《庄子今注今译》(最新修订版),第496页。
④ 陈鼓应注译:《庄子今注今译》(最新修订版),第496页。
⑤ 陈鼓应注译:《庄子今注今译》(最新修订版),第600页。

求的爵禄之类，虽是自己本性以外的东西，欲辞却难。郭象释“无始而非卒也”云：“于今为始者，于昨为卒，则所谓始者，即是卒矣。言变化之无穷。”[①] 对于“人与天一也”，孔子自己的解释是“有人，天也；有天，亦天也。人之不能有天，性也，圣人晏然体逝而终矣！”[②] 是说产生“人为”本来也是自然而然的，但人们不能保全自然是受性份所限，只有圣人的一生能够安然地体现出天人的合一。

《大宗师》指出：“故其好之也一，其弗好之也一。其一也一。其不一也一。其一与天为徒，其不一与人为徒。天与人不相胜也，是之谓真人。”[③]《人间世》也说到过与“与人为徒”不同的“与天为徒”，是与自然做伴、交往的意思，为超越世俗的活动。庄子以为，天人原是合一的，不会因人们的主观好恶而改变，在真人那里天与人是不矛盾的。

庄子的天人之辨是自然无为与人为的论证，包蕴着对客观与主观、永恒与短暂、博大与狭隘、超脱与拘滞……的思辨。

（三）审美和思维创造领域的“天”论概念系列

《庄子》天论的意义并不高悬于哲学本体论的层面。精神的解脱和对政治的超越，个体生命、天性的维护，对客观事物属性和规律的尊重，都会深刻地影响审美的追求和创造。其论向若干层面拓展，有的与思维和艺术创造直接关联。

《庄子》有“以天合天”之说，创用了“天籁”“天和”“天倪”等概念。

《达生》中说：

> 梓庆削木为鐻，鐻成，见者惊犹鬼神。鲁侯见而问焉，曰：“子何术以为焉？”对曰：“臣工人，何术之有！虽然，在一焉。臣将为鐻，未尝敢以耗气也，必齐以静心。齐三日，而不敢怀庆赏爵禄；齐五日，不敢怀非誉巧拙；齐七日，辄然忘吾有四枝形体也。当是时也，无公朝，其巧专而外滑消；然后入于山林，观天性；形躯至矣，然后成见

---

① ［晋］郭象注，［唐］成玄英疏，曹础基、黄兰发点校：《庄子注疏》，北京：中华书局2011年版，第369页。

② 陈鼓应注译：《庄子今注今译》（最新修订版），第601页。

③ 陈鼓应注译：《庄子今注今译》（最新修订版），第200页。

镰，然后加手焉；不然则已。则以天合天，器之所以疑神者，其由是与！”①

削木为镰是一种工艺制作。寓言直接描述了造艺上“疑神”（疑为神工）的最高境界——“以天合天”，即创作主体之“天”契合表现对象之“天”。是创作主体对道本体的体认前提下的“合”，是自然生命的原创力得到葆全之“合”，是摆脱世俗名利机巧干扰之“合”，是“忘我”——摆脱主观感受、意识狭隘偏执之“合”。

古人多以调味和音乐为例来比况和说明“和”的境界。《尚书》有“律和声，八音克谐”② 之论，《国语》的“和”“同”之辩说到“声一无听”“味一无果”。大凡美味总是多种味道调和而成；悦耳的乐曲也由五音错综排比而非皆同一音响。善于“近取诸身”的古代论者于是就由此开始讨论“和而不同”。可以说音乐是早期最重视“和”美的艺术门类。《齐物论》云：

子游曰：“地籁则众窍是已，人籁则比竹是已。敢问天籁。”子綦曰：“天籁者，吹万不同，而使其自已也，咸其自取，怒者其谁邪！”③

“籁”指孔窍发出的音响，人籁是人为的，地籁相对于天籁是有限和具体的，唯天籁自然生发和无人为形迹。“天籁”天成音响是音乐的至境，从此艺术论有了“天籁自鸣”的语汇。《天道》还有“人和”“人乐”与“天和”“天乐”之论：

夫明白于天地之德者，此之谓大本大宗，与天和者也；所以均调天下，与人和者也。与人和者，谓之人乐；与天和者，谓之天乐。庄子曰：“吾师乎！吾师乎！齑万物而不为义，泽及万世而不为仁，长于上古而不为寿，覆载天地刻雕众形而不为巧，此之为天乐。故曰：‘知天乐者，其生也天行，其死也物化。静而与阴同德，动而与阳同波。’

① 陈鼓应注译：《庄子今注今译》（最新修订版），第567—568页。
② ［汉］孔安国传，［唐］孔颖达疏：《尚书正义》，第95页。
③ 陈鼓应注译：《庄子今注今译》（最新修订版），第43—44页。

> 故知天乐者，无天怨，无人非，无物累，无鬼责。故曰：‘其动也天，其静也地，一心定而天地正；其魄不祟，其魂不疲，一心定而万物服。’言以虚静推于天地，通于万物，此之谓天乐。天乐者，圣人之心，以畜天下也。”①

“和”分出了“天”“人”的层级，而且“与天和者”是“大本大宗”，是与仁义、寿夭和机巧无涉的“天乐”。把“知天乐”与对自然生命的理解和通于天地万物的天道联系起来。《天运》中黄帝说到自己制乐时亦云：“吾又奏之以阴阳之和，烛之以日月之明……吾又奏之以无怠之声，调之以自然之命，故若混逐丛生，林乐而无形。”②

天倪与天和、天钧、天乐等概念组合，都体现出自然天成的和谐、均衡、安详，是人的精神和事物运化的楷范和目标。《齐物论》云：“化声之相待，若其不相待，和之以天倪，因之以曼衍，所以穷年也。何谓语和之以天倪？……忘年忘义，振于无竟，故寓诸无竟。”③《寓言》介绍全书表述方式时对“天倪”有所论：

> 寓言十九，重言十七，卮言日出，和以天倪。……卮言日出，和以天倪，因以曼衍，所以穷年。不言则齐，齐与言不齐，言与齐不齐也，故曰言无言。言无言，终身言，未尝言；终身不言，未尝不言。有自也而可，有自也而不可；有自也而然，有自也而不然。恶乎然？然于然。恶乎不然，不然于不然。恶乎可？可于可。恶乎不可？不可于不可。物固有所然，物固有所可，无物不然，无物不可。非卮言日出，和以天倪，孰得其久！万物皆种也，以不同形相禅，始卒若环，莫得其伦，是谓天均。天均者天倪也。④

“天倪”“天均”是自然形成的和谐。天地万物总体上是平衡和谐的，由于不停运动变化，新的变数、摩擦矛盾随时出现，也随即协调整合，不断由不平衡到实现新的平衡和谐。学术语言表述和形象描绘也应如此。《知北

① 陈鼓应注译：《庄子今注今译》（最新修订版），第396—397页。
② 陈鼓应注译：《庄子今注今译》（最新修订版），第426页。
③ 陈鼓应注译：《庄子今注今译》（最新修订版），第105—106页。
④ 陈鼓应注译：《庄子今注今译》（最新修订版），第836页。

游》曾直言“天和”：

> 齧缺问道乎被衣，被衣曰：“若正汝形，一汝视，天和将至；摄汝知，一汝度，神将来舍。德将为汝美，道将为汝居，汝瞳焉如新生之犊而无求其故！”言未卒，齧缺睡寐。被衣大说，行歌而去之，曰：“形若槁骸，心若死灰，真其实知，不以故自持。媒媒晦晦，无心而不可与谋。彼何人哉！”①

“正汝形，一汝视”可致“天和”，说明调整、端正主体（即“形若槁骸，心若死灰”的忘我）的立场，以无所偏执（也即“真实其知，不以故自恃”）的视角去考察、理解和表现，“天和”的境界就能够到达。

庄子以为言辩是一种人为。《天运》有“无言而心说（悦）”。《列御寇》有段耐人寻味的话“知道易，勿言难。知而不言，所以之天也；知而言之，所以之人也；古之至人，天而不人”②，似与禅宗的“不立文字”的“拈花微笑，以心传心”相近。《齐物论》亦有可相印证发明处：“孰知不言之辩，不道之道？若有能知，此之谓天府。注焉而不满，酌焉而不竭，而不知其所由来，此之谓葆光。”③ 能解“不言之辩，不道之道”的奥秘，也就拥有了无尽藏、取用不竭的“天府”。

《刻意》指出：“纯素之道，唯神是守。守而勿失，与神为一。一之精通，合于天伦。……故素也者，谓其无所与杂也；纯也者，谓其不亏其神也。能体纯素，谓之真人。”④ “神”是内在的、本质的，与纯粹素朴之道相通的是浑全的生命精神，故称“合于天伦”，“天伦”者自然之理也。老子最早提出“见素抱朴”的主张，赞许过“小国寡民，老死不相往来”的古朴社会。庄子说“既雕既琢，复归于朴”（《山木》）⑤，描述了“其民愚而朴”的建德之国（《山木》），以为“朴素而天下莫能与之争美”（《天道》）⑥。

---

① 陈鼓应注译:《庄子今注今译》(最新修订版),第 653 页。
② 陈鼓应注译:《庄子今注今译》(最新修订版),第 958 页。
③ 陈鼓应注译:《庄子今注今译》(最新修订版),第 91 页。
④ 陈鼓应注译:《庄子今注今译》(最新修订版),第 463 页。
⑤ 陈鼓应注译:《庄子今注今译》(最新修订版),第 588 页。
⑥ 陈鼓应注译:《庄子今注今译》(最新修订版),第 393 页。

《天地》有子贡与抱瓮丈人不用机械提水灌园的故事。丈人说，“有机械者必有机事，有机事者必有机心。机心存于胸中，则纯白不备；纯白不备，则神生不定；神生不定者，道之所不载也。”① “机心”与内在精神的“纯白”背离，全德之人其心必得“忘”功利机巧。

人为机巧有违自然，故不可取。《大宗师》中的许由和《天道》中的庄子，都曾赞叹其师“覆载天地刻雕众形而不为巧”。《天道》中老子批评士成绮：“动而持，发也机，察而审，知巧而睹于泰”②，所谓“机”“知巧”都非出于本性之真。

“天”论还涉及心理和思维层面。从弓弩击发装置机栝引申出来的“机”是机巧之机。此类“机”是人为，庄子论中的“机械”“机事”“机心”皆不可取。但“机”也常有机会、机缘方面的意思，指在瞬间或特定时空诸多因素凑集、巧合。当机与“天”连成一体的时候，其灵动就可宝贵了。《大宗师》说：“嗜欲深者，其天机浅。”③ 是谓“真人”身心不受“嗜欲”干犯，葆有深固的天然慧根；世俗之人则不然。《天运》言及制乐时有曰“……天机不张而五官皆备，无言而心说，此之谓天乐。”④ 是谓以人为的媒介和技巧制乐总是有局限的，“天乐”只能是无形迹的自然之和。《秋水》的寓言中百足之虫蚿和无足的蛇前进都为“天机所动”，无须主观努力和意志左右的灵动自如。所谓“机”有时指生命活力的勃发、慧根崭露，要素的凑集、巧合，乃至鬼使神差出人意表的神机突现，如此则创意超凡，对道的体认和妙悟忽然而至。故后来有所谓玄机、禅机。

“天门”亦首见于《天运》。该篇载老子云：“正者，正也。其心以为不然者，天门弗开矣。”⑤ 谓自正者才能纠正他人，不能如此心灵就不能自由通达地活动，天门得开就可进入虚无逍遥的境界。《庚桑楚》也说到“天门”，仍与精神活动相关：“有乎生，有乎死，有乎出，有乎入，入出而无见其形，是谓天门。天门者，无有也，万物出乎无有。有不能以有为有，必出乎无有，而无有一无有。圣人藏乎是。”⑥ 能够出入天门，则可作

---

① 陈鼓应注译:《庄子今注今译》(最新修订版),第 372 页。
② 陈鼓应注译:《庄子今注今译》(最新修订版),第 407—408 页。
③ 陈鼓应注译:《庄子今注今译》(最新修订版),第 199 页。
④ 陈鼓应注译:《庄子今注今译》(最新修订版),第 427 页。
⑤ 陈鼓应注译:《庄子今注今译》(最新修订版),第 439 页。
⑥ 陈鼓应注译:《庄子今注今译》(最新修订版),第 705 页。

精神无挂碍的游履。

“忘”的境界能入于“天”。《庚桑楚》云：“夫复谓不馈而忘人，忘人，因以为天人矣。故敬之而不喜，侮之而不怒者，唯同乎天和者为然，出怒不怒，则怒出于不怒矣；出为不为，则为出于无为矣。欲静则平气，欲神则顺心，有为也欲当，则缘于不得已，不得已之类，圣人之道。”① 受到他人言语的侵害而不报复，“忘人”指不知世俗惯常情绪、态度和处理方式，故得称“天人”。《天地》中老聃说：“有治在人，忘乎物，忘乎天，其名为忘己，忘己之人是之谓入于天。”② “忘物”“忘己”可谓精神境界上对外部世界和对自我的超越。

《达生》中说，至人之所以“潜行不窒，蹈火不热，行乎万物之上而不栗”，“是纯气之守也”，“其天守全，其神无郤，物奚自入焉”③，“纯气之守”和“天守”皆指天赋生命精神的自我营卫。随后又说“醉者之坠车，虽疾不死”是“神全”所至，而“得全于天”的圣人也因“藏于天（浑全无损的天然），故莫之能伤也”。

对“天”的推崇并不忽略精神视野和思维的主观控驭。《马蹄》中“一而不党，命曰天放”④ 的“一”与《知北游》被衣告诫齧缺的“一汝视”的“一”相同，是强调浑全、整体性，“不党”是无偏；“天放”则是自然旷放。是一种对自我精神活动取向自然的把握。而《在宥》的“尸居而龙见，渊默而雷声，神动而天随，从容无为而万物炊累焉”⑤ 表明，“神动而天随”不只是“精神活动都合于自然”，依上下句的句法，“神动”与“天随”是相对的，是谓有神妙的运作却出于自然。

（四）贵真

《老子》感慨世俗“信不足焉，有不信焉”（十七章），以为“智慧出，有大伪”（十八章），“信言不美，美言不信”（八十一章）。⑥ 体现了强烈的尚真意向。

《老子》的“真”与“道”和“德”联系。当然这“道”与“德”并

---

① 陈鼓应注译:《庄子今注今译》(最新修订版),第717页。
② 陈鼓应注译:《庄子今注今译》(最新修订版),第366页。
③ 陈鼓应注译:《庄子今注今译》(最新修订版),第546页。
④ 陈鼓应注译:《庄子今注今译》(最新修订版),第290页。
⑤ 陈鼓应注译:《庄子今注今译》(最新修订版),第320页。
⑥ 陈鼓应注译:《老子今注今译》(修订版),第141、145、349页。

非儒家的伦理规范，是老庄的“道”本体及其体现。二十一章说：“道之为物，惟恍惟惚。……窈冥中有精，其中有真，其中有信。”① 指出在“道”难明的幽深中有可信的“真（谛）”。四十一章说：“质真若渝。”②是谓质达于纯真却好像污浊。五十四章的“修之于身，其德乃真”③，是说以“善建”“善抱”之理修身，“德”可达于“真”。

《老子》有未直接用到“真”“信”“伪”而实为尚“真”的议论，如赞美赤子婴儿的浑朴、全神和天真，以为“圣人皆孩之”（四十九章），“含德之厚，比于赤子，毒虫不螫，猛兽不据，攫鸟不搏。骨弱筋柔而握固。未知牝牡之合而朘作，精之至也。终日号而不嗄，和之至也”（五十五章）。④

尽管屡有所及，严格说在《老子》中“真”还只是“道”的一种属性，是达“道”的表征之一。庄子在其自然论中给予“真”更重要的地位，多层面地拓展了“真”的内涵，使其具有了更多的哲学和美学的意义。

《庄子·齐物论》说：“若有真宰，而特不得其眹。……其有真君存焉？如求得其情与不得，无益损乎其真。”⑤“真宰”与“真君”，本真是身心情感之主宰。以真心释之也无不可。

老庄之“真”是天成之真，人为矫饰则与之背离；其所指在内在本质，常有内外不一或隐而难辨的情况。“真”出于天然。《马蹄》中说：“马，蹄可以践霜雪，笔可以御风寒。龁草饮水，翘足而陆，此马之真性也。”⑥《秋水》对于“天”与“人”的解释中指出：“牛马四足，是谓天；落马首，穿牛鼻，是谓人。故曰：无以人灭天，无以故灭命，无以得殉名。谨守而勿失，是谓反其真。”⑦ 反同返，“反其真”即回到“天”（自然、本然）的状况，足见“真”“天”有同一性。庄子以为文明进程中的人为使人性异化，世俗汲汲于名利权势的“日以心斗”会背离“真”性。《山木》中螳螂捕蝉，异鹊在后的寓言道出“见利而忘其真”的危害。此处“真”就是本真之自我（包括自我的天性和真实处境）。其后庄周强调了“异鹊

---

① 陈鼓应注译:《老子今注今译》(修订版),第156页。
② 陈鼓应注译:《老子今注今译》(修订版),第229页。
③ 陈鼓应注译:《老子今注今译》(修订版),第271页。
④ 陈鼓应注译:《老子今注今译》(修订版),第253、274页。
⑤ 陈鼓应注译:《庄子今注今译》(最新修订版),第57—58页。
⑥ 陈鼓应注译:《庄子今注今译》(最新修订版),第288页。
⑦ 陈鼓应注译:《庄子今注今译》(最新修订版),第496页。

游于栗林而忘真”对自己精神的震撼。《渔父》“苦心劳形以危其真”的警示出于同样的理由，告诫人们“谨修而身，慎守其真，还以物与人，则无所累也。”[①]《天道》亦言“极物之真，能守其本”[②]。

“真”是本质的，也是自然的。本然与“真”相通，故有“本真”一词。《达生》的一段话很有意义：“不厌其天，不忽于人，民几乎以其真。”[③] 永不满足在顺适自然方面的求索，不忽略作为人的天性和本能，就几乎达于“真”的境界。看来“天”与“人”并非绝然对立，毕竟“人”也是“天”的一个组成部分。当然这里的“人”不是有违自然的人为，而是葆有自然本能和天性的人。此所谓“真”可以理解为在合乎自然的前提下共性与个性的统一。

在古代中国，与“真”协调的是“诚”“信”和“实”，与“真”相背离、对立的是“伪”“诡”“欺”“诈”乃至于“虚”“诞”“机”“巧”。《周易·乾卦·文言》曰：“修辞立其诚。”[④]《礼记·表记》有“情欲信，辞欲巧”[⑤]。《礼记·乐记》要求“著诚去伪”[⑥]。儒家也强调诚信，与老庄相比，他们的诚信更侧重于善；老庄之诚信也自有其善的内涵，但更侧重真。

《人间世》云：“为人使易以伪，为天使难以伪。”[⑦] 人为易伪，法天则真。《应帝王》中蒲衣子说王倪：“其知情信，其德甚真。”[⑧]

“真”有时与“故”对立：《秋水》的“反其真”与“无以故灭命（“命”，指自然天性）”相联系。《知北游》说：“形若槁骸，心若死灰，真其实知，不以故自持。”[⑨]《天下》又有“以重言为真”是谓“重言”令人信服。庄子声明其“重言”不取于“陈人”。可见其“真”与“故”的不相容似乎包含着这样的意味：批判和否定未能与时俱进、与“道”的不断展示相适应的陈旧思维模式、故步自封的陈腐观念。

---

① 陈鼓应注译：《庄子今注今译》（最新修订版），第937、944页。
② 陈鼓应注译：《庄子今注今译》（最新修订版），第412页。
③ 陈鼓应注译：《庄子今注今译》（最新修订版），第546—547页。
④ 黄寿祺、张善文：《周易译注》（新修订本），上海：上海古籍出版社2018年版，第82页。
⑤ ［汉］郑玄注，［唐］孔颖达疏：《礼记正义》，北京：北京大学出版社2000年版，第1745页。
⑥ ［汉］郑玄注，［唐］孔颖达疏：《礼记正义》，第1301页。
⑦ 陈鼓应注译：《庄子今注今译》（最新修订版），第139页。
⑧ 陈鼓应注译：《庄子今注今译》（最新修订版），第247页。
⑨ 陈鼓应注译：《庄子今注今译》（最新修订版），第653页。

《秋水》作了“无以人灭天”“反其真”的呼吁，《渔父》更有一段名言：

> 真者，精诚之至也。不精不诚，不能动人。故强哭者，虽悲不哀；强怒者，虽严不威；强亲者，虽笑不和。真悲无声而哀，真怒未发而威，真亲未笑而和。真在内者，神动于外。是所以贵真也。……礼者，世俗之所为也，真者，所以受于天也，自然不可易也。故圣人法天贵真，不拘于俗，愚者反此。不能法天而恤于人，不知贵真，禄禄而受变于俗，故不足。①

“真者，所以受于天也，自然不可易也”，“法天贵真”标举“精诚之至”，倡导对自然天性的维护和回归，说圣人“不拘于俗”和对“禄禄受变于俗”的批评，矛头所向是扭曲天性的礼义成法和一切造作、矫饰，更不用说欺诈、虚伪。与“诚”密切联系，是与人类主体、与主观情感的联系。庄子这种“真”又是摆脱世俗关系、去我执、忘己（去“成心”、不“师心”）的“真”，是天成的、本质的、精神情感层面的“真”，所以可以说是超乎感官感知范围、无关乎外在形态（哪怕无形或形残）、不涉某些具体属性的“真”。以“精诚之至”来释其“真”，强调精诚才能动人，真情可以形成一种无形而强劲的感召力和震撼力！此论对于审美和艺术创造的积极影响不言而喻，几乎是像对造艺者说的一样。庄子所举的例子全在感情方面，表明其“真”所追求的核心不在忠实于事物的客观属性，而在于主观情感的率真至诚。

“真人”的称谓首见于《庄子》，后来它被奉为道教经典，所谓“真人”于是指修炼成功的得道者，庄周也列其中，以“南华真人”名号入了仙班。庄子的“真人”指的什么人？为何言其“真”？在讨论“贵真”的时候是有必要探究的。

庄子推崇“天人”“神人”“圣人”“至人”和“真人”。天、神、圣、至的意义不难理解，不离天生、神圣和高明至极一类意义，都是膜拜超人所达境界之词，唯独“真”明显兼具美学的指向。

对“真人”介绍最集中的一段出自《大宗师》，其中有：

---

① 陈鼓应注译：《庄子今注今译》（最新修订版），第944—945页。

> 且有真人而后有真知。何谓真人？古之真人不逆寡，不雄成，不谟士。若然者，过而弗悔，当而不自得也。若然者，登高不栗，入水不濡，入火不热。是知之能登假于道者也若此。古之真人，其寝不梦，其觉不忧，其食不甘，其息深深。真人之息以踵，众人之息以喉。屈服者，其嗌言若哇。其嗜欲深者，其天机浅。……①

“真知”唯不受嗜欲干扰，“天机”深的“真人”能够体认，故《刻意》有云：“能体纯素，谓之真人。”②“真人”不轻视些微，不违忤少数，没有成功的骄矜，也不用谋虑，无所谓得失；他们在感觉、心理和情感欲求上都超越了常人，环境因素对他们不会构成伤害和威胁；他们没有违背“自然”“素朴”的嗜欲，没有世俗关系的干扰，充分地营卫和享受着智慧生命；他们顺随“自然”大化，不忘自己来自“自然”，不求以一己的意志改变生化的进程和结局。他们是“天人合一”的，知道“天”不需“人助”，“助”则适得其反……

（五）“尚大不惑”

无论是尚虚无还是尚自然、法天贵真……对庄学而言，其要义都在于对自我人生、对社会政治的超越。力求超越一切人世间一切忧患、痛苦，包括对肢体残缺、生命短促的自悲伤感、欲念不能满足的苦闷，对改变现实的无能为力、才智抱负的不能施展……鼓吹恢复人的纯朴天性，追求充分享受天赋的不受干犯、污染的生命和体道的精神自由。能够实现对世俗的超越，士人的精神就能获得解脱和自由，乃至傲视权贵势要，拥有自我生命价值的自信。

在老庄学说中“大”常是“道”的同义语。《老子》论及“大”的地方很多，最有代表性的是：

> 有物混成，先天地生。寂兮寥兮，独立而不改，周行而不殆，可以为天下母，吾不知其名，强字之曰道，强为之名曰大。大曰逝，逝曰远，远曰反。故道大、天大、地大、人亦大。域中有四大，而人居

---

① 陈鼓应注译:《庄子今注今译》(最新修订版),第 199 页。

② 陈鼓应注译:《庄子今注今译》(最新修订版),第 463 页。

其一焉。人法地，地法天，天法道，道法自然。（二十五章）[①]

《论语·泰伯》中子云："大哉！尧之为君也。巍巍乎！唯天为大，唯尧则之。荡荡乎！民无能名焉。巍巍乎其有成功也。焕乎其有文章。"[②] 孔子的"大"指道德教化、仁爱精神之伟大，而老庄的"大"是"道"指称的精神实体，尚"大"就是尚道。

《庄子·徐无鬼》里讲述一段史事：勾践败于吴"以甲楯三千栖于会稽"之时，文种能知越国"亡之所以存"，却不知"身之所以愁"——即复国胜吴之后会被勾践赐死。在议论中指出人认知的局限性，以及"知"与"不知"的互补和相反相成。最后是一段尚"大"之论：

知大一，知大阴，知大目，知大均，知大方、知大信、知大定，至矣。大一通之，大阴解之，大目视之，大均缘之，大方体之、知大信稽之、大定持之。……尚大不惑。[③]

从不同方面阐说"知大"，其中"大一"指"道"的浑融一体，故言"大一通之"。

理解庄子的"尚大"还应注意，其"大"与"小"也是相对的；所谓"大"绝不限于空间的博大，往往是从本质和宏观上或者根源性、整体性方面对事物的涵盖、包举。庄子洞悉精微处则似"小"实"大"！《逍遥游》的"野马也，尘埃也，生物之以息相吹也"[④]，颇耐人寻味：沼泽上的水气与尘埃的蒸腾浮动，在那个时代怕是对极细小之物的观察所得；水气尘埃被称之"生物"——哪怕它们极小，也在作生命运动，同一空间以气息相吹是对它们浮动所以然的臆想：透露出一种万物无论巨细皆具生命性的意识。《则阳》中戴晋人劝阻魏惠王举兵向齐侯复仇时讲了个故事，"蜗角触蛮"的小人国间竟然也发生过"伏尸数万，逐北旬有五日而后反"[⑤] 的战争……在"小"中"玄鉴几微"则见"小"中之"大"，此为思维博大宏

① 陈鼓应注译：《老子今注今译》（修订版），第 169 页。

② ［宋］朱熹：《四书章句集注》，第 107 页。

③ 陈鼓应注译：《庄子今注今译》（最新修订版），第 762 页。

④ 陈鼓应注译：《庄子今注今译》（最新修订版），第 8 页。

⑤ 陈鼓应注译：《庄子今注今译》（最新修订版），第 779 页。

深的一种体现。

“大”是一超越，是对“道”的通同，使精神游履和思维摆脱局限、偏颇、个别的狭隘，以及限于表层、具体的肤浅。《秋水》中北海神若质疑过常识中“细”与“大”的极限，从而指向“大”与“小”的无穷：“又何以知毫末之足以定至细之倪？又何以知天地之足以穷至大之域？”① 在对时间和空间两方面的观照中明言“量无穷，时无止”。

在思维时空的拓展与层次提升、视角转换方面，百川灌河之秋为水势浩大自鸣得意的河伯，在入海处面对辽阔无际的汪洋自惭形秽。北海神若开导他说：“井蛙不可以语于海者，拘于虚也；夏虫不可以语于冰者，笃于时也；曲士不可语于道者，束于教也。”② 强调必须超越身观的时空局限，解除知识经验承传给人的束缚，才能实现思维方式和观念意识上的突破，体认大自然含蕴的大道。又从万川归于大海推演到人与外部世界时空大小的悬殊：“今尔出于崖涘，观于大海，乃知尔丑，尔将可与大理矣。天下之水，莫大于海，万川归之，不知何时止而不盈；尾闾泄之，不知何时已而不虚；春秋不变，水旱不知。此其过江河之流，不可为量数。”③ 指出，“犹小石小木之在大山”“四海之在天地之间”“似礨空之在大泽”“中国之在海内”“似稊米之在大仓”，人不过是芸芸众生中的一员，“似毫末之在于马体”！④ 从天地万物的存在和演化运行的宏观角度看，三皇五帝仁人和任事贤能的作为其实很渺小；伯夷求得的名声，孔子显示的博学，也像河伯以秋水浩大自负一样不足道。

《庄子·天下》中说：

> 天下多得一察焉以自好。譬如耳目鼻口，皆有所明，不能相通。犹百家众技也，皆有所长，时有所用。虽然，不该不遍，一曲之士也。判天地之美，析万物之理，察古人之全，寡能备于天地之美，称神明之容。是故内圣外王之道，暗而不明，郁而不发，天下之人各为其所欲焉以自为方。百家往而不反，必不合矣！后世之学者，不幸不见天

① 陈鼓应注译:《庄子今注今译》(最新修订版),第483页。
② 陈鼓应注译:《庄子今注今译》(最新修订版),第477页。
③ 陈鼓应注译:《庄子今注今译》(最新修订版),第477页。
④ 陈鼓应注译:《庄子今注今译》(最新修订版),第477—478页。

地之纯，古人之大体，道家术将为天下裂。[①]

从根本上说“尚大”之大是道之大。“尚大”崇尚精神思维境界上对狭隘凡俗的超越。《徐无鬼》的“尚大不惑”正是在指出文种眼光浅短不能自保之后提出来的。只知眼前的政治功利，全然不知君主本性和政治险恶的文种显然是“惑”的，远不如范蠡远见卓识之“大”，功成身退飘然而去。《齐物论》“大梦大觉”之喻也可以说是对人生真谛的大彻大悟，实现对命运和思想追求的超越而言的。

唐杜甫《望岳》有“会当临绝顶，一览众山小”[②]；宋苏轼的《题西林壁》云：“横看成岭侧成峰，远近高低各不同，不识庐山真面目，只缘身在此山中。”[③] 何尝没有“尚大不惑”方面的意涵。

庄子“尚大”艺术创造上的积极意义，在于推崇广义的生命精神境界之“大”。《天道》篇说：“夫天地者，古之所大也，而黄帝、尧舜所共美也。”[④]《知北游》则云：“天地有大美而不言。”[⑤] 天地万物的生成演化呈显大道，其“大美”蓄蕴于无限壮丽的大自然图景之中。

与人类社会既分离而又密切联系的是大自然，最为切近的是相对独立于世俗社会政治之外的山林田园。《知北游》通过孔子之口说：“山林与！皋壤与！使我欣欣然而乐与！”[⑥]《外物》篇更由庄子自己出面，称：“大林丘山之善于人也。”[⑦] 人是天之骄子，所处的自然环境亿万年来最适宜人类的生存发展，所以才有傲视众生独霸地球的今天。在天成的“山林皋壤”中本不乏快适欣悦的生命体验，何况此中没有世俗社会难免的忧患、困扰和痛苦。

中国描绘山水和田园生活的诗文绘画在世界文学艺术史上独树一帜，达到很高的艺术境界。不能不承认它与老庄“道法自然”“法天贵真”“尚大不惑”的理念相关。

（作者单位：辽宁大学文学院）

---

① 陈鼓应注译:《庄子今注今译》(最新修订版),第984页。

② [唐]杜甫著,[清]仇兆鳌注:《杜诗详注》,北京:中华书局1979年版,第4页。

③ [清]王文诰辑注:《苏轼诗集》,北京:中华书局1982年版,第1219页。

④ 陈鼓应注译:《庄子今注今译》(最新修订版),第402页。

⑤ 陈鼓应注译:《庄子今注今译》(最新修订版),第650页。

⑥ 陈鼓应注译:《庄子今注今译》(最新修订版),第677页。

⑦ 陈鼓应注译:《庄子今注今译》(最新修订版),第827页。

佛教心法观对《文心雕龙》心法说的历史性献功[①]

刘业超

摘　要：对心性的探讨和体认是中华认识论中的普遍性范畴，但具体表现在儒道佛三家的文化中，在理性层次上实际是存在着极大的个性差异的，其中既具有各自独特的哲学优势，也存在各自独特的历史局限。唯其如此，中华传统心性观与佛教心性观之间，便产生了诸多的交集与融会，由此获得了诸多双向的补益与升华。《文心雕龙》中的独标一格的心法说体系，就是这一理论事实的生动展示和具体见证，也是观照这一历史过程与其中的逻辑关系的最直接的窗口。

关键词：佛教；心法；文心雕龙；历史性补益

以心为法是佛教心性论的核心内涵，也是其独标一格的理性优势与美学优势之所在。这种独特的理性优势与美学优势，以认识论与方法论的双重形态，鲜明而生动地表现在《文心雕龙》博大精深的文本之中，突显着中华文化特有的具有兼容性品格的胸襟与智慧，也为中华文学与中华美学的具有世界性意义的远航，提供了一座炳照千秋的灯塔。下面试将末学的一管之见，谨呈于学界大方之前。

一、《文心雕龙》对佛教心法观的认识论吸收与发挥

中国古代对心之用的体认分为三种形态：儒家心法论，道家心法论，佛教心法论。在佛教传入中原之前，儒家心法论和道家心法论在思想界居

---

① 基金项目：湖南省社会科学成果评审委员会课题“佛教文化中的正性质素及其对中华文学的历史影响系统研究”（2017CXSPRBZZ054）。

于主流地位。先秦时期，孟子以“善心”为基础，以实践仁义道德为目标，建立了心性合一的心用论，标举发挥主体人的道德之心的自律作用，超越个人情感而实现理想的人格境界。《庄子》中的“心”则以“道心”为内核，以实现心灵的逍遥为目标，否定并超越了孟子心性论中的仁义礼智，提倡“绝圣弃智”，主张人类的生活应该返归于自然，以此获得生命的自在与自由。这两种理论主张一正一反，却又相辅相成，构成了中国古代思想文化的主干，共同培育着中华民族精神，赋予了我们民族的精神家园以向善与崇真的双重底色，积淀下我们民族重视兼容与和谐的文化基因，推动着中华文化的向上发展的历史进程。这一历史的功勋，无疑是应该加以肯定的。但是，作为人类早期的意识形态，从认识论的理性层次而言，其历史的局限性也是极其明显的。根由就在于，这两种具有初始意义的体认，都生发于以人为原或以自然为原的单一性的逻辑基点。这种认识格局严格从属于形而下世界的范畴，它对世界的认识只能是一种纯主体论的或纯客体论的覆盖，而不能是一种全息性的本体论的全覆盖。具体表现在心与物的关系上，它只认识到了物对心的单发关系，而不能认识到心对物的能动关系，更不可能认识到心与物的互动关系；它只认到可以直接感知到的事物的表层方面，而不可能深刻感知到事物的深层方面，也不可能感知到事物的现象与本质、心与物融合成为一体的方面，更不可能认识到宇宙的总体运动的总体规律与把握这一总体运动的总体方法。唯其如此，它的感知范围与认知维度必然是有限的。这就是我国古代在认识论上长期辗转相因，而难以出现质的飞跃的历史根由与逻辑根由。

这一历史性的局限是一种源于系统机制的局限，而系统机制的局限是不可能在系统机制的内在运动中自行解决，而只能借助外在的积极因素的融入才能获得补益与升华的。这一艰难的历史任务在历史的自然运动中，最终历史地落到了佛教以般若思维为内核的心法论的肩上。

佛教心法论之所以能够承担这一艰难的历史任务并且获得重大的历史性成功，这是与它在认识论上独标一格的强大的理性优势密不可分的。佛教心法论所体认的心，不再是“心之官则思”的以人为本的纯人性化的体人之心，也不再是“绝圣弃智”的以物为本的纯自然化的体物之心，而是将宇宙万物融为一体的“万法唯心”之心。就其具体内涵而言，它已经不再是对物的单一性存在的强调，而是对心与物的并重并对其融合为一的强调。这就是佛教所标举的“色不异空，空不异色；色即是空，空即是色”[①]，也就是它所说的“色空不二”“不一不异”。正是在这一本体论视野的统摄下，佛教心物论将心与物这两个共存而又对待的存在，融合成为一个平等互动而又相倚相生的有机整体。这一带有鲜明佛教本体论色彩的有机整体具体表现在《文心雕龙》的心物论中，就是它的独标一格的理论界面。而其“神思”之说，就是这一心物融一的理论界面在美学领域中的集中表述。

何谓“神思”？刘勰在《文心雕龙》神思篇中的回答是：

古人云：“形在江海之上，心存魏阙之下。”神思之谓也。[②]

刘勰运用形象性描述的方式，生动而明确地告诉人们：“神思”的本质规定性，就是一种突破时空局限的无拘无束的自由思维。这一壁垒分明的规定性，将“神思”与世俗的“凡思”严格地区分开来。“神思”作为一种特定的思维形态与思维境界的基本特征，被刘勰表述如下：

文之思也，其神远矣。故寂然凝虑，思接千载；悄焉动容，视通万里；吟咏之间，吐纳珠玉之声；眉睫之前，卷舒风云之色；其思理之致乎！故思理为妙，神与物游。[③]

分而析之，可以概括为以下几个方面：

一是思维方式的开放性：“文之思也，其神远矣。寂然凝虑，思接千载；悄焉动容，视通万里。”这种在时间上连接千载、在空间上贯通万里的思维界面，是不见于前人而独见于斯人的，而就其理性渊源而言，是不可能从原始神话思维中获得逻辑的依据，也不可能从道家的“绝圣弃智”的纯物化亦即弃绝人的思维的心理环境中所能生发，而只能从佛教的禅思的“万法唯心”的广阔的思维界面中获得启迪而如此熟练地运行的。刘勰的这种与“神”同功却不带有任何神的神秘色彩而唯以纯想象为心理凭藉的思

① ［唐］玄奘译：《般若波罗蜜多心经》，方广锠编纂：《般若心经译注集成》，上海：上海古籍出版社2011年版，第6页。

② 范文澜：《文心雕龙注》，北京：人民文学出版社1958年版，第493页。

③ 范文澜：《文心雕龙注》，第493页。

维境界，是独见于佛教而不见于其他任何一家哲学与宗教的理论体系之中的。

二是思维境界的审美性："吟咏之间，吐纳珠玉之声；眉睫之前，卷舒风云之色。"赋予心物之间的互动与交融以如此鲜明的美学内涵以及如此明确的理论表述，首见于刘勰的"神思"，而从美学的角度对此作出旗帜鲜明的强调，则独见于刘勰的"神思"。刘勰的这一心物合一的体认，提出了并证明了以下几个重要的理论事实：美与形象的共生属性以及形象对美的寄寓功能与引发功能。正是在这一理论体认的统摄下，刘勰在心与物的互动中融入了情感的内容，将三者熔铸成为一个有机的哲学整体与美学整体——以心为原、以物为体、以美为象的"心即是色，色即是心"的生命共同体。如此完美的生命共同体，同样是独见于佛教的认识界面而不见与其他的哲学与宗教之中的。佛教中的"拈花微笑"的认识界面与审美界面，就是具体的视窗展示。而慧远在《万佛影铭序》中所说的"神道无方，触像而寄。百虑所会，非一时之感""譬日月丽天，光影弥晖，群品熙荣，有情同顺""妙物之谈，功尽于此"①，就是对此种境界所作出的理论体认。《文心雕龙》中关于思维境界的审美性的理论发挥，从历史的渊源上来说，即张本于此并得力于此。

三是理性层次的高端性："其思理之致乎！""思理之致"是刘勰对"神思"在认识论的理性层次上的高端地位的界定。他明确告诉人们："神思"所追求的理性境界，并非一般层次的境界，而是一种蕴涵特殊智慧的具有终极意义的心理境界，亦即在《论说》中所标举的"动极心源，其般若之绝境乎"② 的具有"心源"意义并处于"绝境"最高位置的"般若"境界。何为"般若"？般若是梵语 Prajna 的音译，意为"终极智慧"，具指如实认知一切事物和万物本源的智慧。为表示有别于一般所指的智慧，故特别运用音译，大乘佛教将这种最高的智慧称为"诸佛之母"，是一种具有本体论意义的哲学称谓。刘勰所说的"思理之致"的"神思"及"动及心源"的"般若"，在理性的层面上属于同一的位置和范畴，亦即具有从事物生发的总根源处对事物的总体本质与总体规律进行全息覆盖和抽绎的品

① 石峻、楼宇烈等编：《中国佛教思想资料选编》第 1 卷，北京：中华书局 1981 年版，第 121—122 页。

② 范文澜：《文心雕龙注》，第 327 页。

格。径而言之，也就是总揽全局的枢纽性的品格。刘勰将《神思》视为创作论的总摄，置于创作论系列篇章的首位，在思想上与逻辑上即张本于此并得力于此。刘勰进而以“神思”为内核与纽带的“文心”二字命题，以“文心”二字统领全局，由此造就其博大与精深，在思想上与逻辑上即张本于此并得力于此。

四是系统机制的灵妙性：“故思理为妙，神与物游。”“神思”之思何以禀有如此神奇的超越时空的认知功能？“神思”之思何以能具有镕心与物为一炉、化真善美为一体的卓越的感性品格和理性品格？“神思”之“神”，到底“神”在哪里？“神思”之“神”之所以得以体现和实现的系统机制究竟是什么？刘勰所说“神与物游”四字，就是对这一思理中的“妙”处的总体揭示。

何谓“神与物游”？“神”指人的主体性的精神活动，“物”指人的精神活动的对象，“游”是对“神思”中的心与物之间的自由互动的双向融合的关系与状态的特定称谓。刘勰运用这四个字，精辟地回答了一个重要的理论问题。他明确地告诉人们：这种神奇智慧的思维境界及其藉以生发的内在系统机制，就是心与物之间的双向性的交流、互动和融合为一。

刘勰的这一理论主张，与传统的单向性的“物感说”，是大相径庭的。在中华传统的认识论主张中，长期停滞在“物来感人”的单维向的层面，而忽略了“心往感物”的能动性的部分。《乐记》云：“人生而静，天之性也。感于物而动，性之欲也。物至知知，然后好恶形焉”；“凡音之起，由人心生也。人心之动，物使之然也。感于物而动，故形于声”。[①] 如此等等，就是具体的历史见证与理论见证。

《文心雕龙》中的“神与物游”说，则精准地弥补了传统单向度物感说中所忽略的这一部分，它不仅承认物在引发思维中的重要作用，而且提出了“物”和“心”是一种赠答式的双向辩证关系。无疑，这是刘勰的创造性的体现。刘勰在《物色》中所说的“情往似赠，兴来如答”[②]，就是对这种双向辩证关系最具创意的描述。而《诠赋》中所说的“情以物兴，故义必明雅；物以情观，故词必巧丽”[③]，则是在更高层次上的理论发挥和美

---

① ［汉］郑玄注，［唐］孔颖达疏：《礼记正义》，北京：北京大学出版社2000年版，第1262、1251页。

② 范文澜：《文心雕龙注》，第695页。

③ 范文澜：《文心雕龙注》，第136页。

学发挥。在这里它不仅论及“情以物兴”，同时也谈到“物以情观”。“情以物兴”，物占主导，而“物以情观”，则是人情占主导。以此为据，刘勰顺理成章地把心物关系从“物感”提升到“心物融一”的层面，在心与物两个对待范畴间建立起双向互动的辩证关系，推动着心物关系的理论向着更高的层次升举。

于此可知，刘勰所标举的“神思”，实际就是心与物融合为一的具有想象性品格的心本体层面上的美学辐射和理性演绎。《文心雕龙》以心为本、以心为总、以心为力、以心为美的理论主张，在理论逻辑上即托根于此；《文心雕龙》以心为用和以心为法的工程韬略，在实践逻辑上即托根于此。而就其认识论与美学论的渊源而言，刘勰的这一历史性的创举，又是与佛教禅思的心理界面的滋润与启迪密不可分的。一个不容辩驳的理论事实摆在人们眼前：以心为本、以心为总、以心为美、以心为力、以心为用、以心为法，因而顺理成章地将心与物置于同一的心理界面进行冥思从而获得智慧的启迪和精神的解脱的思维理论与思维方法，是独擅于佛教的禅修而不见于中华本土的任何一家哲学与宗教之中，以及世界上此外的任何一家宗教与哲学之中的。《华严经》中所昭示的“若人欲了知，三世一切佛，应观法界性，一切唯心造”①，“一切世间法，唯以心为主”②，“心如工画师，画种种五阴，一切世界中，无法而不造”③，就是这一以心为本与以心为法的理论主张和实践主张在佛教原始经典中的普遍性和集中性的明确表述。中国魏晋南北朝中形成并大盛于隋唐的禅修体系，在认识论上即凭藉于此，在方法论上即发端于此。这些具体而又生动的理论事实与实践事实，广载于我们民族的历史文献之中。天台宗创始人智顗云：“心是诸法之本，心即总也。”④ 就是具体的见证。有关禅宗六祖慧能的“不是风动，也不是幡动，而是心动”的著名故事，更是将其在观念形态的领域中以心为本的宗旨揭示无遗。刘勰《文心雕龙》以心总文的总旨和以心为法的用心之术及以心为力、以美为求的工程方法体系，显然是与佛教的这一强大的认识

---

① ［唐］实叉难陀译：《华严经》，上海：上海古籍出版社 1991 年版，第 97 页。

② 《大方广华严经》卷五，《中华大藏经》（汉文部分）第 12 册，北京：中华书局 1985 年版，第 52 页。

③ 《六十华严》卷十，兰天编：《四十·六十·八十华严对比合集》，西安：三秦出版社 2018 年版，第 246 页。

④ 《妙法莲花经玄义》卷一上，《中华大藏经》（汉文部分）第 93 册，北京：中华书局 1995 年版，第 7 页。

体系与方法体系的滋润和支持密不可分的。如果忽视了这一点，刘勰“神思”说及其以神思为创作论核心的“文心”说的千古流传而永垂不朽的理论主张，就会是无源之水与无本之木，而成为不可想象的事情了。

二、《文心雕龙》对佛教心法观的方法论吸收与发挥

刘勰不仅对心之用的新思维作出了深刻的认识论吸收与发挥，而且还从创作实践的层面作出了具体生动的方法论吸收与发挥。集中而言，主要有以下几个方面。

（一）“陶钧文思，贵在虚静”：对养心之术的系统阐述与发挥

刘勰的养心之术的系统主张，集中表现在他对“陶钧文思，贵在虚静”的系列性方法的阐述和发挥上。刘勰明确认为，要进入“神思”的心理境界，必先做好心理状态的优化准备，这就是“虚静”。何谓“虚静”？“虚静”二字，最早见于《老子》的“致虚极，守静笃”①，具指空明宁静的心理状态，据此提出了“涤除玄鉴”的方法论主张。庄子在此基础上作出了进一步的理论发挥：“夫虚静恬淡、寂漠无为者，天地之平而道德之至也”“言以虚静推于天地，通于万物，此之谓天乐”②，并相应地提出了“心斋”“坐化”的致虚守静的具体方法。儒家也有重虚静的思想，《大学》里就有关于虚静的论述：“知止而后有定，定而后能静。静而后能安，安而后能虑，虑而后能得。物有本末，事有终始。知所先后，则近道矣。”③ 那么，刘勰的以虚静说为内核的养心之术的方法论渊源，到底归属于哪一家呢？在我国百年的“龙学”研究中，一直众说纷纭，至今没有形成可以获得普遍接受的定论。集中而言，主要有以下三种针锋相对的观点：一是道家渊源说，一是儒家渊源说，一是佛教渊源说。

道家渊源说的倡导者，以黄侃、范文澜、刘永济三大家为代表。黄侃认为刘勰的“虚静”和庄子的“惟道集虚”的思想是一致的。他用老庄的“虚实”观点来解释刘勰的“陶钧文思，贵在虚静”，认为“为文之术，首在治心，迟速纵殊，而心未尝不静，大小或异，而气未尝不虚。执璇玑以运大象，处户墉而得天倪，惟虚与静之故也”④。范文澜在《文心雕龙注》

---

① 陈鼓应注译：《老子今注今译》（修订版），北京：商务印书馆2003年版，第134页。

② 陈鼓应注译：《庄子今注今译》（最新修订版），北京：商务印书馆2016年版，第393、397页。

③ ［宋］朱熹：《四书章句集注》，北京：中华书局2016年版，第3页。

④ 黄侃：《文心雕龙札记》，上海：上海古籍出版社2000年版，第94页。

中认为刘勰的“陶钧文思，贵在虚静，疏瀹五藏，澡雪精神”出自《庄子·知北游》中的“汝斋戒疏瀹而心，澡雪而精神”。[①] 刘永济也说：“舍人虚静之义，盖取老聃‘守静’‘致虚’之语，惟虚则能纳，惟静则能照。”[②]

儒家渊源说的倡导者，以王元化为代表。王元化认为，刘勰的虚静说出自荀子的“虚壹而静”。在《文心雕龙讲疏》中，王元化专门开辟《刘勰的虚静说》一节来论述这个问题，他首先指出了老庄虚静说与刘勰虚静说的区别：“老庄的虚静说完全是以虚无出世的消极思想为内容……他们把虚静理解为一种绝圣弃智、无知无欲的混沌境界，并以这种境界作为养生的最高目标……而刘勰的虚静说却与此完全不同。他只是把虚静作为一种陶钧文思的积极手段，认为这是构思之前的必要准备，以便藉此使思想感情更为充沛起来。”也就是说，“老庄把虚静视为返朴归真的最终归宿，作为一个终点：而刘勰把虚静视为唤起想象的事前准备，作为一个起点。老庄提倡虚静的目的是达到无知无欲、浑浑噩噩的虚无之境；而刘勰提倡虚静的目的却是为了通过虚静达到与虚静相反的思想活跃、感情焕发之境。一个消极，一个积极，两者的区别是显而易见的”[③]。唯其如此，王元化认为刘勰的“虚静”说并不是来自老庄，而是来自同样把虚静作为一种思想活动前的准备手段的荀子。在荀子那里，“虚”就是不以心中原来的固定看法去损害要接受的东西，“静”就是而要使思想集中起来。“虚壹而静”才能明察万物万理。王元化认为，荀子的“虚壹而静”之说与刘勰把“虚静”作为一种构思前的准备手段，并无二致。

佛家渊源说的倡导者，以刘咸炘、马宏山、普慧、冯国栋为代表。

刘咸炘是与黄侃同时的“龙学”研究者。他在《推十书》中，对《神思》的解读是：“枢机方通数句，言志气既足，则词令赴之，由其神与物合也。以枢机、关键譬其灵，灵生于静，故曰：贵在虚静，即佛氏定生慧之旨也。”[④] 他将“虚静”之说的认识论根源，旗帜鲜明地归结为“佛氏定生慧之旨”。这一独标一格的理论体认，是现代“龙学”研究中的首创。随后他进一步做出了具体的理论发挥：“规矩虚位以下，极言触境之时，意极

① 范文澜：《文心雕龙注》，第498页。
② 刘永济：《文心雕龙校释》，北京：中华书局1962年版，第101页。
③ 王元化：《文心雕龙讲疏》，上海：上海古籍出版社1992年版，第118—119页。
④ 刘咸炘：《推十书》增补全本戊辑，上海：上海科学技术文献出版社2009年版，第962页。

多，气极雄，追形诸词令，则多漏晦，故曰：言征实而难巧。盖望人神与物合，以虚静照万象，以积学解纠纷，勿徒恃思虑。徒恃思虑，则思裕而言窘矣。”① 在这里，他没有把“规矩虚位”解释成许多研究者所解读的所谓“凭虚构象”，而是完全置于“望人神与物合，以虚静照万象”的心物合一的视域进行观照和思考。这种具有本体论意义的思维方式，是独擅于佛教的禅悟思维而不见于儒道的以直观为主的思维方式之中的。刘勰著名的佛学论文《灭惑论》中所说的“佛之至也，则空玄无形，而万象并应；寂灭无心，而玄智弥照”② 就是具体的理论见证。这就是戚良德教授之所以对被尘封百年的“龙学”大师刘咸炘发出由衷点赞的根由：“鉴泉先生精研刘勰的著作，固然于此可见一斑，而以《灭惑论》之说与《文心雕龙》相互印证和阐发，这在近现代‘龙学’史上可以说是大胆的开先之举；把刘勰的佛学思想和文学思想如此不露痕迹地予以融会贯通，从而有意无意地解释了刘勰居于定林禅寺而梦随孔子、搦笔论文的合理和自然，乃至六朝时期儒释道融合的思想文化背景之于刘勰及其《文心雕龙》的影响，我们不能不说，刘咸炘阐说实在是极为高明的。”③

马宏山在中国现代“龙学”研究中旗帜鲜明地认为，刘勰在佛儒关系问题上所秉持的思想，就是“以佛统儒，佛儒合一”的思想。其依据就是刘勰在《灭惑论》的可资验证的文字表述：

> 至道宗极，理归乎一；妙法真境，本固无二。佛之至也……是以一音演法，殊译共解；一乘敷教，异经同归。经典由权，故孔、释教殊而道契，解同由妙，故梵、汉语隔而化通……其弥纶神化，陶铸群生，无异也。④

刘勰的这一段表述明确告诉人们：在人类的文化共同体中，儒与佛的关系是一种“理归乎一”“本固无二”“教殊而道契”“语隔而化通”的双向互动的关系。马宏山以此作为坚实难移的逻辑依据，演绎出一个在现代中国“龙学”研究史中同样具有开创性意义的观点：

---

① 刘咸炘：《推十书》增补全本戊辑，第962—963页。
② 石峻、楼宇烈等编：《中国佛教思想资料选编》第1卷，第326页。
③ 戚良德：《一部尘封百年的“龙学”开山之作》，《徐州工程大学学报》2018年第5期。
④ 石峻、楼宇烈等编：《中国佛教思想资料选编》第1卷，第326—327页。

刘勰在《灭惑论》中所表现的思想，和他在《文心雕龙》中所表现的思想是一致的，都是在“以佛统儒，佛儒合一”的思想指导下的产物。①

普慧则从刘勰虚静说内涵的理论覆盖面的维度，对其哲学归属进行了论证。他明确认为：

就理论而言，庄子所谓的“身在江海之上，心居乎魏阙之下”，远不足以用来诠释“文之神思”的特征，更没有佛教“神通说”所具有的超越时空的作用和能量。因此，就“神思”而言，其理论基础显然非庄子思想所能涵盖。而刘勰之前的本土文学批评家们，也绝无用超越时空限制的观念来看待文学的。如果此说能成立的话，那么，刘勰在《神思篇》里所谈的“虚静”，就与佛教禅定的关系密切了。②

冯国栋认为佛家的禅观与刘勰虚静说有三点相似：首先，禅观并非枯守静寂，而在于通过虚静心神而使之游于天地间，观照世间万象。禅观的由定而观、由止而照的思路与刘勰的由虚静而致神思，由虚静而致摄像，由此而进入心物合一的境界的思路是一致的。其次，禅的观想也是以表象为基础的，无论是以白骨、死尸为对象的不净观，或以地狱众生苦难为观照对象的慈心观，都是以具体的形象为基础展看的，这一点和文学创作的构思具有一致性。再者，佛学也讲太执着、太用心、太疲惫则不能入定进入虚静的境界。这一点与刘勰所倡导的“钻砺过分，则神疲而气衰”，也是一致的。③

如此等等，众家各循其道，各标其要，都禀有某种语言的表征性与真理的可证性，但这些表征性和可证性都是在自己所设定的逻辑平台上完成的，它只能自证其证与自美其美，而并不具有共证其证与共美其美的理性品格，结果必然陷入刘勰所说的“东向而望，不见西墙”的逻辑尴尬之中而不能自拔。这也就是众家对刘勰的养心之术的历史渊源的哲学归属的认

① 马宏山：《文心雕龙之“道”辨——兼论刘勰的哲学思想》，《哲学研究》1979年第7期。

② 普慧：《文心雕龙审美范畴的佛教语源》，《文学评论》2009年第3期。

③ 冯国栋：《刘勰的虚静说与佛家的禅学》，《文艺理论研究》2002年第6期。

定之所以如此艰难，而至今仍无定论的根由。

要想解决这一历史的难题，显然必须彻底摈弃传统的以语言为依据的考据之法，另辟一条以语言环境为依据，在概念的实际应用中直接关注概念内涵的实际覆盖范围，并据此对其哲学归属作出论断的思维路径。下面，试以此作为凭藉，对刘勰虚静说的哲学归属作出合乎逻辑的推理和论断。

刘勰对虚静的论述，是在以下的语言环境中进行的：

> 古人云："形在江海之上，心存魏阙之下"，神思之谓也。文之思也，其神远矣。寂然凝虑，思接千载；悄然动容，视通万里。吟咏之间，吐纳珠玉之声；眉睫之前，卷舒风云之色。其思理之致乎。故思理为妙，神与物游……是以陶钧文思，贵在虚静，疏瀹五脏，澡雪精神。……是以秉心养术，无务苦虑；含章司契，不必劳情也。①

这一语言环境明确告诉我们，虚静并非一个孤立的概念，而是存在于并受制于一个陈陈相因的逻辑链接所构成的系统网络之中的。

第一层链接："陶钧文思，贵在虚静。"刘勰在这里明确告诉人们："文思"与"虚静"的逻辑关系，是目的与手段的关系。"虚静"从属于并服务于"陶钧文思"，是"陶钧文思"的前提和准备。这一具有明确目的的"有为"性的思理，在哲学上是不可能与道家以"无为"为总旨的思路兼容，而只能存在于以治世为目的的儒家哲学以及以"治心"为目的的佛教哲学之中的。刘勰的"虚静"说的非道家哲学的归属，于此可以一票否决矣。

第二层链接："文之思也，其神远矣。"这是"思—神—远"之间的逻辑链接。这一链接揭示了一个重要的理论事实：虚静所归属的"文之思"的本质性特征，就在一个"远"字。所谓"远"，具指这种思维对现实时空的超越性："寂然凝虑，思接千载；悄然动容，视通万里。"如此广阔的具有想象性意义的思维视野，是不可能存在于儒家的"仰则观象于天，俯则观法于地，观鸟兽之文与地之宜，近取诸身，远取诸物，于是始作八卦，以通神明之德，以类万物之情"② 的直观性的哲学体系之中，而只能存在

---

① 范文澜:《文心雕龙注》，第493—494页。

② 《周易·系辞下》，黄寿祺、张善文:《周易译注》（新修订本），上海：上海古籍出版社2018年版，第735页。

于“万法唯心”“心造万物”的心观性的佛教哲学体系之内的。这一理论事实，否决了刘勰虚静说的儒家哲学归属的可能性，而赋予了佛教哲学归属以第二层面上的逻辑支持。

第三层链接：“故思理为妙，神与物游。”这是对“思理之妙”的内在逻辑关系的揭示：“神—物—游”。“神”者，主体之心也。“物”者，心外之感知对象也。“游”者，融合为一之谓也。这种心物融一的心理境界，也就是佛教所标举的“色不异空，空不异色，色即是空，空即是色，受想行识，亦复如是”的“心物不二”般若境界。这种高智慧的境界是佛教之独擅，是唯见于佛教而不见于此外的任何一家哲学体系之中的。这一理论事实，再一次否决了刘勰虚静说的儒家哲学归属与道家哲学属性的可能性，而赋予了佛教哲学归属以第三层面上的逻辑支持。

第四层链接：“思理之致”。这是对“神”之思在思理上的理性维度的逻辑概括与定格。刘勰的这一“致”字级别的概括和定格明确告诉人们：神之思不是一般层面的思维，而是一种具有特殊的极致性的理性品格的思维。这种顶级性的理性品格，是独擅于佛教的般若思维之中的。这就是他在《论说篇》中所着重指出的：“动极神源，其般若之绝境乎！”[①] 这一理论事实，再一次否决了刘勰虚静说的儒家哲学归属与道家哲学属性的可能性，而赋予其佛教哲学归属以具有终极意义的逻辑支持。

最难能可贵的，是刘勰不仅从认识论的角度，对这些精辟的致思之理作出了深刻的发挥，还从方法论的角度，对由此演绎而出的养心之术做出了系统的技术性的阐述与发挥：

> 积学以储宝，酌理以富才，研阅以穷照，驯致以怿辞，然后使元解之宰，寻声律而定墨；独照之匠，窥意象而运斤：此盖驭文之首术，谋篇之大端。[②]

所谓“积学以储宝”，具指通过长期学习来积累有用的知识。这就是《事类》篇所说的：“才为盟主，学为辅佐……是以将赡才力，务在博见。才为

---

① 范文澜:《文心雕龙注》,第 327 页。

② 范文澜:《文心雕龙注》,第 493 页。

盟主，学为辅佐……才学褊狭，虽美少功。”① 也就是《知音》篇所说的：“操千曲而后晓声，观千剑而后识器。”② 唐代诗圣杜甫所标举的“读书破万卷，下笔如有神”③，清代名家袁守定所强调的“得之在俄顷，积之在往日”“舍是刓精几积虑，不能益其胸中之所本无，犹探珠于渊而渊本无珠，探玉于山而山本无玉，虽竭渊夷山以尽之，无益也”④，当代名家郭沫若所赞誉的“胸藏万汇凭吞吐，笔有千钧任翕张”，这些一针见血之论，在学术渊源上皆张本于此。

所谓“酌理以富才”，具指研讨和把握事物的规律，以提升自己的识力。识力对于文学创作的意义就在于，为文之用心并非一般意义的用心，而是一种“神与物游”的心物交融、真善美兼具的心理境界中的用心，径而言之，是一种本体论层面上的“鼓天下之动”的用心。要进入这种高智慧的心理境界，如果没有一种强大的才力支持，是很难实现的。刘勰所说的“望今制奇，参古定法”“文律运周，日新其业”⑤ 的认识境界，就是这种强大的才力境界支持的结果。这就是黑格尔所着重指出的：“没有思考和分辨，艺术家就无法驾驭他们所要表现的内容（意蕴）。”⑥ 也就是茅盾所特别强调的：“思想有基础，自然读书时有眼光，看人看事能深入。”⑦ 古今不约而同，而源流自见矣。

所谓“驯致以怿辞”，具指对语言能力的修养：使文思顺适表达的规律，使表达顺适合文思的规律。径而言之，就是修养和把握致使语言与思维的一致性的表达艺术。刘勰明确认为：“物沿耳目，而辞令管其枢机。”⑧ 辞令（语言）是物象通过（沿）作家的感觉器管（耳目）进入思想进而外化为文学形象的“枢机”，在这里，语言是起着关键性的作用的。也就是高尔基所说的：“文学的第一要素是语言。语言是文学的主要工具，它和各种事实、生活现象一起，构成了文学的材料。”又说：“文学就是用语言来创

① 范文澜：《文心雕龙注》，第615页。

② 范文澜：《文心雕龙注》，第714页。

③ ［唐］杜甫：《奉赠韦左丞丈二十二韵》，［清］仇兆鳌注：《杜诗详注》，北京：中华书局1979年版，第74页。

④ ［清］袁守定：《占毕丛谈》卷五，《四库未收书辑刊》第6辑第12册，北京：北京出版社2000年版，第519页。

⑤ 范文澜：《文心雕龙注》，第521页。

⑥ 黑格尔：《美学》第一卷，北京：商务印书馆1979年版，第359页。

⑦ 《茅盾论创作》，上海：上海文艺出版社1980年版，第518页。

⑧ 范文澜：《文心雕龙注》，第493页。

造形象、典型和性格，用语言来反映现实事件、自然景象和思维过程。”①刘勰的卓越之处就在于，他对语言（文辞）的考察不是孤立的，而是把语言和思维联系起来进行考察的。他认为首先是“驯致”——思维准确，而后才能做到“怿辞”——语言妥帖畅达。“驯致以怿辞”，这是一个很卓越的见解；在人类的文学史上，也是一个极具前驱意义的见解。杜甫的金句“为人性僻耽佳句，语不惊人死不休”②，在学术渊源上即张本于此，亦成就于此。

“积学”“酌理”“研阅”“怿辞”，从学力、经验、思想、语言等方面全息性地阐述了创作前的准备和修养，为作者提供了一个极其完整、深刻、严密的秉心以养术的方法体系。这一前无古人的方法体系，竟完成于一千五百年之前，而就其系统性的程度而言，至今没有任何一家别的理论可以超越。

（二）“神用象通，情变所孕”：对构心之术的系统阐述与发挥

艺术中的主体与客体、主观与客观、神与物究竟通过怎样的方式融合统一起来的呢？刘勰在《文心雕龙·神思》中，曾提出两个非常重要的方法论主张，其一曰“神与物游”，其二曰“神用象通”。前者强调了主客观统一的方向论问题，已尽见于前文。后者则是对实现融合统一的具体方式的系统论述，具见于《神思》的“赞”语中：

> 神用象通，情变所孕。物以貌求，心以理应。③

“神用象通”，是心物融一的第一层面——感知的融入，具指神思与物象接触引起感触。也就是刘勰在《物色》篇中所说的：“春秋代序，阴阳惨舒，物色之动，心亦摇焉。”④ 这一“物色之动”，就是神思形成的心理起点与物质基础，而“心亦摇焉”，就是对此所作出的必然互动。

“情变所孕”，是心物融一的第二层面——感情的融入，具指这种“物色之动，心亦摇焉”的感触，是心物交感所生发的感情变化所孕育的结果。这就是他在《明诗》中所说的：“人禀七情，应物斯感，感物吟志，莫非

① 《高尔基论文学》，北京：人民文学出版社1978年版，第332页。
② ［唐］杜甫：《江上值水如海势聊短述》，［清］仇兆鳌注：《杜诗详注》，第810页。
③ 范文澜：《文心雕龙注》，第495页。
④ 范文澜：《文心雕龙注》，第693页。

自然。”① 也就是他在《物色》篇中所说的：“物色相召，人谁获安？是以献岁发春，悦豫之情畅；滔滔孟夏，郁陶之心凝。天高气清，阴沉之志远；霰雪无垠，矜肃之虑深。岁有其物，物有其容；情以物迁，辞以情发。一叶且或迎意，虫声有足引心。况清风与明月同夜，白日与春林共朝哉！”②

“物以貌求”是心物融一的第三层面——形象媚惑力的融入，具指从形象的美学特征中发现最具有本质意义及最具有媚惑力量的物色形态。也就是刘勰所说的：“体物为妙，功在密附。故巧言切状，如印之印泥，不加雕削，而曲写毫芥。故能瞻言而见貌，即字而知时也。”③ 其要义就在“时见”二字，即时新独特之处。具体例证是：“至如《雅》咏棠华，或黄或白；《骚》述秋兰，绿叶紫茎。凡摛表五色，贵在时见，若青黄屡出，则繁而不珍。”④

“心以理应”是心物融一的第四层面——理性的升华，具指将这种具有美学魅力的形态融化于并升华于真理性的内涵之中，使其与真理相符合，从而获得“心与理合，弥缝莫见其隙；辞共心密，敌人不知所乘”⑤ 的具有强大逻辑张力的服人效果，最终实现心与物在真善美层面上的交融和统一。这就是刘勰所标举的具有全息性品格的美与力交融为一的心理境界：“山沓水匝，树杂云合。目既往还，心亦吐纳。春日迟迟，秋风飒飒，情往似赠，兴来如答。”⑥ 一言以蔽之，即世界与人心，物象与情感，情感与理性，生动地并直贯本质地融为一体的心世界和诗世界。

刘勰凭藉自己独标一格的系统主张，揭示了物、情、神、象、理各个词义在创作中的内在关联：神用而象通，象通而情发，情发而貌求，貌求而理得，理得而心应，心应而真善美归为一体。它们之间的系统机制是：情以物动，象以神通，神以情发，心以理应，理以象显，最后万法归心，融合为透明纯静的一体。它们的不同作用是：物给情以变化的根据，情给神以活动的动力，神给象以生命的活力，理给心以内在的意义，心给诸维以全息的汇粹与升华。这些诸多方面既浑然独立，又彼此关联，构成一个

① 范文澜：《文心雕龙注》，第 65 页。
② 范文澜：《文心雕龙注》，第 693 页。
③ 范文澜：《文心雕龙注》，第 694 页。
④ 范文澜：《文心雕龙注》，第 694 页。
⑤ 范文澜：《文心雕龙注》，第 328 页。
⑥ 范文澜：《文心雕龙注》，第 695 页。

密不可分的生命共同整体，显示出并证明着刘勰系统理论的博大与精深。

如此高远卓越的理论境界，是独见于刘勰对“心哉美矣”的“文心”理论之中的。如此系统的工程性发挥，也是独见于刘勰的方法论之中的。厥功之伟，于此明矣。佛教心法观对刘勰心法说的历史性献功之伟，亦于此明矣。

（三）“情动辞发，拟容取心”：刘勰对载心之术的系统阐述与发挥

“文以载心”的系统工程的第一程序，就是将物、情、意合一的心理共同体涵润并承载于辞语的外壳之中，使这一完整的心理共同体的内涵，具有完整的语言共同体的外化形态，以此承载和体现万法归一的具有总体意义的心。从人类文化的终极追求的层面上看，刘勰所体认的心，早已超越于传统的“心之官则思”的形下性范畴，实际是一种具有本体论品格的心，是“道”的全息蕴涵与实现，也就是真善美的精神境界。而“情动辞发”“拟容取心”①，就是这一系统工程的核心要领。

所谓“情动辞发”，具指情与辞之间的双向互动关系。刘勰将实现“文以载心”的工程枢纽，定格为情与辞的互动。这就是他所宣示的：“缀文者情动而辞发”“情以物迁，辞以情发”。② 刘勰明确认为：创作的根本应该是“情”，主体的感情跟随外物而变化，文辞由此形成，所以文学创作的语言也是缘情而生的。“情以物迁”是“辞以情发”的前提，“辞以情发”是“情以物迁”的结果。个中的“情”是感物而动的生动丰富而具有鲜明个性特征的情，个中的辞是蕴涵和承载了此种灌注了丰富情感的具有鲜明个性特征的辞。唯其如此，个中的辞绝不是空洞无据的辞，而是对物象、情感和思想的准确表达。所以，“情”和“辞”是“情以辞彰”与“辞以情发”的关系，最终达到的是“文辞尽情”的境界，刘勰将之概括为“感物吟志”，而“文以足志”，就是其直接的理性演绎和逻辑延伸。而这种情感的表达，正是文本化的过程的依据和动力。

情感的表达，离不开物象的引发，也离不开思理的摄举。而“拟容取心”，就是这一外化工程的不可或缺的理论凭藉与技术保证。所谓“拟容取心”，是刘勰对以文载心的语言运作方法的基本的战略性设计。何谓“容”？容者，物之形象也。“容”具指事物的美学形象，“心”具指事物内

---

① 范文澜：《文心雕龙注》，第715、603页。

② 范文澜：《文心雕龙注》，第715、693页。

在实质与作者的思想感情。“拟容取心”，就是既描写事物的形象、又要摄取事物的实质及意义，并将二者融合于语言中，成为承载作者的“文以足心”的组成部分。径而言之，就是运用语言的艺术，实现意象的外化。就其要义而言，一是所拟之物容，必须具有动人之魅力：唯有动人之美学容貌，才有动人之情的美学效果。二是所拟的物容，必须具有与义理相通的美学内涵：唯有与义理相通的美学内涵，才能进入“文以足心”的美学境界与理性境界的融合为一，然后完成“鼓天下之动”的社会使命。

“拟容取心”，就是刘勰实现“鼓天下之动”的使命中一项极其重要的工程学举措。刘勰将这一项心物融一的工程，划分为意象描写和情感表达两个互动的方面。对于其中的工程要领，他在《物色》中列举了《诗经》中卓越的美学范例：

> 故“灼灼”状桃花之鲜，“依依”尽杨柳之貌，“杲杲”为出日之容，“瀌瀌”拟雨雪之状，“喈喈”逐黄鸟之声，“喓喓”学草虫之韵。“皎日”“嘒星”，一言穷理；“参差”“沃若”，两字穷形：并以少总多，情貌无遗矣。①

刘勰认为，正是凭藉“灼灼”等系列具有生动美学特征并含有深刻情思寄托的语言，将《诗经》中的经典性的表达，推进至“情貌无遗”的美学境界。这些鲜明的范例说明了一个重要的具有工程性意义的美学事实：创作中状物和抒情并不是割裂开来的，只有凭藉“拟容”与“取心”的兼顾，才能收到“足情”“足志”的“以文载心”的良好效果。

刘勰对《诗经》中的这种卓越的语言艺术，总结为“以少总多”，并与“情貌无遗”构成了直接的因果链接：“以少总多”为因，“情貌无遗”为果。这就是《物色》中所强调的：“至如雅咏棠华，或黄或白；骚述秋兰，绿叶紫茎。凡摛表五色，贵在时见。若青黄屡出，则繁而不珍。”② 刘勰针对前人景物描写时的色彩描绘，强调应以《诗经》的“析辞尚简”为规范。“简”是对“少而精”的崇尚和追求。所谓“精”，具指语言的直插本质的力量，而这种直插本质的语言力量的实现的工程凭藉，就在“时见”

① 范文澜：《文心雕龙注》，第693—694页。
② 范文澜：《文心雕龙注》，第694页。

二字上。“时见”者，具有个性意义的特色与独见之谓也。“时见”所追求的，并不是对事物的反复描写，而是以简练的文字勾勒出事物在某一时段中表现出来的最传神的特征，由此激发出无穷无尽的情思。“以少总多”者，言有尽而意无穷之谓也。“情貌无遗”的景物描写，正基于此而言的。如此精深细腻的工程谋划，是独见于中华美学之中而独擅于刘勰的“文以载心”的系统性的美学工程理论之内的。而就其哲学根由而言，也是与佛教的拈花微笑的哲学启迪密不可分的。

（四）“镕意裁辞，矫柔文采”：刘勰对镕心之术的系统阐述与发挥

载心工程的完成，并不是文心工程的句号。因为它所提供的，还只是一个初级性的语言外壳，还需要一个精度加工的镕化过程使其更臻规范和完善。这一精度加工的镕化过程，就是刘勰所明确指出的：

> 规范本体谓之镕，剪截浮词谓之裁。裁则芜秽不生，镕则纲领昭畅，譬绳墨之审分，斧斤之斫削矣。①

径而言之，“镕裁”就是“镕意”与“裁辞”两个方面的有机融合。所谓“镕意”，就是“规范本体”，使作品纲领明畅而周密。所谓“裁辞”，就是“剪截浮词”，使作品文字简洁而不繁滥。其工程意义就在于：“裁则芜秽不生，镕则纲领昭畅。”其目的只有一个：实现语言表达的精粹化和规范化，以收到完善无瑕的接受效果。

镕意的基本功夫，就是刘勰所说的“三准”：

> 凡思绪初发，辞采苦杂，心非权衡，势必轻重。是以草创鸿笔，先标三准：履端于始，则设情以位体；举正于中，则酌事以取类；归馀于终，则撮辞以举要。然后舒华布实，献替节文，绳墨以外，美材既斫，故能首尾圆合，条贯统序。若术不素定，而委心逐辞，异端丛至，骈赘必多。②

“三准”是镕意的三条基本法则，对创作的成败具有关键性的意义。

---

① 范文澜：《文心雕龙注》，第543页。

② 范文澜：《文心雕龙注》，第543页。

“始”——“设情以位体”。这里所说的“情”，具指作者的情志。表现于文章中，就是经纬全文的总摄。这里所说的“体”，具指文章的本体。本体者，根本之谓也，亦即文章的内在机制。刘勰在《情采》篇中所说的“情者文之经”，就是对情志在文章中的统摄作用的理论标举。这里所说的“设”，是“设置”与“确定”之义。综而言之，就是将情志确定为通贯全文并领起全文的核心和枢纽。

“设情以位体”的工程意义就在于：“神思方运，万途竞萌”“思绪初发，辞采苦杂”①，处在无序性的混乱混沌状况，还分不清主次轻重浓淡缓急。为着改变这种无序的状态，必须诉诸组织化的过程。组织化过程的第一步，就是设置总摄。这一具有总摄性意义的因素，非情志莫属。何者?“情者文之经，辞者理之纬，经正而后纬成，理定而后辞畅”②，顺理而顿，百毛皆顺，此顺理成章之法也，故舍人用之焉。

“中”——“酌事以取类”。在作品的总旨经过精心设定之后，紧接着的就是“酌事”的工程。“酌事”，即针对主旨，寻找相应的材料。对“酌事”的要求是“取类”，“取类”的意思是所选取的材料，要与前而面设定的思想感情相类，即相吻合一致。换言之，作家在确定自己作品的主题思想之后，要选取最有代表性、最具有动人力量的材料表达所确定的思想感情，使所要表达的思想感情通过相应的材料而变得更加鲜明而具体的显示。

“终”——“撮辞以举要”。在刘勰看来，情、事、辞三者是作品的相因而生并相联而动的要素。三者之间，是一种经与纬的关系。有了情与事之后，还必须要靠辞来表达。唯其如此，在情与事都基本确定的前提下，还必须选取适当辞语，把作品材料以及蕴涵于材料中的要义表达出来，这就是创作的基本顺序。对这种语言表达的基本要求。就是一个“要”字。“要”者，切合主旨并突出重点之谓也。所谓“一言穷理”“两字穷形”，就是具体的例证。

“三准”的最后目的，就是达到情、事、辞三者的理性统一与美学统一，而风、骨、采的融合为一。就是这种心学境界与美学境界的集中展示和终极追求。立心之理，立文之谛，尽萃于此。

紧接于“镕意”工程之后的，是“裁辞”的工程。刘勰所标举的“裁

---

① 范文澜:《文心雕龙注》,第493、543页。

② 范文澜:《文心雕龙注》,第538页。

辞”，是就辞的艺术处理来说的：

> 故三准既定，次讨字句。句有可削，足见其疏；字不得减，乃知其密。精论要语，极略之体；游心窜句，极繁之体。谓繁与略，适分所好。①

刘勰认为，繁与简各有其作用和优势，必须根据各人个性来决定。据此，他在《征圣》篇中提出了“繁略殊形”的理论主张。一方面称赞“《春秋》一字以褒贬”，认为这是“简言以达旨”，即立片言以切要的境界。同时也肯定《儒行》“缛说以繁辞”，认为这是“博文以该情”②，即悉备详情以包众意的境界。概而言之，对“繁略”的问题，要做具体分析，加以变通和运用，该繁则繁，该简则简，不能一概而论。如《春秋》是一个历史纲要，故一字以寓褒贬。例如“郑伯克段于鄢”，一个“克”字，就端出了郑庄视弟为敌的历史事实，这叫“春秋笔法”。有的内容本身容量比较大，或因艺术上的需要，就需要写得繁复而丰赡。

在“谓繁与略，随分所好”和“繁略殊形”的总前提下，刘勰提出了两个具有针对性的方略：第一，要“善删”；第二，要“善敷”。“善删”即“才核者善删”：“善删者字去而意留”。“善敷”即“思赡者善敷”：“善敷者辞殊而意显”。总的要求是：“权衡损益，斟酌浓淡。”③ 刘勰在《文心雕龙》巨制的“风骨”篇中所标举的“风骨”，就是这种工程方法的最后完成和由此实现的美与力融合为一的最高境界的完美展现。这种境界，是首发于佛学的以心为法的哲学理论之内而首见于刘勰的文心理论之中的，可谓千古之镕范，万世之方针。

（五）“觇文见心，深识鉴奥”：刘勰对知心之术的系统阐述与发挥

“觇文见心，深识鉴奥”，就是他在《知音》中所昭示的：

> 俗监之迷者，深废浅售，此庄周所以笑《折扬》，宋玉所以伤《白雪》也。昔屈平有言：“文质疏内，众不知余之异采。”见异唯知

---

① 范文澜：《文心雕龙注》，第543页。
② 范文澜：《文心雕龙注》，第16页。
③ 范文澜：《文心雕龙注》，第543、544页。

音耳……夫唯深识鉴奥，必欢然内怿，譬春台之熙众人，乐饵之止过客，盖闻兰为国香，服媚弥芬；书亦国华，玩绎方美。[①]

刘勰发聋振聩地昭示人们：真正的文学鉴赏与批评，绝不是一种“深废浅售”的低俗性的泛读活动，而必须是一种“深识鉴奥”的高端性的鉴赏审美活动。所谓“深识”者，入境入情入理之圆融与透彻之谓也，亦即此境、此情、此理与此心融为一体之谓也。所谓“欢然内怿”，就是这种心理境界的美学展现。这种高端性的美学效果，是作者的感受与表达的绝境，也是读者的感受与接受之绝境，概而言之，就是作者与读者双方之间的美学互动与交流之绝境。所谓“知音之难”，实际就是造就这种高端性美学效果的艰难。刘勰将其难能可贵之处，归结为一个“异”字。“异”者，富于创新而出类拔萃之谓也，亦即超凡脱俗而独标一格之谓也。正是由于其具有此种难能可贵的高端品格，所以生发出如此强大的“服媚弥芬”“玩绎方美”的美学效果，故能深入人心而淋漓尽致无遮无挡，“譬春台之熙众人，乐饵之止过客”。这种美妙的境界，也就是《物色》篇的赞语中所描绘的：“山沓水匝，树杂云合。目既往还，心亦吐纳。春日迟迟，秋风飒飒。情往似赠，兴来如答。”[②] 这种具有生命共同体意义的接受境界，是唯见于东方的美学欣赏之中而不见于此外的任何一家美学体系之内的。对这种东方独有的美学接受境界做如此深刻而系统的工程性的美学阐发，是唯见于刘勰的“知音”学说，而罕见于此外的任何一家美学理论体系之内的。

刘勰的这一重大发现的历史性意义，就是刘永济在《校释》中所着重强调的：

盖作者往矣，其所述造，犹能绵绵不绝者，实赖精识之士，能默契于寸心，神遇于千古也。作者虽无求名身后之心，而其学术性情，才能识略，胥托其文以见。易辞言之，一民族，一国家以往文化所托命，未来文化所托命，端赖文学。然则识鉴之精粗，赏会之深浅，所关于作者一身者少，而系于民族国家者多矣。论文者乌可忽哉？[③]

① 范文澜:《文心雕龙注》,第 715 页。
② 范文澜:《文心雕龙注》,第 695 页。
③ 刘永济:《文心雕龙校释》,北京:中华书局 1962 年版,第 186 页。

知音难得，知音可得。知音之得，尽系此中。千载之后能得此知音，刘勰定当于地下掀髯而笑矣。

如此等等，刘勰由点到线，由外及内，由面及体，构建了一个完整的心法论的理论体系和方法体系，其中的林林总总，点点滴滴，无一不与佛教以心为本的认识论的强大支持密切相关，无一不与佛教以心为总、以心为用、以心为力、以心为美的方法论的智慧启迪密切相关。《文心雕龙》用心之理与用心之术之卓越与精深，不言自明。佛教心性论对中华心性论之历史性补益与升举，于此可见一斑。

这就是我国近代国学大师梁启超之所以对佛教的心学给予如此崇高的评价的学术根由："佛家对于心理分析，异常努力，愈析愈精……我敢说一句话，他们的分析是极科学的，若就心理构造机能那方面说，他们所研究自然比不上西洋人；若论内省的观察之深刻，论理上施设之精密，恐怕现代西洋心理学大家还要让几步哩。"① 这就是"龙学"在诞生一千五百年后，仍然获得全球青睐而至今连绵不息的逻辑根由，也就是佛学融入中华文化之后，其哲理之精深与方法之周密，至今受到全球学界的普遍重视并缅怀不已的历史根由。

（作者单位：湘潭大学文学与新闻学院）

① 梁启超:《梁启超谈佛》,北京:东方出版社2005年版,第130页。

以“文”为本：《文心雕龙·原道》篇新解[①]

万 奇

摘 要：《原道》篇论述的重点在“文”，而不在“道”。《原道》篇从“道之文”出发，析一为三，分述天文、地文与人文，并强调人文之重要；进而指出人文始于文字产生之前的“象之文”，而有文字之后则发展为“言之文”。即道之文—人文—言之文。“与天地并生者”“大矣”的“文之为德”是指“人文之为德”。“文之为德”属于“N之为N3”的主语同位式。其中的“之”是代词，指代它前面的“文”，而“为”不是动词，是作为同位词组标志的助词，同时又兼有衬音作用。“文之为德”则可释为“人文这种文德”，“文之为德也，大矣”可译作“人文这种文德（人文），真是很伟大（了不起）”。刘勰从“道之文”入手，旨在“振叶以寻根，观澜而索源”。这种从大处会通处着眼的探本溯源对今人深度解读古今文章，建构中国文章学理论的纵向维度，是大有助益的。

关键词：《原道》；道之文；人文；言之文；文之为德

《原道》篇居《文心雕龙》之首，其位置十分醒目。清人纪昀在该篇之眉批中指出：“自汉以来，论文者罕能及此。彦和以此发端，所见在六朝文士之上。……文原于道，明其本然，识其本乃不逐其末。首揭文体之尊，所以截断众流。”[②] 纪氏所言表明了刘勰识见之高与《原道》篇之重要。然

① 基金项目：国家社科基金重大项目“《文心雕龙》汇释及百年‘龙学’学案”（批准号：17ZDA253）

② 黄霖编著：《文心雕龙汇评》，上海：上海古籍出版社2005年版，第13页。

而此篇似乎颇为难解，用鲁迅的话说，“其说汗漫，不可审理”①。于是，学者纷纷撰文②，欲探其究竟：“道”是哪家的“道”——儒道？佛道？老庄之道？还是别的“道”？“文之为德”的“德”字又作何解？迄今为止，仍无定论。细察之，其原因无非有二：一是《原道》篇确乎没有讲清楚所“原”之“道”是什么，它是“瑕疵文本”（flawed text）③。二是研究者学理背景不同，各执一隅之解，“东向而望，不见西墙”也。以往的研究虽有一定的进展，但没有得刘勰“为文之用心”之全。《原道》篇虽标名“原道”，其实论述的重点在“文”，而不在“道”；学界对“德”的关注较多，而忽视了“德”之前的“文”。有鉴于此，本文谈一点粗浅之见，以求教于大方之家。

一、道之文—人文—言之文：刘勰用心之所在

如上所述，《原道》篇名曰“原道”，而全篇谈的最多是“文”。就本篇来看，谈“道”仅有七处：

> 此盖道之文也。
> 自然之道也。
> 莫不原道心以敷章，研神理而设教。
> 故知道沿圣以垂文，圣因文而明道。
> 乃道之文也。
> 道心惟微，神理设教。④

而谈“文”则有十四处：

---

① 鲁迅：《汉文学史纲要》，北京：人民文学出版社2007年版，第3页。

② 据笔者粗略统计，自二十世纪八十年代以来，研究《原道》篇的论文（含硕士、博士论文）计有158篇。尤其是2010年以后，《原道》越来越受到关注。从2010年至2019年，平均每年有6.3篇论文发表。

③ 黄维樑：“笔者认为‘文之为德也大矣’和《文心雕龙》的《风骨》篇一样，都可称为瑕疵文本，即文本本身含义不清或互相矛盾。”见：《符号学“瑕疵文本”说：从〈文心雕龙〉的诠释讲起》，《符号与传媒》2020年第1期。

④ 黄维樑、万奇：《爱读式文心雕龙精选读本》，北京：北京师范大学出版社2017年版，第2—9页。

此盖道之文也。
动植皆文。
声发则文生矣。
其无文欤！
人文之元，肇自太极。
言之文也。
唐虞文章，则焕乎为盛。
逮及商周，文胜其质；
观天文以极变，察人文以成化。
故知道沿圣以垂文，圣因文而明道。
乃道之文也。
天文斯观，民胥以效。①

这样看来，刘勰关注的重点是“文”，而不是“道”。② 刘勰之所以专设《原道》篇，主要是基于三点考量：一是为《文心雕龙》全书奠定理论基础。刘勰指出，魏晋以来的“论文者”“各照隅隙，鲜观衢路”，更有甚者“并未能振叶以寻根，观澜而索源”③；有鉴于此，其所作文心，要寻根索源，而这个“根”与“源”就是形而上的“天道”（易道），故曰“盖文心之作，本乎道”④，表明《文心雕龙》是以“道”为根本的。二是为人之有文提供学理支撑。在刘勰看来，“道”的本体是形而上的，无名无形无色无味，似乎“不可言说”，但又无处不在：“日月叠璧”的天文，“山川焕绮”的地文，都是“道”的显现；人文亦然：“道沿圣以垂文。”人之有文来自“道”，这是自然而然的事，而非“外饰”，是“道之文”。三是为了“正末归本”。“正末归本”是刘勰原道的现实原因。刘勰不满意“辞人爱

① 黄维樑、万奇：《爱读式文心雕龙精选读本》，第3—9页。
② 从全书对“道”与“文”的使用情况看，也是如此：一说谈“道”有41处，说“文”有412处（陈书良：《〈文心雕龙〉释名》，长沙：湖南人民出版社2007年版，第1、48页）。一说谈“道”有47处，说“文”有589处（冈村繁：《文心雕龙索引》，上海：上海古籍出版社2010年版，第346、53—60页。）一说谈“道”有49处，说“文”有585处（林中明：《纬军国，任栋梁：刘勰之梦，〈刘子〉其书》，《中国文论》第一辑，上海：上海古籍出版社2014年版，第126页）。尽管三者统计的具体数字有出入，但有一点可以肯定：《文心雕龙》重点在“文”而不在“道”。
③ 黄维樑、万奇：《爱读式文心雕龙精选读本》，第153页。
④ 黄维樑、万奇：《爱读式文心雕龙精选读本》，第153页。

奇，言贵浮诡”的文坛现状，认为他们“饰羽尚画，文绣鞶帨，离本弥甚。将遂讹滥”[①]。而“离本弥甚”（舍本逐末）有多种表现：或浮文弱植，或瘠义肥辞，或竞今疏古，或逐奇失正，或繁采寡情，或委心逐辞，或逐新趣异，或钻砺过分，或统绪失宗，或弃术任心。正末归本已刻不容缓。这个“本”，就“文”而言是“经”；就“人”而言是“圣”；就“源”而言是“道”。因此，《文心雕龙》“文之枢纽”的前三篇是《原道》《征圣》《宗经》。

对于“道之文”，刘勰在《原道》开篇就做了较为清晰的阐述：

> 夫玄黄色杂，方圆体分。日月叠璧，以垂丽天之象；山川焕绮，以铺理地之形。此盖道之文也。仰观吐曜，俯察含章；高卑定位，故两仪既生矣。惟人参之，性灵所钟，是谓三才；为五行之秀，实天地之心。心生而言立，言立而文明，自然之道也。[②]

这里刘勰从《周易·系辞下》的天、地、人“三才”之道出发，推衍出“三文”——天文、地文与人文。所谓“天文”，是指天圆色玄以及“日月叠璧”的“丽天之象”；所谓“地文”，是指地方色黄以及“山川焕绮”的“理地之形”；而人则仰观天文，俯察地文，乃“性灵所钟”“为五行之秀，实天地之心”。所谓“人文”，是指人由心生而言立所形成的言语之文。此“三文”皆为“道之文”。对此，周振甫批评刘勰“把自然之文和人文混淆了。……其实自然现象所呈现的文彩是客观存在，作家创作是主观意识，存在不同于意识，把两者等同起来是不对的”[③]。周氏之说看似合理，实际上他是以存在与意识的关系强解“三文”，越理而横断，失之公允。刘勰析“道之文”为“三文”，其说渊源有自；且天文、地文、人文界画分明，未见其混淆也。研读古人著述，宜抱陈寅恪所倡导的“了解之同情”的态度，弄清楚“其持论所以不得不如是之苦心孤诣，表一种同情”[④]；尽管由于研究者都有自己的“前见”（Vorurteil），似乎不大可能还原古人的本意，但却可以最大限度去贴近古人的语境与行文脉络，“始能批评其学说之是非得

---

① 黄维樑、万奇：《爱读式文心雕龙精选读本》，第 151 页。

② 黄维樑、万奇：《爱读式文心雕龙精选读本》，第 3 页。

③ 周振甫：《文心雕龙今译》，北京：中华书局 1986 年版，第 9 页。

④ 陈寅恪：《冯友兰中国哲学史上册审查报告》，《金明馆丛稿二编》，北京：生活·读书·新知三联书店 2001 年版，第 279 页。

失”，而无以今律古的“隔阂肤廓之论”。[①]

接着刘勰又从“动植皆文”的角度具体描述了“道之文”的表现：

> 傍及万品，动植皆文。龙凤以藻绘呈瑞，虎豹以炳蔚凝姿；云霞雕色，有逾画工之妙；草木贲华，无待锦匠之奇。夫岂外饰，盖自然耳。至于林籁结响，调如竽瑟；泉石激韵，和如球锽；故形立则章成矣，声发则文生矣。夫以无识之物，郁然有彩；有心之器，其无文欤！[②]

这里讲的龙凤藻绘、虎豹炳蔚的动物之文，云霞雕色、草木贲华的植物之文，均属于“形文”；林籁结响、泉石激韵则为“声文”。它们都是“郁然有彩”的“无识之物”。鲁迅对此颇为疑惑：“虎斑霞绮，林籁泉韵，俱为文章。其说汗漫，不可审理。”[③] 刘勰的看法常常令今人感到费解，主要是因为古今“文”的观念不同。在刘勰看来，天圆色玄、地方色黄、龙凤藻绘、虎豹炳蔚、林籁结响、泉石激韵皆为“道之文”，即“道之文”无所不在——天地日月，山川万物，无一不文。

刘勰无论谈天地之文，还是说动植之文、林籁泉石之文，都是在为下文所讲的“人文”做铺垫，其旨在彰显“人文”。在他看来，人是“三才”之一，是“性灵所钟”“五行之秀”“天地之心”。连虎豹草木、林籁泉石这些“无识之物”尚有文焉，更何况人是“有心之器”，岂能无文乎？换句话说，“人文”才是“道之文”的集中体现。

由此，刘勰进一步指出，上古时期，伏羲仿河图所画的《易》象是人文的开端：

> 人文之元，肇自太极。幽赞神明，《易》象惟先。庖牺画其始，仲尼翼其终。而《乾》《坤》两位，独制《文言》。言之文也，天地之心哉！[④]

《易》象是抽象符号的八卦之象，不同于后世所谓的形象。“象之文”是卦

① 陈寅恪:《冯友兰中国哲学史上册审查报告》,《金明馆丛稿二编》,第279页。

② 黄维樑、万奇:《爱读式文心雕龙精选读本》,第5页。

③ 鲁迅:《汉文学史纲要》,第3页。

④ 黄维樑、万奇:《爱读式文心雕龙精选读本》,第5页。

象之文。孔子阐释《易经》而作的十翼，则不是“象之文”，而是“言之文”（言语之文）——尤其是为《乾》《坤》二卦独制的《文言》，是“天地之心”（人）的集中表现。从“象之文”到“言之文”，反映了人文的重要转换与发展。

而“言之文”的重要前提是“鸟迹代绳”的文字出现。《练字》篇有云：文字是“言语之体貌，文章之宅宇”①。没有文字，何谈文采、文章？也正因为如此，才有了唐、虞、夏、商、周的“言之文”：

> 唐虞文章，则焕乎为盛。元首载歌，既发吟咏之志；益、稷陈谟，亦垂敷奏之风。夏后氏兴，业峻鸿绩；九序惟歌，勋德弥缛。逮及商周，文胜其质；《雅》《颂》所被，英华日新。②

刘勰概述五朝“言之文”，是从时序角度考察人文的嬗变。其说商周“文胜其质”，是指文质相称、文质彬彬③，即《通变》篇所说“商周丽而雅”；又举《雅》《颂》对写作的正面影响为例，即《辨骚》篇所说“凭轼以倚《雅》《颂》”。这表明刘勰雅丽的审美理想和以经书为写作范本的主导理念。也正因为“圣文之雅丽”“衔华而佩实”，刘勰举出伏羲之后最能体现人文的三位圣人：一是周文王。周文王为西伯时曾被殷纣王囚禁，但他却在逆境中写下了文采与义理兼备的《繇辞》。二是周公。周公发扬了周文王的美好功业，作诗并整理《周颂》，润饰各种作品。三是孔子。孔子继周文王、周公之后，镕钧《诗》《书》《礼》《乐》《易》《春秋》六经，是集前哲之大成；其教化远播千里，其德学流芳万世，写出了天地的光辉，开启了生民的才智。故此，《序志》篇说“师乎圣”，《征圣》篇说“论文必征于圣”“征之周孔，则文有师矣”“若征圣立言，则文其庶矣”。④

---

① 范文澜：《文心雕龙注》，北京：人民文学出版社1958年版，第623页。

② 黄维樑、万奇：《爱读式文心雕龙精选读本》，第7页。

③ 戚良德：《文心雕龙校注通译》，上海：上海古籍出版社2008年版，第5页。

④ 范文澜：《文心雕龙注》，第16页。按：征圣之“征”，一般注为“验证”。唯吴林伯的解释颇有意味：“‘征’字后省略介词‘于’，而征有‘问’的意思，是说人们创作，要问圣人，亦即以圣人为师。”（吴林伯：《文心雕龙义疏》，武汉：武汉大学出版社2013年版，上册，第38页）笔者认为，释“征”为“验证”是正确的，然吴氏解为“问”，有求教于圣人之意，似乎更符合《征圣》篇的语境。这样看来，吴氏之说更胜。

综上,《原道》篇从“道之文”出发,析一为三,分述天文、地文与人文;又在与“无识之物”的对比中强调“有心之器”的人文之重要;进而指出人文始于文字产生之前的“象之文”,而有文字之后则发展为“言之文”。即道之文—人文—言之文。这才是《原道》篇的内在义脉,也是刘勰用心之所在。

二、文德大矣:刘勰之人文追求

“文之为德也,大矣”是《原道》篇的首句。学界对“文之为德”的“德”有多种解释:或曰功能、功用、作用、功效,或曰属性、特点、性质、意义,或曰“道的表现形式”“规律”等等。尽管诸家说法不一,但其关注的重点是相同的:在“德”而不在“文”。不过,也有学者指出,此句重点在“文”而不在“德”:“‘某某之为德’不等于‘某某之德’。这个句式的重点在某某,而不在‘德’……‘文之为德也大矣’,就是‘文这种东西很伟大,很了不起’之意。”[①] 台湾学者张立斋也持与之相近的看法:“盖‘文德’与‘文之为德’有殊,‘文德’重在‘德’字,‘文之为德’重在‘文’字……”[②]

诸家对“德”的看法虽各有道理,但他们共同存在的问题是“聚焦”有误。如前所述,《原道》篇的篇旨在“文”而不在“道”。“文之为德”句的重点当然是在“文”,亦不在“德”;故詹锳注“文之为德”时说:“‘文之为德’……重在‘文’而不重在‘德’。”[③] 可谓一语中的。既然如此,“德”的含义可暂且不论,首先要弄清的是此句中“文”是指什么;而欲知“文”之所指,须回到它所在的语境:

> 文之为德也,大矣!与天地并生者,何哉?夫玄黄色杂,方圆体分。日月叠璧,以垂丽天之象;山川焕绮,以铺理地之形。此盖道之文也。仰观吐曜,俯察含章;高卑定位,故两仪既生矣。惟人参之,性灵所钟,是谓三才;为五行之秀,实天地之心。心生而言立,言立而文明,自然之道也。[④]

---

① 杨明:《文心雕龙精读》,上海:复旦大学出版社2007年版,第25页。
② 张立斋:《文心雕龙注订》,北京:国家图书馆出版社2010年版,第2页。
③ 詹锳:《文心雕龙义证》(上),上海:上海古籍出版社1989年版,第2页。
④ 黄维樑,万奇:《爱读式文心雕龙精选读本》,第3页。

如果只孤立看“文之为德也，大矣”一句，“文”是什么，或以“文”解“文”，或作“文章”解，似乎都无法确定其含义；如果联系下一句“与天地并生者”至“自然之道也”，这个“文”的含义就比较清楚了：天有天圆色玄、“日月叠璧”的天文，地有地方色黄、“山川焕绮”的地文，而人则有“心生而言立，言立而文明”的人文。也就是说，这个“与天地并生者”“大矣”的“文之为德”是指“人文之为德”。而从“人文之元，肇自太极”至“赞曰”之前所说的唐、虞、夏、商、周的五朝“言之文”与伏羲、周文王、周公、孔子的四圣“雅丽”之文，也正是以“人文”为中心，进一步印证了“文之为德”是“人文之为德”。所以，台湾学者游志诚指出：“《原道篇》所谓文，专讲《周易》天文地文人文的三才之文。《原道篇》揭示‘人文’引领后世一切文章之本源，主张人文化成孕育而后始有文章”，“凡《原道篇》所见之文皆当作‘人文’而解，不宜硬译作‘文章’”。[①] 此言甚是。

接下来的问题是：“文之为德”可否简化为“文之德”或“文德”？对此学界看法不一。钱锺书认为，“文之为德”可以简化为“文之德”：“《文心雕龙·原道》：‘文之为德也大矣’，亦言‘文之德’。”并以马融赋“琴德”、刘伶颂“酒德”和《韩诗外传》举“鸡有五德”为之佐证。[②] 而杨明则指出，“文之为德”不能简化为“文之德”：“在‘X之为德’中，‘德’字的具体含义（秉性）一般是很不突出的，语气的重点在‘X’，而不在于‘德’，也就是说，运用这个语式时，说话人实际上只是笼统说该事物如何如何，而不是要突出其秉性、性质如何如何。……这里还可以谈到‘X之为德’和‘X之德’的区别。前者重在这种事物，后者则在于该事物之德。”[③] 至于可否简化为“文德”的问题，范文澜等学者认为，“文之为德”可以简化为“文德”。范文澜认为：“按《易·小畜·大象》：君子以懿文德。彦和文德本此。”[④] 方孝岳也持这种看法：“发挥文德之伟大是刘勰的大功……彦和的‘文德’说正是振叶寻根的议论，高于一切了。所以‘文德’之说，可以做他的总代表。”[⑤] 刘永济也指出：“首标文德天地之

① 游志诚：《文心雕龙五十篇细读》，台北：文津出版社有限公司2017年版，第23页。
② 钱锺书：《管锥编》第四册，北京：中华书局1986年版，第1505—1506页。
③ 杨明：《〈文心雕龙·原道〉“文之为德”解》，《上海大学学报》2007年第5期。
④ 范文澜：《文心雕龙注》，第6页。
⑤ 方孝岳：《中国文学批评》，北京：文津出版社2016年版，第107—111页。

义，是文之原夫道也。”[①] 杨明照则认为，“文之为德”不能简化为“文德”：“按范注简化‘文之为德’为文德，已觉非是；又谓文德本于‘君子以懿文德’，则更牵强。因两书辞句各明一义，本无共通之处。……‘文之为德’与‘中庸之为德’‘鬼神之为德’相仿。‘文之为德’不能简化为文德，正如‘中庸之为德’‘鬼神之为德’不能简化为中庸德、鬼神德然。”[②]

上述诸家之说各有其理，然问题的关键是如何理解“文之为德”这个句型。据有关专家研究，“……之为……”句型有六种句式：一曰“N之为V1”宾谓式（句例：“唯奕秋之为听”），二曰“N之为V2”宾介式（句例：“非夫人之为恸而谁为”），三曰“N之为N1”宾谓宾式（句例：“不可得之为欲”），四曰“N之为N2”状谓式（句例：“今之为关也，将以为暴”），五曰“N之为N3”主语同位式（句例：“大哉！尧之为君也”），六曰“N之为N4”主谓宾式（句例：“郑子孔之为政也”）。[③] 如果把“文之为德”“中庸之为德”[④] “鬼神之为德”[⑤] 与上述六个句式之句例比较，就会发现，它们与第五个句例“尧之为君”一样，属于“N之为N3”的主语同位式。[⑥] 其中的“之”是代词，分别指代它前面的“文”“中庸”“鬼神”，而“为”不是动词，是作为同位词组标志的助词，同时又兼有衬音作用。而且“这个‘为’字在一般情况下是不能省去的，因为省去后‘N之为N3’就成了‘N之N3’的名词性偏正词组了。”[⑦] 因此，“X之为德”不能简化为“X之德”。即：“文之为德”不能简化为“文之德”，“中庸之为德”不能简化为“中庸之德”，“鬼神之为德”不能简化为“鬼神之德”，“尧之为君”也不能简化为“尧之君”。而“文之为德”可译为“人文这种文德”，“中庸之为德”可译为“中庸这种道德”，“鬼神之为德”可译为

---

① 刘永济:《文心雕龙校释》,北京:中华书局2007年版,第3页。

② 杨明照:《增订文心雕龙校注》(上),北京:中华书局1999年版,第5页。

③ 黄建群:《“……之为……”句型类析》,《湖北师范学院学报》1990年第1期。

④ 《论语·雍也》:“子曰:中庸之为德也,其至矣乎!”([宋]朱熹:《四书章句集注》,北京:中华书局2016年版,第91页。)

⑤ 《中庸》:“子曰:鬼神之为德,其盛矣乎!”([宋]朱熹:《四书章句集注》,第25页。)

⑥ 黄建群指出:“在‘N之为N3’中,‘之为N3’是N的附属成分,N3的作用是明确N的类属,也就是说,N和N3是种属关系。但是,由于N3有指示代词‘之’的明确限制,所以‘之为N3’又能和N处在相同的语法地位上,使‘N之为N3’成为一个同位词组,从理论上讲,不但可以作主语,还可以作宾语和定语,事实上它只作主语,故称之为‘主语同位’式。”(黄建群:《“……之为……”句型类析》,《湖北师范学院学报》1990年第1期。)

⑦ 黄建群:《“……之为……”句型类析》,《湖北师范学院学报》1990年第1期。

“鬼神这种德行”，“尧之为君”可译为“尧这样的君王”。就《文心雕龙》本书而言，除“文之为德”外，“……之为……”句型之“N 之为 N3”主语同位式还有如下数例：

1. 《明诗》云：“持之为训，信有符焉尔。”[①]（扶正这个解释，正符合无邪之说。）

2. 《诔碑》云：“详夫诔之为制，盖选言录行……”[②]（详细考察诔文这种体制，它要选录死者生前的言论，著录他的德行……）

3. 《史传》云：“然史之为任，乃弥纶一代……”[③]（然而写史这个任务，乃是综合包举一个时代的史实……）

4. 《论说》云：“原夫论之为体，所以辨正然否……”[④]（考察论这种文体，是用来辨明是非的……）

5. 《章表》云：“原夫章表之为用，所以对扬王庭，昭明心曲。”[⑤]（推究章表这两种文体，是用来感谢帝王的恩宠，颂扬其美德，表明内心之情思衷曲。）

6. 《奏启》云：“夫奏之为笔，固以明允笃诚为本……”[⑥]（奏疏这种文体，应以明白允正、忠实真诚为本……）

7. 《比兴》云：“夫比之为义，取类不常……”[⑦]（比喻这种方法，在选取类比的事物上是没有常规的……）

有鉴于此，“文之为德也，大矣”可译作“人文这种文德（人文），真是很伟大（了不起）”。[⑧] 因此句属于“N 之为 N3”主语同位式，故其缩简为“文德大矣”也是可以的。

“文之为德”之所以“大”，首先是因为“察人文以成化”。“察人文以

① 黄维樑、万奇：《爱读式文心雕龙精选读本》，第 27 页。

② 范文澜：《文心雕龙注》，第 213 页。

③ 范文澜：《文心雕龙注》，第 287 页。

④ 黄维樑，万奇：《爱读式文心雕龙精选读本》，第 41 页。

⑤ 范文澜：《文心雕龙注》，第 408 页。

⑥ 范文澜：《文心雕龙注》，第 422 页。

⑦ 黄维樑、万奇：《爱读式文心雕龙精选读本》，第 103 页。

⑧ 与笔者译法相近的有：“文这种东西很伟大，很了不起”（杨明：《文心雕龙精读》，上海：复旦大学出版社 2007 年版，第 25 页），“人文之德是多么伟大啊”（游志诚：《文心雕龙五十篇细读》，第 31 页）。

成化”本于《易·贲·彖辞》之“察乎人文以化成天下”。察乎人文的标志性人物是孔子。孔子继伏羲、周公等前哲而独秀，镕钧六经，做到“金声而玉振”之集大成，表明“素王述训”（“尼父陈训”）之“大”。这种“述（陈）之大”，远及千里之外，流传万世之久，超越了时间和空间；且展现天地之光辉，启发生民之耳目，彰显了教化之广泛而深远（“化成天下”），是“教化（化成）之大”。其次是因为体现人文的“言之文”“旁通而无涯，日用而不匮”。“无涯”表明“旁通”广大，“不匮”说明“日用”频繁。具体地说，“旁通”“日用”主要体现为四个方面：一是“经纬区宇”。即治理天下。亦即《征圣》篇所言的“政化贵文”。孔子所称颂的“焕乎为盛”的唐世与“郁哉可从”的周代是“政化贵文”的典范。二是“弥纶彝宪”。即制定恒久的法典。这里的“彝宪”即《序志》篇所言的“五礼”“六典”。“弥纶彝宪”亦属于“政化贵文”。三是“发挥事业”。即发挥各种事业。亦即《征圣》篇所言的“事绩贵文”。《序志》篇“昭明”的“军国”、《程器》篇的“纬军国”与“奉时以骋绩”，均属于此。“郑伯入陈”与“宋置折俎”是“事绩贵文”的范例。四是“彪炳辞义”。即使文辞义理焕发光彩。亦即《征圣》篇所言的“修身贵文”。孔子褒美的子产“言以足志，文以足言”，泛论的君子“情欲信，辞欲巧”，其自身亦能躬行“雕琢情性，组织辞令”，皆为“修身贵文”的模范。“旁通”之广，“日用”之多，文德之大，昭然可见。也正是因为如此，故曰“文之为德也，大矣”。

三、《原道》篇余影及其启示

如前所言，“道之文”集中体现在“人文”，“人文”主要体现为“言之文”。而“言之文”是指“道沿圣以垂文，圣因文而明道”之文章。文章又终归于文辞：“《易》曰：‘鼓天下之动者，存乎辞。’辞之能鼓动天下者，乃道之文也。”① “《易》曰”一句出自《易·系辞上》，本指卦辞、爻辞，这里刘勰借指文辞，强调文辞是“道之文”，具有“鼓动天下”之用。刘勰讲“道之文”，重“人文”，崇“言之文”（文章），尚文辞。其以“文”为本的文道观是显而易见的。

继刘勰之后，文与道的关系仍然是后人所关注的焦点。但其对文与道

① 黄维樑、万奇:《爱读式文心雕龙精选读本》,第9页。

的认识与刘勰的文道观是不同的。大体上说，主要有以下三点：

一是后人所说的“文”不是“人文”，也不是广义的“言之文”（包括文与笔），而主要是指古文（笔）。唐宋以降（尤其是赵宋之后），文章观念发生了较大的变化，从东汉魏晋六朝以诗赋骈文（文）为中心逐渐转换为以散体古文（笔）为中心。① 例如：韩愈指出：“愈之为古文，岂独取句读不类于今者邪?”② 欧阳修有云：“若作古文自师鲁始，则前有穆修、郑条辈，及有大宋先达甚多，不敢断自师鲁始也。”③ 韩、欧二人直言“古文”（笔）。而苏轼则盛赞韩愈及其所倡导的古文运动：“自东汉已来，道丧文弊，异端并起。历唐贞观、开元之盛，辅之以房、杜、姚、宋而不能救。独韩文公起布衣，谈笑而麾之，天下靡然从公，复归于正。盖三百年于此矣。文起八代之衰，道济天下之溺，忠犯人主之怒，而永夺三军之帅。”④ “文起八代之衰”是苏轼对韩愈的高度评价。“文起八代之衰”之“文”亦指“古文”（笔）。古文大行其道，转换了文章的核心内涵。

二是后人所说的“道”不是形而上的“天道”（易道），而是敦本务实的儒家之道。韩愈说：“抑所能言者，皆古之道”⑤ “通其辞者，本志乎古道者也”⑥。这个“古道”不是“老佛之道也”，而是尧、舜、禹、汤、文、武、周公、孔子及孟轲之道。⑦ 即正统的儒家之道。柳宗元的“道”亦是儒道，但又融入了“辅时及物”的现实内涵：“辅时及物之道，不可陈于今，则直垂于后。”⑧ 而周敦颐的“道”则是理学家的“道德”之道：“文辞，艺也；道德，实也。……不知务道德而第以文辞为能者，艺焉而已，噫，弊也久矣！”⑨

---

① 吴承学：《中国文章学成立与古文之学的兴起》，《中国社会科学》2012 年第 12 期。

② ［唐］韩愈：《题哀辞后》，［唐］韩愈著，马其昶校注，马茂元整理：《韩昌黎文集校注》，上海：上海古籍出版社 1987 年版，第 304 页。

③ 欧阳修：《论〈尹师鲁墓志铭〉》，李春青：《中华古文论释林 · 北宋卷》，北京：北京大学出版社 2011 年版，第 177 页。

④ ［宋］苏轼：《潮州韩文公庙》，［唐］韩愈著，马其昶校注，马茂元整理《韩昌黎文集校注》，第 759 页。

⑤ ［唐］韩愈：《答尉迟生书》，马其昶校注，马茂元整理：《韩昌黎文集校注》，第 145 页。

⑥ ［唐］韩愈：《题哀辞后》，马其昶校注，马茂元整理：《韩昌黎文集校注》，第 305 页。

⑦ ［唐］韩愈：《原道》，马其昶校注，马茂元整理：《韩昌黎文集校注》，第 18 页。

⑧ ［唐］柳宗元：《答吴武陵〈非国语〉书》，唐晓敏：《中华古文论释林 · 隋唐五代卷》，北京：北京大学出版社 2011 年版，第 396 页。

⑨ ［宋］周敦颐：《通书》，［清］黄宗羲：《宋元学案》卷十一《濂溪学案》上，北京：中华书局 1986 年版，第 491 页。

三是后人对文与道关系的认识，不是以文为本，而是以道为本。韩愈的“修辞以明其道”[①]，柳宗元的“文者以明道”[②]，韩愈门人李汉的“文者，贯道之器也”[③]，皆视文为“明道”“贯道”之体，重道而不轻文[④]；周敦颐认为：“文，所以载道也。轮辕饰而人弗庸，徒饰也，况虚车乎!”[⑤]周氏首次提出“文以载道”。在他看来，如果“文”只是“徒饰”而“弗庸”，甚至是“虚车”，是无助于“载道”的。朱熹则明确指出：“道者，文之根本，文者，道之枝叶。惟其根本乎道，所以发之于文，皆道也。”[⑥]朱氏视“文”为“枝叶”，认为“文皆是从道中流出”，道与文一。周、朱二人均视“道”为本，“文”是末，重道而轻文；谢徽在《侨吴集序》中提出“文实道之显”：“道之充乎中，而其发于外者无非文。……文实道之显，不可歧而二之也。”[⑦]即道内而文外，道由文显，但文与道不可分。在谢氏看来，道是根本，借由文显，文与道一。曾国藩则不同意宋儒崇道贬文之说，主张“文以见道”：“故国藩窃谓今日欲明先王之道，不得不以精研文字为要务……孔、孟没而道至今存者，赖有行远之车（喻指“文”——引者注）……皆就其文字以校其见道之多寡……”[⑧]曾氏以儒道为根本，但认为道由文见，道由文传，故宜文道并重。

《原道》篇从“道之文”入手，旨在“振叶以寻根，观澜而索源”[⑨]。而与《文心雕龙》并称的《诗品》也是采用寻根索源的“溯流别”方法。刘勰、锺嵘在诗文评上的探本溯源，本自汉人“辨章学术，考镜源流”之

---

① [唐]韩愈:《争臣论》,马其昶校注,马茂元整理:《韩昌黎文集校注》,第113页。

② [唐]柳宗元:《答韦中立论师道书》,郭绍虞主编:《中国历代文论选》(一卷本),上海:上海古籍出版社2001年版,第157页。

③ [唐]李汉:《昌黎先生集序》,[唐]韩愈著,马其昶校注,马茂元整理《韩昌黎文集校注》,第1页。

④ 对韩愈的“明道”说,学界有不同的看法。钱锺书认为,“明道”说是韩愈的门面语,“昌黎以‘文’与‘道’分别为二事”,韩是主“文”的。并指出,柳宗元亦然。(王水照:《钱锺书的学术人生》,北京:中华书局2020年版,第19—20、261—266页。)

⑤ [宋]周敦颐:《通书》,[清]黄宗羲:《宋元学案》卷十一《濂溪学案》上,第491页。

⑥ 《朱子语类》卷一三九,刘方喜:《中华古文论释林·南宋金元卷》,北京:北京大学出版社2011年版,第81页。

⑦ [元]郑元祐:《郑元祐集》附录,长春:吉林文史出版社2010年版,第201页。

⑧ [清]曾国藩:《致刘蓉》(道光二十三年),《曾国藩全集》第二十一卷,长沙:岳麓书社1990年版,第6—8页。

⑨ 黄维樑、万奇:《爱读式文心雕龙精选读本》,第153页。

义例。[1] 二者得益于此，故其识见远在“各照隅隙”的魏文（曹丕）、陈思（曹植）、应玚、陆机、仲治（挚虞）、宏范（李充）等诸家之上，亦绝非“不述先哲之诰”的君山（桓谭）、公干（刘桢）、吉甫（应贞）、士龙（陆云）等所能望其项背的。而“从起源理解事物，就是从本质理解事物”[2]。就此而言，这种从大处会通处着眼的探本溯源对今人深度解读古今文章，建构中国文章学理论的纵向维度，是大有助益的。

（作者单位：内蒙古师范大学文学院）

① ［清］章学诚：《校雠通义序》："校雠之义，盖自刘向父子部次条别，将以辨章学术，考镜源流；非深明于道术精微、群言得失之故者，不足与此。"

② 杜勒鲁奇语。［日］川胜义雄著，徐谷芃，李济沧译：《六朝贵族制社会研究》，上海：上海古籍出版社2008年版，第57页。

论“自然”为“道之异名”
——复魏伯河先生

韩湖初

摘　要： 道、自然、体、用是我国传统的哲学范畴。道指宇宙本体，自然兼指道与用；体指道为宇宙万物的总根源，用指道化生万物及其演变是自来如此、自然如此。由于体、用密切不分，故自然为道之异名。魏伯河先生认为“自然”只是形容词或记叙语言，否认它已是哲学范畴，否认它是“道之异名”。这是笔者与魏伯河先生争论的根本所在。其实，古籍已不止一次记载“道者自然”，魏晋玄学也二者互训，龙学大师们一直沿用，足见此乃学界共识。

关键词： 道；自然；体；用；范畴；一家之言

近来读到魏伯河先生对拙文有关批评魏先生部分的答复：《再谈“走出自然之道的误区”——兼答韩湖初先生的驳议》（载于《中国文论》第九辑，以下简称《驳议》）。该文承认笔者批评魏先生把《文心雕龙·情采篇》的“诸子之徒”的“诸子”称为百家诸子是错误的（应是指辞赋家），也说自己对龙学界“误读文本或脱离文本、任意发挥无限引申”的估判“过于严重”。其实后者的批评根本是错误的。龙学大师把“自然”理解为“道”之异名并没有错，而且，笔者还列举数例指出：严重“误读”“脱离”文本并作“任意发挥”者正是魏先生自己，还有双标问题等的批评，均未回应。至于魏先生批评拙文副标题“有失严谨”，笔者征求了友人的意见，认为拙文的标题没有问题。正标题为“《文心雕龙》‘文道自然’说的理论意义”，副标题为“兼评魏伯河先生对龙学界肯定该说的错误批评”。这里的“该说”是指《文心雕龙》的“文道自然”说。它具有丰富的意蕴和重大意义。纪昀的“标自然以为宗”、黄侃的“文章本由自然生”等正是肯定和继承其说而来。而魏先生批评纪昀、黄侃等等“走入误区”。笔者正是对此的反批评，副标题并无不妥。在笔者看来，做学问、搞研究，首先要准确把握学科的基本范畴，否则会误入歧途，后患无穷。按涂光社教授的说法：“范畴是反映认识对象性质和分类的思维形式，是各个学科的基本概念。”各门学科如果没有相应的范畴系列参与“就无法进行”①。这里要特别指出的是：范畴的含义不能停留在词语的本义去理解。如道的本义为道路，作为哲学范畴则有特定的意义：指宇宙本体，兼有体、用二义。笔者所说“秀才见了兵，有理说不清”，《驳议》称笔者以“秀才”自喻，对魏先生似有不敬之意。这里不过是比喻。意思是要说清道理，要用一些范畴，而对方一时难以理解，结果便“有理说不清”了。故不必对号入座。笔者与魏先生之争，从根本上来说，魏先生认为“自然”只是一般的叙述语言，不承认已经作为哲学范畴指宇宙本体，兼有体、用二义，故是道之异名，并遍批龙学大师。《驳议》数千言，却根本没有谈及这一根本问题。现本文拟对此作一梳理说明，再谈有关几点意见，以供参考。

一、道、自然（自然之道）以及体、用的概念和范畴在我国古代早已有之，魏晋时期已经普遍运用

当代哲学界把老子之“道”概括为两方面的内容：“一方面‘道’作为世界万物的总根据演化出天地万物，一方面‘道’作为世界的总根源决定着天地万物。”在西方近代，有人把关于宇宙生成演化的学说称为“宇宙论”，把关于存在的根据的学说称为“本体论”。“这两个概念虽然是后有的，这两种学说却是古已有之，不仅西方有，而且中国也有。老子关于‘道’的学说就包含了‘宇宙论’问题和‘本体论’问题”，“这是老子对中国哲学史上突出贡献”②。“本体论”指道之体，如老子称道为“天下母”（52章）和“天地根”（6章）；“宇宙论”指道之用，如老子所说的“道法自然”（25章）、“百姓皆曰‘我自然’”（17章）。汉代王充的《论衡·自然》也有“自然之道”之说。由于体、用密切不分，故自然与道同训，为道之异名。《驳议》称：“道”与“自然”“非在同一层级，更非同义复

① 涂光社:《中国古代范畴发生论》,北京:人民教育出版社1999年版,第2页。

② 张岱年主编:《中华的智慧——中国古代哲学思想精粹》,上海:上海人民出版社1980年版,第19页。

指”，否则便“成了‘道’自己效法自己，是很难讲通的”。老子的“道法自然”的道指体，自然指用，“法自然”即以自然为法，不存在讲不通的问题。

到了魏晋时期，道、自然更是常用的哲学范畴，二者同训。阮籍《通老子论》云：“道者自然”，明确视自然为道之异名。王充《论衡·自然》、阮籍《乐论》和王弼《老子道德经注》等的“自然”“自然之道”，均是如此。可见二者“并非在同一层级”之说经不起检验。再看所引徐复观先生之说：此之所谓“自然”，“只说明前件与后件的密切关系，密切到后件乃前件的‘自己如此’，不代表任何特定思想内容”。但徐先生又称《文心雕龙·原道》及其他各篇所出现的“自然”“均属此类”。我们知道，《原道》的“自然”显然已经是作为哲学范畴来使用，已经是具有“特定思想内容”，怎能又说“不代表任何特定思想内容”？《驳议》又引钱锺书先生称“自然”意为“这是自然而然的道理”，“只是平常的叙述语句”，“实为汉魏以来之常语”。所谓“汉魏以来之常语”，应是指魏晋玄学视自然为道之异名（或训体或训用），已经并非“平常的叙述语句”。我们知道，名教与自然是魏晋时期的热门话题。名教指封建伦理规范，自然指道。无论嵇康、阮籍的重自然轻名教，还是王弼的名教出于自然，都是把自然作为哲学范畴，或训道之体，或训道之用。上文已经指出：老子的哲学已经包含了“本体论”即体和“宇宙论”及用两方面的意蕴。《驳议》称：“刘勰本人并无体用二分观念”，是笔者“强为分说”。请问：这是否是魏先生经研究的结论？《原道》篇先从道之体、次从道之用的论述层次清晰，足见刘勰的“体、用二分观念”并非笔者“强为分说”。再看《文心·论说》篇称何晏、夏侯玄和王弼等玄学代表人物之作为“师心独见，锋颖精密，盖论之英也”。范注考《列子·仲尼》篇张注引夏侯玄曰：“天地以自然运，圣人以自然用，自然者道也。”[①] 前两个自然指道之用，第三个明确自然与道同指宇宙本体。王弼还有“名教出于自然”之说[②]。“自然”指道之体，“名教”指道之用。“自然”已经作为哲学范畴，不应停留在其本义（自然如此）意义上理解。从上引《论说》篇，可知刘勰对魏晋玄学深有研究，早在魏晋时期自然已经作为哲学范畴即道之异名，具有特定的内容。鉴于

① 詹锳：《文心雕龙义证》中册，上海：上海古籍出版社1989年版，第685页。

② 任继愈主编：《中国哲学史》第二册，北京：人民出版社2000年版，第293页。

我国古代的范畴遵循的是“约定俗成”的原则，可见从先秦老子到魏晋时代，这些概念内涵是一脉相承的。

二、魏先生对道的体、用理解不清而误读《原道》篇“盖道之文”

为了说明道之体、用二义，笔者曾引孔颖达对《易经》乾卦“乾，元亨利贞”的解释：“天者，定体之名；乾者，体用之称。故《说卦》云‘乾，健也’，言天之体以乾为用。”并释云：这里“天”指道之体，乾（健）指道之用。并引柳宗元称“二者不可斯须离也”[①]。这里孔颖达和笔者的注释并无错误，文字也不艰深，竟然被《驳议》称为“无法让人理解他所说的体用”是什么？笔者实在困惑：如果连上述引文注释都“无法理解”，又怎能研究《文心雕龙》？更为令人诧异的是：魏先生还讥笑笔者认作“微言妙谛”以维护其对“自然之道”的“误读”。这就怪了：既然魏先生“无法理解”，又怎知笔者是“误读”？看来魏先生早已“胸有成竹”，认定自己是正确的，但事与愿违，“误读”者正是魏先生自己。

请看《驳议》称：《原道》篇的“盖道之文”即“（道）在世间的艺术性的具现”，“分明是‘道之用’”。好一个“分明是”！魏先生错了而不自知，还讥笑笔者“忽然又成了‘道之体’”。笔者已经明确指出：“盖道之文也”“是说道为宇宙本体，乃万物本原”，也就是从体来说；而继称“人有人文乃‘自然之道’以及云霞花卉自有其美‘盖自然耳’，是从用来说，此乃自然如此、自来如此”[②]。既然这里的“文”是道的“具现”，但并没有说及“具现”的过程，可见“分明是”从“道之体”即道是万物的总根源来说，而下文继称人与万物皆有其文（通“纹”，指美的外饰）乃“自然之道”“盖自然耳”，即自然如此，才是就“道之用”，即道之化生万物及其变化是自然如此。魏先生对笔者的阐述视而不见，而是把体、用互换而作了错误解读，还称“分明是”！这里不妨引罗思美先生的解说：“道之文也’的‘道’，指‘道’之本体，而‘自然之道’的道，则是‘自然之理’，意谓‘一切是自然而然的道理’。”[③] 可见“分明是”魏先生错了。

---

① 韩湖初：《〈文心雕龙〉“文道自然”说的理论意义》，《中国文论》第8辑，济南：山东人民出版社2020年版，第58页。

② 韩湖初：《〈文心雕龙〉“文道自然”说的理论意义》，《中国文论》第8辑，第50页。

③ 罗思美：《刘勰、庄子自然观之比较》，《文心雕龙研究》第3辑，北京：北京大学出版社1998年版，第3页。

“驳议”称笔者引孔颖达注解与《文心雕龙》“并无直接关系”，反讥笔者“误读”。其实，如果真正理解孔颖达的注解，应该不会发生上述误读。

《驳议》有一段文字激烈批评笔者，看起来笔锋犀利，“振振有辞”火力全开。其实这是建立在魏先生对道、体、用和自然的理解混乱不清之上的！请看：“持‘自然之道’说者明明将‘自然之道’视为‘道’之本身，亦即道之体，如黄侃先生所说‘所谓道者，如斯而已’、刘永济先生所说‘自然’乃“‘道之异名’，怎么到了韩先生笔下，又变成了‘道之用’？”继而称笔者“似乎把何为‘体用’弄颠倒了”。这里用了“似乎”一词，说明并没有十分把握，先已失去了底气，竟然还有勇气反问笔者“弄清楚了吗？”如此解说“与其力挺的黄、刘解释还能一致吗？”魏先生的反问，正好说明自己并没有弄清楚何为体、用：道作为宇宙本体兼有体、用二义，体指它是宇宙万物的总根源，用指它化生万物及其变化自然如此，即自然乃道之用。由于二者“不可斯须离也”，故自然为道之异名。《驳议》中虽提及体、用二义，却又否定自然已是“哲学术语”，即否认它是哲学范畴，具有道化生万物自然如此的特定含义，显然自相矛盾。纪昀、黄侃和刘永济三者所说的“自然”与道同训，既指道之体，又指道之用。它本来就兼有体、用二义，并非到了笔者才“变成了‘道之用’”。既然道化生万物及其演变是自然如此，故为文应师法自然。纪昀“标自然为宗”、黄侃称“文章本由自然生”，都是说文章之美应出自本性（自然如此），非由外饰，应师法自然。而魏晋以来的浮艳文风均非出自本性，而是矫饰的、外加的，故应批判纠正。吴林伯先生释云：“‘自然’者，动之自然而然，毫无矫揉造作于其间，故又谓之‘无为’，即‘顺自然’。”① 吴先生解释自然为“毫无矫揉造作”正与纪昀、黄侃的一致。再说，魏先生把《原道》篇的“道之文”视为“道之用”而非“道之体”虽属错误，显然已把道、体、用视为哲学范畴使用。而且《驳议》对自然的解释其中之一是“用作哲学术语”，这与哲学范畴大致同义，又怎能停留在其本义去理解？《驳议》引用了不少材料，但对笔者所说自然已经上升为哲学范畴，不应停留在其本义理解，这是争论的根本分歧所在，却未做针对性反驳。至于《驳议》称笔者自以为得了“独家之秘”，更是见笑于方家。视自然为道之异名并非刘永济“一家之言”，古籍早已有之，魏晋玄学更是普遍运用，龙学大师们亦继

① 吴林伯：《〈文心雕龙〉字义疏证》，武汉：武汉大学出版社1994年版，第421页。

续沿其义，可见已为学界认同，何“秘密”之有？我国古代的范畴，遵循“约定俗成”的原则，“许多都沿用千百年”①，不会因个别人的见解而改变。魏先生看到十多位龙学大师们仍普遍使用，如获至宝，自视为独家发现的惊天大秘密，由此“揭开”龙学界的“严重弊病”，并“穷追猛打”，“深挖根源”。虽是一番好意，却是搞错了。正所谓一着错，满盘皆落索！

三、魏先生的三则批评，值得商榷

第一则是关于纪评“齐梁文藻，日竞雕华”是否存在时间上的“错位”。《驳议》批评笔者“在对历史时间的把握上即有明显错位”，因为《文心雕龙》并未批评齐梁文学，是跟着纪昀犯了“低级错误”。这条纪评是纪昀对齐梁文风的概括，怎能因刘勰没有直接批评齐梁文学，纪昀就不能这样概括？至于《驳议》所说不少后人“动辄称刘勰如何激烈地批判齐梁浮艳文风”，那是后人的糊涂，与纪昀何干？何来时间上的“错位”？可见魏先生给笔者所扣的“低级错误”的帽子，只好奉还。这条纪评多年来得到不少方家赞誉，本人亦认为见解精到，竟然被《驳议》批评为未能“免俗”。所谓入乡随俗，可见随俗未必皆非；“凡俗必反”未必皆是。笔者对纪评并不盲目迷信。纪评称：“词赋之源出于《骚》，浮艳之根亦滥觞于《骚》，辨字极为分明。”魏先生引此以证认为楚辞（此处应是屈骚）于经书地位“还是存在差距的”②。《文心雕龙·诠赋篇》云：“宋发巧谈，实始淫丽。”可见刘勰视“淫丽”即浮艳之风始于宋玉而非屈骚。祖保泉先生指出：《文心》全书除《辨骚》外，“大约尚有十篇提到了屈原或《离骚》，没有一处对屈原之作有贬义”③。可见刘勰没有视屈骚为“浮艳之根”，纪评这条评语是经不起检验的，魏先生竟引为据，是否也“未能免俗”？

第二则是关于司空图的《诗品》所说的“自然”是否只指风格。笔者认为可理解为自然万物，而魏先生认为是风格。《驳议》称：“‘俯拾即是’者，犹今言信手拈来也；‘妙造自然’者，即所谓臻于化境也。韩先生为饱学宿儒，且对美学研究有素，不知何以穿凿如是？”恐怕魏先生只知其一，

---

① 涂光社：《中国古代范畴发生论》，第3页。

② 魏伯河：《〈文心雕龙〉“文之枢纽”新探》，《中国文论》第5辑，济南：山东人民出版社2019年版，第81页。

③ 祖保泉：《文心雕龙选析》，合肥：安徽教育出版1985年版，第98页。

不知其二。《驳议》既然称“‘妙造自然’者，即所谓臻于化境也”，这里的“自然”显然就不是指风格。除了指艺术风格，还有两义：一是诗人所生活其中的世界即自然万物，即“自然”品的“俯拾即是”，也就是诗人所生活其中的自然万物；二是精神品所说的“妙造自然”，指诗人所创作的“臻于化境”的艺术境界。从“自然”品所说“俯拾即是，不取诸邻。俱道适往，着手成春”，到“精神”品所说的“妙造自然”，是说诗人从他所生活其中的世间万物搜集丰富的材料经艺术提炼加工而创造出的艺术世界。用今天美学界的话来说，是从“第一自然”到“第二自然”的过程。可见“自然”品的“自然”包含了世间万物之意，并非笔者“穿凿”。魏先生批评陆侃如先生称“自然是客观事物”说：“我国古代之所谓自然，从未有作‘客观事物’解者。自然作世间万物，应该是西学传入之后的事。”[①]“应该是”，说明魏先生把未经验证的主观认定作为逻辑推断的前提，这是低级的逻辑错误。再说，陆先生是翻译给今天的读者看的，自然是用今天的语言，没有违背原意。而且，老子所说的“道法自然”（25章），上引夏侯玄所说“天地以自然运”，自然都是世间万物自己如此之意。王维在《山水诀》论画说：“夫画道之中，水墨最为上，肇自然之性，成造化之功。”[②] 自然也是指自然万物。可见视自然为世间万物，并非西学传入后之事。

第三则是对当代两位美学大师的批评。《驳议》称：《原道》首段泛论天地万物之“文”“此段之‘文’，只是‘文（纹）采（彩）’，还远非文章，亦非指文字”。如像黄侃先生那样将“言立而文明”之“文”认定为即是当时之“文章”，把所谓“自然之道”理解为即是刘勰所“原”之“道”，“是说不通的”。这里有两个错误：一是该篇首段首句至“此盖道之文也”所说指天地日月山川之美并没有包括“作为‘天地之心’”的人；二是把次段的“言立而文明”的“文”视为不包括文章、文字也是错误的。笔者已经说明：这里的“文”通“纹”，原指由色彩、线条交错而成的事物之美的感性形态，引刘师培称：“三代之时，凡可观可象、秩然有章者，咸谓之文”，并指出李泽厚、刘刚纪高度评价刘勰称“文之为德”“与

① 魏伯河:《走出“自然之道的误区”——读〈文心雕龙·原道〉札记》,《中国文论》第4辑,上海:上海古籍出版社2018年版,第75页。

② 俞剑华编著:《中国画论类编》,北京:人民美术出版社1986年版,第592页。

天地并生”“把对于‘文’的属性、本质、功能的探讨提到宇宙起源论的高度，这是魏晋以来强调‘文’的重要性的思想发展，也是第一次最为明确把‘文’提到了‘与天地并生’的地位。”① 魏先生对笔者的说明视而不见，认定为并非文章、文字，还批评李泽厚、刘刚纪两位当代美学大师的上述见解说称：“自然之道”“本来只是一般叙述语言”，从中“索求所谓的‘微言大义’，就难免走向歧途”②。魏先生连笔者所引“文”通“纹”的丰富意蕴理也不理，也否认“自然之道”已经是哲学范畴，却把李泽厚、刘刚纪的科学研究结论与古代的“微言大义”相提并论，这是不严肃的和错误的。为了说明问题，笔者不妨再引顾易生、蒋凡详述“文”字的原始意义后指出：“引而申之，凡是有纹理和色采相杂的事物，大自然的森罗万象，人类社会的丰富的文化，包括精神文明和物质文明，都可以称作文。诸凡道德规范、社会秩序、政治礼仪、典章制度、诗歌、音乐、舞蹈、言辞、书籍、图画、刺绣、雕刻等等，都可以归属‘文’。”③ 可知“文”通“纹”，意蕴丰富，绝非并不包括文字文章。所谓“微言大义”，是古代经书注释家或谋士对经书或神话传说所作的预言性的解释，并没有经过科学的分析与论证，而两位美学大师论断的根据一是“文”在我国上古通“纹”，意蕴丰富，二是魏晋是我国古代审美思潮觉醒的时代。魏先生如有不同见解自可提出，却并未提出理据，连古代文通“纹”而所具有的丰富美学意蕴也不知，又不认同“自然之道”已经作为哲学范畴，却把当代两位美学大师对刘勰“‘文’之为德也大矣”在美学史上的重大意义所作的阐发与古代“微言大义”混为一谈，还妄断为走上“歧途”！

四、什么才是“平等讨论”和“百家争鸣”

《驳议》称：“在当今民主开放的学术氛围中，更应倡导平等讨论，任何企图‘定于一尊’的想法和做法都是不可取的。”说得好！笔者还要加上：任何企图“定于一尊”的“想法和做法”，不但不可取，反而是“蚍蜉撼大树，可笑不自量”！

《驳议》称：视自然为“道之异名”只是刘永济先生“一家之言”，魏

① 韩湖初：《〈文心雕龙〉“文道自然”说的理论意义》，《中国文论》第8辑，第50页。

② 魏伯河：《〈文心雕龙〉“文之枢纽”新探》，《中国文论》第5辑，第79页。

③ 顾易生、蒋凡：《先秦两汉文学批评史》，上海：上海古籍出版社1990年版，第40页。

先生只是对其并不认可，既非“不知”，谈何“不明”？继称笔者“将其作为定论并进而作为立论或驳论的依据”，“但大可不必以此作为标准划线站队，以为凡不认同其说者均为无理取闹，必须闭口”。在笔者看来，刘永济前辈视自然乃“道之异名”和龙学大师们亦沿其义，显然自有其道理。魏先生对此显然“不知”即不认知、不认同和“不明”其中道理。如关于道的体、用，“驳议”虽有提及，但实际操作却出现对《原道》篇的误读，并称笔者所引孔颖达的有关道、体和用的注解“无法理解”，可见笔者所说“不知”“不明”并非毫无根据：如果既“知（认知）”又“明”（明白）其中道理，又怎会对其说持否定态度？再说，即使笔者所说错误，魏先生自可撰文反驳，怎能说笔者以其说“作为标准划线站队”？（实际上把十多位龙学大师“划线站队”的是魏先生自己。）笔者又何曾“凡不认同其说者均为无理取闹，必须闭口”？《驳议》既然没有举证，信笔而至，这才是“无理取闹”！魏先生发表多篇文章批评龙学界“严重脱离”文本、只凭主观意愿解读，认为龙学界“走入误区”，自称要“正本清源”，一一大批龙学界，还一一点名批评龙学大师十多人。笔者至今只在一篇文章中据理反驳，何曾要其“闭口”？莫非只能魏先生批评别人，不能别人批评魏先生，才是《驳议》所说的“平等讨论”和“百家争鸣”？《驳议》一会儿恭维笔者为“饱学宿儒”（实不敢当，魏先生亦未必当真），一会儿直称“偏执如此”，再就是讥为“昏昏”糊涂。按年龄笔者为长兄，有著作问世，在省级以上刊物发表论文约半百，岂“昏昏”者所能为。魏先生如此礼数不周，难道这就是《驳议》所说的“民主开放”“平等讨论”吗？

此外还有不少问题值得商榷，就不一一辨析了。正如《驳议》所说“学术乃天下之公器”，并非刘永济和魏先生还包括笔者一个人说了算，那就让读者和方家去评议吧。

（作者单位：华南师范大学文学院）

论“诗言志”说的流变

洪树华

摘　要：“诗言志”是先秦儒家的诗论命题。从先秦儒家对诗的看法而言，“诗言志”表明了古代早期人们对诗歌的本质特征的认识：诗不仅是表现诗人的思想、志向和怀抱，而且还要抒发诗人的情感。由于后来对诗歌的功能认识和对“志”的含义不同的理解，“诗言志”说在各个时代有所变化。在以后的流变过程中，一方面受儒家政教思想的影响，文论家对它的解释偏重于政治教化的功能方面，将先秦文论家对诗的本质特征认识的“诗言志”说引向了歧途的厄运。另一方面，将“言志”与诗的抒情性质统一起来，产生了“情志”论。

关键词：诗言志；儒家政教思想；文以明道；文以载道；情志；流变

在中国古代诗歌史上，无论是叙事诗，还是抒情诗，往往离不开叙述。叙述是中国古代诗歌的普遍的表达方式。诗人在诗歌里借助叙述方式表情达意。换言之，诗是言志的。笔者拟从“诗言志”说的流变这一视角出发，在对“诗言志”说作出阐释之后，就其在中国文学理论史上的流变做一番历史性的动态把握与审视，从中探析我国古代文艺理论家对诗的本质特征的认识。

一、先秦“诗言志”说的阐释

“诗言志”作为儒家的诗论命题，最早见于《尚书·尧典》篇：“帝曰：‘夔！命女典乐，教胄子：直而温，宽而栗，刚而无虐，简而无傲。诗言志，歌永言，声依永，律和声，八音克谐，无相夺伦，神人以和。夔曰：

於！予击石拊石，百兽率舞。”[①] 这段话，据罗根泽先生说：“声律的起源很晚，自然不能认为是尧舜时代之说，即‘诗言志，歌永言’，也不能信其出于大舜。因为虞书的编辑，已被古史大家顾颉刚先生推定在西汉之时了。但‘诗言志’，我们可以断定是较早的说话，大约周代已经有了。”[②] 陈良运也认为“诗言志”出自舜之说应予彻底否定。[③] 历来就有学者对“诗言志”作出高度评价，如清代论诗标举“神韵”的王士禛在《师友诗传录》里针对《尚书》的“诗言志，歌永言，声依永，律和声”，称赞为“此千古言诗之妙谛真诠也”[④]。现代学者朱自清先生在《诗言志辨·序》里称“诗言志”是中国诗论的“开山的纲领”[⑤]。

关于“诗言志”，自汉代以来，注家蜂起。汉代学者曾普遍地训诗为志，如“诗之为言志也”（《诗谱序疏》引《春秋说题辞》），“诗之言志也”（《洪范·五行传》郑注），“诗志也”（《吕氏春秋·慎大览》高注）。那么“志”到底是什么呢？从最初的诗来看，在文学的萌芽阶段，诗、乐、舞是三位一体的，最早的诗出于巫祝之官。古人不能认识自然的客观规律，对风雨雷电等自然现象，不能作出科学的解释，他们相信自己的主观意志能改变一切，相信自己的吐纳之语能控制自然灾害，能影响至高无上的神灵，因而常常把诗歌当作咒语来使用。如相传为伊耆氏的《蜡辞》：“土反其宅，水归其壑，昆虫毋作，草木归其泽。”从这首祝词看出，作者凭借自己的主观愿望使土、水、草、虫服从自己。这种祝辞式的语言通常具有宗教色彩。再说，原始迷信之风盛行，尤其是殷代，无论君臣都对鬼神顶礼膜拜。贵族统治阶级为了祈福佑，敬祖宗，经常举行大规模的祭祀活动，请示鬼神，预测吉凶祸福。作为统治阶级的代言人，即能歌舞娱神的巫祝，在各种祭祀仪式中创作许多诗歌，配合音乐、舞蹈，进行演奏，告于神明。由此看来，最早的诗应该是在古代社会中举行宗教、政治、狩猎等大型活动所用的祭祀之辞或庆功之词等，正如李泽厚、刘纲纪认为：“当时所谓的‘诗’，是在宗教性、政治性的祭祀和庆功的仪式中祷告上天、颂扬祖先、记叙重大历史事件和功绩的唱词。它的作者是巫祝之官，而不是后世所谓

---

① 郭绍虞主编：《中国历代文论选》（第1册），上海：上海古籍出版社1979年版，第1页。
② 罗根泽：《中国文学批评史》（第1册），北京：中华书局1962年版，第36页。
③ 陈良运：《诗学·诗观·诗美》，南昌：江西高校出版社1991年版，第32页。
④ ［清］王夫之等：《清诗话》（上册），北京：中华书局1963年版，第142页。
⑤ 朱自清：《诗言志辨》，上海：华东师范大学出版社1996年版，“序”，第4页。

的‘诗人’。”[①] 可见，最早的诗所言的“志”，是“以其成功告于神明”[②]的祭祀祷告之“志”，而非纯粹如今人所理解的“志”的涵义。更何况，当时那些所谓的诗人又并非纯粹如今人所说的诗人，而是巫祝之官，那么其“志”的内容就不言而喻了。因而当代美学家李泽厚、刘纲纪认为：“这种‘由祀礼而生’的‘诗’，在《诗经》的《颂》和《大雅》中还可见到它的遗迹。《颂》之中有不少是所谓‘以其成功告于神明’的祭祀之词，《大雅》则多‘言王政之所由废兴’的记事之词。所以，向神明昭告功德和记述政治历史的大事，是所谓‘诗言志’最早的实际含义。”[③] 他们明确地把“诗言志”最早的含义确定为“向神明昭告功德和记述政治历史的大事”。

如果撇开“诗”来看“志”的话，从哲学人生观来透视“志”，那么“志”在先秦时期是有所专指的，主要是指人的怀抱、抱负，或如今人所说的“志向”。《论语》记录了孔子与他的学生两次“言志”的情形，可以说明“志”的专指内涵。第一次，见于《公冶长》篇：“颜渊、季路侍。子曰：‘盍各言尔志?’子路曰：‘愿车马衣轻裘与朋友共敝之而无憾。’颜渊曰：‘愿无伐善，无施劳。’子路：‘愿闻子之志。’子曰：‘老者安之，朋友信之，少者怀之。’”[④] 在孔子看来，“志”就是以“安”“信”“怀”构成的“仁”。第二次，则见于《先进》篇：子路、公西华、冉有、曾皙四人各言而志，唯有曾皙言其志与孔子的观点相符合。在说到“异乎三子之撰”之后，曾皙又说“莫春者，春服即成，冠者五六人，童子六七人，浴乎沂，风乎舞雩，咏而归”[⑤]。在此提及的“志”，其实正是孔子说的“老者安之，朋友信之，少者怀之”。所以，孔子喟然叹曰：“吾与点也。”上述“两处所记‘言志’，非关修身，即关治国，可正是发抒怀抱。……这种志，这种怀抱，其实是与政教分不开的。”[⑥] 总的来说，从人生观来看，“志”在先秦是包含着人生的怀抱与志向的内涵。

从训诂学角度而言，“志”是与“心”字紧密相连的，是停之于“心”

---

① 李泽厚、刘纲纪:《中国美学史》(先秦两汉编),合肥:安徽文艺出版社 1999 年版,第 105 页。
② 郭绍虞主编:《中国历代文论选》(第 1 册),第 63 页。
③ 李泽厚、刘纲纪:《中国美学史》(先秦两汉编),第 105 页。
④ 杨伯峻:《论语译注》,北京:中华书局 1980 年版,第 52 页。
⑤ 杨伯峻:《论语译注》,第 118—119 页。
⑥ 朱自清:《诗言志辨》,第 4 页。

而又从“心”中而出，是“心之所之”的人的心理活动。在我国现存最早的文字——甲骨文以及后来的金文里，皆不见“志”字，倒是与“志”构字有关的“心”字则屡次出现，难怪汉代文字学家许慎在编定《说文解字》时，曾将“志”字释为“意也，从心之声”①。“志”从“心”，本义是停在心上，即藏在心里②，正如《荀子·解蔽》曰：“志也者，臧也。”③“臧”，即“藏”。这就说明了“志”与“心”离不开，藏在人的心里，具有人的心理活动特点。心理活动含有情的因素，那么“志”也就具有人的情感因素。现代学者闻一多认为，“志”与“诗”原来是一个字。“志”有三个意义：一记忆，二记录，三怀抱，这三个意义正代表诗的发展途径上三个主要阶段。④

然而，“志”作为一个核心的概念，本文就其义的阐释，并非就此而已。作为中国古代诗论的一个重要概念，就中国文学理论的实际而言，从文学理论的角度来探究它的底蕴，则是本文的主旨。“诗言志”是先秦儒家提出的诗论命题，最初“志”的含容量很大，它是包蕴了思想感情在内的集合体。如《荀子·儒效》云：“诗言是其志也。”⑤ 即是这类意思，只不过不易察觉罢了，因为当初它还是一个混沌的概念。如果我们对先秦孔子和荀子关于文艺（诗）的一番话做出认真的审视的话，那么，“诗言志”说中的“志”的内涵就会明朗化了。

众所周知，孔子是我国春秋末期的思想家、教育家和政治家。他论诗，有一句经典名言，那就是“《诗三百》，一言以蔽之，曰：‘思无邪’。”⑥ 这是孔子对《诗三百》的总体评价。孔子把《诗三百》归结为“无邪”，将全部诗歌说成是符合他所宣扬的“仁”“礼”的要求，但这并不能表明他对诗所含的“情感”的否认。事实上，就《诗经》本身而言，其中有不少篇章，表达作者写诗的心情，如：“维是褊心，是以为刺。”（《魏风·葛屦》）“夫也不良，歌以讯之。”（《陈风·墓门》）“君子作歌，维以告哀。”（《小雅·四月》）“王欲玉女，是用大谏。”（《大雅·民劳》）“其风肆好，

---

① ［汉］许慎撰，［宋］徐铉校：《说文解字》，北京：中华书局 1963 年版，第 217 页。
② 闻一多：《闻一多全集》，北京：三联书店 1982 年版，第 185 页。
③ 梁启雄：《荀子简释》，北京：古籍出版社 1956 年版，第 294 页。
④ 闻一多：《闻一多全集》，第 185 页。
⑤ 梁启雄：《荀子简释》，第 89 页。
⑥ 杨伯峻：《论语译注》，第 11 页。

以赠申伯。”（《大雅·嵩高》）“吉甫作颂，穆如清风。”（《大雅·蒸民》）以上这些诗句，包含了诗人对社会生活现象的褒贬、赞颂、讽刺等，表达了鲜明而强烈的爱憎感情。看来，这些“言志”的诗篇，是与诗人的情感分不开的。《诗经》的内容相当广泛，除了对统治阶级讽刺、批评和赞美之外，还有对男女爱情的歌咏，如《国风》里的诗篇《关雎》等。在孔子眼里，这些都符合他的“仁”“礼”的要求，因为其中所表达的思想感情，都是“止乎礼义”，难怪他说：“《关雎》，乐而不淫，哀而不伤。”① 他对“乐”“哀”两种感情并没有加以回避，他还说：“小子何莫学夫诗？诗，可以兴，可以观，可以群，可以怨。迩之事父，远之事君；多识于鸟兽草木之名。”② 其中谈到的“兴、观、群、怨”的“怨”，孔安国注曰：“怨刺上政”；“兴”，朱熹注曰：“感发志意。”孔子注意到了“怨”“兴”蕴含了情感的因素在内。看来，孔子对诗歌所含的“情”并没有加以排斥，只不过他所要求的情感必须符合儒家的道德规范而已。孔子虽无直接的“诗言志”话语，但他确实注意到“志”有情感的内涵。人们作诗以咏，即使受到束缚，也不能说没有“情”。孔子还说：“……钟鼓之声，怒而击之则武，忧而击之则悲，喜而击之则乐。其志变，其声亦变，至诚通乎金石，而况人乎？”③ 显然，这时所说的“志”，就是忧、怒、喜，而忧、怒、喜是人的感情的不同表现，有了这样的“志”，才会有武、悲、乐的“钟鼓之声”。有什么样的“志”，就有什么样的音乐。反之，人们凭着音乐，也就知道“志”了，正如荀子《乐论》所说：“君子以钟鼓道志，以琴瑟乐心”④。在此，“钟鼓”指音乐，“道志”与“言志”是一个意思，“志”是含“情”的。再说，在我国古代，“乐”往往包含诗和舞在内的，诗、乐、舞往往是不分家，那么“诗”作为“乐”之一部分，既然“乐”能含“情”，那么“诗”也不例外。由此说来，作为古代思想家、教育家的孔子注意到诗、乐、舞的本质特征，“志”无疑是含“情”的因素在内的。

荀子是战国末期著名的思想家和政论家，他也注意到“志”中含“情”。他曾在《乐论》中指出音乐是人的内心感情的自然流露，以及以情

---

① 杨伯峻：《论语译注》，第 30 页。

② 杨伯峻：《论语译注》，第 185 页。

③ ［宋］薛据辑：《孔子集语》卷上，《文渊阁四库全书》第 709 册，台北：台湾商务印书馆 1986 年版，第 332 页。

④ 梁启雄：《荀子简释》，第 281 页。

感人的这一特点。他说：“夫乐者，乐也，人情之所必不免也。故人不能无乐；乐则必发于声音，形于动静；而人之道，声音动静，性术之变尽是矣。……乐者，圣人之所乐也，而可以善民心，其感人深，其移风易俗，故先王导之以礼乐而民和睦。夫民有好恶之情而无喜怒之应，则乱。……故乐者，所以道乐也。金石丝竹，所以道德也；乐行而民乡方矣。故乐者，治人之盛者也。”① 在中国上古时代，乐是包含诗在内的，因此他所说的音乐这个特点，也是适应用于诗在内的文艺。在以上引述的这些话里，我们可以看出，荀子强调了诗、乐是“人情”及其“喜怒”必不可免的表现，同时，诗、乐是以人的情感为表现内容的，并以感情动人。荀子曾说：“《诗》言是其志也。”② 但从上述话语看来，他在对于诗、乐的一系列特点的精辟认识中强调了“情感”。依其而论，“言志”包含了抒情在内的内容，但又主张对“情”加以道德规范，如“圣人也者，道之管也。天下之道管是矣，百王之道一是矣；故《诗》《书》《礼》《乐》之归是矣”③。认为圣人是“道”的枢要。《诗》《书》《礼》《乐》都要归结到“道”。这个“道”是什么呢？他说：“道者，非天之道，非地之道，人之所以道也，君子之所道也。”④ “道也者何也？曰：礼仪辞让忠信是也。”⑤ 可见，荀子所说的“道”是指圣人之道，具体来说就是礼仪辞让忠信。荀子说：“《诗》言是其志也，《书》言是其事也，《礼》言是其行也，《乐》言是其和也，《春秋》言是其微也。”⑥ 实际上是说《诗》要表达的是符合圣人礼仪要求的思想感情。正是因为荀子对《诗》有如此总的评价，所以在具体评价《诗》的篇章时他未脱离圣人之道的思想。如关于《国风》，他说：“故《风》之所以为不逐者，取是以节之也”⑦，也就是说，《国风》表达的思想感情，是合于圣人之道的、合于礼仪要求。荀子还说：“《国风》之好色也，传曰：‘盈其欲而不愆其止。其诚可比于金石，其声可内于宗庙。’”⑧ 他认为《国风》中写的男欢女爱之事，表达了人们对自由恋爱的愿望与渴

① 梁启雄:《荀子简释》,第277—281页。
② 梁启雄:《荀子简释》,第89页。
③ 梁启雄:《荀子简释》,第89页。
④ 梁启雄:《荀子简释》,第82页。
⑤ 梁启雄:《荀子简释》,第213页。
⑥ 梁启雄:《荀子简释》,第89页。
⑦ 梁启雄:《荀子简释》,第89页。
⑧ 梁启雄:《荀子简释》,第381页。

求，但都没有超出节制的范围，还是合乎“礼仪”的规范。这种观点还贯穿在荀子对《小雅》《大雅》和《颂》等具体评价中。所以，荀子对诗的看法，注意到诗的情感因素在内，只不过将“情”纳入了他所说的“道”之中。

实际上，从先秦儒家对诗的看法这个角度而言，“诗言志”这个儒家提出的诗论命题，表明了古代早期人们对诗歌的本质特征的认识：诗不仅是表现诗人的思想、志向和怀抱，而且还要抒发诗人的情感。因此，对“诗言志”说的“志”作出包含诗人的理性与情感的理解，则是较为合理的。

二、“诗言志”说的流变

如前所说，“诗言志”说，最初在先秦时期，“志”是含情的。可是后来儒家学派片面地界定“志”的内涵，夸大了理性，追其根源，莫非是片面地理解孔子关于“志”字的内涵，在《论语》中孔子谈及“志”字出现十六处之多，如：“苟志于仁矣，无恶也。”① “士志于道，而耻恶衣恶食者，未足与议也。”② “志于道，据于德，依于仁，游于艺。”③ 将“志”与“道”“仁”联系起来考察，那么“志”显然就是体现了伦理道德的思想。其实，如果联系孔子对诗的看法，“志”则是包蕴着情感的因素在内的。由于片面地理解了孔子的话语，遂使“诗言志”说脱离了诗歌创作本身的艺术规律。当然，不容否认先秦孔子等儒家学者对诗的教化作用确实是很重视的，“思无邪”以及“圣人之道”说，就是例子。由于孔子对诗的教化作用的强调，历代文论家就深受其影响，故将“诗言志”说的“志”看成是体现封建社会的理想，合乎封建伦理道德的理性概念，绝非偶然。

秦代“以法为教”“以吏为师”，独尊法家，秦始皇定出了“有敢偶语《诗》《书》者弃市，以古非今者族”④ 的残暴法令，“焚《诗》《书》，坑术士”，许多古代典籍化为灰烬，文化和学术受到严重的摧残。西汉初期，黄老之学的思想适应了当时休养生息的统治政策而占着优势，统治者也征召了一批儒者整理和阐述《诗经》《尚书》等典籍。随着经济的恢复和发展，统治者逐步弃黄老而崇儒家，因而儒家思想再度复苏起来。待到西汉

---

① 杨伯峻：《论语译注》，第36页。
② 杨伯峻：《论语译注》，第39页。
③ 杨伯峻：《论语译注》，第67页。
④ ［汉］司马迁：《史记·秦始皇本纪》，《史记》卷1，北京：中华书局1959年版，第255页。

中期，汉武帝实行“罢黜百家，独尊儒术”，采纳了董仲舒等人的建议，设太学，立五经博士，于是《诗》《书》《礼》《易》《春秋》等儒家经典得以重新讲授，就这样经过改造的儒学成了汉代的统治哲学。在这种思想的影响下，汉儒治《诗》，使《诗》的研究出现了前所未有的厄运，同时也是先秦“诗言志”说遭受厄运的开端。因为汉儒强化了“志”的理性内涵，使“志”脱离了人的情性而成为一个孤立的理性观念。如陆贾曾说：“故隐之则为道，布之则为文，诗在心为志，出口为辞……”① 看来，诗和文在他的眼里都是“道”的体现，“道”就是圣人之志，它是超脱于人的情性的。作诗与文，凭借的是符合“道”之“志”，来矫正邪僻，即不合圣人之道的情性。“而以诗为‘道’之显，即以‘布道’为‘言志’，虽然也是重义的倾向，却能阐明‘诗言志’一语的本旨。”② 汉代将“志”的理性予以强化，不惟陆贾一人，还有汉代杰出的政论家贾谊和当时的儒学大师董仲舒等。贾谊曾说：“《诗》者，此之志者也，《易》者，此之占者也，《春秋》者，此之纪者也，《礼》者，此之体者也，《乐》者，此之乐者也。”③ 贾谊所说的“志”，本是“心意，想法”之意，但他将其作为一种理念来看待，是记德之六理，即“道、德、性、神、明、命”。倡言“独尊儒术”的董仲舒，更是将“志”作为理念与政教功用密切联系起来看待。他说：“《诗》《书》序其志，《礼》《乐》纯其美，《易》《春秋》明其知。……《诗》道志，故长于质；《礼》制节，故长于文；《乐》咏德，故长于风。”④ 董仲舒要求的“诗道志”，其实就是传统的“诗言志”，其内容是咏“德”倡“礼”，也就是经他改造过的儒学之道，即新王之道，实质上这是强化儒术的理念。

在西汉后期和东汉前期，谶纬神学“由于统治者的提倡和支持而盛行起来，并且取得了思想界的统治地位。谶是隐语形式的宗教预言，纬是对经书的神学解释。谶纬把董仲舒的经学进一步神学化。”⑤ 经学家受董仲舒的儒家思想的影响，加上荒诞迷信的谶纬之说泛滥成灾，因而包括注《诗》在内的注疏训诂之学具有更加浓厚的迷信色彩。换言之，纬书在原来经学

---

① ［汉］陆贾：《新语·慎微》，王利器：《新语校注》，北京：中华书局1986年版，第97—98页。

② 朱自清：《诗言志辨》，第21页。

③ 于智荣：《贾谊新书译注》，哈尔滨：黑龙江人民出版社2003年版，第247页。

④ ［汉］董仲舒著，周桂钿等译注：《春秋繁露》，济南：山东友谊出版社2001年版，第31页。

⑤ 蔡钟翔、黄保真、成复旺：《中国文学理论史》（一），北京：北京出版社1987年版，第108页。

治诗的基础上，对诗的看法也就更加神学化了。如纬书中有两段对诗所下的定义值得我们注意。《诗纬·诗含神雾》曰："诗者，天地之心，君德之祖，百福之宗，万物之户也。"①《春秋说题辞》曰："诗者，天文之精，星辰之度。"又曰："在事为诗，未发为谋，恬淡为心，思虑为志。故诗之为言志也。"② 上述纬书的话语表明了纬书"沿用了'诗言志'的传统观念，但已披上了神学外衣，与先秦儒家之说有所不同，诗不仅要言圣人之志，而且要言天之志。"③ 将神学观念注入传统的"诗言志"说，因而与先秦儒家关于"诗言志"的说法不同。

在汉代，针对"诗言志"说，出现了将诗的内容界定为"咏德"或"圣人之志""天之志"的同时，汉儒论诗也出现了"美刺"之说，将传统的"诗言志"的"志"从"圣人之道"向"美刺"转化。程廷祚曾说："汉儒言诗，不过美刺二端。"④ 这种"美刺"具有政治功利性即实用主义目的。其实，这是为了更好地维护封建统治。如东汉经学大家郑玄《诗谱序》曰："诗之兴也，谅不于上皇之世。大庭、轩辕，逮于高辛，其时有亡，载籍亦蔑云焉。《虞书》曰：'诗言志，歌永言，声依永，律和声。'然则诗之道，放于此乎?""何者?论功颂德，所以将顺其美；刺过讥失，所以匡救其恶。"⑤ 郑玄对"诗之道"，只停留于"上皇之世"提出疑问，而认为诗之"志"不独是"圣人之道"，还有"颂美刺失"之意，这无疑比董仲舒的"咏德"要宽广多了。

由于汉儒如此不断肢解和扭曲，先秦的"诗言志"说遭遇到了一次史无前例的厄运。这时的"志"是迎合统治阶级统治需要的箴谏之道，合乎圣人之道，甚至成为先天赋予的"天之志"。这种"志"否定了创作主体（诗人）面向社会现实、投身社会的志意，禁锢了诗人的情感个性。可以说，汉代的这样"言志"观念，严重曲解了先秦的"诗言志"说的本旨，将"诗言志"说引向了强化理性内涵，排斥诗歌的本质特征的轨道上去。不过，值得一提的是，在汉代涉及对"诗言志"的阐释，又有新的认识。如《毛诗序》（《诗大序》）：

---

① ［明］孙瑴编：《古微书》卷二十三，《文渊阁四库全书》第194册，第967页。

② ［宋］李昉等：《太平御览》卷609，第三册，北京：中华书局1960年版，第2740页。

③ 蔡钟翔、黄保真、成复旺：《中国文学理论史》（一），第115—116页。

④ ［清］程廷祚：《诗论十三》，郭绍虞主编：《中国历代文论选》（第1册），第14页。

⑤ ［汉］郑玄传、［唐］孔颖达疏：《诗谱序》，《文渊阁四库全》第69册，第48—49页。

诗者，志之所之也，在心为志，发言为诗。情动于中而形于言，言之不足故嗟叹之，嗟叹之不足故永歌之，永歌之不足，不知手之舞之，足之蹈之也。①

这些论述是对诗歌本质特征的认识，阐明了诗歌的言志抒情的特征和诗、乐、舞的相互关系。《毛诗序》对诗歌的阐释，谈及了“志”，又涉及了“情”。可以说，在继承先秦儒家“诗言志”说的基础上，又有新的认识，把传统的“诗言志”说与诗的抒情性质统一起来。还有东汉史学家班固在《汉书·艺文志》里说：“《书》曰：‘诗言志，歌咏言。’故哀乐之心感，而歌咏之声发。诵其言谓之诗，咏其声谓之歌。故古有采诗之官，王者所以观风俗，知得失，自考正也。”② 班固继承了传统的“诗言志”说，又不忽视“哀乐”的情感，肯定了诗歌的现实主义精神。

在魏晋南北朝时期，“缘情”说泛滥，文坛上随之出现了一股艳丽轻靡的风气，“宋明帝博好文章，才思朗捷，常读书奏……于是天下向风，人自藻饰，雕虫之艺，盛于时矣”③。梁代的裴子野写了《雕虫论》对绮靡文风进行了批评，他在文中说到：“古者四始六艺，总而为诗，既形四方之风，且彰君子之志，劝美惩恶，王化本焉。后之作者，思存枝叶，繁华蕴藻，用以自通。……自是闾阎年少，贵游总角，罔不摈落六艺，吟咏情性。”④ 他重新强调了“诗言志”的理性观点，要求诗“彰君子之志，劝善惩恶，王化本焉”。他“不满齐梁文人只讲‘发乎情’，不讲‘止乎礼义’，于是，反其道而行之，只强调‘止乎礼义’，而排斥‘吟咏情性’，把咏情与言志对立起来，这就比《毛诗序》后退了一步。”⑤ 然而，针对“诗言志”说，南朝齐梁时期刘勰既重视“情”，又不忽视“志”，将“言志”与“抒情”统一起来。他在《文心雕龙·明诗》里对“诗”的涵义作出以下解释：

大舜云：“诗言志，歌永言。”圣谟所析，义已明矣。是以“在心为志，发言为诗”，舒文载实，其在兹乎！诗者，持也，持人情性；三

① 郭绍虞主编：《中国历代文论选》（第1册），第63页。
② ［汉］班固：《汉书》卷三十，北京：中华书局1977年版，第1708页。
③ 郭绍虞主编：《中国历代文论选》（第1册），第324页。
④ 郭绍虞主编：《中国历代文论选》（第1册），第324页。
⑤ 蔡钟翔、黄保真、成复旺：《中国文学理论史》（一），第222页。

百之蔽，义归无邪；持之为训，有符焉尔。[①]

这一段话阐明了诗的概念。“诗者，持也，持人情性”，其中的“持”，意思是扶持，也有培育之意，诗是能扶持人的情性的。刘勰赞同《毛诗序》的“在心为志，发言为诗”的说法，要求诗歌有言志，还要有扶持人的情性的特点。可见，刘勰重视“言志”，又不排斥“情”，将“言志”与“抒情”统一起来。他重视诗歌本身的艺术特点，常常将“情”和“理”、“情”和“志”并举或对举而谈，如“情动而言形，理发而文见”（《文心雕龙·体性》）、“志足而言文，情信而辞巧”（《文心雕龙·征圣》）、“率志以方竭情”（《文心雕龙·养气》）等，甚至直接标举“情志”，如“以情志为神明”（《文心雕龙·附会》）等。刘勰将“情”与“志”视为统一体，既重视“志”，又不忽视“情”。这种“情志”说，是与《毛诗序》有关诗歌的认识一脉相承的。

随着社会的发展，人们的文学观念也在不断发生变化。唐、宋两代文论中出现了以“道”代替先秦、汉魏时期的“志”，如以“文以明道”“文以贯道”“文以载道”等来代替“诗言志”说。唐代韩愈、柳宗元等文学家为了适应政治形势和文学发展而掀起了古文运动，他们大力宣扬“文以明道”“文以贯道”的文学理念，如：韩愈在《答李秀才书》中说：“愈之所志在于古者，不惟其辞之好，好其道焉尔。”[②] 柳宗元在《报崔黯秀才书》里说：“然圣人之言。期以明道。学者务求诸道而遗其辞。”“仆尝学圣人之道。身虽穷。志求之不已。”[③] 还在《答韦中立论师道书》中说：“始吾幼且少，为文章，以辞为工。及长，乃知文者以明道。”[④] 从上述古文运动的鼓吹者的话语里，可以看到他们总是说“道”，“道”不绝于耳。那么“道”是什么呢？道，其实就是维护封建统治的儒家道统。韩愈、柳宗元等人在文论中都提倡重“道”，也就是重视文章的思想。但仔细分析，他们的“道”是有所不同的。韩愈提倡的“道”，正如他本人所说的“古道”，即指尧、舜、禹、汤、文武、周公、孔子、孟轲等一脉相承的儒家道统，也就是侧重儒学之“道”。韩愈所说的“道”，就是儒家的仁义道德；

① ［梁］刘勰著，范文澜注：《文心雕龙注》，北京：人民文学出版社1958年版，第65页。

② ［明］茅坤编：《唐宋八大家文钞》卷五，《文渊阁四库全书》第1383册，第68页。

③ ［唐］柳宗元：《柳河东集》卷34，北京：中华书局1958年版，第550—551页。

④ ［唐］柳宗元：《柳河东集》卷34，《文渊阁四库全书》第1076册，第304页。

所谓“明道”，就是宣扬儒家的仁义道德。[1] 而柳宗元则侧重的是现实之“道”，“虽也以六经为‘取道之原’，但他是把道理解为事物与人类社会的自然规律。……‘以辅时及物为道’，则‘文以明道’就是要求文有‘辅时及物’之用。”[2] 他认为文（包括文学）的根本目的就在于“明道”。“道”是一种治世之道，是辅时及物，有利于生民之道。尽管他们倡“道”有所不同，但有一点不容置疑的是他们都重视作品的思想道德内容和教化作用，重理而轻情，厚古而薄今，使文艺沦为宣扬伦理道德的工具。

与韩愈、柳宗元等人说的“文以明道”的看法不同，还有唐代文人提出“美刺”说，如：吴融在《禅月集序》中说：“夫诗之作，善善则颂之，恶恶则风刺之。苟不能本此二道，虽甚美，犹土木偶不主于气血，何所尚哉！自风雅之道息，为五七字诗者，皆率拘以句度属对焉。既有所拘，则演情叙事不尽矣。且歌与诗，其道一也。”[3] 吴融的“美刺”说，关注了现实，与陈子昂在《与东方左史虬修竹篇序》中要求诗歌要有“风骨”“兴寄”，发扬诗歌的现实主义传统是一致的，也与白居易在《与元九书》中提出的“文章合为时而著，歌诗合为事而作”[4] 是一样的，强调诗歌反映现实的优良传统。白居易还提出：“诗者，根情，苗言，华声，实义。”[5] 白居易要求诗歌要有讽喻、美刺，发扬了传统“诗言志”说的现实主义精神。他既强调“志”，又重视“情”，认为“情”是根，这种观点是先秦儒家“诗言志”的优良传统的延续。孔颖达在《诗大序正义》中说：“诗者，人志意之所之适也。虽有所适，犹未发口，蕴藏在心，谓之为志。发见于言，乃名为诗。言作诗者，所以舒心志愤懑，而卒成于歌咏。故《虞书》谓之‘诗言志’也。包管万虑，其名曰心；感物而动，乃呼为志。志之所适，外物感焉。言悦豫之志则和乐兴而颂声作，忧愁之志则哀伤起而怨刺生。《艺文志》云：‘哀乐之情感，歌咏之声发’，此之谓也。”[6] 孔颖达在继承《诗大序》的基础上，对“诗言志”作了进一步阐释，肯定了诗歌的

---

① 参见成复旺、黄保真、蔡钟翔：《中国文学理论史》（二），北京：北京出版社 1987 年版，第 178—179 页。

② 参见成复旺、黄保真、蔡钟翔：《中国文学理论史》（二），第 189—190 页。

③ 郭绍虞主编：《中国历代文论选》（第 2 册），上海：上海古籍出版社 1979 年版，第 190 页。

④ 郭绍虞主编：《中国历代文论选》（第 2 册），第 98 页。

⑤ 郭绍虞主编：《中国历代文论选》（第 2 册），第 96 页。

⑥ ［清］阮元刻：《十三经注疏》本《毛诗正义》卷一，郭绍虞主编：《中国历代文论选》（第 1 册），第 5—6 页。

言志抒情的特点。

如果说，唐代韩、柳的古文运动理论体现出的“言志”，即“明道”“贯道”的思想体系，并没有将“情”明确地加以排斥的话，那么宋代理学家邵雍、二程以及周敦颐等人反对作品情性，主张“文以载道”，使诗歌变成宣扬理学的唯心主义工具，使“诗言志”说的理性化达到登峰造极的地步。宋代理学家在“言志”观点上，将“情”与“志”对立，违背艺术规律，片面强调载道，甚至认为诗歌“玩物丧志”，伤理害道，直至要取消艺术。如邵雍从理学立场出发，反对文艺作品的情感性，主张“写性”说。他曾说：“伊川翁曰：子夏谓‘诗者，志之所之也。在心为志，发言为诗。情动于中而形于言，声成其文而谓之音。’是知怀其时则谓之志，感其物则谓之情，声成文则谓之音。然后闻其诗，听其音，则人之志情可知之矣。”[①] 邵雍引《毛诗序》的“诗言志”说之后，指出“怀其时则谓之志，感其物则谓之诗”，似乎是肯定了诗歌的抒情特质。如果不联系他的整个文学见解，还以为他是张扬情感的。其实，从根本上来说，邵雍还是反对作品的情感。他还说：“何故谓之诗？诗者言其志。既用言成章，遂道心中事。”[②]“诗者人之志，非诗志莫传。”[③] 他所说的“志”，就是理学的思想，他把诗看成是传道的工具。他用“性”代替“情”，用“明心见性”替代“言志”与“抒情”。他还说：“以物观物，性也；以我观物，情也。性公而明，情偏而暗。”[④] 依照他的一番话，根本上也就取消了“情”，从而也就使“言志”说中的“志”含“情”因素荡然无存。在理学家中，作为道学的奠基者，周敦颐明确地提出“文以载道”说，他在《通书·文辞》中说：“文所以载道也，轮辕饰而人弗庸，徒饰也。况虚车乎？文辞，艺也；道德，实也。笃其实而艺者书之；美则爱，爱则传焉，贤者得以学而至之，是为教。故曰：‘言之无文，行而不远。’然不贤者，虽父兄临之，师保勉之，不学也；强之，不从也。不知务道德而第以文辞为能者，艺焉而已。噫！弊也久矣。”[⑤] 周敦颐强调文辞为封建道统服务，认为文章是载道传道

---

① ［宋］邵雍：《伊川击壤集序》，郭绍虞主编：《中国历代文论选》（第2册），第275页。

② ［宋］邵雍：《论诗吟》，郭绍虞主编：《中国历代文论选》（第2册），第280页。

③ ［宋］邵雍：《谈诗吟》，郭绍虞主编：《中国历代文论选》（第2册），第280页。

④ ［宋］邵雍：《观物外篇十二》，胡经之主编：《中国古典美学丛编》（上册），北京：中华书局1988年版，第19页。

⑤ ［宋］周敦颐：《通书·文辞》，郭绍虞主编：《中国历代文论选》（第2册），第283页。

的工具，表现出重道轻文的倾向。周敦颐的“文以载道”之说，还只是表现出强调载道而不废文的倾向，但是到了程颢、程颐二人更加片面地作了发展，进一步提出了“作文害道”之说。如程颐说：“问：作文害道否？曰：害也。凡为文不专意则不工，若专意则志局于此，又安能与天地同其大也。《书》云：‘玩物丧志’，为文亦玩物也。”[①] 程颐从道学的狭隘立场出发，把道和文，道德修养和文章写作完全对立起来，将理与情的对立推向极端，认为文学艺术表现的情感的内容和美的形式也是“玩物丧志”。这种观点正是儒家传统的“言志”说脱离社会现实生活而达到极端的结果。

现在我们来看看“道”，在唐宋文论中常以此代“志”，似乎在唐代古文论者和宋代理学家眼里，两者的“道”没有什么区别。实际上，它们之间却有着很大差别：唐代古文家所倡导的“道”，“除了要求文学宣扬封建道德，也要求文学在一定限度内反映现实”[②]。而宋代道学家所强调的“道”，不仅有它的特定的含义，即身心性命的义理之学，而且往往把文看成是传达这种思想的工具。“排除文学对社会生活的反映，抹杀文学的内在特质，贬低文学事业，从而使文学完全沦为封建道德的宣传工具，这就是‘文以载道’这个口号的实际含义。”[③] 不过，两者都将“志”的内涵更加狭隘化了，将“言志”说推向理性极端。

尽管理学家邵雍和周敦颐等人站在理学立场，倡导重视理性的“言志”说，但是宋代还有学者论述“诗言志”时并不排斥情感，如袁燮说：“古人之作诗，犹天籁之自鸣尔。志之所之，诗亦至焉。直己而发，不知其所以然，又何暇求夫语言之工哉？古圣人断之曰：思无邪。心无邪思，一言一句，自然精粹，此所以垂百世之典型也。……诗本言志，而以惊人为能，与古异矣。”[④] 他强调了“言志”说，认为古人志动而情随，完全是凭着感情的自然流泻而作诗，毫无造作之感，他说的“志”并未排斥情感，又认为诗人的思想感情必须符合“思无邪”，并说它是“垂百世之典型”。在以理为诗的理学思想盛行的宋代，他的一番话确实是难能可贵的。对“诗言志”作出合理的阐述和发展，还有宋代的陆游、张戒等人。陆游一方面认

---

① ［宋］程颐：《语录》，郭绍虞主编：《中国历代文论选》（第2册），第284页。
② 成复旺、黄保真、蔡钟翔：《中国文学理论史》（二），第327—328页。
③ 成复旺、黄保真、蔡钟翔：《中国文学理论史》（二），第327页。
④ 胡经之主编：《中国古典美学丛编》（上册），第19页。

为诗是因感情而产生的，是感情激发的产物，他说："盖人之情，悲愤积于中而无言，始发为诗。不然，无诗矣。"① 另一方面又继承"言志"说，认为诗是"言志"的，将"得意"与"失意"都视为"志"。他说："古之说诗曰言志。夫得志而形于言，如皋陶、周公、召公、吉甫，固所谓志也。若遭变遇谗，流离困悴，自道其不得志，是亦志也。然感激悲伤，忧时闵已，托情寓物，使人读之，至于太息流涕，固难矣。"② 从上述所引陆游的一番话看来，"志"与"情"相融，是统一而不可分，突破了汉儒认为"志"只是"圣人之道""天之道"的理性化概念，而将"志"赋予"情"的内涵。张戒说："建安、陶、阮以前诗，专以言志；潘、陆以后诗，专以咏物。兼而有之者，李、杜也。言志乃诗人之本意，咏物特诗人之余事。古诗、苏、李、曹、刘、陶、阮本不期于咏物，而咏物之工，卓然天成，不可复及。其情真，其味长，其气胜，视《三百篇》几于无愧，凡以得诗人之本意也。潘、陆以后，专意咏物，雕镌刻镂之工日以增，而诗人之本旨扫地尽矣。"③ "然诗者，志之所之也。情动于中而形于言，岂专意于咏物哉?"④ 从上述所引张戒的话里，我们可以看出张戒所说的"言志"，其实就包含了抒情，他继承了汉代《诗大序》关于"情动于中而形于言"的观点，重视情感对于艺术创作的作用。他既强调"言志"说，又不排斥"咏物"，只不过他认为"言志"为主，"咏物"为次，借咏物来表现作者的思想感情，但反对主要地以咏物为主的倾向，这可以说是传统"诗言志"说的补充和发展。

从南宋末年起，鼓吹极端教化主义的论调逐渐衰微，诗论家开始试图吸纳诗歌审美特征方面的某些见解，来充实以政教为中心的儒家诗论，使教化与审美得到融合。尽管南宋末年之后存在这种融合现象，但赤裸裸的以政教为中心的"诗言志"说仍然存在于后来的文学批评当中。明王朝建立之后，为了加强中央集权统治，统治者在政治上制订了一系列维护封建统治的政策，在思想文化领域也加强其统治，极力鼓吹儒家道统，排斥一切，宣扬宗经的思想。如明朝的开国文臣宋濂曾说："余之所谓文者，乃

① ［宋］陆游:《淡斋居士诗序》,郭绍虞主编:《中国历代文论选》(第1册),第84页。

② ［宋］陆游:《曾裘父诗集序》,郭绍虞主编:《中国历代文论选》(第1册),第6页。

③ ［宋］张戒:《岁寒堂诗话》卷上,丁福保辑:《历代诗话续编》(上),北京:中华书局1983年版,第450页。

④ ［宋］张戒:《岁寒堂诗话》卷上,丁福保辑:《历代诗话续编》(上),第450页。

尧、舜、文王、孔子之文，非流俗之文也，学之固宜。”① 又曰：“吾之所谓文者，天生之，地载之，圣人宣之，本建则其末治，体著则其用章，斯所谓称阴阳之大化，正三纲而齐六纪者也……”② 以上这些话体现了宋濂的基本的文学观，即如他本人所说：“大抵为文者，欲其辞达而道明耳，吾道既明，何问其余哉?”③ “明道之谓文，立教之谓文，可以辅俗化民之谓文。斯文也，果谁之文也？圣贤之文也。”④ 用一句话来概括，那就是文要体现传统的儒家思想，即孔孟之道，为封建伦理道统服务。他还在《徐教授文集序》说：“文者，道之所寓也。道无形也，其能致不朽也，宜哉！……是故扬沙走石、飘忽奔放者，非文也；牛鬼蛇神、诡诞不经而弗能宣通者，非文也；桑间濮上、危弦促管，徒使五音繁会而淫靡过度者，非文也；情缘愤怒，辞专讥讪、怨尤勃兴、和顺不足者，非文也；纵横捭阖，饰非助邪而务以欺人者，非文也。”⑤ 宋濂以道为文的文学观，其实就是站在儒家立场，强调文的理性内涵，排斥文的情感特征。虽然这是针对文而言，其实也包含了对诗的看法。他从来就反对把诗与文“歧而二之”，主张“诗文本出于一原”，要求以道为诗，写“仁义道德之辞”。⑥ 他又在《霞川集序》说：“然则诗之美者，其将何如哉？盖诗者，发乎情，止于礼义者也。情之所触，随物而变迁。”⑦ 他认为诗之美在于“止于礼义”，即止于封建礼教，要求诗歌必须明道、载道，为统治阶级服务。

值得注意的是，元、明有学者多以“性情”或“情性”来表达对诗歌的看法，如：元代戴元表说：“惟夫诗则一由性情以生，悲喜忧乐忽焉触之，而材力不与能焉。”⑧ 刘将孙说：“夫诗者，所以自乐吾之性情也，而岂观美自鬻之技哉？欣悲感发，得之油然者有浅深，而写之适然者有浓淡。”⑨ 杨维桢说：“或问：诗可学乎？曰：诗不可以学为也。诗本情性，有性此有情，有情此有诗也。上而言之，雅诗情纯，风诗情杂；下而言之，

① ［明］宋濂：《文原》，郭绍虞主编：《中国历代文论选》（第3册），上海：上海古籍出版社1980年版，第1页。

② ［明］宋濂：《文原》，郭绍虞主编：《中国历代文论选》（第3册），第2页。

③ ［明］宋濂：《文原》，郭绍虞主编：《中国历代文论选》（第3册），第3页。

④ ［明］宋濂：《文说赠王生黼》，郭绍虞主编：《中国历代文论选》（第3册），第9页。

⑤ ［清］黄宗羲编：《明文海》卷二百三十三，《文渊阁四库全书》第1455册，第567页。

⑥ 参见成复旺、黄保真、蔡钟翔：《中国文学理论史》（三），第18页。

⑦ ［宋］宋濂：《文宪集》卷六，《文渊阁四库全书》第1223册，第403页。

⑧ 胡经之主编：《中国古典美学丛编》（上册），第21页。

⑨ 胡经之主编：《中国古典美学丛编》（上册），第22页。

屈诗情骚，陶诗情靖，李诗情逸，杜诗情厚。诗之状未有不依情而出也。”[①] 明人何良俊说：“诗以性情为主，《三百篇》亦只是性情。今诗家所宗，莫过于《十九首》，其首篇‘行行重行行’，何等情意深至而辞句简质。”[②] 顾曲散人说：“文之善达性情者，无如诗。《三百篇》之可以兴人者，惟其发于中情，自然而然故也。自唐人用以取士，而诗入于套；六朝用以见才，而诗入于艰；宋人用以讲学，而诗入于腐。而从来性情之郁，不得不变而之词曲。”[③] 从上述所引的话语看，元、明学者大多以“性情”或“情性”来概括诗歌的特点。追溯源头，在中国文学批评史上，“情性”一词似乎最早见于《毛诗序》：“国史明乎得失之迹，伤人伦之废，哀刑政之苛，吟咏情性，以风其上，达于事变而怀其旧俗者也。”[④] “情性”又可见于《文心雕龙·明诗》：“诗者，持也，持人情性；三百篇之蔽，义归无邪；持之为训，有符焉尔。”[⑤] 后来南宋文天祥在《罗主簿一鹗诗序》中提及“性情”，他说：“诗所以发性情之和也。性情未发，诗为无声；性情既发，诗为有声。”[⑥] 那么，何谓“性情”？清代乔亿在《剑谿说诗》（卷下）说：“所谓性情者，不必义关乎伦常，意深于美刺，但触物起兴，有真趣存焉耳。”[⑦] 乔亿认为，“性情”是“意深于美刺”“有真趣存焉”。国内有学者把“情性”解释为“思想感情”[⑧]，或解释为“性情”[⑨]。“性”即“情”，那么“情性”或“性情”，与“情志”有何区别呢？有学者认为，《毛诗序》说的“情性”与后来文学理论上讲的情志含义相近[⑩]。显然，“情性”或“性情”含有思想感情的意思。

至清代，仍有诗论家不断关注诗的本质特点和功用。沈德潜在《说诗晬语》卷上说：“诗之为道，可以理性情、善伦物、感鬼神、设教邦国、应

① 胡经之主编：《中国古典美学丛编》（上册），第 22 页。

② 胡经之主编：《中国古典美学丛编》（上册），第 23 页。

③ 胡经之主编：《中国古典美学丛编》（上册），第 23—24 页。

④ 郭绍虞主编：《中国历代文论选》（第 1 册），第 63 页。

⑤ 范文澜：《文心雕龙注》，第 65 页。

⑥ 胡经之主编：《中国古典美学丛编》（上册），第 21 页。

⑦ 郭绍虞编选，富寿荪校点：《清诗话续编》（上册），上海：上海古籍出版社 1983 年版，第 1098 页。

⑧ 祖保全：《文心雕龙解说》，合肥：安徽教育出版社 1993 年版，第 101 页。

⑨ 周振甫：《文心雕龙今译》，北京：中华书局 1986 年版，第 56 页。

⑩ 赵则诚、张连弟、毕万忱主编：《中国古代文学理论辞典》，长春：吉林文史出版社 1985 年版，第 397 页。

对诸侯，用如此其重也。秦、汉以来，乐府代兴；六代继之，流衍靡曼。至有唐而声律日工，托兴渐失，徒视为嘲风雪、弄花草、游历燕衎之具，而诗教远矣。”① 沈德潜在《清诗别裁·凡例》对“诗之为道”作了说明，他说：“诗之为道，不外乎孔子教小子、教伯鱼数言，而其立言一归于温柔敦厚，无古今一也。自陆士衡有‘缘情绮靡’之语，后人奉以为宗，波流滔滔，去而日远矣。选中体制各殊，要唯恐失温柔敦厚之旨。”沈德潜认为诗歌的内容是宣扬儒家思想，提倡“温柔敦厚”的诗教，将诗歌的功能归结为“理性情、善伦物、感鬼神、设教帮国、应对诸侯”。甚至他还说：“温柔敦厚，斯为极则。”② 由此可见，他重视儒家的“温柔敦厚”的诗教，重视诗歌的教化作用，反对流连光景、缘情绮靡之作。不过，有时沈德潜也提到诗歌的“性情”，他说：“诗贵性情，亦须论法。乱杂而无章，非诗也。然所谓法者，行所不得不行，止所不得不止，而起伏照应，承接转换，自神明变化于其中。若泥定此处应如何、彼处应如何，不以意运法，转以意从法，则死法矣。试看天地间水流云在，月到风来，何处著得死法？”③ 沈德潜认识到诗歌表现“性情”的重要性，要求诗歌写作须遵循活法。他说的“性情”，其实是在“温柔敦厚”诗教的基础上提出的。清代另一个文论家翁方纲在当时封建统治者极力倡导经学，以及考证之风弥漫文坛的情况下提出了“肌理”说。翁方纲对诗的看法充满了正统的封建观念，集中表现于他的“肌理说”之中，他在《志言集序》中说：“昔虞廷之谟曰：‘诗言志，歌永言。’孔庭之训曰：‘不学诗，无以言。’言者，心之声也。文辞之于言，又其精者。诗之于文辞，又其谐之声律者。然则‘在心为志，发言为诗’，一衷诸理而已。……士生今日，经籍之光，盈溢于世宙，为学必以考证为准，为诗必以肌理为准。”④ 翁方纲反复强调写诗必须以“肌理”为根本。那么，何谓“肌理”？张少康先生对此作了如下分析：翁方纲的“肌理”从词意上说，是出于杜甫《丽人行》的“肌理细腻骨肉匀”，即是指诗文之写作当如肌肤之有纹理，也就是说，诗歌创作不能流于空疏

① 张寅彭编纂，杨焄点校：《清诗话全编》（康熙期、雍正期）第九册，上海：上海古籍出版社 2018 年版，第 6215 页。

② 张寅彭编纂，杨焄点校：《清诗话全编》（康熙期、雍正期）第九册，第 6218 页。

③ 张寅彭编纂，杨焄点校：《清诗话全编》（康熙期、雍正期）第九册，第 6216 页。

④ 郭绍虞主编：《中国历代文论选》（第 3 册），第 523—524 页。

而要讲究切实，如人的肌肤之有纹理。[1] 虽然翁方纲在上述的诗论里并未直接提出“诗言志”，但从他的这些话里我们可以看出他将诗的内涵归结为符合封建忠孝的思想，要求诗合乎圣人所说的“思无邪”以及倡导符合儒家的经术和学问的“肌理”说，这也正是对诗之所言的“志”提出界定，那就是诗之“志”的理性化内涵达到了极端程度，将广阔的“志”的内涵空间缩小到归结为“忠孝”即符合封建伦理道德的思想这一点上。与翁方纲的观点不同，袁枚明确对“志”作了包容性的阐释，他在《再答李少鹤书》中说：

> 来札所讲“诗言志”三字，历举李、杜、放翁之志，是矣。然亦不可太拘。诗人有终身之志，有一日之志，有诗外之志，有事外之志，有偶然兴到，流连光景，即事成诗之志，志字不可看杀也。[2]

袁枚对“志”作了灵活的阐释，认为不可把“志”理解得太死板，诗人“有终身之志，有一日之志，有诗外之志，有事外之志，有偶然兴到，流连光景，即事成诗之志”。显然，袁枚说的“志”的内涵广泛，其间不可能没有诗人的“情”的内涵。值得注意的是，钱谦益、王夫之等人对“诗言志”说做了进一步阐述。如钱谦益在《范埜卿诗集序》说：“诗者，志之所之也，陶冶性灵，流连景物，各言其所欲言者而已。”[3] 这些话语，说明了钱谦益在继承《毛诗序》对诗歌的看法的基础上，对“诗言志”作了发挥。他继承了《毛诗序》中的“诗者，志之所之也”，认同诗是思想感情的表现。同时，又说诗“陶冶性灵，流连景物”，诗人不受限制抒发自己想要表达的思想感情。他还说：

> 夫诗者，言其志之所之也。志之所之，盈于情，奋于气，而击发于境，风识于浪奔昏交凑之时世。(《爱琴馆评选诗慰序》)[4]

① 张少康、刘三富：《中国文学理论批评发展史》（下），北京：北京大学出版社1995年版，第433页。

② 郭绍虞主编：《中国历代文论选》（第1册），第6页。

③ [清]钱谦益：《牧斋初学集》卷31，[清]钱谦益著，[清]钱曾笺注，钱仲联标校：《钱牧斋全集》（二），上海：上海古籍出版社2003年版，第910页。

④ [清]钱谦益：《牧斋有学集》卷15，[清]钱谦益著，[清]钱曾笺注，钱仲联标校：《钱牧斋全集》（五），上海：上海古籍出版社2003年版，第713页。

诗言志，志足而情生焉，情萌而气动焉。如土膏之发，如候虫之鸣，欢欣噍杀，纡缓促数，穷于时，迫于境，旁薄曲折而不知其使然，古今之真诗也。(《题燕市酒人篇》)①

从上述两段话看，钱谦益运用生动的象喻来阐释对诗的看法。他继承《毛诗序》有关诗的看法，认为诗歌是人的思想感情的表现，将“志”“气”“情”三者作为诗人必要的创作要素，在创作过程中相互激发、相互作用，催促了诗的产生。钱谦益所谈的“志”是什么呢？陈良运先生说：“钱谦益关于‘志’的内涵显然是比较宽泛的，前所言‘性情’‘灵心’等属于诗人主观精神世界的皆是‘志’的底蕴，这两段话描述了诗人创作的心理发动机制和构思谋篇过程中气、情、志三者融通之状。较之以往儒家学者论情、志关系，他特别强调了志‘盈于情’，具有强烈的主观情感性质，‘志足’‘情盈’‘气奋’，是酿成‘真诗’的三大要素。”② 钱谦益所谈的“志”，并不是一个受儒家思想束缚很严的诗学观念，而是自由之态的“志”。他特别强调志“盈于情”“志足而情生”，认为“志”与“气”“情”是相融的，而“志”是三者之中的内在核心。他说的“志”，陈良运说：“实质上又有某种特定的内涵，那就是关注国家和民族的命运，为千古兴亡升降而感叹悲愤。”③ 可以说，这是对传统的“诗言志”说的发展。钱谦益在继承并总结了前人观点的基础上，提出了上述的见解，使“诗言志”说免于成为一种僵化的、空洞的诗学观念。

清代诗论家王夫之、叶燮对“诗言志”也有一定程度的论述，如王夫之在《唐诗评选》中评孟浩然《鹦鹉洲送王九之江左》：“‘诗言志，歌咏言’，非志即为诗，言即为歌也。或可以兴，或不可以兴，其枢机在此。”王夫之对传统的“诗言志”说有新的认识，他认为并非一切“志”都能成为诗。这个“志”，应具有“可以兴”的感人的审美特征。这样的“志”可以给人启发，而不是教条式说教，具有含蓄、寓情等特点。他还说：“诗言志也，非言意也。诗达情也，非达欲也。心之所期为者志也，念之所觊

---

① ［清］钱谦益：《牧斋有学集》卷47，［清］钱谦益著，［清］钱曾笺注，钱仲联标校：《钱牧斋全集》(六)，上海：上海古籍出版社2003年版，第1550页。

② 陈良运：《中国诗学批评史》，南昌：江西人民出版社1995年版，第491页。

③ 陈良运：《中国诗学批评史》，第491页。

得者意也，发乎其不自已者情也，动焉而不自待者欲也。”① 显然，在他看来，“志”与“意”、“情”与“欲”是不一样的。他继承和发扬儒家诗论传统，强调了诗歌具有“言志”与“达情”的特点，表明了他对诗的本质要素“志”与“情”的高度重视。清代另一位重要的诗论家叶燮在《原诗》里表达了对“诗言志”说的看法。他说：“《诗》三百篇，大抵皆发愤之所作也……忧则人必愤，愤则思发，不能发于作为，则必发于言语。”② 叶燮认为“诗三百”是创作主体“发愤”所作，“诗”是用言语表达人的内在“愤”。他在《半园倡和诗序》中说：“‘诗言志’。人各有志，则各自为言。故达者有达者之志，穷者有穷者之志。所处异则志不能不异，志异则言不能不异。”叶燮认为，“诗言志”的“志”，因人而异，各人有各人之志，“志”与个人生活经历有关。他又在《原诗》外篇（上）云：“《虞书》称‘诗言志’。志也者，训诂为‘心之所之’，在释氏，所谓‘种子’也。志之发端，虽有高卑、大小、远近之不同；然有是志，而以我所云才、识、胆、力四语充之，则其仰观俯察、遇物触景之会，勃然而兴，旁见侧出，才气心思，溢于笔墨之外。志高则其言洁，志大则其辞弘，志远则其旨永。如是者，其诗必传，正不必斤斤争工拙于一字一句之间。”《原诗》外篇（上）又云“诗是心声，不可违心而出，亦不能违心而出”③。叶燮认为，诗离不开感情，是发愤之作，必须有所感而发。在他看来，“‘志’又成了识、胆、才、力的载体，或说融汇四者于诗人所言之志，志的高卑、大小、远近之不同，都取决于识、胆、才、力之高下或发挥的程度”④。看来，他对“志”的理解，已完全没有“止乎礼义”的教条痕迹，而视“志”为诗人创作过程中“才”“识”“胆”“力”所充盈的、遇景触物的动态存在。这样“言志”说在理论上发生了质的变化。叶燮还在《原诗》内篇（下）说：“惟不可名言之理，不可施见之事，不可径达之情，则幽渺以为理，想象以为事，惝恍以为情，方为理至事至情至之语。”⑤ 他对“情”与“事”“理”的关系作了独到的分析，把情与事、理融合在审美创造之中。这个论断无疑是王夫之的“诗无达志”命题的深化和发展，也是

---

① ［清］王夫之：《诗广传》，北京：中华书局1964年版，第22页。

② 郭绍虞：《中国历代文论选》（第3册），第361页。

③ ［清］叶燮著，霍松林校注：《原诗》，北京：人民文学出版社1979年版，第52页。

④ 陈良运：《中国诗学批评史》，第515页。

⑤ ［清］叶燮著，霍松林校注：《原诗》，第32页。

我国传统诗学“言志”说与“缘情”说水乳交融在一起的结晶。

除了以上论家之外，清代还有方东树、纪昀、刘熙载等论述了诗的本质特征。如方东树说：“诗以言志。如无志可言，强学他人说话，开口即脱节，此谓言之无物，不立诚。若又不解文法变化、精神措注之妙，非不达意，即成语录腐谈，是谓言之无文无序。若夫有物有序矣，而德非其人，又不免鹦鹉、猩猩之诮。庄子曰：真者精诚之至也。不精不诚，不能动人。”① 纪昀说：“诗本性情者也。人生而有志，志发而为言，言出而成歌咏，协乎声律。其大者，和其声以鸣国家之盛，次亦足抒愤写怀。……是诗本乎性情者然也，而究非性情之至也。夫在天为道，在人为性，性动为情，情之至由于性之至，至性至情不过本天而动，而天下之凡有性情者，相与感发于不自知，咏叹于不容已，于此见性情之所通者大而其机自有真也。”② 方东树所言的“诗以言志”的“志”，其实含“情”；纪昀所说的“诗本性情者也”的“性情”，实质上就是思想感情。刘熙载《艺概》卷二云：“诗之所贵于言志者，须是以直温宽栗为本。不然，则其为志也荒矣，如《乐记》所谓‘乔志’‘溺志’是也。”“诗之言持，莫先于内持其志，而外持风化从之。”③ 刘熙载所说的“志”也含“情”，即思想感情。方东树等人都继承了儒家的“诗言志”说，对“诗”的特点作了阐释，表明了对诗歌的本质的认识和理解。

综上所述，“诗言志”说是我国一个古老的诗学命题，它是我国古代文论家对诗的本质特征的认识，尽管在先秦文论家对诗的看法有所差异，但最根本的一点却是相同的，那就是先秦文论家都认识到“志”是含“情”的因素在内的，它并非排斥情感的纯理性范畴。然而，由于后来对诗歌的功能认识和对“志”的含义不同的理解，“诗言志”说在各个时代有所变化。一般来说，“诗言志”说在以后的流变过程中，受儒家政教思想的影响，对“诗言志”说的解释偏重于政治教化的功能方面，将先秦文论家对诗的本质特征认识的“诗言志”说引向了歧途。从汉儒，梁代裴子野，唐代的韩愈、柳宗元，宋代的邵雍、周敦颐，一直到清代要求诗成为经世匡时、体现忠孝思想的工具的宋濂、翁方纲、沈德潜等，一步步将先秦儒家

---

① ［清］方东树:《昭昧詹言》,见胡经之主编:《中国古典美学丛编》(上册),第25页。

② ［清］纪昀:《纪文达公遗集 · 冰瓯草序》,见胡经之主编:《中国古典美学丛编》(上册),第26页。

③ ［清］刘熙载:《艺概》,上海:上海古籍出版社1978年版,第80页。

的“诗言志”作了扭曲的阐释，他们注重政教、风化，以致把诗当成传道的工具，从而使“诗言志”说推向了极端程度，这种忽略了文艺创作本身的内在规律，否定了艺术的审美情感特征的“言志”说，并不能代表在“诗言志”说流变中对诗的本质特征的正确看法。但是，“诗言志”在流变的过程中，还出现了重视“志”与“情”的融合。从汉代《毛诗序》开始，经魏晋南北朝时期刘勰等人，唐宋时期的吴融、孔颖达、白居易、陆游，直至清代的钱谦益、王夫之、叶燮等人的诗论，将传统“诗言志”说推向了重视情感的“情志”论。在他们看来，“诗言志”不单纯是理性述志，还要抒发人的情感。这种“情志”说，强调感物言志，既重视诗歌的社会作用，又强调了诗歌的抒情特点，继承和发展了先秦儒家“诗言志”说的传统。

（作者单位：山东大学文化传播学院）

《文心雕龙·颂赞》篇“末代之讹体”辨析

——关于陆机《汉高祖功臣颂》的评价问题

冷　蕊

摘　要：刘勰在《文心雕龙·颂赞》篇中以“褒贬杂居，固末代之讹体”评论陆机的《汉高祖功臣颂》。“褒贬杂居”是指《功臣颂》在内容上有褒有贬，违背了颂文体“美盛德”而“义必纯美”的创作要求。而“末代之讹体”是刘勰针对《功臣颂》“褒贬杂居”问题的批评，但并不是对《功臣颂》创作成就的全部否定。事实上，刘勰在这一评论背后隐含着对《功臣颂》部分创作成就的肯定。

关键词：《文心雕龙·颂赞》；《汉高祖功臣颂》；褒贬杂居；末代讹体

在《文心雕龙·颂赞》篇中，刘勰以“褒贬杂居，固末代之讹体”评论了陆机的《汉高祖功臣颂》①，这一评论引发了学术界较多的争论。实际上，刘勰对《功臣颂》的贬抑并不表明他否定陆机《功臣颂》全部的创作成就，刘勰在指出《功臣颂》“褒贬杂居”的问题之外，也隐含着对《功臣颂》创作成就的肯定。本文拟在前人研究的基础上，对“褒贬杂居，固末代之讹体”的评论进行辨析。

一、“褒贬杂居”辨

刘勰以“褒贬杂居，固末代之讹体”评论陆机的《汉高祖功臣颂》（以下简称《功臣颂》），批评了陆机在创作颂文时不纯为颂美之辞，而杂

---

① ［梁］刘勰：《文心雕龙·颂赞》，周振甫：《文心雕龙注释》，北京：人民文学出版社2002年版，第96页。

有贬低之意的弊病，采取明显的贬斥态度。但是通过细读《颂赞》篇的文意可以发现，刘勰在评论《功臣颂》时，不只有贬低的一面，也有肯定的一面，并不是对陆机创作的简单否定。

刘勰对《功臣颂》的贬低集中在“褒贬杂居”一语上，“褒贬杂居”是指《功臣颂》中不全是颂美之辞，而是有褒有贬。如周振甫所注：“陆机《汉高祖功臣颂》，对汉高祖和他的功臣主要是褒，也有一些贬，如称彭越为‘谋之不臧（善），舍福取祸。’称韩王信为‘人之贪祸，宁为乱亡。’那就褒贬夹杂，不是颂的正体了。”① 此外，陆机还用“士也罔极，自诒伊媿”一语来评论张耳的交友不终②，也含有贬低的意味。《功臣颂》见于《文选》，是陆机颂文的代表作之一，陆机在文中对三十一位汉开国功臣进行歌功颂德时，对彭越、张耳、韩王信等人有明显的贬低，从而使得颂文“褒贬杂居”，受到刘勰的批评。而刘勰为什么会认为“褒贬杂居”的颂不符合颂文的创作要求，这与他对颂文体的认识密切相关。

在对颂文体的认识上，刘勰持歌功颂德的颂文体观。在《颂赞》篇开头，刘勰明确了颂之本义为“容”，为“美盛德而述形容”之用。刘勰的颂文体观本于《诗大序》，又受到魏晋时期颂文体理论共识的影响。对于颂之本义，《诗大序》曰：“颂者，美盛德之形容，以其成功告与神明者也。”③《诗大序》强调了《诗经》颂文“美盛德之形容”的核心特征，颂文的歌颂对象为“盛德”，歌颂目的为“告神明”，决定了其肃穆庄重的风格，反映出先民严格的等级秩序观念。后东汉郑玄论《周颂》曰：“颂之言容，天子之德，光被四表，格于上下，无不覆焘，无不持载。此之谓容，于是和乐兴焉，颂声乃作。”④ 在《诗大序》释“容”为容貌仪态等外在表现之外，明确了“容”内在至高无上的“无不覆焘，无不持载”含义。郑玄虽然没有使用《诗大序》中“美盛德之形容”一语，但其对颂文表现的“天子之德”的描述，正是对“盛德之形容”抽象的理论总结。郑玄对“颂容”的解释和《毛诗序》中的颂文理论一样，都明确了《诗经》颂文以“歌功颂德”为内在规定性的根本特征。

---

① ［梁］刘勰：《文心雕龙·颂赞》，周振甫：《文心雕龙注释》，第100页。

② ［晋］陆机：《汉高祖功臣颂》，严可均辑：《全上古三代秦汉三国六朝文·全晋文》，上海：上海古籍出版社2009年版，第589页。

③ ［清］阮元校刻：《十三经注疏·毛诗正义》，北京：中华书局1980年版，第271页。

④ ［清］阮元校刻：《十三经注疏·毛诗正义·周颂谱》，第581页。

《诗经》颂文为颂文体的雏形，影响了后来颂文体的形成及特点，如吴讷在《文体明辨序说》中曰：“故颂之名，实出于《诗》。”① 而《毛诗序》对《诗经》“颂”的理论阐释影响深远，魏晋时期人们对于颂文体的认识，基本也都认为是以“美盛德之形容”为核心特征的文体，如曹丕在《答卞兰教》中曰：“颂者，美盛德之形容”②，挚虞在《文章流别论》也说：“颂者，美盛德之形容”③。刘勰受《诗大序》颂体观和魏晋时期颂体理论共识的影响，在《文心雕龙·颂赞》篇中，进一步对颂文体“美盛德之形容”的内在规定性作了追本溯源的详细阐发和辨析。在颂的名称性质上，刘勰将《诗经》之“颂”与同源于《诗经》的“风”“雅”两体进行比较，申明颂文“美盛德之形容”的理论主张。刘勰明确了《诗经》颂文用以“告神”而“义必纯美”的要求，以区别于《诗经》中“风”“雅”两体用以“序人”，所以“事兼正变”而有美有刺的特点。④ 刘勰以《诗经》颂文的特点彰显了颂文体“美盛德之形容”的创作要求，而陆机的《功臣颂》在“褒贬杂居”上违背了颂文体只褒不贬的原则，所以受到了刘勰严厉的批评。

陆机的《功臣颂》因为“褒贬杂居”而违背了颂文体“义必纯美”的创作原则，受到了刘勰的贬低。而同样在《颂赞》篇中，刘勰对以讽刺为主的“原田”之诗和“裘韠”之诗进行了客观的评价，他分析了两诗的艺术特点为“直言不咏，短辞以讽”，并总结到两诗为“浸被乎人事”的“野诵之变体”⑤。比起《功臣颂》的“褒贬杂居”，“原田”之诗与“裘韠”之诗为彻底的讽刺之作，那为什么刘勰能以客观的态度评价这两首诗，站在“民各有心，勿壅惟口”的立场上肯定它们的新变⑥，却对内容上只是含有部分贬低的《功臣颂》进行了严厉的批评，他的颂体理论是否前后矛盾？

其实不然，相反，刘勰虽然肯定民间野诵的存在和发展的合理性，却没有把它们纳入颂文体的范畴。而对于陆机的《功臣颂》，刘勰是承认其为

① ［明］吴讷撰，于北山校点：《文体明辨序说》，北京：人民文学出版社1962年版，第47页。
② ［魏］曹丕：《答卞兰教》，严可均辑：《全上古三代秦汉三国六朝文·全三国文》，第375页。
③ ［晋］挚虞：《文章流别论》，严可均辑：《全上古三代秦汉三国六朝文·全晋文》，第477页。
④ ［梁］刘勰：《文心雕龙·颂赞》，周振甫：《文心雕龙注释》，第95页。
⑤ ［梁］刘勰：《文心雕龙·颂赞》，周振甫：《文心雕龙注释》，第95页。
⑥ ［梁］刘勰：《文心雕龙·颂赞》，周振甫：《文心雕龙注释》，第95页。

颂文体的。魏晋南北朝时期是文体观念的自觉时期，评论家们已经注意到了颂文体发展变化的多样性，并对此作了理论上的总结，如挚虞在《文章流别论》中说："故颂之所美者，圣王之德也，则以为律吕，或以颂形，或以颂声，其细已甚，非古颂之意。"[①] 可见颂文体产生时间久远，流变众多，在发展过程中逐渐分化出偏离"古颂之意"的细流。黄侃在《文心雕龙札记》中对这个问题进行了更为详细的考论，其文曰："是则颂之谊，广之则笼罩成韵之文，狭之则唯取颂美功德。至于后世，二义俱行。"[②] 可见，刘勰在申明颂文"美盛德之形容"的理论主张的同时，也看到了颂文在广义上的发展变化，并对这些变化进行了客观公正的分析和评价，但是这并不意味着刘勰承认这些变化了的文体为颂文，因为他持的是"唯取歌功颂德"的狭义颂体观。

刘勰基于"美盛德之形容"的认识，追溯颂之源流时，将用于歌颂帝喾的咸黑之"颂"作为起源，并把《诗经》"三颂"作为典范，确立了颂之正体，以此为参照对《诗经》颂文之外的鲁民之诵和屈原《橘颂》作了辨析。刘勰指出了鲁民之诵用于"人事"，含有讽刺之意；而《橘颂》虽然"情采芬芳"，但是以物寓志，将歌颂的对象从"盛德"延伸到了物体上，都不符合他对颂文体"美盛德而述形容"且"义必纯美"的内在规定。黄侃指出："此则颂名至广，用之者或以为局，颂类至繁，而执名者不知其同然，故不可以不审察也。"[③] 说明了刘勰辨体的必要性，是为使"执名者"知其然，而并非将以鲁民之诵和屈原《橘颂》为代表的文体纳入颂体的范畴。相反，刘勰虽然对陆机的《功臣颂》在"褒贬杂居"问题上表示了强烈的不满和指责，但他同时将《功臣颂》纳入了颂文体的范畴。所以，刘勰在批判《功臣颂》因"褒贬杂居"而与"纯美"之义相违背时，还是肯定了其中歌功颂德的内容的正确性，这从他"选文定篇"部分选录作品的范围与标准也可以看出来。

综合刘勰对《诗经》三颂、民间野诵和《橘颂》的辨析来看，他对颂文体内容和价值有两个基本要求：一是只用作褒赞"盛德"，而不用于品物；二是义必纯美，有美无刺，有褒无贬。基于这两点要求，刘勰选文定

---

① ［晋］挚虞:《文章流别论》,严可均辑:《全上古三代秦汉三国六朝文·全晋文》,第477页。

② 黄侃:《文心雕龙札记》,北京:商务印书馆2014年版,第67页。

③ 黄侃:《文心雕龙札记》,第67页。

篇时，只择取了对封建君臣进行歌功颂德的作品。屈原《橘颂》将颂文的歌颂对象扩展到细物，用于咏物抒情，“盖虽非述德告神，而与美之旨弗悖焉”[①]。后世作家沿着《橘颂》开创的传统，又创作了不少以咏物为主要内容并以颂名篇的作品，如汉代王褒的《碧鸡颂》、魏晋曹植的《宜男花颂》、繁钦《砚颂》等等，而刘勰在选评秦汉至魏晋的颂文时，没有提到一篇这样的作品，可对其颂体观做进一步的佐证。虽然刘勰对部分选文的弊病进行了批评，但这些选文的内容和题材在他看来均合乎对封建君臣进行歌功颂德的宗旨。所以，刘勰并非彻底否定《功臣颂》的创作内容，他同时也肯定了《功臣颂》中歌功颂德的部分。

综上所述，刘勰持“美盛德述形容”且“义必纯美”的狭义颂体观，而陆机的《功臣颂》对彭越、张耳和韩王信有明显的批判，有褒有贬，所以刘勰对《功臣颂》“褒贬杂居”的问题进行了严厉的批评。但刘勰的批评并非彻底否定《功臣颂》的创作内容，他同时也肯定了其中歌功颂德的部分。

二、“末代之讹体”辨

陆机的《功臣颂》因为“褒贬杂居”而受到了刘勰的批评，但这一批评的前提是刘勰承认《功臣颂》歌功颂德内容的正确性。而刘勰在“褒贬杂居”之外，还用“末代之讹体”来评论《功臣颂》，这一评论虽然体现出刘勰不满的态度，但事实上他并没有彻底否定陆机《功臣颂》的创作成就。

陆机的颂之所以被刘勰评为“末代之讹体”，在于它“褒贬杂居”，违背了颂文体的“义必纯美”的创作要求。关于“讹”有两种基本理解，一种以“讹”为“误”，如《文心雕龙今译》和《文心雕龙读本》中所释“讹：错误”。一种以“讹”为“变化”，如王运熙、周锋撰《文心雕龙译注》中所释“讹：变化”。对此，张灯辨析道：“下句‘讹体’，‘讹’可训谬误，但又可训‘改变’。《诗经·小雅·节南山》末二句：‘式讹尔心，以畜万邦。’‘讹’即指改变。本句‘讹’似应取后训，作形容词，‘讹体’即言变化了的体式。因为文体均在不断发展变化，不存在绝对谬误的体例，

① 刘师培撰，刘跃进评讲：《中国中古文学史讲义》，南京：凤凰出版社2011年版，第223页。

故知‘讹’训谬误并不最确。”[①] 结合张灯所辨，并根据上文对《功臣颂》“褒贬杂居”评价之分析，“讹”为“变化”之意。“讹体”即指《功臣颂》是偏离颂文体在歌功颂德时只褒不贬的变体。“末代”为魏晋时期，如詹锳在《文心雕龙义证》中所说：“‘末代’，亦称末世，衰乱之世。《文心雕龙》两用‘末代’（另一文见《书记》篇），均指魏晋时期。”[②] 此外，王运熙和周锋所撰《文心雕龙译注》中也持“末代”为魏晋时期的观点。因此，刘勰所谓的“末代之讹体”，是指《功臣颂》是以“褒贬杂居”为突出表现的魏晋时期颂体变化发展的新形式。

《功臣颂》被评为“末代之讹体”，代表着魏晋时期颂文的新变化。到了魏晋时期，颂文体在体制的变化上基本没有出汉颂的范围，故刘勰评“魏晋［辨］杂颂，鲜有出辙”[③]，但在审美上，评论者对颂文提出了新的要求，如曹丕在《答卞兰教》中说：“颂者，美盛德之形容也；故作者不虚其辞，受者必当其实。”[④] 陆机《功臣颂》沿袭了《赵充国颂》等汉颂的体制，而又融入了“不虚美”的时代特色。《功臣颂》虽以歌功颂德为重，但陆机在其中掺杂了自己的议论，一些篇章有“似褒而实贬”的倾向，导致《功臣颂》在歌功颂德之外，还有浇自己的块垒的意图，所以陆机在《功臣颂》中对张耳、韩王信和彭越发表贬低的议论，除了表达自己的功名观外，也受到时代的审美因素的影响。

《功臣颂》在体制和手法上并没有超过汉颂的变化范围，但《功臣颂》总结了汉代颂文的创作成就，并进一步确立了颂文体创作的范式。颂文体在汉代真正取得了独立发展的地位，并在创作实践中发生了新变，刘勰在《颂赞》中对汉颂的新变进行了全面的总结，如评班固《窦车骑将军北征颂》和傅毅的《西征颂》“变为序引”，评马融的《广成颂》《上林颂》“雅而似赋”，评崔瑗的《南阳文学颂》和蔡邕《京兆樊惠渠颂》“致美于序”[⑤]，反映出汉代颂文在叙述、铺排和序文三个方面强化的特点。铺叙成分和序文的强化虽然扩大了汉颂的容量，增强了汉颂的表现力，使其适应颂文体独立发展的需求，但过分使用铺叙手法则会喧宾夺主，影响颂文体

---

① 张灯：《〈文心雕龙·颂赞〉疑义辨析举隅》，《贵州大学学报》1992 年第 4 期。

② ［梁］刘勰撰，詹锳义证：《文心雕龙义证》，第 334 页。

③ ［梁］刘勰：《文心雕龙·颂赞》，周振甫：《文心雕龙注释》，第 96 页。

④ ［魏］曹丕：《答卞兰教》，严可均辑：《全上古三代秦汉三国六朝文·全三国文》，第 375 页。

⑤ ［梁］刘勰：《文心雕龙·颂赞》，周振甫：《文心雕龙注释》，第 95—96 页。

歌功颂德功能的发挥，而序文的敷衍有时也会影响颂体正文的表达效果，如刘师培所论：“……颂之正文既以叙事为主，序文仍叙事，则有叠床架屋之弊。”[1] 如果不妥善处理好铺叙手法、序文与颂文表现内容之间的关系，就有失体的隐患，陆机的《功臣颂》则较好地处理了这几组矛盾。

陆机的《功臣颂》在沿袭《诗经》颂文的风格之外，又自觉吸收并有效利用了汉代颂文的新变成果。从体例上看，《功臣颂》沿袭汉颂的体制，由序和正文两部分构成。陆机在序中罗列了三十一位功臣的职官和姓名，赞扬他们为“与定天下安社稷者”，接着以“颂曰”引领正文，序文只起到了解释说明的作用，而另起第一段颂文说明汉高祖在动荡中顺承天意，与各位功臣风云际会的背景来总起全文。从语体上看，《功臣颂》沿袭《诗经》四言句式，保留了《诗经》颂文整饬典雅、雍容和缓的特点。从手法上看，在人物的塑造上，陆机或用叠词来凸显颂主的形容，如用“堂堂”来形容萧何、“灼灼”来形容韩信等；或直接评价其性格才能，如评陈平“好谋能深”、评周勃“质木”“寡言”等，既表现出不同臣僚的形象气质差异，又以简练的语言避免了过分铺排的弊病。在事功的叙述上，陆机善用典故，突出核心事件，能够在充分的事例中凸显歌颂之人的功德，而又不让详瞻的过程喧宾夺主。在人物形容的塑造和功德的铺叙上，陆机多取材于《汉书》的基本史实，但又巧妙地运用了“虚”笔，做到了虚实结合，让人信服。如开篇对萧何的颂赞，《功臣颂》曰：

> 堂堂萧公，王际是因。绸缪叡后，无竟惟人。外济六师，内抚三秦。拔奇夷难，迈德振民。体国垂制，上穆下亲。名盖群后，是谓宗臣。[2]

颂文先是以“堂堂”颂赞了萧何仪容的庄严大方，接着便评价了其在汉高祖创业过程中的卓著功勋，中间是对萧何事功的具体叙述，最后再一次对萧何进行评价，盛赞其功德卓著，位冠群臣之首。文章在简短48字内，既描述了萧何的仪容，又完整叙述了他的功绩，还对其地位进行了评价。文章总体章法井然，主题明确，文辞典雅，雍容大气，代表着魏晋颂文在创作上的新成就。对《功臣颂》创作上成就，刘师培也予以了高度肯定，认

---

① 刘师培撰，刘跃进评讲：《中国中古文学史讲义》，第226页。

② ［晋］陆机：《汉高祖功臣颂》，严可均辑：《全上古三代秦汉三国六朝文·全晋文》，第589页。

为作颂应该以《功臣颂》为楷式，其言："舍《周颂》《商颂》以去高远；其切而近者，自应以陆士衡《功臣颂》为式，而参以汉人之疏朗，以矫其板滞，再求音节和雅，即可得其体要矣。"① 刘师培虽然指出了《功臣颂》板滞的特点，但是对其抓住颂文创作的核心要点是肯定的。那么刘勰是否在"末代之讹体"的评论中对陆机《功臣颂》的创作成就表示笼统的否定呢？

虽然刘勰没有对《功臣颂》在形式上的成就作直接具体的评述，也没有明显地表明态度，但是从刘勰"敷理举统"部分对颂文体的表现手法和风格特征的概括来看，《功臣颂》在表现形式上大部分与刘勰所规定颂文体的体制特征相契合，其文曰：

> 原夫颂惟典［雅］懿，辞必清铄，敷写似赋，而不入华侈之区；敬慎如铭，而异乎规戒之域；揄扬以发藻，汪洋以树义，［唯］虽纤［曲］巧曲致，与情而变，其大体所底。如斯而已。②

在刘勰看来，"典懿""清铄""敷写""敬慎"是作颂的几个核心要点，而"揄扬以发藻"和"汪洋以树义"是颂文体的艺术特色，是综合前面几种艺术手法而产生的效果。"典懿"和"清铄"的艺术特点主要体现在《诗经》颂文所确立的创作传统上，陆机在语言的修饰和锤炼中善于熔铸经典，并直接用形容人神态气质的叠词或描述人才能性格的评语来表现人物，避免了像马融《广成颂》那样完全是用赋体的手法写作，使得文章铺张扬厉而走入"弄文失质"极端的弊病，保留了颂文体典懿和清铄的特点；"敷写"的艺术特点则和"赋"体有相似之处，是有汉一代对颂文的新发展。陆机在《功臣颂》的创作中自觉吸收了汉颂"敷写似赋"的特点，但又有所节制，也没有犯如班固《车骑将军北征颂》那样强化叙事因素，而使得颂文"变为序引"的弊病；"敬慎"的艺术特征和"铭"体有相似之处，是特别针对陆机的《功臣颂》"褒贬杂居"问题提出来的规范要求。《功臣颂》在"褒贬杂居"的问题上不够"敬慎"，但在"典懿""清铄"和"敷写似赋，而不入华侈之区"几点上基本符合颂文体的创作规范，总

① 刘师培撰，刘跃进评讲：《中国中古文学史讲义》，第226页。

② ［梁］刘勰：《文心雕龙·颂赞》，周振甫：《文心雕龙注释》，第96页。

体来说，《功臣颂》在刻画容貌和描述事功时有一定的节制，确保表达详赡的同时避免过分的渲染和铺叙，基本达到了“揄扬以发藻，汪洋以树义”的效果。

《功臣颂》相较于被刘勰视为经典的《诗经》颂文（如《周颂·清庙》和《商颂·那》）的突出变化是铺叙成分的加强，而刘勰提出“敷写似赋”和“敬慎如铭”两项要求实际上体现出颂文体铺写和叙事成分增加的变化，而刘勰是肯定这种变化的。从刘勰对颂文体的创作要求来看，刘勰肯定以叙述和铺写的手法入颂，只是对其有限度的规定，不能因为过度使用这两种手法而喧宾夺主，违背颂体雍容典懿、清铄舒缓的特点。所以，刘勰虽然用“末代之讹体”来评论陆机的《功臣颂》，但并没有对其除“褒贬杂居”外艺术成就进行否定和批判。

综上所述，刘勰以“末代之讹体”对陆机的《功臣颂》“褒贬杂居”的问题作了直接的批评。但刘勰对《功臣颂》的批评，并不是从创作手法上着眼，而只限于其内容上的褒贬杂居，并非对《功臣颂》笼统的否定，从侧面了说明刘勰承认汉魏颂文重铺叙的新变。

三、对现代研究者“末代之讹体”评论之辨正

目前学界针对刘勰“末代之讹体”的评论，主要有三种意见，这三种意见分别从辨体的角度、文学史发展的角度和颂文体的本质要求的角度这三个角度阐明了自己的观点，这些意见均有可取之处，但也都显示出一定的不足，下面一一进行辨析。

第一种观点，从辨体的角度出发，认为刘勰有混淆“诵”与“颂”文体之嫌，因而《颂赞》篇有文理不周的小疵，这种观点以刘永济为代表。刘永济在《文心雕龙校释》中称刘勰“末代之讹体”的评论为“不刊之言”。“不刊”语出扬雄《答刘歆书》“是悬诸日月不刊之书”一语[1]，即不可磨灭的言论，“不刊之言”承认了“末代之讹体”评论的正确性。但刘永济同时又指出：“舍人此篇，辨章颂之源流，乃举原田裘韠，皆谓之颂，考原田裘韠，本属诵体，故美刺可用。若果是颂，则斯体之讹，不自后代矣。……细绎此段文意，舍人原本固是‘颂’字……舍人因据以入文，

---

① ［汉］扬雄：《答刘歆书》，严可均辑：《全上古三代秦汉三国六朝文·全晋文》，第400页。

又于诵、颂通用之故，有所未照，是以文意不免小疵。”[①] 这里指出了刘勰在批判《功臣颂》为“末代之讹体”的同时，又将可用于美刺两义的诵体也视为颂文体，文理有不周全之处。在这个问题上，郭晋稀则更为激进地指出刘勰辨体理论的“混乱”，他说：“刘彦和既以诵为颂，又说‘褒贬杂居，固末代之讹体。’这个矛盾却是他自己造成的。”[②] 郭晋稀进一步指出刘勰未辨明“颂”“诵”“赋”三体，显然不符合刘勰辨体理论的实际。

这种观点和刘勰的《颂赞》篇的原意不符，刘勰并未混淆“颂”“诵”“赋”三体的差异。这里涉及一个版本的问题，唐写本“诵”作“颂”，因而刘永济在《校释》中据唐写本改“诵”为“颂”，恐非。张国庆、涂光社对此进行了辨析，说明了两点原因：一是“《原田》《裘韠》，在《左传》和《孔从子》中都是明白地被称作‘诵’的”；二是《颂赞》篇中所举的“直言不咏，短辞以讽”的“诵”与“美盛德之形容”的“颂”很不相同，故“不适宜直接称其为‘颂’”[③]。形成以上看法的原因除了版本的因素外，还有刘勰看似矛盾的态度：一是刘勰在说明颂文体创作有褒无贬的内容要求时，批评陆机《功臣颂》为“褒贬杂居”的“末代之讹体”，但同时又客观评价了以讽刺为主的民间野诵；二是刘勰在选评秦汉至魏晋的颂文时，将普遍认为是以赋为体而以颂名篇的《广成颂》和《上林颂》纳入了选文的范围。导致部分研究者认为刘勰虽然持“美盛德而述形容”的狭义颂文体观，但似乎又破格将民间野诵和《广场颂》《上林颂》纳入了颂文体的范畴。以上几个方面引起了研究者们对刘勰辨体理论是否圆通的怀疑。

结合《颂赞》篇的文意来看，刘勰并非不能区别文体的差异，而是在学理上有更为精深的辨析，“刘勰写作此书，原意是谈作文之原则和方法”[④]，为指导学习者写作规范的颂文，刘勰在《颂赞》篇中不仅辨别了颂文体与其他文体的区别，也辨析了颂文体与其他文体在表现形式上的相似之处。所以刘勰在论“颂”时对“诵”体进行客观评价，是因为“颂名至广”，为使“执名者明其然”，创作以“美盛德之形容”为核心特征的颂

---

① 刘永济校释：《文心雕龙校释》，北京：中华书局2007年版，第31页。

② ［梁］刘勰撰，郭晋稀注译：《文心雕龙注译》，兰州：甘肃人民出版社1982年版，第99—100页。

③ 张国庆，涂光社：《〈文心雕龙〉集校、集释、直译》，北京：中国社会科学出版社2015年版，第165页。

④ 王运熙：《文心雕龙探索》，上海：上海古籍出版社2012年版，第3页。

文，并非认为“诵”体也属“颂”的范畴。而刘勰论“颂”时与“赋”比较，并非分不清两种文体的区别，而是既看到了区别，也看到了联系，使学习者能够根据不同的创作情况对不同的写作手法进行酌取，如在吸收赋体的写作手法入颂文时，不能过分铺排，应注意同一种表现手法在不同文体之间的差异。

第二种观点，是站在文学史发展的立场上，认为刘勰将“褒贬杂居”的颂评为“末代之讹体”，过于看重颂的最早含义，而“褒贬杂居”的颂也是颂的新变，不应该评价其为“末代之讹体”。这种观点以周振甫、陆侃如、牟世金为代表。周振甫在《文心雕龙注释》中认为从作品本身来看，陆机的《功臣颂》还是较好的一篇，“不必因其中有贬辞而称为讹体”①。周振甫又在《文心雕龙今译》中论到陆机的《功臣颂》因为有褒有贬，而被刘勰评为“讹体”，但《功臣颂》中有歌颂的话，“应加肯定，不必批评”②。此外，陆侃如和牟世金也在《文心雕龙译注》中也认为刘勰在叙述颂、赞两种文体时，“过于拘守本意，因而对待汉魏以后发展演变了的作品，就流露出较为保守的观点”③。提出这种观点的原因主要有两个方面：一是认为刘勰在忽视《功臣颂》的创作成就的前提下对《功臣颂》表示笼统的否定；二是认为刘勰过于偏重《诗经》颂文的典范意义，并以《诗经》颂文的创作标准来衡量后世的颂文。持这种观点的研究者们看到了陆机《功臣颂》在颂文体发展史中的价值，认为刘勰对其的评价有失苛刻，以“颂”的早期含义来约束颂文体的创作实践，过于拘守本意。但刘勰真的过于拘守本意吗？

很明显，根据“汉魏以后发展演变了的作品”一语可以推出，陆侃如和牟世金两位学者所说的“本意”是指《诗经》颂文中的“本意”，对于《诗经》中“颂”之本意的解释，周振甫在《文心雕龙注释》中做了较为全面的归纳，其注曰：“颂有各种解释：一、德行包容一切，因而发出歌颂。……二、歌舞的容状。……三、王国维《说周颂》：‘颂之声较风雅为缓。’这三说有联系，颂是舞歌，讲究容状，音节较缓，用来歌颂功德的。”④ 可见，《诗经》中“颂”含有“舞”和“乐”的成分，但是从刘勰

---

① ［梁］刘勰：《文心雕龙·颂赞》，周振甫：《文心雕龙注释》，第102页。

② ［梁］刘勰撰，周振甫著：《文心雕龙今译》，北京：中华书局1995年版，第82页。

③ ［梁］刘勰撰，陆侃如、牟世金译注：《文心雕龙译注》，济南：齐鲁书社1996年版，第169页。

④ ［梁］刘勰：《文心雕龙·颂赞》，周振甫：《文心雕龙注释》，第97页。

对颂文体创作的规范来看，并没有涉及对“舞”和“乐”两方面表现内容的要求，而用与“赋”“铭”相似的文体特点来说明颂文体的创作规范。所以刘勰并非执经不变地拘守《诗经》“颂”之本意，他在“敷理举统”中归纳的几个创作要点，不单是对《诗经》颂文创作成就的总结，更是对汉代颂文创作成就的归纳。

汉代颂文很多已经脱离了诗乐舞一体的形式，如《颂赞》篇中刘勰视为颂文体创作范式的《赵充国颂》。《汉书》曰：“成帝时，西羌常有警。上思将帅之臣，追美充国，乃召黄门郎杨雄，即充国图画而颂之。”① 《赵充国颂》首开“看图作颂”的先河，这种变化是促使颂文叙事功能增强的因素之一。颂文体脱离了宗庙祭祀的文化土壤，铭记和彰显的意义有所加强。陆机的《功臣颂》就沿着《赵充国颂》开创的方向继续发展，在“形容”上直接用描述人物神貌气质的叠词或评价代替了对音乐和舞蹈内容的描写，颂文创作的重点变为了对事件的叙述，其内容来源也多傍于《汉书》的记载，而刘勰对《功臣颂》的这些变化并没有否定。持这种观点的研究者们看到了汉魏颂文的新变和成就，但他们认为刘勰对这些变化表示笼统的否定，那就是曲解刘勰的原意了。另外，研究者们对刘勰“末代之讹体”评论发出批评意见的重要原因还有认为《颂赞》篇从审美角度和思想性上看没有什么实际的价值，但颂文在封建社会中确实有不可替代的文体地位，不应该以今人的标准过分贬低。

第三种观点，认为“末代之讹体”的评论有文体要求和文学表现等方面的具体理由。这种观点以张国庆、涂光社为代表，两位研究者在《〈文心雕龙〉集校、集释、直译》中指出：“刘勰坚持颂体文歌功颂德之本义而批评陆颂的‘褒贬杂居’……是坚守颂体文的基本要义、文体特质，反对对这一基本要义、文体特质的突破或说消解。……自古及今，颂体文都是以歌颂为主的，颂体文中是否应当、是否可以杂人贬责，至今都仍然是个值得加以讨论的问题。”② 这一观点指出了刘勰并没有以《诗经》为法，以本义为准则去衡量、要求、评价后世的颂文创作，较为符合刘勰“末代之讹体”评论的原意。

本人觉得第三种观点比较合理，这是因为：首先，刘勰论颂并没有过

---

① ［汉］班固：《汉书·赵充国传》，北京：中华书局1997年版，第2994页。

② 张国庆、涂光社：《〈文心雕龙〉集校、集释、直译》，第182页。

分要求颂文体的早期含义，而是承认颂文体在汉晋时期的新变，并对汉晋时期颂文的创作成就作了理论总结。其次，颂文体有广义和狭义之分，而“美盛德之形容”的创作特征是汉晋时期批评家们对颂文体较为普遍的理论认识，是颂体最为核心的文体特征。正如两位研究者所说，颂体的创作是否可以杂入贬责，至今都是一个值得讨论的问题。

此外，两位研究者在指出刘勰的批评是建立在颂体文的基本要义、文体特质的坚守上时，又指出：“刘勰对颂体文的基本要义、文体特质的坚守和对陆颂的批评是否正确当然还可以讨论。”[①] 说明两位研究者虽然看到了刘勰并非以宗法经典为准则来约束后世颂文的写作，而是以颂文体的文体特质来评价后世的作品，但还是在“美盛德之形容”这一文体观上呈现出一定的保守性，如文中所言：“但站在文学既继承又发展（《通变》：‘参伍因革，通变之数也’）的立场看，似乎又显出了一定的保守性。”[②] 所以，这种观点虽有合理性，但是还不全面，虽然对“宗经”说进行了驳斥，但也反映出两位研究者没有完全认识到《功臣颂》在《颂赞》篇中的价值所在。实际上，刘勰在批评《功臣颂》“褒贬杂居”的问题时，也隐含着在“参古定法”的前提下，“望今制奇”的要求。[③]

“望今制奇，参古定法”是刘勰在《通变》篇中提出的指导文章创作的总原则，这一原则也贯穿于《文心雕龙》全书，如《序志》篇所言：“盖文心之作也，本乎道，师乎圣，体乎经，酌乎纬，变乎骚。”[④] 刘勰对偏离经典的纬书和楚辞，并非笼统的否定，而主张汲取其中有利于文章写作的部分加以学习。纬书事丰奇纬，可以适当酌取其中的事类来为文章增添光采；屈原《楚辞》“气往轹古，辞来切今，惊采绝艳”，但其在有“同于风雅”的“四事”之外，还有“异乎经典”的“四事”，因此，在学习的过程中不能全部吸收，而需在“凭轼以倚雅颂，悬辔以驭楚篇”的创作原则下作到“酌奇而不失［真］贞，玩华而不坠其实”[⑤]。刘勰在“文之枢纽”部分提出的文章创作的总原则，也贯穿《文心雕龙》的全书中间，如王运熙所论《辨骚》篇时所言：“……刘勰强调必须以儒家经典文风为准

① 张国庆、涂光社:《〈文心雕龙〉集校、集释、直译》,第 182 页。
② 张国庆、涂光社:《〈文心雕龙〉集校、集释、直译》,第 182 页。
③ ［梁］刘勰:《文心雕龙·颂赞》,周振甫:《文心雕龙注释》,第 331 页。
④ ［梁］刘勰:《文心雕龙·颂赞》,周振甫:《文心雕龙注释》,第 535 页。
⑤ ［梁］刘勰:《文心雕龙·颂赞》,周振甫:《文心雕龙注释》,第 36 页。

则，批判吸取从楚辞开始的奇辞异彩，强调‘正本归末’（《宗经》），强调‘执正驭奇’。这个重要主张贯串在《文心雕龙》全书中间，而在总论中做了开宗明义的论述。”①《功臣颂》作为刘勰在《颂赞》篇的重点批评对象，虽然有“褒贬杂居”的问题，但并非不能加以参考和学习。通过前一部分的辨析可以看到，陆机的《功臣颂》除了“不够敬慎”而违背了颂文体典雅的特点之外，其他方面都比较符合颂文体创作的典范要求，刘师培也指出可以直接舍弃《商颂》《周颂》而取《功臣颂》为作颂的范式。结合《文心雕龙》全书刘勰提出的“望今制奇，参古定法”的理论原则来看，他对时代较为切近的《功臣颂》的态度应该也是需要在参照“美盛德之形容”而“义必纯美”的法度下，学习《功臣颂》在使事用典和艺术表现方面的创作成就。因此，刘勰虽是以颂文体的本质要求衡量后代文体的创作，但依旧保持着“通变”的宗旨。

综上所述，刘勰以“褒贬杂居，固末代之讹体”一语评论陆机的《汉高祖功臣颂》，流露出他对《功臣颂》“褒贬杂居”问题上的强烈不满，并对此提出了颂文体创作须“敬慎如铭”的规范，但并非对《功臣颂》创作成就的笼统否定。实际上，刘勰在对陆机《功臣颂》的评论上为一分为二的折中态度。在内容上，刘勰批评了《功臣颂》有“褒贬杂居”的问题，但也肯定了其中歌功颂德的部分。在形式上，刘勰没有彻底否定《功臣颂》的艺术成就，他虽然没有在《颂赞》篇中直接评述，但是根据《文心雕龙》全书的“望今制奇，参古定法”的指导宗旨和《功臣颂》的艺术成就来看，刘勰在“末代之讹体”评论的背后隐含着对《功臣颂》部分创作成就的肯定。《功臣颂》在刘勰看来不全是学习颂文体创作的反面教材，在形式技巧上也是可资学习的对象。所以，刘勰在对《功臣颂》进行评论时，在看重颂文体的早期含义外，也肯定颂文体的在艺术形式上铺叙手法增加的变化，并隐含着以“美盛德而述形容”且“义必纯美”的创作标准为根本，学习《功臣颂》在使事用典和艺术技巧上的新成就的要求。

（作者单位：温州大学文学院）

① 王运熙：《文心雕龙探索》，第61页。

《文心雕龙》之体势论①

朱文民

摘　要：对于刘勰的文章体势理论，龙学界一直没有取得完全一致的意见。《文心雕龙》全书使用“体”字一百八十八次，使用“势”字四十四次，“体”“势”连用仅出现三次。“体”字有基本义和引申义，“势”字的基本义是强调“力”的美感。“文章体势”，有强弱、刚柔、自然等特点。刘勰主张文势变化之无穷，目的就是为了提高作品的感染力，以征服读者为目的。作家在不同的文体里，无论是一派柔情，缠绵悱恻，还是慷慨激昂，义正词严，都是情的需要，都是为了打动读者。只要使文章能有感染力，无论刚柔，皆为任势。一位伟大的作家总是因情立体，因体变势，按照势之自然旨趣，以掌握其文学创作规律，这是文学创作的重要原则。

关键词：文心雕龙；文章；体势；学术渊源；孙子兵法

“体势”一词，在《文心雕龙》中仅出现三次，分别是：

夫自六国以前，去圣未远，故能越世高谈，自开户牖。两汉以后，体势浸弱，虽明乎坦途，而类多依采，此远近之渐变也。(《诸子》)

夫情致异区，文变殊术，莫不因情立体，即体成势也。势者，乘利而为制也。如机发矢直，涧曲湍回，自然之趣也。圆者规体，其势也自转；方者矩形，其势也自安：文章体势，如斯而已。(《定势》)

至如气貌山海，体势宫殿，嵯峨揭业，熠耀焜煌之状，光采炜炜

---

① 基金项目：国家社科基金重大项目“《文心雕龙》汇释及百年‘龙学’学案”（批准号：17ZDA253）

而欲然，声貌岌岌其将动矣。(《夸饰》)

作为体势说，散见并贯穿于《文心雕龙》全书中，历代研究者多有分歧，詹锳先生的《文心雕龙义证·定势》篇多有引录，可供参考，为了简省篇幅，不再重复引录。二十年前，我在拙著《刘勰志》中，也曾列出专题，但是由于受志书体例限制，只能简单述说，不便于析论。根据近些年学术界的不同溯源，再从中析出，论列如下，以就教于对此感兴趣的高人。

一、“体”“势”之含义考索

（一）“体”的含义

《说文解字》说：“体，总十二属也。”段玉裁注说：十二属实指人体的十二个部位。[①]《玉篇》说：“体，形体也。”看来指人体是其本义。其他义项大都是引申义。

《辞源》对于“体”字，列出了十一个义项，分别是：1. 身体，全身之总称。2. 事物的本体、主体。3. 器物的形体、形状。4. 占卜的卦兆。5. 事物的法式，规矩。6. 文章或书法的样式，风格。7. 包含、容纳。8. 分别，分解。9. 连结、亲近。10. 领悟，体察。11. 实行、实践。这十一个义项，有基本义，也有引申义。

我们谈《文心雕龙》之体势说，就必须依靠《文心雕龙》之文本，稽之以其他文本作为旁证。《文心雕龙·定势》篇说的“夫情致异区，文变殊术，莫不因情立体，即体成势也”。这是说作者因时代不同或所处环境不同而产生不同的情志，而为了把这种不同的情志准确地表达出来，往往要采用不同的文体，即文章的样式，而且指出是“莫不”如此，这说明有普遍性。刘勰在《通变》篇中说：“夫设文之体有常，变文之数无方。何以明其然耶？凡诗、赋、书、记，名理相因，此有常之体也。”这里的“常”是“恒常”，即固定的。“数”，即“术”，可以理解为方法。也就是说，文章的体裁是固定的，相互因袭，而写文章的方法却是无限的，不固定的，多变的。同篇又说：“名理有常，体必资于故实。”“名”指文体的名称，“理”指各种文体的基本写作原理，“资”是凭借，“故实”指前人的作品。

① ［汉］许慎撰，［清］段玉裁注，许惟贤整理：《说文解字注》，南京：凤凰出版社2007年版，第295页。

《神思》篇说："人之禀才，迟速异分；文之制体，大小殊功。"这里说人的才能不同，写作的速度快慢不一，文章的体裁不同，篇幅也不一样。从以上举例可知刘勰的"体"主要是指文章体裁。

刘勰在《文心雕龙·体性》篇中说：

> 体式雅郑，鲜有反其习：各师成心，其异如面。若总其归涂，则数穷八体：一曰典雅，二曰远奥，三曰精约，四曰显附，五曰繁缛，六曰壮丽，七曰新奇，八曰轻靡。

从"八体"所列的典雅、远奥、精约、显附、繁缛、壮丽、新奇、轻靡以及上文中"体式雅郑"的雅郑，都是指文章的风格，"体"又有了风格的意思，这当是"体"的引申义。例如刘勰说："桓谭称：'文家各有所慕……'言势殊也。"《议对》篇有"风格存焉"，《夸饰》篇有"风俗训世"。当然，这不是现在"风格"的含义。"风格"一词是现代文学理论术语，以上八体也可说是八种风格类型。这符合《辞源》列出的第六个义项。

罗宗强先生对此研究更细，认为"体"的风格之义应叫作"体貌"，并认为有三个方面的含义：一是某一历史时期的文章的总体风貌特色，二是指体貌类型，三是对于作家或作品的体貌的品评。① 刘勰还认为文章的体貌直接受作者才、气、学、习四个因素的影响。在这四个方面的因素中，前两个是先天的，后两个是后天的。因为"才"是指才华，"气"是指气质。他认为"才有天资"，才之大小，又受"气"的影响，即"才力居中，肇自血气"②。才气是先天的，因而称作"天资""天才"。但刘勰不是一个天才论者，他是一个辩证唯物论者。他的这一世界观，始终支配着他的方法论。他在承认天资的同时，又承认后天的"学"和"习"的重要性，以后天的学和习来补先天才气之不足。在《文心雕龙·事类》篇说："将赡才力，务在博见。"在《知音》篇中说："凡操千曲而后晓声，观千剑而后识器，故圆照之象，务先博观。"这种"博见""博观"都是弥补先天之才不足的最好方法。对于"学"和"习"，刘勰还有一个思想，就是有选择地学习，并不是滥学习。《体性》篇强调"夫才有天资，学慎始习；斫梓

① 罗宗强：《魏晋南北朝文学思想史》，北京：中华书局 1996 年版，第 341 页。

② 陆侃如、牟世金：《文心雕龙译注》下册，济南：齐鲁书社 1982 年版，第 101 页。

染丝，功在初化；器成彩定，难可翻移。故童子雕琢，必先雅制”。为什么这样强调呢？刘勰认为：“学有深浅，习有雅郑，并情性所铄，陶染所凝。”① 所以，这个“习”是很重要的，要有选择的“习”。“习”也就是“陶染”，一旦“习染”错了，“难可翻移”。“体式雅郑，鲜有反其习：各师成心，其异如面”②，习雅则体貌典雅，习郑则体貌邪靡。由于师习不同，造成体貌各异。涂光社先生对《体性》篇的“习有雅郑”的“习”解释说：“‘习’为作家长时间的学习和写作过程中养成的风格习性。”③ 这正是刘勰对前人文章学理论的一个创造性的发展。从罗宗强先生说的话：某一历史时期的“风貌”说来看，又像是指“风格”。关于对“体”的理解，陆侃如在《文心雕龙术语用法举例》中说：“体”字主要有两种意思：

> 一是体裁，如“全为赋体”（《哀吊》）；“即义之别体也”（《议对》）。二是风格，如：“五则体约而不芜”（《征圣》）。“则数穷八体”（《体性》）。这些是作为术语用的基本意义，此外还有引申的意义。在下列一段中，“体”字既不能作为体裁讲，也不能作为风格讲：“毛公述《传》，独标‘兴’体。……起情故‘兴’体以立。……于是赋颂先鸣，故‘比’体云构”（《比兴》）。这里“比”“兴”二字，并不是诗赋一类的文章体裁，也不是典雅、精约一类的作品风格，而是一种抒情叙事的手法。这和体裁、风格有联系而又有区别，所以是“体”字作术语时的引申意义。④

陆先生的意见大致是对的。

但是，据台湾学者陈兆秀教授统计，“体”字，在《文心雕龙》中，共出现一百八十八次，《定势》篇二十三次，具体分析，并非仅有陆先生说的两种意思。“有作为专门术语用者，亦有作为普通用语者，二者之区别不可混淆。……甲、基本意义：就《文心》全书言，带有专门术语性质的‘体’字，其基本意义有五类：1. 指文章的体裁、体制、体例、体式；

① 陆侃如、牟世金：《文心雕龙译注》下册，第101页。

② 陆侃如、牟世金：《文心雕龙译注》下册，第97页。

③ 涂光社：《文心十论》，沈阳：春风文艺出版社1986年版，第132页。

④ 陆侃如：《陆侃如古典文学论文集》，上海：上海古籍出版社1987年版，第907页。

2. 指文章；3. 指文章的内容、要旨、思想；4. 谓文章的文辞、采藻、辞气、语义；5. 文章的风格。……乙、引申意义：1. 作为专门术语，'体'字由基本意义的体裁、风格，有时亦可引申而谓写作方法，写作要领者；2. 作为专门术语，体要连言，而'体要'一词，又引申而谓作品之辞约旨丰。"① 陈兆秀的意见，尤其是分为基本义和引申义，这种分辨，可谓细致。

（二）"势"的含义

《说文解字》解释"势"字说："势：盛力，权也。从力，埶声。经典通用埶，舒制切。"② 段玉裁注说："《说文》无势字，盖用埶为之。"③《说文解字》说："埶，种也。《书》曰：'我埶黍稷。'"④《玉篇》说："埶"字的读音为"鱼制切，种也。"⑤ 看来"埶"有两个读音，"埶"同"艺"（藝），可能后来也是加了意符草头。高明先生编的《古文字类编》中，无论是甲骨文还是金文中，都有这个"埶"字，其形状是人体屈跪用手执了个像禾苗一类的东西。徐中舒主编的《甲骨文字典》中，收录了 23 个"埶"的甲骨文字形，虽然仔细观察，有细微差异，但是基本形体一样。《辞海》说"埶"：1. 同"艺（藝）；2. 同势（勢）。"这说明"势"和"艺"在古代是相通的两个字，不同用法的时候，出现两个读音，一个读"舒制切"，一个读"鱼制切"，也当是后来各自加了意符，孳乳成两个专属的字了，可以理解为同源字，同源字又是可以互训的。这说明"埶"的初文有两个内部有联系的义项。一是"力"，二是"种"。"种"是以义索音的结果。朱骏声《说文通训定声》说："埶，种也。会意字，亦作艺，又作势……为气势之势，按，力也。埶植用力最劳。"⑥ 这"种"的意思引申为"艺"，所以上面加了草头，这都是汉字孳乳的见证。至于段玉裁说的《说文》无"势"字，不知是指的哪个版本。段玉裁认为："许（慎）君以

① 陈兆秀：《〈文心雕龙〉术语探析》，台北：文史哲出版社 1986 年版，第 92—116 页。

② ［汉］许慎：《说文解字》，北京：中华书局 1990 年版，第 293 页。

③ ［清］段玉裁：《说文解字注》，南京：凤凰出版社 2007 年版，第 203 页。按：1963 年中华书局影印本《说文解字》有"势"字，其底本是清同治十二年（1873），陈昌治根据清嘉庆十四年（1809）孙星衍复刻宋本《说文解字》，似乎不应该说《说文》无"势"字。但是解释说："经典通用埶"，看来"埶"可能是"势"字的初文，后来才加了意符"力"字。

④ ［汉］许慎：《说文解字》，第 63 页。

⑤ ［梁］顾野王：《玉篇》，北京：中华书局 1987 年版，第 32 页。

⑥ ［清］朱骏声：《说文通训定声》，北京：中华书局 1998 年版，第 678 页。

为音生于义，义著于形，圣人造字，有义以有音，有音以有形，必审形以知音，审音以知义。”（《说文解字叙·注》）既然“义著于形”，在初文“埶”字下面加上“力”字，在上面加上草头，成为两个字，大概就是“音生于义”，也是顺理成章的事了。段玉裁《说文解字注》说：“傑，埶也。以叠韵为训。埶，本种埶字，引申为势力字。傑者，言其势傑然也。”① 我看段玉裁把顺序说倒颠了。应该是“埶”的本义是“力”，引申为“种”，因为种植需要力气。

汉字初创时期，一字多音多义是常事，形、音、义三要素，从来就不是固定不变的，“埶”字后来演化成“势”字和“艺”字，读音为“舒制切”“鱼制切”不足怪。文达三先生认为，“埶”释“种”是不妥的，甲骨文的初始字义是“禾苗及禾苗的长势”，人体屈跪之状是庆祝老天赐给的丰收长势。许慎没有见到甲骨文，他见到的是形体恶变了的篆文，据形索义就不准确了②。由文达三先生对“埶”训为“庄稼长势”的话，完全可以把“艺”的义项看成是后起义，以义索音成了“种”。种植庄稼可以屈蹲，不必屈跪，文达三先生的分析有道理，因而从甲骨文字形看，释“埶”为“种”就不妥了。

《辞源》对“势”字列了五个义项，分别是：1. 权力、权威。2. 形势，趋势。3. 态势、姿态。4. 男性生殖器。5. 文体名。《辞源》列的第1个义项应该属于政治学；第2、3个义项属于中性，正是我们要讨论的文体之“势”；第4个义项应属于生理学，指人或动物雄性生殖器，雄性生殖器一旦被阉割，叫作“去势”，在性上就没有了力量，其含义也是强调“力”；第5个义项“文体名”之谓，《辞源》举的例子是汉济北王相崔瑗的《草书势》，因为《草书势》它只是讨论书法问题，也是讲“势”，只是讲的草书体式的“势”，以此类推，也可以说文势、山势、水势，等等。虽然之后有蔡邕之《篆势》《隶势》《九势》，卫恒之《四体书势》，索靖之《草书势》等等，这里的“势”，只能是以书为体论说“势”，“势”是论说的内容，说是文体名，似乎欠妥，《新华词典》对“势”字只列出了四个义项，没有“文体名”之谓。看来，“势”字的义理，应多从构件“力”上去领会，即扣住意符“力”字。

① ［清］段玉裁《说文解字注》，第642页。

② 文达三：《释“势”——〈老子〉研读札记》，《海南师范学院学报》1993年第4期。

“势”字在《文心雕龙》中，出现四十四次，其中《定势》篇就有二十三次，大都含有“力”的成分，为了节省篇幅，恕不一一列举。刘勰在《文心雕龙》中专设《定势》一章进行论证。由于“势”在《文心雕龙》中的概念相当抽象，历代“龙学”家的理解分歧很大。

（三）“势”的定义及其特点

《文心雕龙·定势》篇说：

> 夫情致异区，文变殊术，莫不因情立体，即体成势也。势者，乘利而为制也。如机发矢直，涧曲湍回，自然之趣也。圆者规体，其势也自转；方者矩形，其势也自安：文章体势，如斯而已。

刘勰的这段话对“势”字下了定义。“乘利而为制也”的“制”就是《孙子·计篇》的“计利以听，乃为之势”的“计利以听”之物，什么“物”？曹操释曰：“制由权也，权因事制也。”李筌释曰：“谋因事势。”[①]“制者，裁也。”（《书记》）一句话，“制”就是裁断，就是权变。《定势》篇赞曰：“形生势成，始末相承。湍回似规，矢激如绳。”刘勰举例指出了“势”的特点是它的自然而然的趋势，即“形生势成”“规体自转”“矩形自安”。这是“势”的第一个特性；第二个特性是“刚柔”“强弱”。刘勰说：“‘文之体指实强弱，使其辞已尽而势有余，天下一人耳，不可得也。’公干所谈，颇亦兼气。然文之任势，势有刚柔，不必壮言慷慨，乃称势也。”这里是“任势，自然也。”[②] 就是说，刘勰认为，一篇文章的气势大小，并不决定是否满纸豪言壮语，而是任其自然。第三个特点是“势”的可变性。同一体裁，作家水平不一样，造的“势”也不一样；同一个作品，其“势”是相对不变的，但是因为读者的素养不同，对其产生的势（感染力）的作用是不同的，就这说来，势又有给人以动态之感。如果用在兵学上，其动感更加明显。例如彍弩，拉满弓未发之前，势能呈现静态，一旦发射，则呈现动态。这种动态的势能，又因为目标的远近不同，而表现的杀伤力也不一样。一旦超过了射程，势能就微乎其微了，故有“强弩之末”

---

① ［春秋］孙武著，［三国］曹操等注，郭化若译：《十一家注孙子》，上海：上海古籍出版社1978年版，第17页。

② ［春秋］孙武著，［三国］曹操等注，郭化若译：《十一家注孙子》，第119页。

的说法。《孙子·势篇》："故善战者，其势险，其节短，势如彍弩，节如发机。"《淮南子·兵略训》："疾如彍弩，势如发矢"①，此之谓也。

（四）体与势的关系

刘勰说："夫情致异区，文变殊术，莫不因情立体，即体成势也"，这说了体与势的关系。体与势的关系，犹如形如影的关系。有形就有影，有体就有势，形生势成，即体成势。"势"字在全书出现四十四次，虽然大部分不与"体"字连用，却显示"势"必定是"体"的"势"。

"因情立体，即体成势"，说明了情—体—势，三者的关系是不可分的。这三者的关系也就是内容（情）决定体（形），体决定势。没有情，就没有体，没有体就不会有势，有体必有势，势又因体而异，体因情而别。因为刘勰说："夫情致异区，文变殊术，莫不因情立体，即体成势。"这说明即使同一作家在不同的场合也会因情不同而导致文术多变，立体不一，趋势各异。《辨骚》篇就指出了屈原不同情致下的作品有不同的风格。刘勰套用刘桢云："文之体指实强弱，使其辞已尽而势有余"，显然是指文章的感染力。

基于此，谈"势"也必然要谈"体"，因合为一篇，名之曰《体势》。事实上，刘勰在《议对》篇和《诸子》篇"体"和"势"是合称的。

"势"之强弱、刚柔在于文家之书辞搭配。《定势》篇说："是以绘事图色，文辞尽情，色糅而犬马殊形，情交而雅俗异势。""是以括囊杂体，功在铨别，宫商朱紫，随势各配。""兵谋无方，而奇正有象，故曰法也。制者，裁也。"（《书记》）就文论而言，"势"在文家笔下；就兵学而言，"势"在战争指挥者的谋略之中。就这说来，体在客观中，势在主观内。正是"势"的这些特点，给人们感觉到势态无定，但是它又在文家的驾驭之下，在兵家指挥官的计谋之中，因而又是可定的，所以刘勰强调"定势"。刘勰说的文章"体势""自转""自安"的自然趋势之特性，就像孙子说的那种因"制"而"方则止""圆则行"一样。

对于刘勰之"体势"论，"龙学"界的理解颇不一致，对于各家的不同解读，詹锳先生在《文心雕龙义证》的《定势》篇"义证"里有大量的引证，为了节省篇幅，我就不再重复，有兴趣的朋友可以找来参考。

① 何宁撰:《淮南子集释》,北京:中华书局1998年版,第1092页。

1980年詹锳先生在发表他的《〈文心雕龙〉的定势论》[①]之前，他认为历代学者的解释都没有说准刘勰的用意。他认为没有说准的原因在于对《文心雕龙》的研究大都是从写作方法上，“对这篇文章作枝枝节节的解说，而不知道《定势》的用语和观点是来自于《孙子兵法》。”[②]

二、刘勰“势”论的学术渊源问题

詹锳先生关于“势”论源于《孙子》的说法颇得要领。因为刘勰虽是个文人，但他是个主张文武兼备的人。他认为“摛文必在纬军国”，“岂以好文而不练武哉？孙武《兵经》，辞如珠玉，岂以习武而不晓文也”。“文武之术，左右惟宜”。[③] 世人多以为刘勰是一位文学理论家，或文学思想家，岂不知刘勰不仅精研《孙子兵法》，称《孙子》为“兵经”，而且一向主张“宗经”的刘勰，论文章撰写方法，将其兵学理论灵活准确地应用于他的文章学理论之中也就自然而然了。对《孙子》稍有涉猎的人，打开《文心雕龙》，总会有一股“兵气”缭绕之感觉，尤其在《论说》《通变》《定势》《书记》诸篇，感到一种厮杀的味道，我曾多次强调，刘勰是在以兵法论文法。

对于詹锳先生说刘勰的“势”论来自《孙子兵法》的言论，牟世金先生说这是研究“定势论”的新成果。杨明照先生在1958年古典文学出版社和1959年中华书局出版的《文心雕龙校注》，对于《定势》篇的“势”字没有出注。1980年詹锳先生的《〈文心雕龙〉的定势论》一文发表之后，杨明照先生1982年出版的《文心雕龙校注拾遗》的《定势》篇第一条就对“势”字做了注释，并把孙子给“势”下的定义与刘勰给“势”下的定义互证。其实不仅刘勰的“势”的定义来自《孙子兵法》，就是刘勰所打的比喻也是来自《孙子兵法》。涂光社先生也说：“‘势’这个词很早就出现在《尚书》《周易》以及先秦诸子的著述里，尤以兵法论中为多。……《孙子》不少篇章论及用兵之势，而且专立《势篇》。《孙子》之论对刘勰颇有启迪……刘勰《定势》篇中不难发现师承、移用这些观点的地方。詹锳先生曾经撰文，充分估价了《孙子》对《文心雕龙》定势论的影响，可

---

① 该文发表在1980年《文学评论丛刊》第5辑。

② 中国《文心雕龙》学会编:《文心雕龙研究论文集》,北京:人民文学出版社1990年版,第634页。

③ 陆侃如、牟世金:《文心雕龙译注》下册,第405—407页。

谓持之有故。”[①] 他又说：“以《定势》篇之‘赞’最后又标举‘因利骋节’来看，刘勰此说颇受《孙子》启发是可信的。”[②]

在我看来，在《孙子兵法》中，《形篇》在前，《势篇》在后。在《文心雕龙》中，《体性》篇在前，《定势》篇在后，这都不是偶然的巧合，而是刘勰有根有据的安排。刘勰的宗经，也并不仅仅是宗儒家之经。兵家孙武的“兵经”，刘勰也同样夸之曰：“辞如珠玉。”孙武《兵经》各篇严密的逻辑结构和珠玉般的辞藻，照例也是刘勰可“宗”的范例。刘勰在《定势》篇后的赞语中说得明白：“形生势成，始末相承。”因而刘勰《文心雕龙》中的“体”，也就是孙武《兵经》中的“形”。“体”和“形”在今天是一个合成词，叫体形或形体。古代体和形是两个单音词，在古汉语中义项也互有包含。

刘勰说：“圆者规体，其势也自转；方者矩形，其势也自安。”（《定势》）《孙子兵法·势篇》曰：“任势者，其战人也，如转木石；木石之性，安则静，危则动，方则止，圆则行。故善战人之势，如转圆石于千刃之山者，势也。”曹操释曰：“任自然势也。”[③] 刘勰的“圆者”“方者”也就是孙子的“圆”和“方”。刘勰的“转”和“安”，也就是孙子的“行”和“止”。“任势者”也就是任“方”和“圆”这两种物体安和转的自然之势操弄者。詹锳先生引《尹文子·大道》上篇说：“圆者之转，非能转而转，不得不转也；方者之止，非能止而止，不得不止也。”因而詹锳先生说：“刘勰所谓‘自然之势’的‘自然’就是不得不然，这也可以说是‘势’的特点。可见《定势》篇的‘势’，原意是灵活机动而自然的趋势。……‘势’就属于《通变》篇所谓‘文辞气力’这一类的。这种趋势是顺乎自然的，但又有一定的规律性，势虽无定而有定，所以叫作‘定势’。”[④]

刘勰说：“势者，乘利而为制也”[⑤]，《孙子兵法·计篇》曰“计利以听，乃为之势，以佐其外；势者，因利而制权也”。梅尧臣释曰：“因利行权以制之。”王皙释曰：“势者，乘其变者也。”张预释曰：“所谓势者，须

① 涂光社:《文心十论》,第 62 页。
② 涂光社:《因动成势》,南昌:百花洲文艺出版社 2001 年版,第 174—175 页。
③ [春秋]孙武著,[三国]曹操等注,郭化若译:《十一家注孙子》,第 117—119 页。
④ 詹锳:《〈文心雕龙〉的定势论》,中国《文心雕龙》学会编:《文心雕龙研究论文集》,第 638 页。
⑤ 陆侃如、牟世金:《文心雕龙译注》下册,第 130 页。

因事之利，制为权谋以胜敌耳，故不能先言也，自此而后，略言权变。"① "乘"就是凭借或依据，"因"也是依凭或根据的意思。"制"就是决定、采取之意，即制权谋。刘勰的"势者，乘其利而为制也"就是根据利害而采取权变。变什么？变战法，变队形，变战略。由于变化战法、队形、战略等而产生与前不同的势。"势"又有了"奇"的味道。詹锳先生说"势就是趁着有利的条件而进行机动"，即采取灵活机动的措施，这"机动""灵活"的措施就是"奇"术。刘勰所举的"水流""机发"事例皆取于《孙子兵法·势篇》。刘勰说："机发矢直，涧曲湍回。"《孙子兵法·势篇》说："势如彍弩，节如发机。"王皙释曰："战势如弩之张者，以有待也，待其有可乘之势，如发其机。"这种"机发矢直，涧曲湍回"是"自然之趣"。在古代，"趣"与"趋"相通，可见这种"直"和"回"都是自然而然的一种趋势，这种趋势是由涧的曲直造成的，也可以说是依体造势。刘勰在《定势》篇中又说："譬激水不漪，槁木无阴，自然之势也。"这是说：飞流的激水没有波纹，枯槁的树木，没有浓浓的绿荫，这是自然而然的。因而这"自然之趣"和"自然之势"是一个意思，可以合而为"趣势"。即"势"就是事物的"趋势"。符合《辞源》解释的第2、3个义项，给人以力的感觉，也可以说是"气场"一类的东西。"文章体势，如斯而已。"一句话，刘勰说："势者，乘利而为制也"，就是根据（即"乘"）各种利益关系，经过妙算来造势。例如：作者要写一部书，要考虑读者层次，根据读者的接受程度，从语言到篇制，通俗化还是学术化，都要考虑，这就是属于文家的"权制"。

詹锳先生指出的刘勰"势"论源于《孙子》的溯源说，并没有受到广泛的认同，例如：1993年，文达三先生发表了《释"势"——〈老子〉读研札记》一文，认为"'势'作为一个美学范畴的确立，则以刘勰《文心雕龙·定势》篇的问世为标志。从历代艺术理论家关于'势'的论述中清楚地看到，中国古典美学'势'范畴的源头也是老子的'势'概念。"② 2007年陈汉萍发表了《〈文心雕龙〉势论解析》，认为："刘勰体势相联的势论直接来源于东汉以来的书论。"③ 同年，庞光华先生发表了《论〈文心

① ［春秋］孙武著，［三国］曹操等注，郭化若译：《十一家注孙子》，第17—18页。

② 《海南师范学院学报》1993年第4期。

③ 《社会科学辑刊》2007年第5期。

雕龙·定势〉篇的“势”》一文，认为刘勰的“势”论与书法理论中的“势”论不同，“不可轻易断定书论中的‘势’与文论中的‘势’到底谁先谁后，谁影响了谁的产生？二者的关系也许是相互促进的。至于何者为本源，尚需详考。”①

近来拜读龚鹏程先生的大著《文心雕龙讲记》，该书第十二讲《〈文心雕龙〉文势论——兼论书法与文学的关系》，其正文前的提要中说：“刘勰之定势说，延续汉魏以来的书势理论，且有发展。”② 并认为“詹锳先生说刘勰论‘势’本于孙子，也都是不知古人论理之脉络使然。……詹锳以为孙子论形势，乃《文心》之源，殊不知兵家说的形是形，势是势，《孙子》分别有《形篇》和《势篇》，与管子合言形势者不同。《形篇》讲的也不是一般谈《孙子兵法》的专家说的什么兵阵、形势和地形，他讲的乃是一种状态。”③“孙子就是强调‘势’的力量义的人之一，所以他说‘激水之疾，至于漂石者，势也’，又说‘势如弩’。（文民按：应该是‘势如彍弩’，而不是‘势如弩’，‘弩’不张开，不显‘势’。只有张弓将射，才能显‘势’。）善于用势的人，就须善用这种力量，方能以弱胜强。”④ 龚先生历述了儒、道、兵、法各家的势论之后说：“以上这些，是古代论势之基本路数，刘勰像哪一路？他谁也不像！因为他根本不源于兵家，也非道家之言道势、时势，更非韩非慎到之言法术。我们做学问，须‘辨章学术，考镜源流’，同一个‘势’，在不同的思想流脉中会有完全不同的含义，故不能只看到词之同或似，便随意说渊源论影响。”⑤ 接下来，龚先生叙说了汉代以来的书家之论“势”，认为由书势，自然进入了“文势”，“后来刘勰谈文章，渊源显然在此。……大路不走，只想抄捷径；可以说得明白的不说，却常要反着讲，都非正道。因此他主张‘执正以驭奇’。这是顺着各种书势论讲下来的文势论之当然主张”⑥。

龚先生“辨章学术，考镜源流”的思路很好，是对的，但是我觉得用在刘勰“势”论的溯源上恰恰不对了。既然“考镜源流”，首先要辨别清

---

① 《五邑大学学报》2007 年第 4 期。

② 龚鹏程:《文心雕龙讲记》,桂林:广西师范大学出版社 2021 年版,第 357 页。

③ 龚鹏程:《文心雕龙讲记》,第 363—364 页。

④ 龚鹏程:《文心雕龙讲记》,第 365 页。

⑤ 龚鹏程:《文心雕龙讲记》,第 367 页。

⑥ 龚鹏程:《文心雕龙讲记》,第 370—371 页。

楚哪是“势”的“源”，哪是“势”的“流”。在考镜刘勰“势”论之源的时候，首先要追溯普遍性的、一般性的“势”论之源，然后再追溯各家“势”论之源，以至于刘勰“文势论”的源。我觉得追溯一般性的“势”论之源，应该是兵家，而非书家。兵家是“源”，书家是“流”。因为人类自诞生以来，与天斗，与地斗，与异类斗，也与同类中的不同群体斗，这种为生存而斗的经验积累多了，会被有识者总结成系统的经验口耳代代相传。在社会关系中，最先认识到“势”的力量之感，是政界和军界。兵学是流血的政治学，政治学是非流血的兵学。但等文字产生之后，才能记录下来，现存最早的兵学著作，大概就是《孙子兵法》了。《孙子》一书，虽然成书于孙武，但是应该看成是中华先民斗争经验的总结，而汉字书法艺术兴起于汉代，尤其盛于后汉，相比于兵学的诞生时间差之甚远。应该说书势论是流，兵家势论是源。书势论是汉代书写工具有了新的突破，汉字形体也相对稳定之后，书家才有条件研究和体味书法艺术之美，并体悟出“势”的美感。据书法理论史记载，秦汉时期萧何的《论书势》中，明言将兵家之“势”论引入书论。他说：“夫书势法，犹若登阵，变通并在腕前，文武遗（遣）于笔下，出没须有倚伏，开阖藉于阴阳。每欲书字，喻于下营，稳思审之，方可下笔。且笔者，心也；墨者，手也；书者，意也。依次行之，自然妙也。”①

现在继续体味刘勰的“势”论之源。我的根据是《文心雕龙》中，谈到文势的时候，所下的定义是“势者，乘利而为制也”，这一句是从哪里脱化而来？《孙子·计篇》曰“势者，因利而制权也”。其文辞语句，与刘勰何其相似乃尔，有关“势”的定义，还有没有比孙子更早的？显然是没有。当然，我说孙、刘两家为“势”下的定义“何其相似乃尔”，如果寇效信先生还在世，可能就不会同意我的意见。因为寇先生说：“从刘勰给‘势’所下的定义与孙子定义的比较中，更可以看出二者的差别。孙子说：‘势者，因利而制权也’；刘勰说：‘势者，乘利而为制也’。‘乘’，可训为根据、凭藉，与‘因’同义。两个定义，只有一处不同：孙子为‘制权’（控制权变），刘勰则无‘权’字，而是‘为制’（形成体制）。这一字之差，正反映了两个定义的根本差异。孙子的‘势’是‘无定’的，是对于

---

① 徐娟主编：《中国历代书画艺术论著丛编》（第56卷），北京：中国大百科全书出版社1997年版，第176页。

军事态势变化的运用和掌握，是循着便利条件而进行机动——所以必须有‘权’字；刘勰的‘势’是由‘体’决定的，是有定的，可以预见的——所以决不能有‘权’字。由此可知，刘勰在给‘势’作界说时，虽参考了《孙子兵法》，但没有照搬它。”① 我认为寇先生对“制权”和“制”的理解不妥。应该说孙子的“制权”与刘勰的“制”无异。刘勰的“制”就是孙子的“制权”。“制”的本义就是裁决。在这里“制”，就是“制变”，也就是“权变”。《文心雕龙·书记》篇说：“制者，裁也。”刘勰的解释与《说文》相同。我在上文中，引用十一家注孙子的各家之注释，对“制”已经做了解释。寇先生把刘勰的“制”理解为“体制”是不妥的，应属于曲解之列。但是，寇先生说：“刘勰在给‘势’作界说时，是参考了《孙子兵法》，但没有照搬它”，这个说法是对的，但是对刘勰用的“制”理解为“形成体制”就不对了。至于寇先生说的“孙子的‘势’是无定的”，“刘勰的‘势’是有定的”，这个理解也是不妥的，孙、刘二家的“势”都是“无定”的，又都是“有定”的。

至于文达三先生认为“从历代艺术理论家关于‘势’的论述中清楚地看到，中国古典美学‘势’范畴的源头也是老子的‘势’概念”，这在刘勰论“势”的语源上是找不到根据的。文达三的语源根据是：把“刘勰关于‘体’（即‘形’）和‘势’的论述与老子关于‘形’和‘势’的思想稍作对照，就可以看出：就词义言，他们的‘势’同样是指‘趋向’‘态势’；就‘形’与‘势’的关系言，他们同样认为‘势’因‘形’生，‘形’必有‘势’，‘形’与‘势’不可分离；老子说：‘物形之，势成之’，刘勰说：‘形生势成’，在语言结构形式上也很近似。毋庸置疑，中国古典美学‘势’范畴的源头是老子的‘势’概念。”② 我看文达三先生的这个根据是不妥的。因为老子的“物形之，势成之”，与刘勰的“形生势成”，二者之间句式不同，意思也不一样。老子的“物形之”的“物”是指道是使之物显象的内部因素，“形”是动词；“势”是使之成“物”显象的外部因素。刘勰的“形生势成”，意思是物象显“形”，就形成“势”。刘勰成的是“势”，老子是“势”使之成“物”。再说了《老子》第五十一章开头的四句话，学术界有分歧。除了帛书《老子》“势”字是“器”

---

① 寇效信：《文心雕龙美学范畴研究》，西安：陕西人民出版社 1997 年版，第 131 页。

② 文达三：《关于〈老子〉研究的方法及其它》，《海南师范学院学报》1996 年第 2 期。

外，高亨先生在《老子正诂》中认为："物形之，势成之二句，义不可通，文必有误。疑此四句当作'物，道生之，形之；德畜之，成之。'盖转写'物'字窜入下文，'形之'二字亦窜入下文，读者以意增'势'字耳。……形之谓赋之形也，若道上无物字，则道生之德畜之之字，失其所指，此物字当在句首之证。生之形之，辞意相依，道之事也；畜之成之，辞意相依，德之事也。且生、形、成为韵，如今本则失其韵，此'形之'二字当在'德'字之上之证。"[①] 高亨先生的校证和训释，虽然没有版本根据，却是符合道理的，这种理校法更见功力，尤其把《老子》第五十一章中的"势"字看成是衍文，这是以传统文法和义理作根据的。[②]

也许有人会说：《老子》早于《孙子》，《孙子》受《老子》影响。其实也未必然，老子、孔子、孙子同是春秋末代人，老子的年龄可能长于孔子、孙子，但是他们的离世时间相差无几。《道德经》是作者晚年的著作，而且是口述品，历经他人传抄，时间肯定下移。而孙子又是孙武青年时期的作品，其上限不会早于公元前 518 年（此年入吴）。因为《孙子十三篇》中已经把专诸刺死吴王僚这件事记录在《孙子·九地》中，这里不能不说孙武有讨好吴王阖闾的因素。因为没有专诸之勇，也就不会有阖闾的王位，因而专诸在《孙子》中与曹刿一样，以大英雄的身份著录在这一名著中，这是《孙子》十三篇成书的时间上限。时间下限则是吴王阖闾在公元前 496 年去世了，孙子十三篇再晚于这个时间下限，阖闾就看不到了。据《史记》记载，伍子胥向阖闾推荐孙武之后，孙武是以十三篇兵法作为见面之礼的，且阖闾阅读之后大加赞赏，因而拜将。之后，孙武为阖闾指挥了"西破强楚，入郢，北威齐、晋，显名诸侯"的一些列战争[③]。这些事件都是有具体时间可考的。因而我说的《孙子》成书的时间下限是可以向前缩的，估计当在阖闾掌权不久，具体当在公元前 514—前 512 年之间。如果把这个时差纳入考虑，就很难说《道德经》一定早于《孙子兵法》，更难以断定谁影响了谁。香港学者郑良树先生考证《孙子》成书的年代在公元前

① 高亨：《老子正诂》，北京：清华大学出版社 2011 年版，第 78 页。

② 高亨先生在《老子正诂》的《叙例》中说："自马建忠作《文通》，中国始有文法；然注释古籍者，尚无人以文法为说。本书遇必要时，则援用之。"

③ ［汉］司马迁：《史记·孙子吴起列传》，长沙：岳麓书社 1990 年版，第 500 页。

496至前453年之间[①]，我认为不靠谱，可以说有悖基本的历史常识。

刘勰在《定势》篇给"势"下了定义之后，所举例证和比喻，无不与孙子相似。这一切都说明，刘勰的"势"下的定义不仅源于《孙子兵法》，就是连《定势》篇的有些事例也来自《孙子兵法》，刘勰自下结论说："文章体势，如斯而已。"

刘勰既然是齐梁时期的大书法家，对书法界的各种书论，不可能没有浏览和研究，但是在《文心雕龙》中，又引用了多少书论呢？画论不少，书论只有《练字》篇的"单复""肥""瘠""墨采腾奋"等几个可以涉及书论的名词，其他少之又少，更无涉及"势"字者。这一现象，我想，龚先生应该体会到。因为龚先生曾经意识到刘勰一生多与佛界交往，而坐在寺院里撰写的《文心雕龙》，除了"波若"一词与佛家有关之外，实在找不出佛家的其他影子[②]。然而，在《定势》篇，不见书家之论势，独独对刘桢"文之体指"说做了征引。今见"势"论之源头，莫早于《孙子》[③]，又见《文心》"势"论之语从定义到例证也无不脱化于《孙子》，可见詹锳先生对刘勰"势"论之溯源不误。龚先生在这个问题上，不仅忽略了刘勰用语的渊源，也走错了学术溯源的正确路径。

三、刘勰"体势"论的意义

刘勰"势"论的来源虽然有争议，这不妨碍讨论刘勰"势"论在《文心雕龙》中的用意、地位和作用。

在《文心雕龙·体性》篇中，刘勰把体分为八种类型。用罗宗强先生的话说，叫八种"体貌类型"。从这八种体貌类型的"典雅""远奥""精约""显附""繁缛""壮丽""新奇"和"轻靡"来看，细究其"貌"，即"典雅""远奥""精约"等等，也就是这八体表现出来的"势"，即"典雅趋势""远奥趋势"等等之类。罗宗强先生说的"体貌类型"之"体貌"一词，在《文心雕龙》中，刘勰使用了三次，即：

---

① 郑良树：《论〈孙子〉的作成时代》，收入作者《竹简帛书论文集》，北京：中华书局1982年版，第71页。

② 龚鹏程：《文心雕龙讲记》，第52页。

③ 关于"势"论之源，有人提到《考工记》。其实《考工记》是战国文献，晚于《孙子》。唯独现通行本《老子》第五十一章中有一个"势"字，而长沙马王堆汉墓出土的帛书《老子》却是"器"字，引起学术争论。虽然老子、孙子同是春秋时代的人，时间相差不大，也不能证明刘勰之"势"论源于《老子》。因为刘勰论"势"的语源皆未涉及《老子》。

状者，貌也。体貌本原，取其事实，先贤表谥，并有行状，状之大者也（《书记》）。

夫文象列而结绳移，鸟迹明而书契作，斯乃言语之体貌，而文章之宅宇也（《练字》）。

魏武以相王之尊，雅爱诗章；文帝以副君之重，妙善辞赋；陈思以公子之豪，下笔琳琅；并体貌英逸，故俊才云蒸（《时序》）。

这《书记》和《时序》篇的“体貌”显然是指人的形相，或者形状。而《练字》篇说的“体貌”，是指文字的形相或者形貌，非罗宗强先生说的“风格”类型之“貌”。

因而“势”也就是语言修辞趋势。郭晋稀先生说：“‘势’是作品所表现的语言姿态，即语调辞气。”[①] 郭晋稀先生的话虽给人以静态之感，没有表达出“势”的“动”感，但也不能说全错，应算接近刘勰本意。也就是说你这种作品的语言修辞是趋向“典雅”还是趋向“繁缛”等等。关于这一看法，从《定势》篇“情交而雅俗异势”也可以证明。“雅”和“俗”是两种不同的“体势”。

如前所述，“势”来自《孙子兵法》，它的本意是灵活机动而自然的趋势。谁来掌握这种趋势呢？上文已经说过，在军事上是指挥员，在文学创作上是作家。刘勰在《定势》篇中关于掌握和调整这种趋势的方法仍用《孙子兵法》的术语“奇正”。在军事学上，“正”是常规战法，“奇”是特殊战法。就兵力部署而言，以正面作战为正，以机动灵活出击为奇；就作战方式而言，正面进攻为正，侧翼包抄偷袭为奇；一般战法为正，特殊战法为奇。在具体实战中，奇与正的战法是变化无穷的。所以《孙子兵法·势篇》说：“战势不过奇正，奇正之变，不可胜穷也。奇正相生，如循环之无端，孰能穷之！”刘勰将孙子奇正相生循环无穷之变的军事理论，用于文学创作理论中，并专设《通变》一篇。这“通变”，也就是通常体、变文术，有人释为继承与发展，都是对的。

“势”在军事学上可以称为军队布阵形势，简称阵势；在文章学上，可以称为文章体势，或者简称文势。因而刘勰说：“夫设文之体有常，变文之数无方”。这“变文之数无方”，也就是“变文势之术无方”。“文辞气力，

---

① 郭晋稀：《文心雕龙译注十八篇》，兰州：甘肃人民出版社1963年版，第114页。

通变则久，此无方之数也”。“文辞气力”，也就是“文势”一类的东西。在军事学上，王皙释孙子的“奇正之变”说：“奇正者，用兵之钤键，制胜之枢机也，临敌运变，循环不穷，穷则败。”① 在文章创作上，如果文术穷尽，其作品失去读者，也就不能“久”，不能“久”，也就是败。作家要想临文运变之数，“能骋无穷之路，饮不竭之源”，“数必酌于新声”，就必须要有相当的文学修养，只有“渊乎文者，并总群势：奇正虽反，必兼解以俱通；刚柔虽殊，必随时而适用”（《定势》），这才算对文势具有机动灵活的驾驭能力。一位有成就的作家，必然掌握多种文术。根据在不同场合产生的情志，在不同的文体中，创立不同的文势，也就是不同的风格趋势。一位作家如果不管什么文体，只能用一种风格趋势，不仅单调、片面，而且也不能成为一位有成就的作家。同一位作家应该有多样化的风格，但具体到他的一篇作品，不能“雅郑共篇”，如果“雅郑共篇”，则必损整篇文章的统一体势。

在孙武那里，“势”的大小，是通过举例“五色”“五声”“五味”的不同调剂而显示出“奇”“正”的。这就是我说的“势”在文家笔下，在兵家指挥官的权制之中。因为一部作品感染力的大小，在于文家对书辞的搭配技巧。

刘勰认为，凡有成就的作家，必“括囊杂体，功在铨别；宫商朱紫，随势各配”，“循体而成势，随变而立功者也。虽复契会相参，节文互杂，譬五色之锦，各以本采为地矣”（《定势》）。这就是说为了使作品发挥出独特的感染力，作家可以发挥多样化风格特点，使不同的表现手法相互配合，即“契会相参”，但必须以一种风格为主，例如“章、表、奏、议，则准的乎典雅”，在不损典雅的同时，不妨运用各种辞采，这就是虽“五色之锦，各以本采为地矣”。

总之，刘勰主张文势变化之无穷，目的就是为了提高作品的感染力，以征服读者为目的。作为作家在不同的文体里，无论是一派柔情，缠绵悱恻，还是慷慨激昂，义正词严，都是情的需要，都是为了打动读者。只要使文章能有感染力，无论刚柔，皆为任势。一位伟大的作家总是因情立体，因体变势，按照势之自然旨趣，以掌握其文学创作规律，这是文学创作的重要原则。

---

① ［春秋］孙武著，［三国］曹操等注，郭化若译：《十一家注孙子》，第104页。

最早活用孙子“势”论的是慎到。慎到在《慎子·威德》篇中说：“故腾蛇游雾，飞龙乘云。云罢雾霁，与蚯蚓同，则失其所乘也。故贤而屈于不肖者，权轻也。不肖而服于贤者，位尊也。尧为匹夫，不能使其邻家，至南面而王，则令行禁止。由此观之，贤不足以服不肖，而势位足以屈贤矣。”①慎子的意思是龙蛇所以能腾云驾雾，是乘了云雾的扶托之势，尧所以能令行禁止，是凭了他南面而王的权势。到韩非子又进一步发展了这一学说，提出“抱法守势”的理论。慎子和韩非子的“势”论皆属政治学范畴。慎子是稷下学宫的教授，对祖居齐国的孙子的“势”论之学自有深刻的理解，并自然地运用于他的政治学说中。据唐张彦远《历代名画记》的记载，东晋顾恺之把“势”用于他的《论画》中，刘宋宗炳在《画山水序》中也论到“自然之势”。汉魏时期的书法评论中也引入了“势”。如东汉崔瑗的《草书势》，蔡邕作过《篆势》和《隶势》，等等。涂光社先生撰写了一部美学专著，书名是《因动成势》，对各家用“势”的论述比较全面，并把“势”论看成是“古代艺术动力学”②，感兴趣的朋友可以找来一阅，定会开卷有益。

是谁最先把“势”论引入文论的，由于资料缺乏，已不能确定，从现有资料来看，汉末刘桢是最早引“体势”入文论的一位作家。从刘勰在《定势》篇引的“刘桢云：‘文之体指实强弱，使其辞已尽而势有余，天下一人耳，不可得也’”，陆厥在《与沈约书》中也说：“自魏文属文，深以清浊为言，刘桢奏书，大明体势之致。”③ 其次是陆云，陆云说：“往日论文，先辞而后情，尚势而不取悦泽，及张公论文，则欲宗其言。”范晔在《狱中与诸甥侄书》中，用的是“笔势”，当是“文势”的另一种提法。而刘勰的“势论”，或许也受书画界“势”论的启示，但在《文心》中，却看不出任何蛛丝马迹，更明显的可以说还是从孙子兵学的角度去理解和应用“势”论。刘勰作为一位思想家又祖居齐故地，无论从思想还是从家学，对孙子的“势”更是有精湛的研究，并运用到他的文章学理论中。刘勰的这一思想，对后世的影响也很大。

唐代来华的遍照金刚《文镜秘府论》一书，将中国学者的不少文论著作编入其中，其地卷专论文章体势，列有《十七势》《十四例》《十体》

① 《诸子集成·慎子》，上海：上海书店1986年版，第1—2页。

② 涂光社：《因动成势》，第252页。

③ 郁沅、张明高编选：《魏晋南北朝文论选》，北京：人民文学出版社1996年版，第309页。

《六义》《八阶》《六志》《九意》诸篇。地卷卷首有“论体势等”字样，这当是取《十体》之“体”和《十七势》之“势”，以概括地卷之内容。虽然与刘勰之“体势”论不尽相同，但是如果从风格意义上看，应该说是大同小异的。南卷列有《论文意》《论体》《定位》《集论》诸篇，其中《论体》一文，是专门从“体”的风格意义上论“体”的。他说：

凡制作之士，祖述多门，人心不同，文体各异。较而言之：有博雅焉，有清典焉，有绮艳焉，有宏壮焉，有要约焉，有切志焉。①

这与刘勰《体性》篇的“八体”说相同。

《定位》一文说：

篇既连位而合，位亦累句而成。然句无定方，或长或短：……句既有异，声亦互舛，句长声弥缓，句短声弥促，施于文笔，须参用焉。就而品之，七言已去，伤于太缓，三言已还，失于至促；准可以间其文势，时时有之。……其七言、三言等，须看体之将变，势之相宜，随而安之，令其抑扬得所。然施诸文体，互有不同：文之大者，得容于句长；文之小者，宁取于句促。何则？附体立辞，势宜然也。②

这里的《定位》的“位”，与《文心雕龙》中的《章句》篇：“夫设情有宅，置言有位；宅情曰章，位言曰句”的“位”意思是一样的，就是遣词造句。根据篇制，设言定句，以造就适合于该文体的“势”，就这说来，“定位”也就是为了“定势”。

《文镜秘府论》很好地继承和发挥了《文心雕龙》之体势论。③ 徐寅的

---

① ［日］遍照金刚著，周维德校点：《文镜秘府论》，北京：人民文学出版社 1980 年版，第 150 页。

② ［日］遍照金刚著，周维德校点：《文镜秘府论》，第 158—159 页。

③ 本文所引录的《论体》《定位》两文，《隋唐五代文论选》的编者按照王利器用避讳法的考证，署名作者为刘善经。认为应该是隋代刘善经《四声指归》中的文章。而卢盛江在《〈文笔式〉体势论与创作论原典考》一文中说：《文镜秘府论》“南卷《论体》《定位》，这两篇当是同一出典。但不应该是《四声指归》。刘善经《四声指归》重在论四声及声病，而这两节却多论文章体貌及谋篇布局，与《四声指归》体例不甚相合。初唐著作既有避‘渊’‘照’字之讳者，也有不避此讳的。……《论体》《定位》应该是隋至唐初间的著作。如小西甚一所说，很可能取自《文笔式》。”《文镜秘府论》也采编了王昌龄《诗格》中的一些篇章。

《雅道机要》中，对“体势”也有一些论述。例如：“势者，诗之力也。如物有势，即无往不克。此道隐其间，作者明然可见。”又说：“体者诗之象，如人之体象，须使形神丰备，不露风骨，斯为妙手矣。”①

到了宋代的范仲淹时常使用“体势”一语。如《〈赋林衡鉴〉序》：“仲淹少游文场，尝禀词律……其于句读声病，有今礼部之式焉。别析二十门，以分其体势。”② 严羽的《沧浪诗话》列有《诗体》一章，其中的“体”字，主要指“体裁”和“风格”两个义项的内容。

到明清之际的王船山又把“势”论应用于他的“诗论”中。如王船山说：

> 把定一题、一人、一事、一物，于其上求形模，求比似，求词采，求故实，如钝斧子劈栎柞，皮屑纷霏，何尝动得一丝纹理？以意为主，势次之。势者，意中之神理也。唯谢康乐为能取势，宛转曲伸，以求尽其意，意已尽则止，殆无剩语；夭矫连蜷，烟云缭绕，乃真龙，非画龙也。③

张晶先生评论说：

> 彦和论势，还是泛谈文章之势，没有具体到诗学领域。船山则通过大量的具体诗歌评论，把这个诗歌美学范畴建构得非常丰满，而且不停留在就诗论诗的层面，而是以之作为一以贯之的诗歌审美评价标准。这个范畴，至今并未失去它的生命力，对于中国美学体系的建设以及古代文论的现代转换，都有积极的意义。④

时间推到现在，梁衡先生写了一篇纪念毛泽东120周年诞辰的文章，题目是《文章大家毛泽东》，在文章中，他也谈到“文章之势”，他说：

> 文章之势，是文章之外的功夫，是作者的胸中之气、行事之势。

① ［宋］陈应行编，王秀梅整理：《吟窗杂录》，北京：中华书局1997年版，第519、522页。
② 陶秋英编选：《宋金元文论选》，北京：人民文学出版社1999年版，第47页。
③ ［清］王夫之著，戴鸿森笺注：《姜斋诗话笺注》，北京：人民文学出版社1981年版，第48页。
④ 张晶：《势：王夫之诗论的重要范畴》，《光明日报》2001年4月13日《文学遗产》版。

势是不能强造假为的，得有大思想、真见识。古今文章家大致可分为两种，一是纯文人，一是政治家。纯文人之文情胜于理，政治家之文理胜于情。理者，思想也。写文章，说到底是在拼思想。只有政治家才能总结社会规律，借历史交替、风云际会、群雄逐鹿之势，纳雷霆于文字，排山倒海，摧枯拉朽，宣扬自己的政见。毛文属这一类。①

梁衡先生说的“大思想、真见识”，就是刘勰讲的“情致异区”的“情”。梁衡先生把文章家分为两类，其文势也显然是分为两类了，即纯文人的文势和政治家的文势，应该说，这是对刘勰“文势论”的一个发展。梁衡先生为了证明自己的观点，在文章中摘录了毛泽东不同时期的文章段落作为论据，其中有毛泽东青年时期的一段文字，以显示毛泽东文章的气势：

我们中华民族原有伟大的能力！压迫愈深，反动愈大，蓄之既久，其发必速，我敢说一句怪话，他日中华民族的改革，将较任何民族为彻底。中华民族的社会，将较任何民族为光明。中华民族的大联合，将比任何地域任何民族而先告成功。诸君！诸君！我们总要努力！我们总要拼命地向前！我们黄金的世界，光华灿烂的世界，就在前面！(《民众的大联合》)

梁衡先生在文中所引录的是毛泽东早年的政论文章，现在我们再引录几句毛泽东的诗词为证：

江山如此多娇，引无数英雄竞折腰。惜秦皇汉武，略输文采；唐宗宋祖，稍逊风骚。一代天骄，成吉思汗，只识弯弓射大雕。俱往矣，数风流人物，还看今朝。(《沁园春·雪》)

钟山风雨起苍黄，百万雄师过大江。虎踞龙盘今胜昔，天翻地覆慨而慷。(《七律·人民解放军占领南京》)

读罢毛泽东的这几段文字，有谁还会说“文章之势”，不是刘勰《通

① 梁衡：《文章大家毛泽东》，《人民日报》2013年2月28日第7版。

变》篇所谓“文辞气力”这一类的东西呢！又有谁能否认刘勰《定势》篇：“辞已尽而势有余，天下一人耳，不可得也”！

附记：在拙文定稿之际，我再次拜读詹锳先生《〈文心雕龙〉的定势论》一文，感到拙文列举的事例，不免与詹先生所举例证有重复之嫌。但是从来没有想抄录詹先生的论据和观点的企图或行为，只是为了维护詹先生的观点，虽有詹调重弹之嫌，实则出于不得不然。正如刘勰在《序志》篇所说：“及其品列成文，有同乎旧谈者，非雷同也，势自不可异也。”

（作者单位：山东莒县刘勰《文心雕龙》研究所）

遒：中国古代文论的一个独特范畴[①]

吕枫云

摘　要：在魏晋南北朝时期，“遒”由一般用语进入文艺批评领域，成为中国古代文论中一个重要的美学范畴。其美学内涵从文气之完备圆融、文思之卓拔挺秀、文情之激动感荡到文辞之华美富丽、文意之兴会标举，共同指向了魏晋南北朝缘情主意、重神尚韵的审美理想。吸收了唐的刚健壮大和宋的深邃老成，“遒”的美学内涵逐渐由风神逸雅转向骨干劲挺，形成了以骨力雄健为主而气格超然的美学意蕴，从侧面体现了自汉魏六朝以迄唐宋，中国审美精神由尚实用、主情韵到重理趣的变迁。

关键词：遒；中国古代文论；美学范畴

“遒”作为中国古代文论的一个独特范畴，长期以来未能引起足够的重视。看到“遒”字，人们往往想到“遒劲”“遒健”，不自觉地把它和强劲有力联系在一起，忽略了其在历史发展中的多样性内涵及与时代审美特征相关联的美学意蕴。仅从“遒”的基本释义来看，《汉语大字典》就收录了十种之多。一个概念的形成并非一蹴而就，每一种含义的凝固都经历了历史的选择和淘洗。“遒”作为具有多重内涵的诗学范畴，其语义的生成、发展与演变的过程，深刻烙印着时代审美精神，浸润着民族文化心理。以时间为线索，从考察“遒”的原始语义入手，探寻其如何进入文艺批评并成为美学范畴，以及怎样在动态演进中反映审美风尚的变化，将有助于我们揭开“遒”为习见之义所遮蔽的本来面目，重新认识中国文论史上这一概念的重要意义。

---

① 基金项目：国家社科基金重大项目“《文心雕龙》汇释及百年‘龙学’学案”（批准号：17ZDA253）

一、从一般用语到文论术语的“遒”

一个词语要成为某一领域的专门术语，总是从一般语境中发展而来。“遒”从日常用语进入文艺理论，经历了先秦到魏晋南北朝的漫长历史时期。在六朝以前，“遒”的用法集中于本义及其基础上的引申义，到了魏晋之际开始在文论中出现，并随着人物品藻的流行，“遒”得以脱离一般语境而具备抽象的评鉴意义，广泛渗入六朝文艺批评的各个领域。

《说文》：“遒，迫也。从辵，酉声。”“遒或从酋。”[①] 遒，本义为“迫”，同时，由形部“从辵”可以推知其本义与奔走、行进有关。“遒”在先秦时期的用法集中于《诗经》和《楚辞》。《诗·豳风·破斧》曰：“周公东征，四国是遒。”毛传：“遒，固也。”郑笺：“遒，敛也。”孔颖达疏：“遒训为聚，亦坚固之义，故为固也。言使四国之民心坚固也。”[②]《诗·商颂·长发》曰：“敷政优优，百禄是遒。”毛传：“遒，聚也。”[③]《诗·大雅·卷阿》：“俾尔弥尔性，似先公酋矣。”毛传：“酋，终也。”孔颖达正义：“遒，终。《释诂》文。彼遒作酋，音义同也。”郑笺：“嗣先君之功而终成之。”[④]《楚辞·九辩》：“岁忽忽而遒尽兮，恐余寿之弗将。”王逸注：“年岁逝往，若流水也。遒，一作逝。”洪兴祖补注：“迫也，尽也。”[⑤]《楚辞·招魂》：“分曹并进，遒相迫些。”王逸注：“遒，亦迫也。”张铣：“遒，急也。”[⑥] 此外，《尚书·胤征》中的“遒人”这一用法值得注意：“每岁孟春，遒人以木铎徇于路。”传云：“遒人，宣令之官。”孔疏：“训遒为聚，聚人而令之，故以为名也。”此条记载正是《左传·襄公十四年》师旷所引逸《书》，杜预注：“遒人，行人之官也。”[⑦] 可见，“遒人”之“遒”本义为聚集、行进，后多用来指采诗之官。从以上材料可以看出，早期文本中“遒”的解释并不固定，但基本是从急迫、行进的本义引申出聚集、坚固、终尽、完成之义，它们中有的含义可以互通兼取。同时，

---

① [汉]许慎撰，[宋]徐铉校定：《说文解字》，北京：中华书局2013年版，第35页。

② [清]阮元校刻：《十三经注疏》，北京：中华书局2009年版，第850页。

③ [清]阮元校刻：《十三经注疏》，第1352页。

④ [清]阮元校刻：《十三经注疏》，第1176—1177页。

⑤ [汉]王逸章句，[宋]洪兴祖补注，夏剑钦、吴广平校点：《楚辞章句补注》，长沙：岳麓书社2013年版，第184页。

⑥ [南朝梁]萧统编，[唐]李善等注：《六臣注文选》，北京：中华书局2012年版，第632页。

⑦ [清]阮元校刻：《十三经注疏》，第332、4251页。

“遒”与“酋”声近而义同，在终、尽、完成的意思上两字相通。经典文本对后世的影响是巨大的，“遒”的这些用法为后人多次征引或化用，造成此类义项的大为彰显。从汉魏到六朝，“遒”的急迫、终尽、完成之义颇为常见。如司马相如《上林赋》：“遒孔鸾，促鵕鸃。”潘岳《秋兴赋》：“悟时岁之遒尽兮。”张衡《思玄赋》：“遒白露之为霜。”沈约《宿东园》：“飞光忽我遒。”鲍照《还都道中作》：“猎猎晚风遒。”曹植《箜篌引》：“百年忽我遒。”[①] 陆机《董桃行》：“但为老去年遒。”[②] 谢灵运《郡东山望溟海》：“览物情弥遒。”[③] 萧纲《弹筝》：“心伤曲不遒。”[④]

“遒”还由终尽、完成，进一步引申出了美好、尽善尽美、臻于大成之义，其第一次进入文论，就与这一引申密切相关。班固《答宾戏》：“《说难》既遒，其身乃囚。”李善注引应劭曰：“遒，好也。”吕向曰：“韩非作《说难》之书，欲以为天下法式。上书既终，而为李斯所疾，乃囚而死。遒，终也。”[⑤] 二说不同。《汉书》作“酋”。颜师古引应劭注：“酋音酋豪之酋。酋，雄也。”[⑥] 此一解释于义更疏。事实上，“遒”与“酋”在终尽、完成之义上相同，正如王念孙所说：“‘酋’，读为‘就’，就，成也，言《说难》之书既成，而其身乃囚也。”[⑦] 但应劭将“遒”训为“好”并非没有出处，王念孙在释“媨”时亦引应劭此注，并认为：“‘遒’与‘媨’亦声近义同。”[⑧] 可见，“遒”与“媨”同源，都有着“美好”之义。由终结、完备而美好，显示了“遒”在语义演变过程中的接榫之处。更鲜明的例证是曹丕《与吴质书》：“公干有逸气，但未遒耳。”吕延济曰：“遒，尽也，言未尽美矣。”[⑨] “遒”正式进入文论，成为一个与“文气”相关的术语。在一般语境中，“遒”可以形容声望之有成、声名之美好。刘孝标《广绝交论》：“声未遒于云阁。”李善注引应劭曰：“遒，好也。”李周翰

---

① ［南朝梁］萧统编，［唐］李善等注：《六臣注文选》，第162、249、277、417、503、515页。

② ［晋］陆机著，刘运好校注整理：《陆士衡文集校注》，南京：凤凰出版社2007年版，第645—646页。

③ ［南朝宋］谢灵运著，黄节注：《谢康乐诗注》，北京：中华书局2008年版，第81页。

④ ［南朝陈］徐陵编，［清］吴兆宜注，程琰删补，穆克宏点校：《玉台新咏笺注》，北京：中华书局1985年版，第511页。按：这里的“遒”，一作“成”。

⑤ ［南朝梁］萧统编，［唐］李善等注：《六臣注文选》，第849页。

⑥ ［汉］班固撰，［唐］颜师古注：《汉书》，北京：中华书局1962年版，第4229页。

⑦ ［清］王念孙撰，徐伟君等校点：《读书杂志》，上海：上海古籍出版社2014年版，第1020页。

⑧ ［清］王念孙撰，张靖伟等校点：《广雅疏证》，上海：上海古籍出版社2016年版，第130页。

⑨ ［南朝梁］萧统编，［唐］李善等注：《六臣注文选》，第787页。

注："遒，美也。"又"遒文丽藻，方驾曹王。"李善注引《孙绰集序》曰："绰文藻遒丽。"张铣注："遒，美也。丽藻，喻文章之美也。"[①] 这里，"遒"已逐渐脱离终、成之义，指单纯意义上的文章之美好。"遒"还可以指歌声之美：《拾遗记》："女伶歌声甚遒。"注家释"遒"为"紧健嘹亮"[②]，于句意不妥。此处写汉武帝思怀李夫人，自作歌曲命女伶歌唱，又赋《落叶哀蝉》之曲，曲辞哀婉，令其听后心境悲凉不能自持。"遒"当指歌声之美好动人。

此外，"遒"的本义急迫、聚集有时可以通向刚健有力，如"猎猎晚风遒"，写风速之急迫，即言风力之迅猛、强劲。又如陆云《喜霁赋》："阴阳交泰，万物方遒。"[③] 此句可能本于《六韬》："何啬何忧，万物皆遒。"[④]"遒"训为聚集，引申为强健，阴阳二气相交而四时通泰，万物才能生长强健。但强劲有力当为"遒"的后起之义，在六朝及其以前的文本中运用并不广泛，且多数情况下急迫、聚集与强劲也不能相通。唐代《六臣注文选》中，没有一处"遒"训为强劲之义，就是一个直观的例证。

尽管在魏晋之际，"遒"已初次进入文论，但其作为一种独特范畴大量运用于文论、书论、画论等文艺批评领域，实深受清谈人物风气的影响。《世说新语》中记载王羲之评谢万"在林泽中，为自遒上"；殷浩称其"文理转遒，成殊不易"；刘孝标注引《高坐别传》曰："和尚天姿高朗，风韵遒迈"；又引《文士传》云："象作《庄子》注，最有清辞遒旨。"[⑤] 注家往往将"遒"解作劲健，不准确。《汉语大词典》释"遒上"为"超逸不群；雄健超群"[⑥]，似乎将"遒"理解为"超逸"尚不太肯定，又补充了"雄健"之义与之并列。张㧑之释"遒上"为"挺拔高迈"[⑦]，张万起、刘尚慈释为"挺拔英迈"[⑧]，较为恰当。晋人标榜清高，崇尚玄虚，以精神气

---

① ［南朝梁］萧统编，［唐］李善等注：《六臣注文选》，第 1016、1018 页。

② ［晋］王嘉撰，［南朝梁］萧绮录，齐治平校注：《拾遗记》，北京：中华书局 1981 年版，第 115 页。

③ ［晋］陆云著，刘运好校注整理：《陆士龙文集校注》，南京：凤凰出版社 2010 年版，第 115 页。

④ 唐书文：《六韬·三略译注》，上海：上海古籍出版社 2012 年版，第 36 页。

⑤ ［南朝宋］刘义庆著，［南朝梁］刘孝标注，余嘉锡笺疏，周祖谟、余淑宜、周士琦整理：《世说新语笺疏》，北京：中华书局 2007 年版，第 557、560、119、244 页。

⑥ 罗竹风主编：《汉语大词典》第 10 卷，上海：上海辞书出版社 1992 年版，第 1060 页。

⑦ ［南朝宋］刘义庆著，张㧑之译注：《世说新语译注》，上海：上海古籍出版社 2016 年版，第 416 页。

⑧ ［南朝宋］刘义庆著，张万起、刘尚慈译注：《世说新语译注》，北京：中华书局 2017 年版，第 437 页。

度之高远脱俗自许，而不以刚劲雄壮的力量为重。如李飞所说：“其重点不在生命力强度的刚健雄劲，而在其精神向度的高蹈远扬。”[①] 谢万在山林隐逸之中，自是迈世高蹈、超拔脱俗，而非雄健有力。刘孝标注引《中兴书》称其“才器俊秀，善自炫曜，故致有时誉。兼善属文，能谈论，时人称之。”[②]“俊”“秀”皆挺拔出众之意，言谢万文辞义理越发超拔玄远，与劲力无关。至于高坐和尚，其“性高简，不学晋语。诸公与之言，皆因传译。然神领意得，顿在眼前”[③]。“高朗”“高简”之天姿性情，“神领意得”之翩翩风度，当属超逸而高迈。郭象之《庄子》注，更是充满玄学清雅通脱之趣味，并非刚健之力可以形容。由精神气质到文辞义理，“遒”无不展现出高远超迈、拔出流俗的意义，这是此前的引申义所未有的。此后人们多有沿用，如“神理清秀，远识遒赡，爽烈有志分，风调举止，每辄不群。”[④]“经行修敏，文思遒逸。”[⑤]“风韵遒正，神峰标映，千里绝迹，百尺无枝。文辩纵横，才学优赡，跌宕之情弥远，濠梁之气特多，斯实俊民也。”[⑥]“遒正”，《南史》作“遒上”[⑦]，而“遒”义同。人物品藻启发了文艺批评。以“遒”评人，关注的是其才识、思理、风韵、神气，称赏一种秀拔清朗、洒脱俊迈的人格之美，又因人的才性气质与文艺的品格风貌相通，“遒”即自然而然地渗入文论、书论和画论。与人物品评相一致，“遒”往往与作品之风骨、气韵、神采的骏爽超逸密切相关。如《文心雕龙》：“相如赋仙，气号凌云，蔚为辞宗，乃其风力遒也。”[⑧]《古画品录》评陆绥画：“体韵遒举，风彩飘然”；评毛惠远画：“力遒韵雅，超迈绝伦。”[⑨]《续画品录》称袁质：“风神俊爽……笔势遒正。”[⑩]《书品》称庾翼

---

① 李飞：《论六朝时期“遒”作为文艺批评概念的四种意义》，《北京大学学报》2021年第4期。

② [南朝宋]刘义庆著，[南朝梁]刘孝标注，余嘉锡笺疏，周祖谟、余淑宜、周士琦整理：《世说新语笺疏》，第560页。

③ [南朝宋]刘义庆著，[南朝梁]刘孝标注，余嘉锡笺疏，周祖谟、余淑宜、周士琦整理：《世说新语笺疏》，第119页。

④ [南朝梁]释宝唱著，王孺童校注：《比丘尼传校注》，北京：中华书局2006年版，第198页。

⑤ [北齐]魏收：《魏书》，北京：中华书局1974年版，第178页。

⑥ [唐]姚思廉：《梁书》，北京：中华书局1973年版，第582页。

⑦ [唐]李延寿：《南史》，北京：中华书局1975年版，第598页。

⑧ 戚良德：《文心雕龙校注通译》，上海：上海古籍出版社2008年版，第339页。

⑨ [南齐]谢赫撰，王伯敏标点注译：《古画品录》，北京：人民美术出版社2016年版，第10、14页。

⑩ [陈]姚最撰，王伯敏标点注译：《续画品录》，北京：人民美术出版社2016年版，第16页。

“声彩遒越”① 等等。显然，在超迈卓拔的意义上，“遒”已经超越日常用语，作为一个独特的批评概念为人们广泛使用。

“遒”在六朝时期表示超逸，还有一类用法值得注意，即形容佛徒、道士诵经的音声之高畅，文士清谈的音调之清朗。据《异苑》记载：“陈思王曹植字子建，尝登鱼山，临东阿，忽闻岩岫里有诵经声，清通深亮，远谷流响，肃然有灵气。不觉敛衿祗敬，便有终焉之志，即效而则之。今之梵唱，皆植依拟所造。一云：陈思王游山，忽闻空里诵经声，清远遒亮。解音者则而写之，为神仙声。道士效之，作步虚声也。”②“清通深亮”“清远遒亮”又作“清遒深亮”。步虚声，指道士诵经礼赞的曲调行腔，《乐府诗集》引《乐府解题》曰：“《步虚词》，道家曲也，备言众仙缥缈清举之美。”③“遒”系指诵经声之飘然高举、悠远轻扬，指遒劲则欠妥。诵经之声讲究音韵之美，与诗歌韵律的制作有关，《步虚词》成为一种乐府杂曲歌名，即是例证。又《高僧传》：“吟讽经典，音吐遒亮，文字分明。足使幽灵忻踊，精神畅悦。”④《魏书》称任城王澄“音韵遒雅，风仪秀逸。”⑤《世说新语》：“庾太尉在武昌，秋夜气佳景清，使吏殷浩、王胡之之徒登南楼理咏。音调始遒。”⑥“遒”均表现言论谈吐的清明朗畅、高雅脱俗，重在音调之高迈而非力度之强劲。可见，“遒”较早与音韵曲调之和谐超逸建立了联系，后世讲求诗文之格律声调之“遒”即由此而来。

这里，笔者通过检索中国基本古籍库，参照《汉语大字典》中“遒”的释义，对隋以前古籍中“遒”字的99条用例进行分类归纳（注疏、引文均不计入），将其义项分为10种，按用例数量的从高到低排序，由此可以对“遒”的各类语义及其引申情况作更为直观的把握：“遒”作地名、官名有38条（“遒人”计入官名）；作“超逸、卓拔”义有15条；作“急迫或迫近”义有14条；作“终尽”义有11条；作“美好”义有7条；作“完备、大成”义有6条；作“聚集”之义有4条；作“强健有力”义有2条；作“坚固”义有1条；作“丛生的（树木）”义有1条。从先秦到魏

① ［唐］张彦远著，范祥雍点校：《法书要录》，北京：人民美术出版社2016年版，第67页。
② ［南朝宋］刘敬叔撰，范宁校点：《异苑》，北京：中华书局1996年版，第48页。
③ ［宋］郭茂倩编：《乐府诗集》，北京：中华书局1979年版，第1099页。
④ ［南朝梁］释慧皎撰，汤用彤校注，汤一玄整理：《高僧传》，北京：中华书局1992年版，第475页。
⑤ ［北齐］魏收：《魏书》，第464页。
⑥ ［南朝宋］刘义庆著，［南朝梁］刘孝标注，余嘉锡笺疏，周祖谟、余淑宜、周士琦整理：《世说新语笺疏》，第727页。

晋南北朝，“遒”由急迫、行进的本义引申出聚集、坚固、终尽、完成、美好、劲健之义，并在人物品鉴风气的影响下，发展出超逸、卓拔等更为抽象的内涵，最终实现了从一般用语向文论术语的转化，成为文艺批评领域中的一个独特范畴。

二、作为六朝文论重要范畴的“遒”

如曹旭所说，“‘遒’为中国古代文论重要风格术语”①。其正式进入古代文论是从曹丕的《与吴质书》开始的，此后在《文心雕龙》《诗品》中均得到运用，并在《宋书》中多次用于描述文坛风气之变化、评论具体作家之风格。六朝时期，作为文论范畴的“遒”，不惟是一种风格术语，更是与时代审美风尚相联系的重要创作原则和高度评价标准，具有丰富的美学意蕴。

曹丕在《与吴质书》中提出，“公干有逸气，但未遒耳”，又在《典论·论文》中说“刘桢壮而不密”。② 此处之“遒”，人们通常解释为强劲有力，实际上难以成立，这一点已经为学者们所注意。此外，对“遒”的理解还有两种，一是紧密。从其迫、聚的本义出发，认为“有逸气，但未遒耳”与“壮而不密”相近，释“遒”为密。③ 二是大成。前引唐吕延济注为尽、尽美，杨明、羊列荣据此解释为“尽善尽美”④，李飞认为当指“艺术家风格臻于大成之境”⑤。紧密、大成二义似均可通，笔者倾向于后者。“遒”由终、尽引申为完备、美好，即言刘桢虽有逸气，但未能达至成熟圆融。“壮而不密”是“未遒”的一种具体表现，换言之，要达到“遒”的境界，壮而能密只是一个必要条件。曹丕在这里以“气”评文，与其在《典论·论文》中的“文气”说相承，刘桢之文的“逸气”“未遒”“壮而不密”均是从其才性气质、精神品格特征而来。一方面，刘祯本人心高气正、凌霜傲骨、卓荦不群，反映在诗文中即具有超逸高迈、激越豪壮的气

---

① ［南朝梁］钟嵘著，曹旭集注：《诗品集注》，上海：上海古籍出版社 2011 年版，第 328 页。

② 郭绍虞主编：《中国历代文论选》第 1 册，上海：上海古籍出版社 1979 年版，第 165、158 页。

③ 持此观点的有周汝昌《说“遒媚”——古典书法美学问题之一》、王鹏廷《建安七子研究》、魏宏灿《曹丕集校注》等。

④ 杨明、羊列荣：《中国历代文论选新编·先秦至唐五代卷》，上海：上海教育出版社 2007 年版，第 118 页。

⑤ 李飞：《论六朝时期“遒”作为文艺批评概念的四种意义》，《北京大学学报》2021 年第 4 期。

势，所谓“仗气爱奇，动多振绝。贞骨凌霜，高风跨俗”[①]。另一方面，刘桢个性中的狭隘偏激、倔强孤傲使其创作存在“不密”的特点，如“气过其文，雕润恨少”[②]“多直语，少切对，或五字并侧，或十字俱平，而逸驾终存”[③]。正是气之偏造成才之偏，使其文“未遒”。刘勰称“公干气褊，故言壮而情骇”[④]。谢灵运道刘桢“卓荦偏人，而文最有气。”[⑤] 皎然言“刘桢辞气偏，王得其中。”[⑥] 胡应麒曰：“公干才偏，气过词。”[⑦] 亦在于此。可见，“遒”是“文气”批评的一条重要美学标准，它要求作家才性居中，不偏不倚，方能令“文气”完备大成。具体来说，逸气虽高，气势虽盛，而放任纵逸，则易流乱散漫，带来不紧密的弊端，要使能“遒”，应当遵循一定的法度和规范。颜之推曰：“凡为文章，犹人乘骐骥，虽有逸气，当以衔勒制之，勿使流乱轨躅，放意填坑岸也。”[⑧] 高步瀛谓：“此则谓气势虽盛，行之无节，反流汗漫；以衔勒制之，则能遒矣，亦以救魏文所谓逸气未遒之病也。”[⑨] 强调“气”的流转运行，当有所节制，使其张弛有度、驰骋有节，才能达到“遒”的境界。要之，“遒”第一次进入文论，就是一个与“文气”密切相关的概念，其美学内涵指向的是文章体貌风格的完备圆融。后来钟嵘评袁宏《咏史》诗“文体未遒”，又在评沈约诗时言“于时谢朓未遒”[⑩]，即承继了这一用法。

曹丕的“文气”之“遒”，仅为泛论文章整体之风貌，落实到具体特点上，其指向仍然是含混模糊的。刘勰则继承和发扬了“文气”说，在评论作家作品之风格时，对“遒”有着更加具体微妙的运用。《文心雕龙》中“遒”字凡两出，分别见于《铨赋》和《风骨》，其美学内涵分别指向文思之卓拔挺秀、文情之激动感荡，后者将“遒”与“风骨”“风力”范畴相联系，最终导向了一种意气骏爽、劲气弥满的新美学风貌。

《铨赋》：“仲宣靡密，发篇必遒。”此句多数学者理解为王粲的赋结构

---

① ［南朝梁］钟嵘著，曹旭集注：《诗品集注》，第 133 页。
② ［南朝梁］钟嵘著，曹旭集注：《诗品集注》，第 133 页。
③ ［唐］殷璠编著，傅璇琮、陈尚君、徐俊编：《河岳英灵集》，北京：中华书局 2014 年版，第 156 页。
④ 戚良德：《文心雕龙校注通译》，第 333 页。
⑤ ［南朝宋］谢灵运著，黄节注：《谢康乐诗注》，北京：中华书局 2008 年版，第 156 页。
⑥ 郭绍虞主编：《中国历代文论选》第 2 册，上海：上海古籍出版社 1979 年版，第 86 页。
⑦ ［明］胡应麟：《诗薮》，上海：上海古籍出版社 1958 年版，第 29 页。
⑧ ［北齐］颜之推撰，王利器集解：《颜氏家训集解》，上海：上海古籍出版社 1993 年版，第 266 页。
⑨ 余祖坤编：《历代文话续编》，南京：凤凰出版社 2013 年版，第 1347 页。
⑩ ［南朝梁］钟嵘著，曹旭集注：《诗品集注》，第 327、426 页。

或文辞细密，发端必定非常有力，解“发篇”为开篇，释“遒”为刚劲。然而，强劲有力的特点不符合王粲赋的实际面貌以及古代文论家的公论，故学者对此句的龃龉之处只好强作迂回曲折之解。范文澜提出通行本“发端”应从唐写本作“发篇”，指王粲赋“虽颇残缺，然篇率遒短。”① 斯波六郎则认为，“‘发端’或是‘发篇’，都是作品发端之意”，“‘发端必遒’是批评作者之可能性”，“应解为作品之发端应遒劲之意。”② 穆克宏认为，结合《登楼赋》等王粲的辞赋，实在看不出“发端必遒”，唐写本“端”作“篇”是正确的，王粲赋字里行间流露出强烈的感情，使人感到作品充沛有力。③ 可见，理解此句有两处关键节点：一为“发篇”是指整个篇幅还是篇章开头，二为“遒”的意义是否为强劲。“发篇”本有二义，一指篇章的开头，一指行文，即组织文字，表达意思。④ 但从句意前后逻辑来看，“发篇”指文章开端更妥。且既全篇强劲，为何独开端不够有力？李飞指出，“遒”不能解为“劲健”，应当从“美好”的意义上理解，同时与“卓拔”之义相通。“王粲赋发端必美，正体现在他思致靡密，首出警策，即可笼罩全篇。”⑤ 这一说法是很有见地的，“遒”本有美好、超拔之义，王粲赋发篇之“遒”，正是从“靡密”而来。《文心雕龙》中多次提到王粲文思之“密”，并且与其个性之“躁竞”、才思之敏捷、才华之横溢紧密联系。如《神思》：“仲宣举笔似宿构……虽有短篇，亦思之速也。”《体性》：“仲宣躁锐，故颖出而才果。”《才略》：“仲宣溢才，捷而能密，文多兼善，辞少瑕累：摘其诗赋，则‘七子’之冠冕乎！”《程器》：“仲宣轻脆以躁竞。”⑥ 因此，与王粲性急而才盛的气质相呼应，其创作构思精密、布局严谨、文辞细腻，才能在开篇卓拔而挺秀，这正是刘勰对文气说的继承和发展。况刘勰评王粲诗文，从未突出其遒劲的特点，而多称赏其清新华美、丽密精工，《丽辞》篇还肯定了王粲赋在对偶修辞方面的功绩：“仲宣《登楼》云：‘钟仪幽而楚奏，庄舄显而越吟。’此反对之类也。”⑦ 可见，“发

① ［南朝梁］刘勰著，范文澜注：《文心雕龙注》，北京：人民文学出版社1958年版，第149页。

② ［日］斯波六郎：《文心雕龙范注补正》，收入黄锦鋐：《文心雕龙论文集》，台北：学海出版社1979年版，第17页。

③ 穆克宏：《捷而能密 文多兼善——刘勰论王粲》，《福建师范大学学报》1985年第4期。

④ 罗竹风主编：《汉语大词典》第8卷，上海：上海辞书出版社1992年版，第572页。

⑤ 李飞：《论六朝时期“遒”作为文艺批评概念的四种意义》，《北京大学学报》2021年第4期。

⑥ 戚良德：《文心雕龙校注通译》，第324、333、532、556页。

⑦ 戚良德：《文心雕龙校注通译》，第404页。

篇必遒”与劲力无涉，而是指向文思之秀拔。

《文心雕龙》第二次用“遒”见于《风骨》篇，它是对文气说的重要发挥。刘勰在开篇即提出，“风”是发挥教育、感化作用的根本，同时与作家的情志、血气相一致，与曹丕的“文气”相通。继而明确“风”与“骨”的侧重和区别：

> 是以怊怅述情，必始乎风；沈吟铺辞，莫先于骨。故辞之待骨，如体之树骸；情之含风，犹形之包气。结言端直，则文骨成焉；意气骏爽，则文风清焉……是以缀虑裁篇，务盈守气；刚健既实，辉光乃新……故练于骨者，析辞必精；深乎风者，述情必显……若瘠义肥辞，繁杂失统，则无骨之征也；思不环周，索莫乏气，则无风之验也。昔潘勖锡魏，思摹经典，群才韬笔，乃其骨髓峻也；相如赋仙，气号凌云，蔚为辞宗，乃其风力遒也。[①]

风骨是作家才力气质的重要表现，其中，“风”与情感的激动振荡、意气的峻拔清朗、构思的清晰明了、谋篇的全面周密有关，要求文气充沛而具有风化作用，作者的情志包含的这种感化作用，就像身体内流动的血气；“骨”与文辞的端方刚正、用字的精练挺拔，内容的充实壮大、行文的条理清晰有关，要求文章骨力刚健而光辉四溢，作品的文辞需要这种骨力，如同身体支撑需要的骨架。可见，“风”由情志抒写的鲜明清朗而给文章带来骏爽超逸的风貌，“骨”则由文辞表达的端直精练而造成文风的强健有力。因此，刘勰称赏潘勖的《册魏公九锡文》为“骨髓峻”，正是因其摹仿经典的文辞，能够做到高简雅重、浑厚质朴，崇尚体要而不惟好异，显得颇有骨力；赞扬司马相如的《大人赋》为“风力遒”，则是因其体现作者郁勃的情感生命，文气超拔而凌云，文风清新而畅达，有骏逸飞动之致，带来非凡的感动人心的艺术力量。此处的“遒”相对于骨力之强劲来说，更强调意气之骏爽，突出神采的方面而非形质的方面，当解作“超逸”。此前学者多将“遒”理解为劲健，而对“遒”这一概念所蕴含的风神、风采之高蹈远扬有所忽略。李飞则注意到，“遒”在力的强度之外，“同时也包涵

① 戚良德:《文心雕龙校注通译》,第338—339页。

着力的向度的卓拔之义”[①]。如前所述，“遒”的这类用法从人物品评而来，并在此一时期的书画理论中均大量出现，其与风韵、风姿、风仪的关系更为紧密，往往形成“遒上”“遒迈”“遒逸”“遒雅”“遒举”“遒越”等词语，而少与“劲”“健”组合。当时的人伦品鉴，“风”侧重神气风度之清隽爽朗，“骨”强调骨骼相貌之坚实挺拔，二者进入文艺批评，亦存在“风清骨峻”的囿别区分。同时，“风”与“骨”密切关联，以“风骨”评人品文，看重的仍是高爽清举而非刚劲雄强。这种对神韵风采、精神气度之英特俊迈、清逸洒脱的高扬，正是魏晋南北朝时期崇尚风神韵度的审美风尚的鲜明体现。

然而，刘勰毕竟将“遒”与“风”之“力”联系起来，即用“遒”形容作品化感人心的力度，使其在超逸之外包涵了一种劲力，这种劲力原是从“气”而来。“气”是天地万物的基始，是个体的生命状态，是作家个性生成的原动力，是蕴蓄在作品中的情感生命，其本身就与力相通。王充《论衡·儒增》：“人之精乃气也，气乃力也。”[②]“风”是“气”的流动运化，是作家生命元气和精神气质在作品风貌上的呈现。“风力”则是作家的情志意气充分凝结于作品中而形成的冲击读者感官和心灵的力度，它表现了作家磅礴充盈、劲气弥满的生命力，显示了作品雄强刚健、骏爽挺特的力量美。因此，“遒”与“风力”的连用，同时是刘勰提倡文章力度和刚健风貌的体现，为“遒”之美学内涵从“气”的圆融转向“力”的强劲提供了依据，为后世文论将“遒”与“壮”“健”“劲”等表示力量的词联合使用奠定了基础。应当说，刘勰提出的“风骨”尽管打上了特定的时代烙印，却从整体上标举一种文明以健、骨劲气猛的文章风貌，其目的是纠正当时辞尚浮华的萎靡不振之风，这是刘勰赋予“风骨”的新美学风貌。然而，在其时未受重视，直到唐代“风力”“风骨”才得以高扬。

如果说《文心雕龙》强调“风力遒”包涵对当时文学主流风气的反拨，那么文坛宗主沈约运用“遒丽”论历代文学、评作家风格，则鲜明地反映了宋齐时代的文学好尚与审美主潮。沈约将“遒”与“丽”组合，并与辞采、情兴相关联，使得“遒”的美学内涵走向了文辞之华美富丽、文意之兴会标举，进而影响了钟嵘的《诗品》。

---

① 李飞:《论六朝时期“遒”作为文艺批评概念的四种意义》,《北京大学学报》2021 年第 4 期。

② ［汉］王充著,黄晖撰:《论衡校释》,北京:中华书局 1990 年版,第 364 页。

《宋书·谢灵运传论》谈到历代文学的发展指出，“自建武暨乎义熙，历载将百，虽缀响联辞，波属云委，莫不寄言上德，托意玄珠，遒丽之辞，无闻焉尔。仲文始革孙、许之风，叔源大变太元之气。爰逮宋氏，颜、谢腾声。灵运之兴会标举，延年之体裁明密，并方轨前秀，垂范后昆。”① 李周翰曰：“遒，犹美也，言皆寄道德不为美辞者也。”② 此处“遒”与“丽”连用，其内涵首先指向了华美富丽的文辞。黄侃进一步指出“遒”与“丽”之分别：“遒则意健，丽则文密，文辞至此，乃无遗憾矣……兴会标举，遒之属也，体裁明密，丽之方也。”③ 这里的“遒”与“丽”尽管都指向了文辞之美，但各自有所侧重，相对于“丽”的体制绵密、缀辞繁复，“遒”更多地表现了作家创作之兴致意趣，“意”之“健”并非体现在劲力，而是情兴之会时的飙然高举、超卓拔出，讲究落笔之时的清新秀拔、自然灵动。《诗品》评谢朓：“一章之中，自有玉石。然奇章秀句，往往警遒。足使叔源失步，明远变色。善自发诗端，而末篇多踬。此意锐而才弱也。”④ 钟嵘亦将“遒”与“意锐”联系起来，正因为谢朓藻思敏捷，善于在山水兴感之中创制新巧奇秀的文辞，所以能够写得“警遒”，但终因才力苦弱，不能承其发端之“警遒”，导致“末篇多踬”。此处的“遒”亦取超拔、美好之义，与“遒丽之辞”的“遒”有相通之处，因美好而特出，既指辞之流美，又含意之兴会，曹旭将“遒”释为“遒劲”⑤，似不准确。在钟嵘看来，谢朓之诗源出于谢混，谢混之诗“务其清浅”“殊得风流媚趣”⑥。东晋玄言诗风至谢混而大变，并开启了山水诗一脉，谢朓承续其诗风并于山水诗上拓而展之，曾提出“好诗圆美流转如弹丸”⑦，体现一种清新明丽、流美圆融诗美理想，与“遒劲”并无关系。“警遒”突出的是文辞之精警秀拔，在篇章中显得最为亮丽，足以惊动读者。它和“遒丽”一样，是宋齐时期山水娱悦之风大兴，诗歌创作重视兴致意趣和情感抒发，带来“情必极貌以写物，辞必穷力而追新”的结果⑧。而永明声律论的探

---

① ［南朝梁］沈约：《宋书》，北京：中华书局1974年版，第1778页。
② ［南朝梁］萧统编，［唐］李善等注：《六臣注文选》，第946页。
③ 黄侃平点，黄焯编次：《文选平点》，上海：上海古籍出版社1985年版，第289页。
④ ［南朝梁］钟嵘著，曹旭集注：《诗品集注》，第392页。
⑤ ［南朝梁］钟嵘著，曹旭集注：《诗品集注》，第396页。
⑥ ［南朝梁］钟嵘著，曹旭集注：《诗品集注》，第360页。
⑦ ［唐］李延寿：《南史》，北京：中华书局1975年版，第609页。
⑧ 戚良德：《文心雕龙校注通译》，第63页。

索，进一步促进了文辞锤炼走向细密精工，助长了“俪采百字之偶，争价一句之奇”[①] 的风气。沈约评鲍照“文甚遒丽”[②]，评袁淑“辞采遒艳”[③]，正是这种审美潮流的鲜明体现。

在六朝文论中，“遒”是一个不可忽视的重要范畴。其初入文论，即呈现出复杂多样的发展特点，包含超拔、美好、完备、大成、劲健等多种语义。其美学指向经历了从文气、文思、文情到文辞、文意的转变，从整体上反映出六朝缘情主意、尚采重文的价值取向和审美理想，是当时标举骏爽不凡、生气远出的神韵风度的真实写照。“遒”与文气、风骨、辞采等概念形成的理论空间，成为后世文论阐扬和发挥的源头。

三、“遒”的内涵演变与审美转向

通过探索六朝文论中“遒”的美学内涵，可以窥见此一时代的审美理想和审美风尚，这是历史发展中一个静态的横截面；从动态的角度来看，“遒”在不同时代的内涵演变深刻体现了审美趣味的转向与审美精神的发展。

如前所述，在六朝时期，“遒”开始走出先秦两汉的日用语境，从人物品藻大量进入文艺理论，成为一种独特的审美范畴和艺术气质。这是“遒”的美学内涵从无到有的一次生成和发展。它从一个侧面体现了这一时代审美理想的确立与变迁，内敛化、表意化、形式化逐渐取代了两汉以来外向、主善、尚用的审美倾向。然而，在理论上过于强调韵度高妙、风采飘然，在创作中又以安雅圆融、清逸妍美为能，其下者容易产生宛转绵丽的流弊。从魏晋到宋齐、梁陈，阴柔、优美的审美趣味逐渐占据了主流，在文学艺术作品中更加注重神韵风采上的清隽逸雅而不是形质骨力上的坚挺峭劲，以至愈行愈偏，在某些方面走入浮艳绮靡的极端。

到了唐代，人们为纠正六朝文艺淫丽之弊找到了一条出路，追求充沛浓郁、健康质实的感情以及昂扬高亢、雄浑壮大的气魄，“风骨”“骨气”“风力”等表示劲气弥满、刚健雄强的艺术风貌得到高扬。尽管“遒”在美好方面的含义存在大量的沿用现象，如用“遒丽”“遒文丽藻”形容文

① 戚良德:《文心雕龙校注通译》,第63页。

② ［南朝梁］沈约:《宋书》,第1477页。

③ ［南朝梁］沈约:《宋书》,第1835页。

辞之华美，其美学指向在不少情况下依然偏于细润婉丽，但受新的时代精神影响，在具体语境中“遒”的内涵已经悄然发生改变，开始向恢宏超拔之气、充实刚健之力——刘勰开辟的美学风貌回归。这一时期，“遒”的组词量大幅度增加，显示出极强的生成性，获得了更多层次和多元化的审美内涵。以“遒”论文，多有表现情感之畅茂、思理之腾缛以及文风之超迈的倾向，如“文遒吐凤。思缛腾蛟。”“篇章婉丽。理致遒华。郁郁间缛锦之文。飘飘竦凌云之气。”“是何情致畅茂。遒逸如此。”① 初唐王勃有“逸气遒文，运风霜于掌握。”② 这里的“遒”在“逸气”之超尘脱俗之外，更包涵“运风霜于掌握”的壮志豪情，此处可以联想到刘桢之“逸气”与“贞骨凌霜”。王勃多有类似的表述，提倡刚劲壮大之骨气风情，如其在《平台秘略赞·艺文》中寄希望于未来之艺文“气凌云汉，字挟风霜”③，在创作中更有“思飞情逸，风云坐宅于笔端”④ 的追求。唐代之“遒”又发展出刚健警策之美学内涵，对后代文论尤其是宋代文论产生了深远影响。韩愈在《赠崔立之评事》中写道：“朝为百赋犹郁怒，暮作千诗转遒紧。……才豪气猛易语言，往往蛟螭杂蝼蚓。”⑤ 百赋千诗，朝暮便成，韩愈称赞崔立之诗思之敏捷，但其作诗过快，缺乏锤炼，好坏杂陈。这里的“遒”当取其急迫的本义，由急迫而紧密，指崔诗越写越能够紧密、振作、挺拔。“遒紧”来源于“才豪气猛”，才气之聚集、充沛才能够豪迈、刚猛，使得创作结体紧凑、语言精练。《汉语大词典》释为“声调音节急迫短促”⑥ 显得过于质实。“遒紧”固然可能包含声律上的要求，却不必实指音节之短促。韩愈之“遒紧”反映了其苦吟的诗学思想，强调作诗之锤炼精工，其根源于气之完聚，而以刚健警拔为美学旨归。在文论中将“遒”与雄健豪迈之劲力相关联的还有元稹，他在《唐故工部员外郎杜君墓系铭并序》中提出：“建安之后，天下文士遭罹兵战，曹氏父子鞍马间为文，往往横槊赋诗，故其遒壮、抑扬、冤哀、悲离之作，尤极于古。晋世风概稍存。”⑦ 此

① ［清］董诰等编：《全唐文》，北京：中华书局 1983 年版，第 197、1351、4016 页。
② ［唐］王勃著，谌东飚校点：《王勃集》，长沙：岳麓书社 2001 年版，第 79 页。
③ ［唐］王勃著，谌东飚校点：《王勃集》，第 114 页。
④ ［唐］王勃著，谌东飚校点：《王勃集》，第 43 页。
⑤ ［唐］韩愈著，钱仲联集释：《韩昌黎诗系年集释》，上海：上海古籍出版社 1984 年版，第 569 页。
⑥ 罗竹风主编：《汉语大词典》第 10 卷，上海：上海辞书出版社 1992 年版，第 1062 页。
⑦ ［唐］元稹著，周相录校注：《元稹集校注》，上海：上海古籍出版社 2011 年版，第 1360—1361 页。此句诸多版本点校不同。

处之“遒壮”，指向词气之豪迈、风概之雄健。元稹极为推崇杜甫，不仅因为杜诗合于“兴寄”“讽喻”，更在于其能兼备众体，在建安诗风方面能够“气夺曹刘”。此后，到司空图用“遒壮凄艳”评述卢献卿之文章风貌时①，“遒”所蕴含的恢宏壮大之情感气势被更加充分地发掘出来，“遒壮”一词才正式被纳入文论范畴。值得一提的是，与元稹几乎同时的日本僧人遍照金刚在其《文镜秘府论》中提及“陈琳书记遒健”②，似为文论中首次使用“遒健”之例。此后直到晚唐五代，文论中的“遒健”“遒劲”才更为普遍。在书画理论中，唐人对风骨、劲气的强调同样突出，其中“遒劲”“遒健”等表达较文论更为常见。但需要注意的是，此时的“遒媚”“遒丽”“遒润”仍存在与“骨气”“骨力”并举的现象，这些范畴中“遒”的内涵依然沿袭了魏晋以来侧重风神韵度的骏爽飘逸，且偏向于柔婉妍美，如“骨气不足，遒媚有余”③，“骨既存矣，而遒润加之……如其骨力偏多，遒丽盖少……若遒丽居优，骨气特劣……质直者则径侹不遒，刚狠者又倔强无润。”④ 可见，“遒”的语义演变有其自身规律和惯性。在一个历史阶段内，从语言运用的静态、数量的角度看，“遒”的含义呈现出不偏不倚、多元并存的局面，而从动态、质量的角度看，则表现出优美婉丽向刚健壮大转变的趋势，这正体现了“遒”的美学内涵在唐代的过渡性特征。

唐人继承和推广了前人的“风骨”说，创新和发展了“兴象玲珑”“韵外之致”的诗境理论，随着“遒”的美学内涵走向豪迈的气势和强劲的力度，其原有的神韵、风采、意趣方面的光芒逐渐被掩盖，使其未能进入“韵味”“风调”等更为玄妙空灵的范畴，而代表骨力劲健的质实一面逐渐凸显并凝固下来，这在宋代具有鲜明的体现并得到进一步发展。

宋代文论继承了“遒”的劲健之义，并与奔腾豪放、雄直峭厉的诗风直接关联：“郑师易秀才诗奔腾遒壮，殆有石曼卿学士风骨”⑤，“苏子美《新桥对月》诗……时谓此桥非此句雄伟不能称也。子美兄舜元，字才翁，诗亦遒劲，多佳句。”⑥ 同时也沿袭了唐代，以“格力遒壮”评建安诗：

---

① ［唐］司空图:《司空表圣文集》,上海:上海古籍出版社 1994 年版,第 32 页。

② ［日］遍照金刚撰,卢盛江校考:《文镜秘府论汇校汇考》,北京:中华书局 2016 年版,第 1570 页。

③ ［唐］张彦远:《历代名画记》,北京:人民美术出版社 1963 年版,第 173 页。

④ ［唐］孙过庭撰,朱建新笺证:《孙过庭书谱笺证》,北京:中华书局 1963 年版,第 110—113 页。

⑤ ［宋］石介著,陈植锷点校:《徂徕石先生文集》,北京:中华书局 1984 年版,第 49 页。

⑥ ［宋］欧阳修著,李逸安点校:《欧阳修全集》,北京:中华书局 2001 年版,第 1954 页。

"建安诗辩而不华，质而不俚，风调高雅，格力遒壮，其言直致而少对偶，指事情而绮丽，得风雅骚人之气骨，最为近古者也。"[①] 此外，宋人将"遒"与作家气格之雄浑、才情之壮大、学问之精深，作品命意之深刻、句律之严整、炼字之坚实相联系，形成辞意高古、气脉浑厚、笔力劲挺、语言老成的诗风，这是"遒"的美学内涵在宋代的新变之一。如黄庭坚云："若读经史贯穿，使辞气益遒，便为不愧古人矣。"牟巘："善甫虽不区区为如此之诗，而气脉厚，格律遒，自有意度，不见剞劂。"周必大："康节先生心声正大，可以铭盘，心画遒劲，可以贯隼。"[②] 刘克庄："此公读书多，气老笔遒。"[③] 宋人还喜在诗歌中表达对这种老成诗风的赞赏："景山笔力若牛弩，句遒语老能挥毫。"[④] 曹旭认为"遒"与老成之意相近[⑤]，到了宋人论诗强调学问和功力，才得到鲜明体现。这种对功力的讲求源于杜甫之"语不惊人死不休"、韩愈"惟陈言之务去"，受苦吟思想的影响。"遒"在宋代获得的此种新审美内涵，深深打上了江西诗派诗学的烙印，反映了江西诗派的诗美理想。作为在宋代流行最广、影响至深的诗歌流派，其诗论以"格高"为宗旨，讲究运思造境的"新"，琢句炼字的"奇"，追求用意深刻、思致高远、句律精严、练字坚实而不露人工雕琢的痕迹，达到一种自然平淡、清新隽永的艺术境界。这种淡远宁静、含蓄清新的艺术境界折射在"遒"上，便是"清遒"这一审美范畴，此为"遒"的美学内涵在宋代的新变之二。早在六朝时期，"清遒"一词就已经出现，用以形容佛徒道士诵经的音声之清明朗畅。《文心雕龙》中有"意气骏爽，则文风清焉""风力遒也"[⑥]。强调"风"的清新明快与骏爽超迈。唐人书论中有"壮则啒吻而嶱嶫，丽则绮靡而清遒"[⑦]，偏于宛转秀媚。这些用法或多或少对宋之"清遒"产生了一定影响，但其自身具有独特的审美内涵。它在人是一种雅丽端方、温润秀整之气，在文是一种深婉不迫、空灵俊秀之风，颇有一种绚烂之极归平淡、繁华落尽见真醇的意味。"蛮笺落大句，豪润仍

① ［宋］胡仔纂集，廖德明校点：《苕溪渔隐丛话前集》，北京：人民文学出版社1962年版，第4页。

② 曾枣庄、刘琳主编：《全宋文》，第一百四册、三百五十五册、二百三十册，卷二二八三、八二二九、五一二五，第339、288、290页。

③ ［宋］刘克庄著，辛更儒笺校：《刘克庄集笺校》，北京：中华书局2011年版，第6939页。

④ ［宋］欧阳修著，李逸安点校：《欧阳修全集》，第740页。

⑤ ［南朝梁］钟嵘著，曹旭集注：《诗品集注》，第329页。

⑥ 戚良德：《文心雕龙校注通译》，第338—339页。

⑦ ［宋］朱长文纂辑，何立民点校：《墨池编》，杭州：浙江人民出版社2019年版，第68页。

清遒。”[1]“文章微婉气清遒，议论精通学赡优。”[2]“君姿秀整气清遒，露华凝晓月澄秋。”[3]“竹磵黄云夫胸次洒落，句律清遒。”“所为文早岁富赡，晚造清遒。”[4]“属辞劲健，有笔力……诗语尤工新，字画亦清遒可爱。”[5]可见，“清遒”的“遒”依然是对意新语工的追求，只是与“清”组合以后多了一份淡雅和空灵，让基于形质骨干上的“遒”向旷远的虚空延伸了一层。从以上两个新变来看，“遒”从它最为质实的一面展现了宋诗重气格、主理趣的审美理想：重气格，是人格与文格的统一，是作家通过读书穷理道技两进，将刚正雄浑之气格与超卓腾跃的个性灌注于作品，而出之以奇崛挺拔的骨力与锻炼精确的健劲；主理趣，是奇峭与平淡的统一，是通过立格命意、锤字炼句追求意新语工，将思理细密、情意深邃与自然脱俗、淡泊清远的审美趣味融为一体，表现出一种成熟的老境之美。由此亦可以一窥宋代审美文化之特色。相较于诗论，宋代书论和画论领域中“遒”的发展轨迹相对单一，沿着唐五代的演变趋势，“遒”在神韵风采上的内涵进一步剥落，其劲健之义得到了普遍运用并占据优势地位，并在不同艺术门类的相互渗透融合下，也出现了高古、奇峭、工巧、老成等意蕴。

“遒”这一审美范畴在宋代彻底完成了由气韵、神采、风度向形质、骨格、力度的转型，到南宋，“遒劲”一语凝成了一种独特的句法风格，魏庆之在《诗人玉屑》中用“鹗翥秋碧”加以喻示并举句说明，和“鹏翼摩天”的雄健之风颇为相似。[6]可以说，“遒”的艺术品格在宋代尤其是南宋以后逐渐凝固为一种基于形质而不是神韵上的骨格劲挺、笔力雄健、结字精警，具有高峻豪宕、奇崛峭拔、苍劲雄直的审美特征。这是由魏晋南北朝到唐、宋的审美风尚与理想的转变引起的，以“遒”之一字的内涵演变作一次管窥，可见一斑。

元代在“遒”的美学内涵上基本继承宋的衣钵而未有新的拓展。到了明清，“遒”与气、风骨、气骨、神气、风力、骨力、气格、格力等范畴结

---

① ［宋］李彭：《日涉园集》民国豫章丛书本，卷一，第 29 页。

② ［宋］苏颂著，王同策、管成学、严中其等点校：《苏魏公文集》，北京：中华书局 1988 年版，第 187 页。

③ 傅璇琮等主编：《全宋诗》，第 53 册，北京：北京大学出版社 1998 年版，第 33414 页。

④ 曾枣庄、刘琳主编：《全宋文》，第三百册、三百一十一册，卷六八三七、七一二五，第 11、315 页。

⑤ ［清］陶元藻编，俞志慧点校：《全浙诗话》，北京：中华书局 2013 年版，第 417 页。

⑥ ［宋］魏庆之著，王仲闻点校：《诗人玉屑》，北京：中华书局 2007 年版，第 138 页。

合，在不同的文学流派中被广泛运用，并深入到构思、谋篇、声调、格律、遣词、练字等各个层次的讨论。以“遒”为中心产生了庞大的词群，“遒”的多样内涵得以充分发挥，呈现出魏晋至唐宋以来集大成的风貌，反映了古典审美文化总结期的特征。

综上所述，在魏晋南北朝时期，“遒”由一般用语进入文艺批评领域，从曹丕的“文气说”经刘勰、沈约和钟嵘的运用与阐释，其美学内涵从含混模糊逐渐深入具体，无论是文气、文思、文情还是文辞、文意，它们都共同指向魏晋南北朝缘情写意、重神尚韵的审美理想。“遒”在唐代开始回归“风骨”，走向雄浑壮大的气势和浓郁充沛的情思，与骏发踔厉、明朗刚健的时代风貌相呼应。至宋代，“遒”的美学内涵正式转为骨力劲健，并落实到琢句炼字的形质方面，将作家的才学功力与作品的锤炼精工结合，折射出宋代重气格、主理趣的审美文化特色。由此，“遒”完成了从风神向骨力的过渡，代表笔力劲健的沉雄顿挫成为主流，以至带来“深劲乏韵”的倾向，与自然之神韵相对，其末流则一味讲求狂介怒张、狠重峭硬，这也是人们看到“遒”，每每将其与强劲之力联系起来的原因。以“遒”的审美内涵演变为线索，可以窥入时代审美风尚之变迁，从汉魏、六朝以迄唐、宋，中国的审美精神经历了尚实用、主情韵、重理趣的过程。“遒”在主于情的六朝产生，得到唐的雄浑壮大、宋的奇崛深邃，才成为中国古典美学中一个以骨力雄健为主而气格超然的独特范畴。

（作者单位：山东大学儒学高等研究院）

论刘勰《梁建安王造剡山石城寺石像碑》的文学价值

缪俊杰

摘　要： 杨衒之的《洛阳伽蓝记》和刘勰的《梁建安王造剡山石城寺石像碑》是魏晋南北朝时期佛教文学双璧。但一般文学史著作或论文，除《文心雕龙》之外，谈到魏晋南北朝的佛教文学时，只提到杨衒之的《洛阳伽蓝记》，很少人去论述刘勰的《石像碑》。这是一个天大的遗憾，真正的“遗珠”之憾。作为一篇具有文学价值的作品，刘勰的《石像碑》有下面几个特点：一是记录历史，真实可信；二是艺术描写，文采飞扬；三是气韵生动，启人心智。

关键词： 刘勰；《梁建安王造剡山石城寺石像碑》；文学价值

一、遗落的文学之珠

杨衒之的《洛阳伽蓝记》和刘勰的《石像碑》是魏晋南北朝时期佛教文学双璧。

研究刘勰的学者，除研究《文心雕龙》之外，还提到《灭惑论》和《梁建安王造剡山石城寺石像碑》（以下简称《石像碑》[①]）两篇文章流传于世。

但一般文学史著作或论文，除《文心雕龙》之外，谈到魏晋南北朝的佛教文学时，只提到杨衒之的《洛阳伽蓝记》，很少人去论述刘勰的《石像碑》。这是一个天大的遗憾，真正的“遗珠”之憾。

我写这篇文章，是想引起文学史家们的注意，把这颗“遗珠”拾起来，

---

① 该文刊于《会稽掇英总集》第十六卷，今人杨明照先生的《文心雕龙校注拾遗》曾附录此文。

让刘勰的这颗“文学之珠”在中国文学史上放出光彩。

二、从《洛阳伽蓝记》说起

应该说，北魏时期出现的《洛阳伽蓝记》是一部重要散文作品，具有很高的文学价值，千百年来流传不衰，对我国游记文学的发展产生过很大影响。

《洛阳伽蓝记》的作者杨衒之是北魏时人，是拓跋氏当政的公元四世纪到五世纪期间的重臣和文学家，他的生卒年月无考。从各种散见的文献中可以得知，他是河北满城人，在北魏时期做过奉朝请、期城太守、抚军府司马和秘书监等官职。

杨衒之生活的北魏时代，上层统治阶级笃信佛教。建都平城时，开凿了著名的云冈石窟；迁都洛阳后，在伊阙开凿了龙门石窟。当时在洛阳城内和城外郊区大建佛寺。有人统计，洛阳周围佛寺多达五百座（也有说一千三百多座）。所建佛塔更多。一时王公贵族、豪门富家甚至将自己的私宅捐献给寺院，使“洛阳寺庙甲天下”。杨衒之对这一盛况牢记在心中。

时势推移，洛阳大变。特别是经过永熙之乱，洛阳一败涂地，寺院俱毁，豪宅无存。

杨衒之是个具有文学才华的北魏官员，他于东魏武定五年（公元547年）因公役路过洛阳，看到洛阳破败的景象，感慨不已。他用回忆录的形式，写下了洛阳当年的寺庙盛况，记述当年王宫豪宅以及寺庙园林的盛衰兴废，为我国的历史，也为我国文学留下了一笔宝贵记录。于是《洛阳伽蓝记》成了文学史上的名篇佳作。

“伽蓝”是梵语“僧伽蓝摩”之简称，意为“众比丘之园”，即今天所谓“僧寺”。

《洛阳伽蓝记》主要记叙当年洛阳的著名的历史和建筑，兼及当时的宫殿、官府、宅第、园林、塔像、桥梁的历史变迁。当时没有照相技术，也不见文字档案，完全是作家的回忆。

回忆可以很真实，也可能有一些出入，但由于作家记忆力强，也许他早就准备写这文章而留下有详尽笔记，资料极为翔实。此文记录详细，加上作者文笔秀美，使得这部书具有可靠的史料价值，又有很高的文学价值，更为难得。这是一篇优美的长篇游记散文。

《洛阳伽蓝记》共分为五卷：城内、城东、城南、城西、城北五个部分。记录当时的一些宫殿建筑和园林塔像，兼及一些历史人物、风土人情、珍闻掌故等。我们可以看到，他的有些描写具有浓厚的文学色彩。可举些例子来说明。

例子之一，对洛阳永宁寺浮图的描写，记录很全，又具有文学色彩。书中写道：

> 大小如一石瓮子，浮图九级，角角皆悬金铎，合上下有一百二十铎。浮图有四面，面有三户六窗，户皆朱漆。扉上有五行金钉，共十二门二十四扇，合有五千四百枚；复有金环铺首。弹土木之，穷造形之巧；佛事精妙，不可思议；绣柱金铺，骇人心目。①

我猜测，作为一个作家，他早有准备，早年参观佛寺时，有详细笔记。否则，对浮图内之金钉金铎有着如此详细的记录不可思议，除非他的超人智慧和记忆力。

例子之二，此书对于豪门奢侈腐化生活，官场气派描绘也很具体。如对高阳王元雍的奢靡生活写得很细腻：

> 雍为丞相，给舆、羽葆、鼓吹、虚贲、班剑百人，贵极人臣，富兼山海；居止第宅，匹于帝宫；白堡丹楹，窈窕连亘；飞檐反宇，轇轕周道……②

对于王元雍的荒淫生活，也有详细描写：

> 僮仆六千，妓女五百，隋珠照日，罗衣从风……歌妓舞女，击筑吹笙，丝管迭奏，连霄尽日……一日必以数千钱为限，海陆珍馐，方丈于前。③

这一类描写，是文学笔法，虚虚实实。有如杜甫诗中所言“朱门酒肉

① ［魏］杨衡之撰，周祖谟校释：《洛阳伽蓝记校释》，北京：中华书局1963年版，第20—21页。
② ［魏］杨衡之撰，周祖谟校释：《洛阳伽蓝记校释》，第137页。
③ ［魏］杨衡之撰，周祖谟校释：《洛阳伽蓝记校释》，第137—138页。

臭，路有冻死骨”，是在真实基础上的艺术概括。

例子之三，关于当时当地的市井场景、风土人情也有翔实描写。如：

市西有退酤，治觞二里。里内之人多酝酒为业。河东人刘白墮善酿酒。夏季六月，时暑赫羲，以罂贮酒，曝于日中，经一旬，其酒不动，饮之香美而醉，经月不醒。京师朝贵多出郡登藩，远相饷馈，逾于千里，以其远至，号曰“鹤觞”，亦名“骑驴酒”。永熙年中，南青州刺史鸿宾赍酒之藩，逢路贼，盗饮之即醉，皆被擒获，因复命“擒奸酒”。游侠语曰：“不畏张弓拔刀，唯畏白堕春醪。”①

真是酒香不怕巷子深，这样写酒也很动人。

好了，对《洛阳伽蓝记》，我们不再多介绍，因为本文所论只是刘勰的《石像碑》，对杨衒之名作之略予介绍，只是为了证明，杨、刘之文章，在文学上的价值地位，伯仲之间耳。

三、石城寺石像的建造是一个时代的建筑杰作

现在我们回过头来讲剡山石城寺石像的建造。

剡山在哪里？剡山位于浙江嵊州市区西北处，为嵊州西北隅城隍山南支。据史料记载，秦置剡县，故山称剡山，水名剡溪。一千多年前，剡山有过一座当年称“举世无双”的石像。刘勰的《石像碑》是一个正规的记载。

剡山石像造于何时？似乎无需考证。《石像碑》刘勰写道：“以大梁天监十有二年，岁次鹑尾，二月十二日，开凿爰始，到十有五年，龙集君滩，三月十五日，妆画云毕。”② 此石像于天监十二年开凿，十有五年完成。前后四年功毕。这是文中确切记载的，无需争论。

为什么这个“剡山石城寺石像”要由僧祐领军建造，为什么又要由刘勰为石像写碑文呢？这里就有原因了。

梁武帝萧衍亲自下诏要定林寺的僧祐去监管剡山石城寺的石像，是因为这座石像建造了几次都没建成，而且闹了几次“鬼”。据《高僧传·僧

① ［魏］杨衒之撰，周祖谟校释：《洛阳伽蓝记校释》，第159—160页。

② 杨明照：《文心雕龙校注拾遗》，上海：上海古籍出版社1982年版，第808页。

护传》记载："齐建武中，招结道俗，初就雕剪，疏凿移年，仅成面朴。顷之，护遘疾而亡。……天监六年，有始丰令、吴郡陆咸罢邑旋国，夜宿剡溪。值风雨晦冥，咸危惧假寐，忽见三道人来告云：君识信监正，自然安稳，有建安殿下感患未瘳，若能治剡县僧护所造石像得成就者，必护平豫，……咸即驰启建安王，王即以上闻。敕僧祐律师专任像事。……像以天监十二年春就功，至十五年春竟。坐躯当五丈，立形十丈。"① 这个传所记与刘勰原文虽有出入，但基本相同。

皇帝梁武帝奉佛，执悟佛理，听到石像造成即可使建安王病除，于是当即物色人员，下诏造像。

梁武帝萧衍下诏定林寺的僧祐管这件事，这与僧祐的才华以及僧祐与梁武帝的友谊有直接原因。僧祐不是一般的和尚，也不是一般的寺庙总管，而是一个大学问家，也是个艺术家，而且还是一个建筑学的天才。

建康上定林寺是西域高僧昙摩密多所建。此僧是外国人，他不满意下定林寺建筑太偈促，因此提议选址重建。此时僧祐已经是下定林寺的掌门人之一。此项工作落在僧祐身上也是必然的。当时萧衍出入定林寺，对此当有所了解。建安王要建剡溪石城寺石像，于是想用僧祐。因为他帮助西域高僧建了上定林寺。当时曾有记载，僧祐搞建筑确实是个天才。他不需要详细丈量土地和建材的尺寸，只要经他过目，已是八九不离十了。梁武帝对僧祐的学问甚为敬重，对他也照顾有加。比如一般大臣去拜见皇帝都要在宫门前下轿步行到皇帝的宫殿。因为僧祐晚年"脚有疾"，走路不太方便，梁武帝特许他坐轿子进宫，直到皇帝宫殿门口，直往进殿接受皇帝接见，由此可见一斑。

于是梁武帝亲自下诏，要僧祐兼管剡山造石像的事。僧祐接旨后全力以赴，果然，如期胜利完工，符合皇帝的要求。

石像造成了，还需要找个名人写碑文。找谁呢？僧祐立即想到了刘勰。刘勰已经当了三年"太末令"，回到首都建康担任仁威康王萧绩的"记室"。仁威南康王萧绩当时是个只有七岁的小王子，书还没读好呢？有什么公务可办呀？刘勰当时实际上空闲得不得了。刘勰虽然当了"记室"，已不住在定林寺了，但同他的恩师僧祐还有联系。僧祐想到刘勰。因为刘勰当时很有名气，除了《文心雕龙》得到沈约等大文人肯定之外，他的碑铭写

① ［梁］慧皎撰，汤用彤校注：《高僧传》卷一三《僧护传》，北京：中华书局1992年版，第484页。

得也很好。“勰为文长于佛理，京师寺塔及名僧碑志，必请勰制文。”①（《梁书·刘勰传》）因此，为石城寺像写碑文的任务，就非刘勰莫属了。

于是，刘勰接受了他的恩师僧祐之请，为石城寺石像写了碑文，这就是著名的《梁建安王造剡山石城寺石像碑》。

四、刘勰《石像碑》的文学价值

“碑”是一种特殊的文体。古代有“诔”和“碑”的文体。刘勰说：“碑者，埤也；上古帝王，纪号封禅，树石埤岳，故曰碑也。”② 他还说到，碑这种文体“其叙事也该而要，其缀采也雅而泽；清词转而不穷，巧义出而卓立；察其为才，自然而至矣。”③（《文心雕龙·诔碑》）

我们现在具体谈谈刘勰《石像碑》的文学价值。

我们说，刘勰的《石像碑》不仅深谙佛理，是佛界名文，而且文学色彩浓郁，是有很高文学价值的散文作品。因为本文着重论《石像碑》的文学价值，因而对它在佛理方面的贡献和价值不多赘论。

作为一篇具有文学价值的作品，我认为刘勰的《石像碑》有下面几个特点：一是记录历史，真实可信；二是艺术描写，文采飞扬；三是气韵生动，启人心智。我认为刘勰的《石像碑》在这三方面都很出色。

第一，记录历史，真实可信。

一部文学作品，特别是纪实文学作品，首先必须为人们提供真实可靠的史料，让读者从中得到真实的历史认识。今日的读者读到刘勰的这篇文章，可以知道一千多年前的这座石像的风貌和建设过程。

其一，刘勰的《石像碑》记录了剡溪石城寺多次修建过程：

第一次是有个“昙光比丘”和尚，游历剡溪时，看到这里是“六通之圣地，八辈之奥宇”，是个风水宝地，遂结伽蓝，凿山造寺，名为“隐岳”。

第二次是“兰公创寺”。这位号曰“元化”的兰公，看到剡溪密通石城，是“桃源之绝地”。又认为此地是佛地，“不可种植”。他横行霸道，不准当地居民在此种树伐木。

---

① ［唐］姚思廉：《梁书》卷五十，北京：中华书局1973年版，第712页。

② 范文澜：《文心雕龙注》，北京：人民文学出版社1958年版，第214页。

③ 范文澜：《文心雕龙注》，第214页。

第三次是建造“兰公禅室”。此公在这里建立名为“禅室”，实际上是娱乐场所，这里“常闻弦管，韵动霄汉，统五结之声妙，凝九奏之清响。由是此山，号为天乐”①。其实这个“天乐山”，已不是什么寺庙，有点像今日之“私人会所”之类娱乐场所了。

第四次是齐永明四年，是南朝齐武帝萧赜当权的年代，有个“僧护比丘”，来到剡溪，看到这里风景很好，“南骈两峰，北叠峻岳，东竦圆岑，西引斜岭，四嶂相衔，郁如鹫岳，曲阔微转，涣亘龙池”②。便在这里大兴土木，愿造弥勒，修理得非常壮观。

第五次是有个“僧淑比丘”。这位僧人进行修整加工。但这个僧淑命运不济，“千里废其积跬，百仞亏其覆篑”，修建工程半途而废，以失败告终。

第六次是刘勰所处的梁代了。“暨我大梁受历，道铸域中，秉玉衡而齐七政，协金轮而教十善；地平天成……”③ 加上了不少佛教色彩。但这次修建，也经历了三灾八难。刘勰谈到这次修建剡溪石城寺石像时，插进了几个故事。似魔似幻，神神道道。比如：镇南将军江州刺史建安王受命修建剡溪石城寺，寺未修成，疾病缠身。后来有个始丰县令吴郡陆咸路过此地，夜宿剡溪，遇上灾难，但惊而无险，化险为夷。此后，有道人点化，悟出真情。于是报告建安王，然后呈报皇上，才有了请僧祐修建石城寺石像这个壮举了。

刘勰在《石像碑》中，详尽地记录了建寺和造像的经过，留下多次造像经过的详细记录。是一笔可贵的文化遗产。人们对石像碑的认知与刘勰的《石像碑》有很大关系。就“纪实”这一点来说，也是很值得我们重视的。

其二，刘勰记录了石像修造时间。这里指的是建安王所建的“石像”。文章记录得详细：“以大梁天监十有二年，岁次鹑尾，二月十二日，开凿爰始，到十又五年，龙集君滩，三月十五日，妆画云毕。”（据年代换算，大梁十五年，即公元 517 年）石像的建造始于何年何月，建成于何年何月，记录详尽，一目了然。

其三，刘勰记录了石像的规模形貌。其文曰：“像身坐高五丈，若立

---

① 杨照明：《文心雕龙校注拾遗》，第 805 页。

② 杨明照：《文心雕龙校注拾遗》，第 805—806 页。

③ 杨明照：《文心雕龙校注拾遗》，第 806 页。

形，足至顶十丈，圆光四丈，座轮一丈五尺，从地随龛，光焰通高十丈。”① 作者还把这座石像与当时一百年间所造石像比较说道：“一百余年摩竭提国始制石像，阿育轮王善容罗汉，检其所造，各止六丈。鸿姿巨相，兴我皇时，自非君王愿力之至，如来道应之深，岂能成不世之宝，建无等之业哉!”② 作者把这座石像与阿育王所造罗汉相比，这剡山石像也是“成不世之宝，建无等之业”。其规模是史无前例的。

笔者在此附加一笔：四川乐山大佛为我国今存之最大石佛，据《嘉州凌云寺大佛像》记载，“大佛为唐开元元年（公元713年）名僧海通创建，后剑南西川节度使韦皋于贞元十九年（公元803年）完成，前后工程进行了约90年，大佛头与山齐，脚踏大江，通高71米，头高14.7米，头宽10米，肩宽24米，眼长3.3米，耳长7米。耳中间可并立二人，头顶可置一圆桌……”③ 赤脚可围坐百余人，可谓“山是一尊佛，佛是一座山”，是目前世界上最大石佛。若“剡山石像”与“乐山大佛”相比规模，剡山石像早于乐山大佛几百年，高与乐山大佛相比，也是不相上下的。

第二，状物赋形，美轮美奂

刘勰不愧为著名文学家。他不仅理论高深，文学描写也很高超，这篇《石像碑》，是一篇极其优美的散文，其状物赋形，真是美轮美奂，把这石像碑的周边景色写得神采飞扬，让人感受到自然之美和人们对美的创造。

我们看看刘勰对剡山石城寺环境之描写：

> 观夫石城初立，灵证发于草创，弥勒建像，圣验显乎镌刻；原始要终，莫非祯瑞。剡山峻绝，竞爽嵩华，涧崖烛银，岫献蕴玉。故六通之圣地，八辈之奥宇。始有昙光比丘，雅修远离，与晋世于兰，仝时并学；兰以慧解驰声，光以禅味消影。历游岩壑，晚届剡山，遇见石室，班荆宴坐，始有雕虎造前，次有丹蟒依足，各受三皈，兹即引去。后见山祇盛饰，造带于谈，光说以苦谛，神奉以崖窟，遂结伽蓝，是名隐岳。后兰公创寺，号曰元化。兹密通石城，而拱木扃阻，伯鸾所未窥，子平所不值，似石桥之天断，犹桃源之绝地。④

---

① 杨明照:《文心雕龙校注拾遗》,第808页。

② 杨明照:《文心雕龙校注拾遗》,第808页。

③ 李学文编:《中国袖珍百科全书社会科学卷》,北京:长城出版社2001年版,第917页。

④ 杨明照:《文心雕龙校注拾遗》,第805页。

这一段对石城之描写，称石城山为“桃源之绝地”，文字虽带有一定“禅”味，但对于石城之环境幽美独绝的描写露于笔端，跃然纸上。人们曾谓晋代著名书法家王羲之对于“兰亭”之描写，为写兰亭美景之绝唱。刘勰文笔又如何？窃以为不亚于书圣王羲之也。

我们再看看刘勰对于石像的雕刻情状的描写，文章也写得细腻有致，自然成趣。其文曰：“既如谋猷四八之相，斟酌八十之好，虽罗汉之三观兜率，梵摩之再觇法身，无以加也。寻岩壁缜密，表里一体，同影岫之缥章，均帝石之骢色，内无寸隙，外靡纤瑕。雕刻石掌，忽然横绝，改断下分，始合折中。方知自断之异，神匠所裁也。及身相克成，莹拭已定，当胸万字，信宿隆起，色以飞舟，圆如植璧，感通之妙，孰可思议？天工人巧，幽显符合。”[①] 这里既写出了设计师们的巧妙设计，也写出了工匠们“巧夺天工”的高超技艺，我们今天提倡“工匠精神”，此乃古之工匠之模范也。

刘勰对于这座《石像碑》的艺术效果，也写得美轮美奂，景色呼之欲出，令观者严肃动容。刘勰写道：“故光启宝仪，发挥胜相，磨砻之术既极，绘文之艺方骋；弃俗图于史皇，追法画于婆塞。青雘与丹砂竞彩，白鋈共紫锐争耀；从容满月之色，赫奕聚曰之辉。至于顶礼仰虔，罄折肃回望，如须弥之临大海，梵宫之寺上天。”[②] 描写真实细腻，文字极为优美，此等文字，既生动形象，又对壁画艺术进行细致的分析，若不是懂美术又善文辞的高人是写不出来的。内行人一看此等文字作者，非刘勰莫属。

石城寺还有精彩的艺术雕塑，刘勰对此也有精彩的描写。刚才说了其中有鹄，有马，有虎，有牛，作者都有精彩描绘。刘勰写道：“梵王四鹄，徘徊不去；帝释千马，踯躅而忘归矣。初隐岳末开，野绝人迳，及光公训虎，时方雨雪，导迹污涂，始通西路，又东岩盘郁，千里联嶂，有石牛届止，至自始丰，因其蹄涔，遂启东道，寻石中通崄，不资蜀丁之力，又虎标径，无侍汉守之威。岂四天驱道，为像拓境者欤？”[③]

设计者和工匠们把这些雕塑置于历史环境之中，让这些动物形象具有飞扬之具像，又有深厚历史感。刘勰把这些壁画写得惟妙惟肖，让人真有

---

① 杨明照：《文心雕龙校注拾遗》，第 807 页。
② 杨明照：《文心雕龙校注拾遗》，第 807—808 页。
③ 杨明照：《文心雕龙校注拾遗》，第 808 页。

亲临其境之感。非书写者是文字高手，哪来这等审美效果！

第三，气韵生动，神采飞扬。

作为一篇优秀的文学作品，刘勰在此种文体中也表达出生动的气韵。中国的散文，同画画一样强调气韵生动。碑文一般是歌功颂德之应景文章。刘勰写碑文也不例外，但他写文章很注意艺术构思，也就是所谓神思。刘勰提倡为文之道在于“神思”。他在《文心雕龙》中，专门写了《神思》篇，谈到文章的神妙构思在于一个“神”字上。他说：“故思理为妙，神与物游。神居胸臆，而志气统其关键；物沿耳目，而辞令管其枢机。……夫神思方运，万涂竞萌，规矩虚位，刻镂无形。登山则情满于山，观海则意溢于海，我才之多少，将与风云而并驱矣。”①

刘勰写这篇《石像碑》也是贯彻他自己的写作原则，用“神思”的方法，构思其文章。这篇《石像碑》因为是碑文，不得不有一些“阿谀”之辞。写远追虚，碑诔以立。铭德纂行，光彩气集。因为这篇《石像碑》不是为某人立碑，所以较少阿谀之词。文中虽有“暨我大梁受历，道铸域中……兹化穆以风动，慧教涣于景烛”之类的话，也是虚以委婉，没有什么实质性的阿谀之词。因为作者的本意是为石像立碑，以传之久远，所以在构思上着重写石碑环境之美与自身的气韵。比如，文章写道：“说法视笑，似不违于咫尺；动地放光，若将发于俄顷。可使曼拖逆风而献芬，旃檀随云而散馥。梵王四鹄，徘徊而不去；帝释千马，踯躅而忘归矣。”这里都包含着作家一些主观理解，表现出一种艺术的气韵。又如：“复哉往像，邈矣来际，求名受别，无垢立誓，凝神寂天，降胎忍世。”② 这里虽然包含着佛理，但刘勰也是把一种灵动气韵表现在佛理文辞之中，也很有神韵。

由于立意如此，所以文章着重于描写“石像碑”之气韵。

五、《石像碑》表现刘勰思想的局限性

当然，这篇《石像碑》不完全是文学作品，还有一些佛理的成分。如文章的结尾部分，从“鸿之巨相，兴我皇时，自王君王愿力之至，如来道应之深，岂能成不进之宝，建无等之业哉”至文章结尾：“愿若有质，虚空

① 范文澜：《文心雕龙注》，第493—494页。

② 杨明照：《文心雕龙校注拾遗》，第808页。

弗胜，刹尘斯仰，邈劫永承!”这段几百个字，有这么多关于佛的说教，并非纯文学描写，这也是不应回避的。

这是时代的局限，历史的局限，也是刘勰本人的局限。此文写于萧梁十五年。皇帝萧衍佞佛，当官的人写文章要与圣上“保持一致”，岂能不谈佛？刘勰当时是仁威南康王萧绩的“记室”。正如《红楼梦》里所言：“喝人家的茶，就是人家的人。”刘勰在宫廷里“开饭”（岂止是喝茶!）他不与皇室保持一致行吗？还要考虑另一种情况，刘勰在定林寺住了十几年，“深通佛理”，当时“满朝文武皆信佛”的历史大背景下，刘勰仕途无望，生活无着，也开始动摇，想走“佛”这条道了，最后他把皈依佛教作为归宿，削发为僧，就是动摇的结果。他的人生道路与写《洛阳伽蓝记》的杨衒之是不一样的。

尽管有这局限性，却不应抹杀刘勰这篇《石像碑》在文学上的地位。不知诸位学者和文学史家们以为如何，欢迎指评指正。

（作者单位：人民日报社）

刘勰文学发展观述论

——兼答韩湖初先生对“商周文学顶峰论”的否定

魏伯河

摘　要：刘勰在《通变》《时序》等篇集中阐述了他的文学发展观念。由于宗经思想的制约，刘勰的文学发展观存在一定局限。他认为出现五经的商周文学达到了“雅丽”的标准，居于后人不可企及的高度，成为文学发展的顶峰。在《文心雕龙》的写作中，他处处依经立义，影响到对一些作家作品的正确评价。但他宗经主张的提出，有其只能如此、不得不如此的理由，因为儒家思想是他当时能找到的最有力的思想武器。而且按照“轴心时代”的观点，以孔子为代表的先秦儒家思想达到了当时人类精神文明的最高程度。韩湖初先生轻言“商周文学顶峰论”为“臆造”，是难以成立的。

关键词：文心雕龙；文学发展观；商周文学顶峰论；轴心时代

作为一部全面“论文”的专著，《文心雕龙》对古往今来直至刘宋时期“文”的发展有过多方面深入的论述。这些论述，既体现了刘勰（约465—约532）对“文”的发展规律的把握，又可发现他评判各个时代和作家作品的依据。他这方面的思想，用今天的流行语表述就是他的文学发展观。他的文学发展观虽然内涵和外延与今人颇有异同，不宜不加区别地混用，但毕竟是其有关“文”的思想的重要组成部分，也是考察其文学观念的重要内容，应予高度重视。本文试对这一问题作简单阐述。

一、“文学”概念的古今差异

在今日之中国谈论古人的文学发展观，有一些概念是必须首先厘清的。因为今日之“文学”，包括诗歌、散文、小说、戏剧等门类作品的创作与研究，而在人文社科学术研究领域里，又把创作排除在外，变得更加狭窄。而古人之所谓“文学”，所对应的社会领域要比今日宽泛得多。在《论语》中，孔子（前551—前479）列举门下得意门生“四门十哲”有云：“文学：子游、子夏。”① 所谓“四门”，指的是孔门四科，即文、行、忠、信四个方面的学问。而所谓“十哲”，是指分别具有这四个方面学问的十位优秀学生。按孔子的评价，子游（前506—?）、子夏（前507—前420）是“文学”方面最出色的。但如果今人以为子游、子夏擅长于今之所谓文学创作或研究，是当时最杰出的文学家，却属望文生义。因为那时所谓“文学”，指的是文献知识，包括了当今文学、历史、哲学、政治制度等诸多方面的文献知识。子游、子夏在文学方面受到好评，只是说他们在文献知识方面比其他同学掌握得更多更好而已。随着时代的发展，传统社会“文学”的概念不断发生着一些变化，但直到清末以前，所谓“文学”也没有和哲学、历史等划清疆域，与当今之文学仍相去甚远。因此，在刘勰写作《文心雕龙》的时候，“文学”的概念自然不会和当今之所谓“文学”相等。刘勰所论的是“文”，这个“文”里面包括了今日之“文学”，但还包括当今之所谓“文学”之外的许多东西，这是只要看一下从《明诗》到《书记》20篇“论文叙笔”的内容就可以清楚的。章太炎先生（1869—1936）早年在日本讲演《文心雕龙》时评论说：“《文心雕龙》于凡有字者，皆谓之文，故经、传、子、史、诗、赋、歌、谣，以至谐、讔，皆称谓文，唯分其工拙而已。此彦和之见高出于他人者也。”② 钱锺书先生（1910—1998）认为：中国传统文化中“‘文学’所指甚广，乃今语之‘文教’。”③ 戚良德先生也认为：“自古以来，我们的‘文学’指的主要就是关于‘文’的学问。”④“在《文心雕龙》和中国古代文论中，‘文学’一词与现代文艺学的‘文学’完全不同，而‘文章’才大约相当于我们今天所谓‘文学作品’。”⑤ 魏晋南北朝时期，尽管如鲁迅先生（1881—1936）所说，已经进

① 杨伯峻：《论语译注》，北京：中华书局1980年版，第110页。

② 《章太炎讲演〈文心雕龙〉记录稿》，周兴陆编：《民国〈文心雕龙〉研究论文汇编》，上海：东方出版中心2021年版，第80—81页。

③ 钱锺书：《管锥编》第三册，北京：生活·读书·新知三联书店2007年版，第1870页。

④ 戚良德：《〈文心雕龙〉与中国文论》，北京：中国书籍出版社2017年版，第20页。

⑤ 戚良德：《〈文心雕龙〉与中国文论》，第1页。

入了“文学的自觉时代”[①]，但其所谓“自觉”，只是与其前面的历史阶段相比较而言，并不意味着那时人们对“文学”的认识与现代一致。正如美国阐释学家赫希所说：作者的本意为意义，读者的理解为会解，意义是固定不变的，而会解则常常是别有所解，意义“可以有多种不同的有效解释，但是它们全都必须在作者的意思所允许的‘种种典型的期待与可能性这一系统’之内活动”[②]。我们当然可以对古人的成说作各种现代性解释，但在评判古人成说的本来价值的时候，还是不应该违背古人的本意。

与之相应，包括刘勰在内的古人之所谓“文学发展观”，和现代人的“文学发展观”也不会一致。我们试读一下刘勰的《时序》《通变》等篇，就会发现，他之所谓“文学发展”，与我们今天文学史上的“文学发展”概念所指颇有出入。例如：

> 春秋以后，角战英雄，六经泥蟠，百家飙骇。方是时也，韩魏力政，燕赵任权；“五蠹”“六虱”，严于秦令；唯齐、楚两国，颇有文学。齐开庄衢之第，楚广兰台之宫，孟轲宾馆，荀卿宰邑，故稷下扇其清风，兰陵郁其茂俗，邹子以谈天飞誉，驺奭以雕龙驰响，屈平联藻于日月，宋玉交彩于风云。观其艳说，则笼罩《雅》《颂》，故知炜烨之奇意，出乎纵横之诡俗也。[③]

在我们今天看来，在“颇有文学”的齐、楚两国，只有“屈平联藻于日月，宋玉交彩于风云”是和当今之所谓“文学”直接有关的。而“孟轲宾馆，荀卿宰邑，故稷下扇其清风，兰陵郁其茂俗，邹子以谈天飞誉，驺奭以雕龙驰响”云云，只是当时百家争鸣的文化现象。在今日看来，并不属于严格的“文学”的范畴。不属于“文学”的范畴，何以要纳入论“文学发展”的篇章加以论述？如果以此责问刘勰，他是肯定不会接受的。因为他之所谓“文”或“文学”，本来就是包括这些在内的。质言之，他之所谓“文学发展”，事实上指的是学术文化的发展变化。今天的研究者如果

---

① 鲁迅:《魏晋风度及文章与药及酒之关系》,《鲁迅全集》第 3 卷,北京:人民文学出版社 2005 年版,第 523 页。

② ［英］特雷·伊格尔顿:《二十世纪西方文学理论》,伍晓明译,北京:北京大学出版社 2007 年版,第 65 页。

③ ［梁］刘勰著,戚良德辑校:《文心雕龙》,上海:上海古籍出版社 2015 年版,第 251 页。

用当今之“文学”以及“文学发展”的概念去对号入座，往往不得其门而入。

厘清了古今“文学”概念的异同之后，就会发现，只有立足于传统的“文学”概念，才可以比较准确地认识刘勰的文学发展观。今人切忌把古今“文学”视为一物，混同使用。

二、刘勰的文学发展观

古人之所谓“文学”既与当今之“文学”有异，其“文学发展”也必然与当今之“文学发展”有所不同。其主要之点，就是古代之“文学发展”是指整个的文化学术的发展变化，其中包括文学，也与其他的学术文化、政治制度密不可分。刘勰对文学发展当然有自己的基本看法，作为一部系统“论文”的专著《文心雕龙》也必然包含了关于文学发展的论述。那么，刘勰的文学发展观是怎样的呢？

（一）刘勰的文学发展观受制于经学思维

刘勰认为：“文律运周，日新其业。变则其久，通则不乏。”[①] 就是说，他认识到“文”是不断发展变化的。但这种变化是如何发生的、为什么会持续发生呢？

在《通变》篇，刘勰这样描述文学的发展变化：

> 是以九代咏歌，志合文则：黄歌《断竹》，质之至也；唐歌《在昔》，则广于黄世；虞歌《卿云》，则文于唐时；夏歌《雕墙》，缛于虞代；商周篇什，丽于夏年。至于序志述时，其揆一也。暨楚之骚文，矩式周人；汉之赋颂，影写楚世；魏之策制，顾慕汉风；晋之辞章，瞻望魏采。榷而论之，则黄唐淳而质，虞夏质而辨，商周丽而雅，楚汉侈而艳，魏晋浅而绮，宋初讹而新：从质及讹，弥近弥澹。何则？竞今疏古，风昧气衰也。今才颖之士，刻意学文，多略汉篇，师范宋集；虽古今备阅，然近附而远疏矣。夫青生于蓝，绛生于茜，虽逾本色，不能复化。桓君山云：“予见新进丽文，美而无采；及见刘、扬言辞，常辄有得。”此其验也。故练青濯绛，必归蓝茜；矫讹翻浅，还宗

① ［梁］刘勰著，戚良德辑校：《文心雕龙》，第186页。

经诰。斯斟酌乎质文之间，而隐括乎雅俗之际，可与言通变矣。①

在这一论述中，刘勰抓住“文”与“质”的变化这一要点，对历代“文学”的发展变化做了最简要而明确的总结。在《时序》篇里，他也说“时运交移，质文代变”②。可知他对文学的把握十分重视“文”与“质”这一要素。他认为：“榷而论之，则黄唐淳而质，虞夏质而辨，商周丽而雅，楚汉侈而艳，魏晋浅而绮，宋初讹而新：从质及讹，弥近弥澹。”就是说，商周之前的文学，主要特点是过于质朴，而文采不够，但却是一步步向着雅丽的方向发展的；商周之后的文学，文胜于质，由楚汉的侈艳到魏晋的浅绮再到宋初的讹新，呈现出“弥近弥澹”的总体趋势。原因何在呢？就在于后世文人“竞今疏古，风昧气衰”，“近附而远疏”。刘勰认为，只有商周时期的文学，才符合“雅丽”的标准。而雅丽，恰恰是刘勰所认定的最佳的文学形态。因此，当今文士要写出好的文章，必须“矫讹翻浅，还宗经诰。斯斟酌乎质文之间，而隐括乎雅俗之际”。笔者在《正本清源说〈宗经〉——兼评周振甫先生的有关论述》一文中，分析认为：“对偏于质朴的黄唐虞夏之文，刘勰并不怎样崇拜，但他把它们看做到达商周丽雅之文的必经阶段；对楚汉至宋初的由‘侈艳’发展到‘讹新’的文学，刘勰也都程度不同地表示了不满，尤其对于近代文学的弊端更是深恶痛绝，这并且成了他写作《文心雕龙》的主要动机之一。他认为最理想的是以经书为代表的商周之文，这是中国文学发展的顶峰。在此之前，文学走的是上坡路，在此之后，则逐步走的是下坡路了。如果参照《时序》篇比较详细的论述，可以进一步看到，刘勰尽管承认商周之后文学发展中又出现过几个高峰，如战国文学、西汉文学、东汉中期文学、建安文学、西晋文学等，但却认为无论任何时代在总的成就上都未能超越商周。”③ 需要说明的是，笔者的《正本清源说〈宗经〉》一文初稿写成于 1985 年，后来因研究中辍，30 多年后才公开刊发于《中国文论》。也就是说，认为刘勰文学发展观中存在着“商周文学顶峰论”，是我 30 多年前研读《文心雕龙》得到的印象。2016 年本文发表之前，对原文做了系统修订，但对这一点则仍之未

---

① ［梁］刘勰著，戚良德辑校：《文心雕龙》，第 185 页。

② ［梁］刘勰著，戚良德辑校：《文心雕龙》，第 251 页。

③ 魏伯河：《正本清源说宗经——兼评周振甫先生的有关论述》，《中国文论》第三辑，上海：上海古籍出版社 2016 年版，第 59—70 页。

改，说明这一观点30多年间从未发生变化。因为无可否认，刘勰最崇尚的是雅丽之文，而这种雅丽之文他又认为仅在商周时期（偏义复词，偏重在周）出现，所以，用现代语称他的文学发展观中存在“商周文学顶峰论”，并不存在任何问题。

经过近几年的研究，我对这一问题的认识又有所深化。在后来所写《二元对立思维模式的困境——对〈文心雕龙·辨骚〉“博徒”“四异”争议的反思》①《刘勰的经学思维》和《论刘勰崇实黜虚的学术价值取向——从纪昀的一条评语说起》② 等文中，我对刘勰何以宗经崇儒的原因做了较为深入的探讨。其主要之点，是揭示出了中国传统社会“以经为纲”的历史真相，经学思维方式对中国历代文人学者影响之深远，“经过了两千多年的历史积淀，历来的中国文人士大夫乃至匹夫匹妇，鲜有不直接间接受经学思维方式影响者。无论遇到什么事情，人们总是习惯于到以往的经典中去寻找一个根据或说法，就连那些有一定创新意识和能力的思想家们，也总是借助重释以往的经典来阐述自己的思想。”③ 刘勰对孔子及其学说十分推崇，他之“论文”，就是在征圣、宗经思想的指导下进行的。他认为，“征之周孔，则文有师矣”。在他的心目中，五经是“文”最高的典范，“鉴周日月，妙极机神；文成规矩，思合符契。或简言以达旨，或博文以该情，或明理以立体，或隐义以藏用”④。“经也者，恒久之至道，不刊之鸿教也。故象天地，效鬼神，参物序，制人纪，洞性灵之奥区，极文章之骨髓者也。”“义既埏乎性情，辞亦匠于文理，故能开学养正，昭明有融。然而道心惟微，圣谟卓绝，墙宇重峻，而吐纳自深。譬万钧之洪钟，无铮铮之细响矣。”⑤ 因之五经被他视为“文”的标杆。通观《文心雕龙》全书，刘勰对五经称颂至无以复加，而绝无片言只语的不满。他对历代作家作品有不少赞语，但总体评价却没有哪一家超过五经。而五经是“自夫子删述，而大宝咸耀”的，能够产生这种经典文献的商周时代，在我们的古人心目中，自然是“文”的顶峰时代。

---

① 魏伯河:《二元对立思维模式的困境——对〈文心雕龙·辨骚〉“博徒”“四异”争议的反思》,《社会科学动态》2020年第3期。

② 魏伯河:《论刘勰崇实黜虚的学术价值取向——从纪昀的一条评语说起》,《社会科学动态》2021年第5期。

③ 魏伯河:《论刘勰的经学思维》,《社会科学动态》2020年第8期。

④ ［梁］刘勰著,戚良德辑校:《文心雕龙》,第9页。

⑤ ［梁］刘勰著,戚良德辑校:《文心雕龙》,第13页。

明确了这一点，就会知道，拿商周时代产生的五经与后来历代文学对比，就古代的文化传统来说，也是颇有问题的。因为在刘勰的定位中，经典不仅是“恒久之至道，不刊之鸿教”，而且是各类文章的源头所在。而后世各种文学作品，只不过是其川流而已。在宗经文学观之下，经典成了评判标准，后世文学只是其评判对象。如果无视刘勰宗经的客观实际，完全脱离儒学视野，单纯拿后世作品与儒家经典去做文学性的比较，在今人固无不可，而古人却会认为比拟非类。齐梁时期之图书分类，尽管尚未形成经史子集的严格“四部”，但雏形已具，并且自西汉以来，经学之特殊地位早已形成并得到公认。它不仅高于其他类别的任何著作，而且是整个社会学术文化的总纲，对整个社会学术文化具有统领的地位。自汉武帝采纳董仲舒（前179—前104）建议“罢黜百家，独尊儒术”以后，两千多年的中国传统社会里儒家经典一直被统治者尊奉为治国理政、教化人心的不二法宝，形成了“以经为纲”的治国传统。与之相应，中国传统社会的人们形成了一种牢固的经学思维。而刘勰的思维方式，就带有经学思维的明显特征。他的论“文”，以“征圣”“宗经”为“枢纽”，在“论文叙笔”中将各类文章都追溯到儒家经典，其“割情析采”也处处以儒家经典为标尺。他的学术价值取向，其实是崇实黜虚，亦即崇儒黜玄。今人或以为刘勰尊经崇儒限制了他的文学天才，否则的话《文心雕龙》会写得更好，殊不知儒家经典恰恰是他当时进行学术研究所能掌握的最得力的理论武器。没有尊经崇儒，便不会有《文心雕龙》，即便有之也将与我们所见大为不同。对此笔者已有专文讨论，不再展开。事实上，两千多年来，儒家思想以传统社会为物质承担者，而传统社会以儒家思想为精神承担者，二者就是这样一种互相依存、难解难分的关系。其他各家学说呢？只能屈居于“子书”的地位，从来没有与儒家经典比肩，更不要说取代儒家经典的地位。魏晋以后思想比较活跃，佛学、玄学好像大行其道，但统治者从未放下过儒家理念。直到清末，中国经历了数千年未有之巨大变化，儒经的尊崇地位已经与它相依为命的社会制度一起崩溃，成为历史陈迹。今人身处天翻地覆后的当今时代，对传统社会的“经学为纲”缺乏深切体会，仅认经学为“四部”之一，而且在现代学科或图书分类中又没有与其相对应的类别，经学古籍仅被作为进行各种现代研究的资料，由此导致对经学地位的认知很不到位，经常自觉或不自觉地将其与史、子、集等各类著作平等对待，由此得出的结论往往与古人颇不一致，是难以避免的。

必须明确，我国古人心目中的文献分类与现代大为不同。“经部”在所有文献中，不是一个单纯的文体概念，而是少数经典著作的专属地位。这少数经典，按文体划分，《周易》本是占卜之书，但因蕴含丰富而深远的哲理，属于哲学，《诗经》属于文学，《尚书》属于历史文献汇编，《礼记》是解释《仪礼》的文章选集，属于政治学或社会学，《春秋》及三传属于历史学。这几部经典（后逐步扩大至十三经）与历代研究、阐释经典的大量著作，合称经部，因之，它与史部、子部、集部之按文体划分，执行的并非统一标准。如果按同一标准，《诗经》作为一部最早的诗歌总集，自然是应该列入集部的。今人将其与楚辞、汉赋、乐府等视为同列，就是因为脑子中本无经学概念，只用现代文体分类的。王国维（1877—1927）《宋元戏曲考》称：“凡一代有一代之文学：楚之骚、汉之赋、六代之骈语、唐之诗、宋之词、元之曲，皆所谓一代之文学，而后世莫能继焉者也。”① 各种文学样式在历史上曾各领风骚，争奇斗艳，这是近代以来才出现的新观念，自有其道理在，作为现当代进行中国传统文学研究，这样认识当然没有什么问题，但如果认为古人包括刘勰也与我们持同样认识，则大谬不然。

（二）刘勰文学发展观的得失

刘勰《通变》篇开首云：

> 夫设文之体有常，变文之数无方，何以明其然耶？凡诗赋书记，名理相因，此有常之体也；文辞气力，通变则久，此无方之数也。名理有常，体必资于故实；通变无方，数必酌于新声；故能骋无穷之路，饮不竭之源。然绠短者衔渴，足疲者辍途，非文理之数尽，乃通变之术疏耳。故论文之方，譬诸草木，根干丽土而同性，臭味晞阳而异品矣。②

这是刘勰对文学发展变化的基本认识。在他看来，文学当然是不断发展变化的，而且这种发展变化并非无规律可循。要之，其中有变有不变。“名理相因”的“有常之体”是不可变的，而“通变无方”的“文辞气力”却是随时可变的。因此，作文之道有二：一曰“体必资于故实”，二

① 王国维：《宋元戏曲史 · 序》，北京：东方出版社 1996 年版，第 1 页。

② ［梁］刘勰著，戚良德辑校：《文心雕龙》，第 185 页。

曰“数必酌于新声”。这样才能“骋无穷之路，饮不竭之源”。接着从“文”“质”变化的角度，刘勰对历代文学作了概括的评述。指出文学发展所以出现“弥近弥澹”的不良倾向，原因在于“竞今疏古”，背离了根本。而救治之法，就是“矫讹翻浅，还宗经诰”。所以他把征圣、宗经作为“文之枢纽”，即“论文”的大纲。总的来看，刘勰的文学发展观既强调继承传统，又重视“酌于新声”。因为他认识到：“文律运周，日新其业。变则可久，通则不乏。”因此作者应该“趋时必果，乘机无怯。望今制奇，参古定法。”在具体写作时，应从“文统”之“大体”着眼，“先博览以精阅，总纲纪而摄契；然后拓衢路，置关键，长辔远驭，从容按节，凭情以会通，负气以适变，采如宛虹之奋鬐，光若长离之振翼”，这样才能写出“颖脱之文”。①

不仅如此，他又很重视时代变化对文学的影响，为此而专门撰写了《时序》篇，梳理、评点了自古迄今不同时代的文学“时运交移，质文代变”的历史，发现“歌谣文理，与世推移，风动于上，而波震于下”，证明“文变染乎世情，兴废系乎时序”。时代风气，尤其是最高统治者帝王的好恶，对文学的发展变化起着至关重要的作用。这是符合实际的，也是前无古人的。此前历代学者言论中涉及这一问题者虽然并不鲜见，但像刘勰这样做全面梳理者尚未有其人。其对历代文学的评论，成为后代重要的参考资料。把《时序》与《通变》的有关论述结合起来，刘勰文学发展观的要义便血肉丰满地呈现在读者面前了。

当然，在我们今天看来，刘勰的文学发展观局限也是明显的。

这种局限主要是来自宗经思维。由于认定了经典为文章之源，并将其作为最高评价标准，导致了其处处依经立义，影响到了对历代文学和作家作品的评价。例如，他尽管对楚辞颇为推崇，但用经典的标准加以衡量，却发现其有“四异”，于是将其定义为“雅颂之博徒，辞赋之英杰”，使其与经典拉开了距离②；在对历代文学的批评中，总是把“楚艳汉侈”作为口实。他肯定楚辞“衣被词人，非一代也”，但却要求后代文人对楚辞只能“悬辔以驭”，不能像对雅颂一样“凭轼以倚”。此外，如钱锺书先生所指

---

① ［梁］刘勰著，戚良德辑校：《文心雕龙》，第186页。

② 部分论者以为刘勰评价《楚辞》超过了《诗经》，只是被《辨骚》等篇的华丽辞藻耀花了双眼，没有注意到刘勰那些赞词只是就其“文”亦即气、辞、采、艳方面而言，并非总体评价。

出的，他对《庄子》《史记》的评价也远不到位①。他对文学发展中的形式变化尽管做了认真的探讨，其中有不少精到的评论，但却做出了“从质及讹，弥近弥澹”的总体评价。认定中国文学自商周以后一直走下坡路，显然是不客观的。中国古代文学的发展，波澜起伏，峰回路转，但总体而言是与时代同步的。五经的确对中国传统文化有巨大贡献，为两千多年的思想学术乃至社会形态奠定了根基，使中国传统社会形成了一种超级稳定、长期赓续的模式，但后来文化的发展变化突破、超越五经者亦所在多有。作为今人，五经和历代的文化学术都是珍贵的历史文化遗产，自然不应受刘勰说法的束缚。

但刘勰之征圣、宗经又不是可以简单否定的。大抵古人所做选择，每有其只能如此或不得不如此之理由。刘勰选择征圣、宗经，一方面固然出于他对儒家圣人和经典发自内心的崇拜，另一方面，他要扭转文坛颓风，正末归本，在当时并没有比儒家经典更有力的理论武器。身处南北对峙的时代，他熟悉佛家经典，但深知其不能治国；他对道家也颇有研究，但知道其并非救世良方。风靡一时的玄学呢？在刘勰看来，恰恰是导致世事浑浊、每况愈下的祸根。真要治国平天下，并使文风归正，只能依靠儒家经典。

对我国古代“以经为纲”的认识，还可以借助于更广阔的视野，会有不同的收获。德国哲学家卡尔·雅斯贝斯（1883—1969）在1949年出版的《历史的起源与目标》一书中首先提出了“轴心时代”的概念，他说：

> 世界历史的轴心位于公元前500年左右，它存在于公元前800年到公元前200年间发生的精神进程之中。那里有最深刻的历史转折。我们今天所了解的人从那时产生。这段时间简称为轴心时代。
>
> 这个时代挤满了不寻常的事件。在中国生活着孔子和老子，产生了中国哲学的所有流派，包括墨子、庄子、列子和其他数不清的哲学家。在印度产生了《奥义书》，生活着释迦牟尼，就像在中国一样，哲学的所有可能性不断发展，形成了怀疑主义、唯物主义、诡辩派、虚无主义。在伊朗，琐罗亚斯德传播着一幅具有挑战性的世界图景，它描绘了善与恶的斗争。在巴勒斯坦，以利亚、以赛亚、耶利米、第二

---

① 钱锺书:《管锥编》第三册,北京:读书·生活·新知三联书店2007年版,第1815页。

以赛亚等先知纷纷出现。在希腊，有荷马，有哲学家巴门尼德、赫拉克利特、柏拉图，许多悲剧作家以及修昔底德、阿基米德。这些名字所代表的一切，都在这短短几个世纪中几乎是同时地在中国、印度和西方形成，且他们并不知道彼此的存在。①

“轴心时代”无疑是一个观察和研究历史的全新视角。雅斯贝斯发现，那时的先哲们提出的思想原则塑造了不同的文化传统，也一直影响着人类的生活。而且更重要的是，虽然中国、印度、中东和希腊之间有千山万水的阻隔，但它们在轴心时代的文化却有很多相通的地方。它们是对原始文化的超越和突破。而超越和突破的不同类型决定了今天西方、印度、中国、伊斯兰不同的文化形态。轴心时代概念的提出，在世界上引起巨大反响。英国学者、宗教学家凯伦·阿姆斯特朗（1944— ）的《轴心时代：人类伟大思想传统的开端》② 一书对此进行了深入的、具有拓展意义的研究。这应该意味着人类文明的发展有其不谋而合的共同性。

我国在春秋战国时期出现了以孔子、老子为代表的一批卓越的思想家，对此前的学术文化进行了总结与反思，开始用理智的方法、道德的方式来面对这个世界，提出了治理社会和国家的种种设想，对后世产生了深远的影响。每当人类社会面临危机或新的飞跃的时候，人们总是回过头去，看看那时的先哲们是怎么说的。历史地看，在他们之前，人们对社会人生尽管已经有或模糊或精到的认识与见解，但却没有形成清晰的、系统的理论认识；在他们之后，人们尽管也有许多有价值的探索和实践，但却大抵不出其窠臼。我们现在已经进入社会主义阶段，还要大力弘扬传统文化，尤其是先秦时期的文化。这是为什么呢？

尝试言之，人类社会发展到那个阶段，通过农业、畜牧业、手工业和基本的商业活动，已经解决了最低程度的温饱问题，并出现了安富尊荣的上流社会和有文化的士人阶层，于是迎来了精神领域的空前集中爆发。一批精英人物充分发挥其智能，深入思考和研究精神层面的许多问题。他们的思考和研究是开创性的，没有各种禁区，所以能各立其说，自成一家。

---

① ［德］卡尔·雅斯贝斯：《历史的起源与目标》，李夏菲译，桂林：漓江出版社 2019 年版，第 9—10 页。

② ［英］凯伦·阿姆斯特朗：《轴心时代·人类伟大思想传统的开端》，孙艳燕、白彦兵译，上海：上海三联书店 2019 年版。

通过向社会尤其统治者的进言、宣讲，和招收弟子传授，他们的学说得以广为人知并流传后世，成为中国精神文明的源头。后来的两千多年间，他们或被尊崇，或遭批判，但却打而不倒、推而不翻，一直顽强地延续着，并不断得到一定的发展，成为民族宝贵的精神文化遗产。历史上的中国人也常思考这样的问题：在当时条件下，这些先哲何以能对社会人生进行如此深入的思考和研究，何以能得出那么多具有普遍意义的结论？人们百思不得其解，只能归之于"天"。而"轴心时代"概念的提出，不能不使人眼前为之一亮。以此来回顾、扫描中国传统社会"以经为纲"的历史和人们"经学思维"的普遍现象，也可以有一个相对合理的解释。在这种视角下，刘勰的文学发展观之所以受宗经思维的严重制约，乃至以五经产生的商周时代为文学发展的顶峰，便不是完全不可思议，而是有其内在的依据了。

三、答韩湖初先生的"臆造"说

韩湖初先生在《中国文论》第八期发表了《〈文心雕龙〉"文道自然"说的理论意义——兼评魏伯河先生对龙学界肯定该说的错误批评》[①] 一文，对笔者的《走出"自然之道"的误区——读〈文心雕龙·原道〉札记》[②] 进行批评。但该文不合逻辑处甚多，笔者已撰写《再谈"走出自然之道的误区"——兼答韩湖初先生的驳议》（刊于《中国文论》第九期）作出回复，此处不再费辞。韩先生该文断言"所谓'商周文学顶峰'论是无视文本而随意臆造的"[③]。在随后所写《何以严责龙学界而自己却无视文本随主观意愿解读？——评魏伯河先生的"双标"》一文（载《文心学林》2021年第1期）中，韩先生不仅大量重复了前文关于"自然之道"的观点和文字，且再次重提关于"商周文学顶峰论"的问题，仍坚持"魏先生所说刘勰的'商周文学顶峰论'乃是主观臆造之论"；"魏先生为了证明自己视'宗经'为《文心雕龙》的'核心思想'或'中心思想'，对文本断章取

① 韩湖初：《〈文心雕龙〉"文道自然"说的理论意义——兼评魏伯河先生对龙学界肯定该说的错误批评》，《中国文论》第八辑，济南：山东人民出版社 2020 年版，第 49—64 页。

② 魏伯河：《走出"自然之道"的误区——读〈文心雕龙·原道〉札记》，《中国文论》第四辑，上海：上海古籍出版社 2018 年版，第 64—78 页。

③ 韩湖初：《〈文心雕龙〉"文道自然"说的理论意义——兼评魏伯河先生对龙学界肯定该说的错误批评》，《中国文论》第八辑，第 64 页。

义，臆造所谓刘勰的‘商周文学顶峰’论。”“细读文本，便知所谓‘商周文学顶峰论’是对文本断章取义随主观意愿臆造的”云云。这引发我撰写此文，对刘勰文学发展观作了进一步的梳理。

《文心雕龙》中当然没有直接出现“商周文学顶峰论”的字眼，但在刘勰的文学发展观中，他把以五经为代表的商周文学抬举到何种地位，是无须争议的问题。他崇尚和力倡的文学标准是“雅丽”，而“雅丽”之称，他仅冠之于“圣文”（《征圣》：“圣文之雅丽，固衔华而佩实者也”）及其所处的商周时代（《通变》：“商周丽而雅”）。就此而论，从史的角度，用现代语言称他文学发展观中存在着“商周文学顶峰论”，并不存在什么问题。至于是否“臆造”，读者不难判定。这在原文中并没有费解之处，不知韩先生何以不能看懂，竟然判定笔者为“臆造”？

在笔者看来，韩先生对“商周文学顶峰论”所以断然不能接受，坚决予以否定，根源在于他固守现代从西方引入的文学观，将《文心雕龙》仅视为一部文学理论著作，在对《离骚》等楚辞作品的认识上与刘勰本义存在较大距离。在韩先生笔下，《楚辞》是高于五经的，是尽善尽美的，而刘勰对《楚辞》是完全肯定、极力赞誉的。他说：“该篇（按指《辩骚》）首先盛赞屈骚继《诗经》之后‘奇文郁起’，后文还列举十个作品一一高度赞扬，最后总结为‘故能气往轹古，辞来切今，惊采绝艳，难以并能矣。’”“在《时序篇》盛赞屈骚‘屈平联藻于日月’，以日月为喻无疑是最高的赞誉。”因此，他无法接受刘勰在《辨骚》中拿楚辞与五经对比所得出的“四异”，对刘勰认定的《楚辞》为“雅颂之博徒，辞赋之英杰”评价的本义也碍难认可。几十年来，他致力于论证《辨骚》中的“四异”与“博徒”是刘勰对《离骚》等楚辞作品的褒词，给龙学界造成了很大混乱。这是后人把己意强认作刘勰本意，以今释古，然后屈古人以就我的典型例证。笔者已在《二元对立思维模式的困境——对〈文心雕龙·辨骚〉“博徒”“四异”争议的反思》一文中做过认真的探讨，指出其原因出于：（一）对楚辞作品认识上的古今差异，（二）对刘勰关于经典与辞赋的定位存在误读，尤其是（三）非此即彼、二元对立思维模式的制约。就韩先生所列举的刘勰《辨骚》等文中称《离骚》为“奇文郁起”种种而论，其实如果不是带有严重的先入之见，就可知道，尽管刘勰对《离骚》及《楚辞》作品评价甚高，但与对以《诗经》为代表的五经的评价相比，仍是颇有分寸的。他认为：“以《离骚》为代表的楚辞作品虽然在主要方面继承了《诗经》的传统，取得了很大的成就，但也为后世开了浮艳的先例，以致'楚艳汉侈，流弊不还'（《宗经》），'效骚命篇者，必归艳逸之华'（《定势》）。所以，他称《离骚》为'奇文'，固然是很高的评价，但认为它和儒家经典并不在一个层次上；屈原虽然被他誉为'词赋之英杰'[①]，但其作品与出自圣人删述的雅颂相比，毕竟还有不足，只不过是'博徒'。"[②]牟世金先生（1928—1989）曾剀切指出："企图论证其（按指四异）并非贬辞是徒劳的，也不可能对这四异有的是褒，有的是贬。刘勰绝不会公开地、直接地和自己的'宗经'主张唱反调。"[③] 韩先生对牟先生是颇为尊重的，但对牟先生的批评却置若罔闻。至于《时序》篇所说"观其艳说，则笼罩《雅》《颂》"，并非专就屈、宋而言，而是包含了孟轲、荀况、邹衍、驺奭等众多学者在内的；并且刘勰明确强调所谓"笼罩《雅》《颂》"者，仅指其"艳说"而已，并不代表他认为《楚辞》总体上超越了《诗经》。该段的结论是："故知炜烨之奇意，出乎纵横之诡俗也。"赞誉之中不无保留。韩先生对"仅看部分文本的字面意义而得出符合自己主观意愿的结论"极为反感，为何阅读这些内容时却只看"部分文本的字面意义"而把个人的认识强加于刘勰，误读为刘勰"盛赞'屈平联藻于日月'和屈骚'笼罩《雅》《颂》'，明明说屈骚远远超越《诗经》"[④]?！对人对己如此"双标"，又怎能令人接受？

（作者单位：山东外事职业大学）

---

① 在《诠赋》篇里，刘勰还把这顶桂冠加给了荀况、宋玉、枚乘、司马相如、贾谊、王褒、班固、张衡、扬雄、王延寿，称"凡此十家，并辞赋之英杰也"。说明他并非单独将此作为对屈原的最高评价。

② 魏伯河：《二元对立思维模式的困境——对〈文心雕龙·辨骚〉"博徒""四异"争议的反思》，《社会科学动态》2020 年第 3 期。

③ 牟世金：《文心雕龙研究》，北京：人民文学出版社 1995 年版，第 201 页。

④ 韩湖初：《〈文心雕龙〉"文道自然"说的理论意义——兼评魏伯河先生对龙学界肯定该说的错误批评》，《中国文论》第八辑，第 49—64 页。

王利器与杨明照“龙学”研究异同论

——从徐复观的“褒杨贬王”倾向谈起①

黄诚祯

摘　要：徐复观对于王利器的《文心雕龙校证》存在着较为明显的误解。徐氏不唯对王利器批评严厉，且于行文之中透露出一种鲜明的“褒杨贬王”倾向，径言“王著远不及杨明照的校注，实际是在可有可无之列”。徐氏对王氏的严苛批评，既源自观念上的偏执，亦与其新儒家治学重在心性探究的立场有关，更为关键的原因则在于徐氏未从师承渊源的层面观照王利器与杨明照的学术研究。实际上，一方面，因为早年师出同门且同治一书，所以王利器与杨明照的“龙学”研究具有一定的共性，另一方面，除了个人的性情禀赋、知识积累外，由于后期师承渊源不同，治学旨趣各异，王利器与杨明照的《文心雕龙》校勘，无论是在具体的学术观点上，还是在整体的撰述风貌上，都存在着鲜明的差异。不过，二书尽管存在差异，《文心雕龙校证》却并不因《文心雕龙校注拾遗》的存在而挫其锐，《文心雕龙校注拾遗》亦不因《文心雕龙校证》的优长而销其光，二书合而观之，恰能收到迭相辉映、优势互补的效果。

关键词：徐复观；王利器；杨明照；学术渊源；学术异同

王利器与杨明照勠力“雕龙”，于“文心”文字校勘方面成绩卓著。《文心雕龙研究史》谓王利器的《文心雕龙新书》“达到了考订精深的境界，为研读《文心雕龙》者提供了极大的便利”；称杨明照的《文心雕龙

① 基金项目：中国博士后科学基金第69批面上资助项目“学术谱系视域下的‘龙学’重镇研究”（2021M691044）。

校注》“代表了当时（1950—1978年——引者注）对《文心雕龙》文本研究的最高水平，而且对海外，特别是台湾的《文心雕龙》研究产生了很大的影响”[①]。王、杨两位后来的《文心雕龙校证》与《文心雕龙校注拾遗》，即是在前书的基础上发展而来。不过，优秀的作品，素来是褒者有之，而贬者亦不乏。对于王、杨二书的批评也是存在的。这些批评的声音主要来自台湾学界的张立斋与徐复观两位先生。

张立斋的《文心雕龙考异》，文字校勘按语共有一千三百三十四条，而指责王、杨的条数达二百四十七条，占文字校勘总条数的百分之十九。张氏谓王、杨二书有四大缺陷，一是“于校雠则每失，于论断则频误”，二是“不识草书之过”，三是“不辨古之通字”，四是“不求甚解”[②]。而徐复观对王利器《校证》的批评则尤为严厉，他说：

> 我看到王利器氏的著作，有《盐铁论校注》，和今年（一九八一）一月出版的《风俗通义校注》，都相当精博，为读此两书的人提供了很大的便利。此外还有《颜氏家训校注》，朋友告诉我，比周法高教授写得好，可惜我不曾买到。我以同样期待的心情，买了他去年八月出版的《文心雕龙校证》，却使我相当失望。第一，他只把前人已校出的间或补充一点材料，没有新校出什么，而且有校而无注，全书之所以有三百七十页，乃是把前人所校的集录在一起，对阅读《文心雕龙》的人而言，王著远不及杨明照的校注，实际是在可有可无之列。[③]

徐氏对《校证》的批评，除了“有校无注”“疏而不证”以外，还有如下几点值得注意：

（1）王氏认为刘勰属于士族，是“没落的地主阶级的知识分子”，“向上爬的思想，随时都在暴露出来”。徐复观认为“王氏站在阶级理论的立场，对刘彦和（勰）作了人格的污蔑”。

（2）王氏认为刘彦和虽然提到了民间文学，但他的著作，是用当时士大夫通行的文学所写的，不能为民间的俗人和童少所了解。对此，徐氏不

---

① 张少康等：《文心雕龙研究史》，北京：北京大学出版社2001年版，第191—192、190页。

② 张立斋：《文心雕龙考异》，台北：正中书局1974年版，第1—2页。

③ 徐复观：《读王利器〈文心雕龙校证〉》，徐复观：《论文学》，北京：九州出版社2014年版，第205页。

以为然。

（3）“王先生引《通变》篇‘自兹厥后，循环相因’的四句话而说彦和‘是一个循环论者’，‘陶醉在这种永恒观念之中’，这表明王氏完全不通义理。”

（4）王氏所说“当时文、笔之分，是为了‘想提高有韵的文，而压抑无韵的笔’……无非教人重文轻笔罢了”。徐氏认为“王氏引书常常断句取义，抹杀有关连的上下文，是非常奇怪的”。

（5）“王氏不懂佛经，他偏要附会佛经”。

（6）范文澜认为《物色》篇当移在《附会》篇之下，“王氏却认为‘范氏献疑是’，真可谓‘夫人不言，言必有错’了”[①]。

张立斋与徐复观对王、杨二书的指责，看似言之凿凿，其实多有不实之词和偏颇之处。牟世金曾说，张立斋并未完全了解王、杨二书的撰述体例，所评所论有“夸张声势”的成分，所谓“谨细忽大，不见舆薪”，是不切合实际的[②]。对于徐复观的指责，虽有学者略予辩证，但属蜻蜓点水，未餍人心，尤其是对徐氏“褒杨贬王”的主观倾向及其背后涉及的学术流变问题，更未能予以充分揭示。职是之故，有必要结合王利器与杨明照的学术渊源及治学取向，匡正谬见，澄清误会。

一、徐复观批评王利器的原因

首先要说明的是，这里暂不对上述正反两方面的意见，作出非此即彼的简单评判，而是希望以一二问题为抓手，从学术流变的维度，考察徐复观何以会批评王利器。因为，此处不仅涉及王利器学术的优长之处及其缺陷所在，而且涉及近现代学术史上不同治学群体的学术宗旨。

徐复观在《读王利器〈文心雕龙校证〉》一文中说：

> 然则王氏何以会写出这样的文章？我推测，可能夹杂有两种原因。第一种原因，王氏是走乾嘉学派治学方法。乾嘉学派的老路，只能饾饤地了解文字的表面，不能由贯通以进入文字所含的思想，所以一直

---

① 徐复观：《读王利器〈文心雕龙校证〉》，徐复观：《论文学》，第205、209、215、217—218、219、221页。

② 牟世金：《台湾文心雕龙研究鸟瞰》，济南：山东大学出版社1985年版，第11—12页。

到胡适学派，均不能涉及思想问题，一涉及，便肤浅混乱，不知所云。而我十年以来，了解治文学思想较治哲学思想更为困难。所以研究《文心雕龙》的人虽多，但能把握它的内容的至今尚少概见。第二个原因，王氏在一九七七年写此《叙录》时，“文革”的创伤未复，“文革”的遗毒太深，王氏无法发挥他的思考能力。所以我批评了他，同时也很同情他。[①]

徐氏猜度的第二个原因，陈国球于《香港〈文心雕龙〉研究概况》一文中早有辨正：“徐氏的根据是1980年上海古籍出版社刊行的《文心雕龙校证》；但这个版本的《序录》和1951年版的《文心雕龙新书·序录》无大分别，因此徐文所猜度的‘文革’影响只是捕风捉影之谈。”[②] 确乎如此，海峡两岸的学术，本为同根同源，由于1949年后的政治对立，两岸学界遂出现一定的隔膜，乃至萌生了一定程度的意气之争。徐氏的猜度，正是两岸消息沟通不畅而滋生的学术隔膜的典型表现。那么，徐氏提及的第一种原因，是否也是因海峡阻隔而生的“捕风捉影之谈”呢？这里需略加说明。徐复观说：“王氏更引黄侃先生《文心雕龙札记》的一段话，而认定‘这个（黄先生的）解说是很正确的’。”他所引黄先生的话是：

彦和之言通变，犹补偏救弊云尔。文有可变者，有不可变革者。可变革者，遣辞捶字，宅句安章，随手之变，人各不同。不可变革者，规矩法律是也。虽历千载，而粲然如新。[③]

王利器是傅斯年的学生，而徐复观是黄侃在武汉任教时的弟子。承继乾嘉之学的黄侃十分看重徐复观，不仅将油印的《文心雕龙札记》赠送给他，还给他讲解《文心雕龙》及文字学方面的知识。徐氏与《文心雕龙》正式结缘当始于此。后来，徐氏遇到了新儒家的开山人物熊十力，改变了他一生用力的方向，也包括他对《文心雕龙札记》的态度（他对《札记》的看法集中在《中国文学论集》里）。也就是说，学术理念的不同，引发

① 徐复观:《读王利器〈文心雕龙校证〉》,徐复观:《论文学》,第221页。
② 杨明照主编:《文心雕龙学综览》,上海:上海书店出版社1995年版,第40页。
③ 徐复观:《读王利器〈文心雕龙校证〉》,徐复观:《论文学》,第214页。

了徐氏对其师黄侃的严厉批评。他在《读王利器〈文心雕龙校证〉》中说：“以黄季刚（侃）先生的高才博学，他的《文心雕龙札记》，从《原道》篇便错起。以郭绍虞用力之勤，参摭之富，著作之宏，但涉及理论问题时，便少有是处，这不是仅可用‘文字障’能加以解释的。”① 又指出：

> 黄先生《通变篇札记》的错误，在于他认为“通变为复古，更无疑义矣”；彦和是要“望今制奇（展望时代的要求而创新制奇），参古定法（参考古典以定文章的规矩法律）”，绝没有复古的意思。黄先生是假借《通变》篇来骂当时的白话文运动的。但他说“彦和生当齐世，故欲矫当时习尚，反之于古”；只要把“古”字改成“雅”字，这几句话便说对了。由此可见王氏不但没有看懂《文心雕龙》，也没有看懂黄先生的《札记》。②

这就从侧面说明，徐氏对于王利器的批评，与批评其师黄侃一样，并非由于海峡阻隔所形成的意气之争，而是出于学术为天下之公器的考虑。他所批评的其实是以黄侃为代表的章、黄学派及王利器所归属的胡、傅学派（这两个以乾嘉汉学为根基的学派曾先后占据学术的中心）。

说到底，徐氏对于王利器的批评，最根本的原因，是此间涉及“新儒家”的治学宗旨，实为“箭在弦上，不得不发也”。熊十力的治学宗旨，以宋明理学为中心，以生命问题为依归，故而对晚明已降的训诂、考据之学，颇有非议。他说：“清儒之流毒最甚者，莫如排击高深学术一事。夫学以穷究为极，而穷玄以反己自识真源，尽其心，而见天地之心，尽其性，而得万物之性……穷玄，而反诸自家心性，始悟天地万物同体之实。故宇宙生生不息之无尽宝藏，自反而即得之，毋待外求。”③ 尤其是对于清末民初胡适、傅斯年辈，以乾嘉汉学接榫西方实证主义的潮流，熊十力颇感不满：

> 经学既衰绝，古人成己成物之体要，不复可窥见。于是后生游海

① 徐复观：《读王利器〈文心雕龙校证〉》，徐复观：《论文学》，第211页。

② 徐复观：《读王利器〈文心雕龙校证〉》，徐复观：《论文学》，第215页。

③ 熊十力：《读经示要》，上海：上海书店出版社2007年版，第196页。

外者，以短少之日力，与不由深造自得之肤泛知见，又当本国政治与社会之衰弊，而情有所激，乃妄为一切破坏之谈。则首受攻击者，厥为经籍与孔子。北庠诸青年教授及学生，始掀动新潮，而以打倒孔家店，号召一世。六经本弃置已久，至此又剥死体。然是时胡适之等提倡科学方法，亦不无功。独惜胡氏不专注于此，而随便之议论太多耳。自兹以后，学子视六经，殆如古代之器物。而其考核及之者，亦如西洋考古家，考察灭亡蕃族之遗物已耳。呜呼！自清儒讲经而经亡。清之末世，迄于民初，其始也，假经说以吸引西学。及西学之焰渐炽，而经学乃日见废弃，甚至剥死体。然则，经籍果为先王已陈刍狗，在吾侪今日，与今后人类，将永远唾弃经籍，无有服膺其义者乎？抑剥极必复，待时而将昌明乎？①

这种观念，深深地影响到了他的学生。牟宗三在《先秦儒学大义》中说：

我的学思头一阶段是以逻辑为中心，以知识为中心，碰见熊十力先生以后，了解中国的学问，才知道生命的问题。那就是说，中国的学问乃以生命为中心，不以知识为中心。……中国治学传统重视生命，重视价值……生命的问题是终极问题……这个时代的知识分子没有良心，他们只做考据，以为我们所讲的那些都是空谈，空话。现在念史学的都是如此，中央研究所也是如此呀。他们说这些我不懂，我不是以这个为专家。这些你怎么不懂呢？这个你当该懂嘛。所以，满清三百年来，大家都不注意这个，忘掉了。②

也就是说，不管是牟宗三抑或是徐复观，在熊十力的影响下，他们的治学均主张以“生命”为中心，崇尚儒家思想，尤其是推重宋明理学，极力反对考据，进而抨击以胡适、傅斯年为代表的“中央研究院”的治学理念。这种主张，落到徐氏的《文心雕龙》研究中，便是对于王利器的严厉批评。如徐复观说：“王氏说彦和所说的‘有常之体’，‘是指文学作品的

---

① 熊十力：《读经示要》，第10—11页。

② 牟宗三主讲，卢雪昆整理：《先秦儒学大义》，《鹅湖月刊》2007年第3卷第2期。

体裁’，这真是笑话。”[①] 其实，这是徐氏从“生命”的视角，切入中国文学研究，主张以性情统率文体的观念的直接反映。

如此一来，徐氏对于王氏的批评，从根本上说，并非两个学者之间的学术分歧，而是不同的治学群体的学术分歧。平心而论，徐氏对王氏的批评，固有其所是之处。王氏长于校勘而罕涉义理的治学倾向，对于其《文心雕龙》研究多有限制。大陆学者曾指出：

> 《新书》的最大不足还在于缺乏对《文心雕龙》做进一步的义理诠释，这甚至影响到对以理论研究为主的“龙学”成果的评价。比如黄侃《文心雕龙札记》有《隐秀》篇补文，其意在于发挥刘勰的隐秀之微旨，并没有否定《隐秀》篇残文的真实性，而王氏却认为黄侃“欲据此改作，则今存‘澜表方圆’以上，及‘朔风动秋草’以下之文而并否定之，则恐难执天下万世之口”。这种看法显然是误解了黄氏补作之意，而更深层的原因则是未能把校勘与义理两项工作有机地结合起来。[②]

诚哉斯言。不过，我们也应当看到，徐氏的立场也未必不存在偏颇之处。他对王氏的严苛批评，源自观念上的偏执。这一点，在他所撰的《〈王充思想评论〉序》中表露无遗：

> 我们学术界，肯从事于研究中国文化工作的人，多承乾嘉饾饤考订之余弊，一生毕力于古典之校勘、训诂，而不肯深入到古典中的思想问题。他们表面上很谦虚的说法是：“这为我的力所不逮”；而实际则是守着一种错误观念，以为一涉及思想，便玄虚而不合于科学……排斥思想性的研究工作，必然会影响到他们所作的校勘、训诂之类的工作，因其过于零碎、浅薄，常常流于虚妄。所以这一派人士所作的研究工作，往往是以科学的口号开始，以不科学、反科学的收获告终……
>
> 由校勘、训诂而进到思想，在治学上固然是一种自然的历程。但

---

① 徐复观:《读王利器〈文心雕龙校证〉》,徐复观:《论文学》,第 216 页。

② 张少康等:《文心雕龙研究史》,第 193 页。

是校勘、训诂的心智活动，和进入到思想研究时的心智活动，实属于高低两种不同的层次。没有由思想的探求以得到思想训练的人，当他在不能不牵涉到思想问题时，便会陷入混乱支离，缺乏起码的由逻辑推理而来的条贯性。清代的焦循、阮元这一辈人，已经是如此；在今天则更不堪闻问。若从此一角度看，则不谈思想问题，倒反而可以减少混乱。但世界上怎会有没有思想的学问?①

诚然，学问与思想是不可分离的，“校勘训诂”与“思想研究”实为学术研究中的一体两翼，两者的回互交涉，确能有效地增进我们对古典的了解。徐氏将“校勘训诂”与“思想研究”视为高低两种不同的层次，这说明他的治学理想，乃在高深的思想研究之上。然而，在近代所形成的知识谱系之中，“校勘训诂”与“思想研究”属于不同的学科。正如钱锺书所言：“人文科学的各个对象彼此系连，交互映发，不但跨越国界，衔接时代，而且贯串着不同的学科。由于人类生命和智力的严峻局限，我们为方便起见，只能把研究领域圈得愈来愈窄，把专门学科分得愈来愈细。此外没有办法。所以成为某一门学问的专家，虽在主观上是得意的事，在客观上是不得已的事。”② 在实际研究中，有人擅长资料的稽考与整理，而有人则以综合贯通资料见长，由此成就了校勘学、思想史研究等各种不同的学科。人之禀赋有殊，但学科并无高下。徐氏视“思想研究”为治学高境，固然令人向往，然而径直将“思想研究”置于“校勘训诂”之上，未免失之片面。值得注意的是，徐氏不唯对王氏《校证》批评严厉，且于行文之中，透露出一种鲜明的“褒杨贬王”倾向，并在有意与无意之间，将这种倾向推到极端，径言“王著远不及杨明照的校注，实际是在可有可无之列”。

客观评价一个学者所取得的成就，不应该虚悬一个评述者自身预期达到的高标，而应该以该学者已经取得的成就为准绳。需要指出的是，王利器校勘《文心雕龙》，本为学生讲授校勘学之用。他说：

北大复员后正式开学之前，中文系代理主任傅斯年先生找我去商

① 徐复观:《偶思与随笔》,北京:九州出版社 2014 年版,第 393—394 页。
② 钱锺书:《七缀集》,上海:上海古籍出版社 1994 年版,第 133 页。

> 量开课问题。傅先生说：“四年级校勘学，过去由赵万里担任，用陈垣《元典章校补释例》作教材，于整理元以前古籍不适用，你听过向宗鲁先生校雠学课，你来担任这个课程怎样?”我说：“向先生《校雠学》是用骈体文写的，又没有写完。我准备重新写过，先讲古书旧式举例，然后讲校勘释例。”傅先生说：“好。你就担任这门课程。另外中文系的先生还要担任一门选修课以及一班大一国文。”我说：“我可以开《史记》《庄子》或者《文心雕龙》课。”傅先生说：“当年我在北大念书时，听朱蓬仙讲《文心雕龙》……”最后，我又说：“这一向我遍读了北大图书馆和北京图书馆所藏《文心雕龙》善本，获益不少，正在写《文心雕龙新书》。我想一篇一篇、一字一句地讲下去，当是没有困难的。”傅先生说：“好，你就开《文心雕龙》……”①

王利器以《文心雕龙》为依据讲授校勘学，并非出于偶然。同属川大培养的学者，杨明照主讲校勘学，也是以《文心雕龙》校勘为具体案例②。这似乎可以追溯到向宗鲁治学，以“是正文字”为归的宗旨上来。也就是说，徐氏对于王氏的批评，悬义甚高，看似击中要害，实则停留在外部批评之上，并没有结合王利器从事《文心雕龙》研究的实际，客观评估其在文字校勘方面，所做出的独特贡献及其学术史价值。为此，我们有必要从校勘学内部视角，审视王氏的《文心雕龙校证》，并通过将它与杨明照《文心雕龙校注拾遗》对比，以见出其自身的特色及贡献。

二、王利器与杨明照《文心雕龙》校注的学术共性

首先要指出的是，与前人的《文心雕龙》校注相比，王利器的《新书》及后出的《校证》斩获不少，并非如徐复观所言没有新校出太多的东西。如《镕裁》“是以草创鸿笔”，“鸿”冯本作“鸣”，黄叔琳改作“鸿”。纪评：“‘鸿’当作‘鸣’，后‘鸣笔之徒’句可证。”③ 所谓“后”指《练字》有“鸣笔之徒”，然朱郁仪已将“鸣”改作“鸿”。故王利器

---

① 王利器：《往日心痕——王利器自述》，太原：山西人民出版社1997年版，第95页。

② 祖保泉在《我所选读课程的教授简介》（未刊手稿）中说：“杨明照主讲‘校勘学’。实际讲授校勘《文心雕龙》。此人对《文心雕龙》的熟悉程度，令学生惊讶。”

③ ［梁］刘勰撰，［清］黄叔琳注，［清］纪昀评：《文心雕龙辑注》（卷七），北京：中华书局1957年版，第4页。

谓："案《封禅》篇、《书记》篇、《练字》篇，皆有'鸿笔'之语，作'鸣'者误。"① 又如《情采》"间色屏于红紫"，范注："红紫，疑当作青紫，上文云正采耀乎朱蓝。"② 王利器则说："今案'红紫'不误，萧子显《南齐书·文学传论》：'亦犹五色之有红紫，八音之有郑卫。'亦以'红紫'为间色。"③ 这些都属于新的校勘成果，纠正了纪昀、范文澜等人之误。《文心雕龙研究史》说："作者综合运用对校法、本校法、他校法和理校法，对《文心雕龙》文本在钞刻过程中出现的音近而误、文字形讹、颠倒、误衍误夺等现象都予以订正，解决了许多前人所未解或误解的问题。"④ 值得注意的是，王氏不仅在《新书》附录四，详细考辨黄叔琳据梅庆生音注本，所列杨慎、朱郁仪、孙汝澄、商家梅、龚方中等三十二家之校语首出何篇，而且在《文心雕龙》各篇校勘时，尽可能地标明某字当作某字，强调"校勘工作的任务，不仅在求异同，而是要定是非"⑤，因而其书具有很强的文献和学术价值。

其次，就篇幅而言，《拾遗》确实比《校证》详赡，但这并不能成为贬抑《校证》的理由。如《定势》"断辞辨约者"，《校证》谓："'断'，谢云：'当作'斲'。'徐校同。黄注云：'一作'斲'。"⑥《拾遗》则云："'断'，黄校云：'一作斲。'徐兴公云：'当作斲。'按'断'字不误。'断辞'二字出《易·系辞下》。《征圣》《比兴》两篇亦并用之。"⑦ 又如《镕裁》"一意两出"，《校证》谓："'一'原作'二'，《两京》本、王惟俭本、黄丕烈校本作'一'。今据改。"⑧《拾遗》则说："'二'，两京本、胡本、训故本、四库本作'一'。按'一'字是。'一意两出'，始为'义之骈枝'。若作'二'，则不相应矣。何焯校作'一'。当据改。"⑨ 很显然，王书只是将前人的校注成果一一胪列，并未下己见，杨书则善于从《文心雕龙》中寻找内证与理据，且多下裁断，判是定非。不过，这只是一般的

① 王利器：《文心雕龙校证》，上海：上海古籍出版社1980年版，第210页。
② ［梁］刘勰撰、范文澜注：《文心雕龙注》（下），北京：人民文学出版社1958年版，第542页。
③ 王利器：《文心雕龙校证》，第207—208页。
④ 张少康等：《文心雕龙研究史》，第192页。
⑤ 王利器：《文心雕龙校证》，第28页。
⑥ 王利器：《文心雕龙校证》，第203页。
⑦ 杨明照：《文心雕龙校注拾遗》，上海：上海古籍出版社1983年版，第254页。
⑧ 王利器：《文心雕龙校证》，第210页。
⑨ 杨明照：《文心雕龙校注拾遗》，第266页。

阅读印象，深入钻研就会发现，《校证》并非徐复观所说的那样，“远不及杨明照的校注，实际是在可有可无之列”。《诠赋》“皋朔以下，品物必图”，《拾遗》无校，《校证》则校曰：“‘朔’原作‘翔’，梅据曹改。徐校亦作朔。’按唐写本、《御览》、王惟俭本正作‘朔’。”《定势》“或好离言辨句”，《拾遗》亦无校，《校证》则据《文心雕龙》施校：“‘句’原作‘白’，案《声律》篇云：‘双声隔字而每舛，叠韵离句而必睽。’《章句》篇云：‘离章合句。’《丽辞》篇云：‘魏晋群才，析句弥密，联字合趣，剖毫析厘。’皆与此‘离章（言）辨句’意相近。‘句’‘白’形近致误耳。”[①] 诸如此类《拾遗》所无而《校证》有校的情况还有不少。

《校证》与《拾遗》，恰如《文心雕龙》校注史上的双子星座，对于王、杨二书的评价，不能如历史上个别论者，所作出的“李杜优劣”论一样草率，需要结合两人的优长，综合比较分析。实际上，《拾遗》与《校证》相同的地方还是有很多的。

乍一看来，就书中叙录的版本而言，杨氏所依据的版本数量远比王氏要多。王氏说明校勘时所据版本二十九种，其中唐本一种，元本二种，明本十五种，清本十种，民国年间刊本有《龙谿精舍本丛书》本（附李详《补注》）。杨氏书后附录“版本八”中所录已见写本八种，单刻本二十一种，丛书本十种，选本十三种，校本十八种，共计七十种。校勘之前搜集的版本越多，参校时减少讹误的可能性也就越大。不过，具体到《文心雕龙》的校勘操作时，所依据的关键性版本资料，其实不出唐写本、宋《太平御览》《玉海》、元至正本、明代诸本及清纪昀、黄叔琳辑注本等若干种。以明代《文心雕龙》版本为例，《校注》叙录八种，《校证》叙录十五种，而据《拾遗》所言，杨氏经眼的明代写本一种，单刻本十四种、丛书刻本七种，选本十三种，校本二种，合计三十七种，确实比王氏要多。不过，事实上，参照詹锳《文心雕龙义证》叙录的明代版本十八种，不难发现，其中詹、杨所提及的重要版本（如冯允中本、汪一元本、张之象本、王惟俭本、梅庆生音注本等），王氏也已经搜罗殆尽。这些重要的版本资料，足以保障校勘工作的顺利开展。而在实际操作过程中，个别王氏所无而杨氏经眼的材料，对于文字校勘的最终裁定，多数只是具有一定的参照作用，并无多大特殊价值。如《风骨》“文明以健，珪璋乃聘”，《校证》：

---

① 王利器：《文心雕龙校证》，第 53、203 页。

"'聘'原作'骋'，据冯本、汪本、佘本、王惟俭本改。顾校亦作'聘'。《礼记·儒行》篇：'儒有席上之珍以待聘。'此彦和用字所本。"[①]《拾遗》亦云："聘，元本、弘治本、活字本、汪本、佘本、张本、两京本、胡本、训故本、谢钞本、文津本作'聘'。（文溯阁本剜改为'骋'。）按《礼记·聘义》：'以圭璋聘，重礼也，……圭璋特达，德也。'郑注：'特达，谓以朝聘也。'孔疏：'行聘之时，唯执圭璋特得通达。'据此，则作聘者是也。"[②] 又如《情采》"研味李老"，《校证》："'孝'何允中本、日本活字本、梅六次本、钟本、梁本、清谨轩钞本、日本刊本、王谟本、崇文本作'李'。《汇函》本作'孔'。纪云：'李当作孝，'孝老'犹云'老易'，六朝人多此生捏字法。'"[③]《拾遗》亦曰："纪昀云：李当作孝；孝老，犹云老易。'按纪说是。此句为回应上文之词，'孝'，孝经也；（上文曾引《孝经·丧亲章语》），'老'，老子也。（上文曾引《老子》第八十一章语）元本、弘治本、活字本、汪本、佘本、张本、两京本、训故本、梅本、凌本、秘书本、谢钞本并作'孝'；《文俪》十三、《文通》二一、《四六法海》十同。当据改。（《诸子汇函》误作'孔'）"[④] 由上可见，由于二人所依据的关键性材料大致相同，其版本搜罗虽有量的差别，但在文字校勘上并无质的优劣。

从个别辞句的校勘上看，王、杨所采用本校、对校、他校、理校等校雠方法的运用，几乎如出一辙。

（1）本校。《附会》"夫文变无方"，《校证》："'无'原作'多'，汪本、佘本、两京本、何允中本、日本活字本、王惟俭本、锺本、梁本、日本刊本、王谟本、崇文本作'无'，《御览》亦作'无'，今据改。《明诗》篇云：'属辞无方。'《谐隐》篇云：'欢谑之言无方。'《书记》篇云：'兵谋无方。'《通变》篇云：'变文之数无方。'文与此正同。"[⑤]《拾遗》："'多'，黄校云：'汪作无'。冯舒'多'改'无'。何焯校同。按《御览》引作'无'；元本、弘治本、活字本、佘本、张本、两京本、何本、胡本、训故本、合刻本、梁本、秘书本、冈本、尚古本、四库本、王本、郑藏钞

① 王利器：《文心雕龙校证》，第197页。
② 杨明照：《文心雕龙校注拾遗》，第247页。
③ 王利器：《文心雕龙校证》，第207页。
④ 杨明照：《文心雕龙校注拾遗》，第261页。
⑤ 王利器：《文心雕龙校证》，第264页。

本、崇文本同。《通变》篇‘变文之数无方’，与此意同，当以作‘无’为是。‘多’字盖涉下文而误。”① 二人所校，如出一辙。

（2）对校。《情采》“夫能设模以位理”，《校证》：“‘模’原作‘谟’，谢云：‘当作模。’徐校同。案日本刊本、《四六法海》十作‘模’，今据改。”②《拾遗》：“‘谟’，黄校引谢云：‘当作模。’（此沿梅校）按何本、别解本作‘模’；《文通》《四六法海》同。”③

（3）他校。《声律》“迕其际会，则往蹇来连”，其中“迕”原作“迂”，“连”原作“替”。王氏引用《文镜秘府论》谓“迂”当作“迕”，“连”当作“替”④。杨氏依据《文镜秘府论》也得出同样的结论。

（4）理校。《总术》“诡者亦典”，《拾遗》：“何焯云：‘典’字有讹。按‘典’字与上文之‘勘’‘繁’‘露’，实不伦类，疑为‘曲’之误。”⑤《校证》：“‘曲’原作‘典’，今改。‘匮勘’‘芜繁’‘浅露’‘诡曲’，皆联字为义，若作‘诡典’，则文不成义了。《明诗》篇：‘清典可味。’今本‘典’皆作‘曲’，此本书‘典’‘曲’二字互误之证。”⑥

从校勘的最终结果来看，两人结论相同的地方确有不少，我们不妨以“文之枢纽”五篇做个抽样调查。1.《原道》，《校证》按语二十九条，《拾遗》三十八条（涉及校勘的二十五条），其中相同的有九条，如“傍及万品”之“傍”校作“旁”，“年世渺邈”之“渺”校作“眇”，“益稷陈谋”之“谋”校作“谟”，“九序咏歌”的“咏”校作“惟”，“缛其徽烈”的“缛”校作“振”，“剬诗缉颂”的“剬”校作“制”，“雕琢情性”的“情性”校作“性情”，“木铎起而千里应”的“起”校作“启”，“发辉事业”的“辉”校作“挥”。2.《征圣》，《校证》按语三十一条，《拾遗》二十二条（涉及校勘二十一条），其中结论相同的有十条。3.《宗经》，《校证》按语六十三条，《拾遗》三十五条（涉及校勘二十九条），其中结论相同的有二十一条。4.《正纬》，《校证》按语四十一条，《拾遗》二十一条（涉及校勘十八条），结论相同的有十五条。5.《辨骚》，《校证》按语四十七

① 杨明照:《文心雕龙校注拾遗》,第 324 页。

② 王利器:《文心雕龙校证》,第 207 页。

③ 杨明照:《文心雕龙校注拾遗》,第 264 页。

④ 王利器:《文心雕龙校证》,第 216 页。

⑤ 杨明照:《文心雕龙校注拾遗》,第 330 页。

⑥ 王利器:《文心雕龙校证》,第 33 页。

条，《拾遗》三十一条（涉及校勘二十一条），其中结论相同的有十三条。这说明王、杨二人同时对《文心雕龙》进行校勘，在一些文字的校雠上结论一致，这恰如“闭门造车，出门合辙”①。

从校勘工作本身来看，由于校勘的是同一本书，使用的也是大致相同的材料，并且运用大致相似的校勘方法，因而得出一些近乎一致的校勘结论，也就是很自然的了。然而，既然是两个学养相近，但性情不同的学者，他们在具体校勘过程中，自然也会打上个人的烙印。为什么两人的校勘结论还会如此相似呢？值得注意的是，有时候尽管两人采用不同的校勘方法，也能得出同样的答案。

除了同校一书的客观因素外，我们还需要从两人的学术渊源上寻觅答案。王利器是四川江津人，杨明照是四川大足人。王、杨前期求学轨迹比较相似，都先后求学于重庆大学和四川大学，师从庞石帚、向宗鲁等巴蜀名家。而庞石帚与向宗鲁两人的学术，均以传统的校雠学为根基。向氏专门编撰《校雠学讲义》，为诸生讲授校勘中所涉的本校、对校、他校、理校等方法。正是在向宗鲁为代表的学者的影响下，王、杨两人彼时求学的四川大学形成了这样的培养制度：“生徒四年中必须于经史子集各治一专籍，一以清儒雠校之术为旨归，期于毕业之时有所小成，由此而奠定治学根基，卓尔有立者不少。”② 这就直接导致了两个满分毕业论文的出现，第一个是杨明照的《文心雕龙校注》，庞石帚给了一百分的成绩，并写出评语：“校注颇为翔实，亦无近人喜异诡更之弊，足补黄、孙、李、黄诸家之遗。”③ 第二个则是王利器的《风俗通义校注》，向宗鲁谓之为“旁征博引，义据

---

① 李平在《范文澜注“仲宣躁锐”“仲宣轻脆以躁竞”考辨》一文的注释中解释道：坊间曾有传言，谓杨明照与王利器两人的《文心雕龙》校注相似之处甚多，杨曾说过：那是王抄袭他的。但我更相信这种相似之处主要源于两人相近的治学经历和相似的学术背景。……杨、王二位几乎在同样的学校，接受同样的师承传授，又有着几乎一致的兴趣爱好，并取得了同样杰出的学术成就。因此，在两人共同校注《文心雕龙》时，难免你中有我，我中有你，很难说一定是谁抄袭了谁。就《体性》“仲宣躁锐”条校注而言，两者在本证材料、他证材料和校勘结论等方面，虽然都惊人的一致，但是仍然不能说谁抄袭了谁。首先，我们相信杨不会抄袭王。同时，王的《新书》出版于杨的《校注》之前，再检杨发表于1937年第3期《文学年报》的《范文澜〈文心雕龙注〉举正》一文，其中亦未涉《体性》此注，这样看来，王也不存在抄袭杨。至于两人的校注结果为何惊人的相似？我还是认为这主要源于两人在四川师从同样的老师，接受了同样的师训。相同的师傅教出来的徒弟，功夫上存在惊人的相似，也是情理之中的事。所谓闭门造车出门合辙是也。（文见《国学研究》2016年第38卷）

② 曹顺庆、罗鹭主编：《向宗鲁先生纪念文集》，成都：巴蜀书社2015年版，第79页。

③ 曹顺庆主编：《岁久弥光：杨明照教授九十华诞庆典暨中国古典文献学国际学术研讨会论文集》，成都：巴蜀书社2000年版，第2页。

兼赅，足为仲远功臣”。此毕业论文后被推荐参加重庆国民政府举行的第一届全国大学生毕业会考，获得满分的成绩。① 由此可见，在四川大学诸位师友的引导下，他们研习《文心雕龙》，其实是“以清儒雠校之术为旨归”。

一言以蔽之，既然有共同的师承渊源，在校勘《文心雕龙》时，王、杨两人不免会采用相同的校雠方法，从而直接导致两人的部分结论相似或一致。

三、王利器与杨明照《文心雕龙》校注的学术差异

在四川大学求学的共同经历，不仅直接奠定了王利器与杨明照研究《文心雕龙》时从文字校勘着手的治学方向，也导致了他们具体校勘《文心雕龙》时，不约而同地运用相同的校勘方法，进而得出相似乃至一致的结论。不过，虽然两人有着相同的师承传授，但是，《校证》与《拾遗》观点不一与风格迥异，也是不争的事实。

先看观点不一。仅以校勘而言，在不少地方，王、杨两人的观点存在很大的不同。《镕裁》“随分所好”，《校证》谓：“‘随’旧本原作‘适’，王惟俭本、黄本作‘随’，今据改。”② 《拾遗》则说：“按‘适’字是。《明诗》篇‘随性适分’，《养气》篇‘适分胸臆’，并以‘适分’为言，可证。”③

《声律》“故知器写人声，声非学器者也”，《拾遗》谓：“‘学’，黄校云：‘当作‘效’。（此沿梅校）范文澜云：‘学器，当作‘效器。’按‘学’字不误。《广雅·释诂三》：‘学，效也。’诂此正合。《物色》篇：‘嘤嘤学草虫之韵。’尤为切证。”④ 《校证》则云：“案梅、范二氏所校是，今据以改正。”⑤

《章句》“环情草调”，《校证》云：“‘草’，梅引孙汝澄云：‘当作节。徐校‘草’作‘革’。案‘草’读如《诏策》篇‘视草’、《神思》篇‘草奏’、《练字》篇‘草律’、《附会》篇‘草表’‘更草’之‘草’，自通，

---

① 王利器：《往日心痕——王利器自述》，第34页。

② 王利器：《文心雕龙校证》，第211页。

③ 杨明照：《文心雕龙校注拾遗》，第267页。

④ 杨明照：《文心雕龙校注拾遗》，第269页。

⑤ 王利器：《文心雕龙校证》，第213—214页。

不烦改字。”①《拾遗》则云：“按孙说于文意虽通，于致误之由则失，未可从也。疑原是‘革’字，‘草’其形误。‘革’，改也；（《易·革卦》郑注）更也。（《诗·大雅·皇矣》毛传）‘革调’，即篇中‘改韵徙（原作‘从’，此依铃木氏说改）调’之意也。（徐兴公亦校为‘革’，可谓先得我心。）”②

《比兴》“季鹰杂诗”，《拾遗》谓：“‘杂’，元本、弘治本、活字本、汪本、佘本、两京本、胡本、训故本、文津本作‘春’；《诗纪别集》《赋略·绪言》引同。徐兴公‘春’校‘杂’。（文溯阁本剜改为‘杂’）冯舒‘杂’校‘春’。（何焯校同）按《文选》卷二九题作《杂诗》，徐氏盖据《文选》校也。覆按其词，实写暮春（篇首即著‘暮春’二字）景象，似以作‘春’为是。”③ 而《校证》云：“‘杂’，汪本、佘本、冯本、王惟俭本、冯校本、《诗纪》作‘春’，徐校作‘杂’。案季鹰《杂诗》，《文选》入杂诗内，诗中正有‘青条若总翠’语。作‘春’者误。”④

诸如此类，皆各有见地，故而詹锳《文心雕龙义证》常常并录二说，以供读者参考。也就是说，《校证》与《拾遗》各有其学术价值，二书合而观之，实能收到互为补充、互相辉映的效果。

次看风格迥殊。客观地说，前引徐复观的描述有不准确之处，也有恰如其分的地方。例如，《校证》的整体风貌，确实如徐氏所言，属于有校而无注。因而，在文献辑录与文字疏通方面，杨氏的成绩确实比王利器要突出。不过，这不能成为抹杀《校证》价值的理由。“有校而无注”其实是一种撰述体例，它的好处在于广泛收集各种版本进行校勘，最终给读者提供一个简明可信的读本。从总体风格上看，《校证》追求的是“洁静精微”的境界，而《拾遗》则以“疏通知远”为祈向⑤。

观点不一，这里面自然与阅读积累有异、思考方式不同等个人因素有关。那么，二书风格迥异，是否亦可从个人因素方面找到答案呢？问题可

---

① 王利器：《文心雕龙校证》，第 222 页。

② 杨明照：《文心雕龙校注拾遗》，第 277 页。

③ 杨明照：《文心雕龙校注拾遗》，第 288 页。

④ 王利器：《文心雕龙校证》，第 230 页。

⑤ 《礼记·经解》云：“疏通知远，《书》教也……洁静精微，《易》教也……”沈曾植《海日楼札丛》“比兴近易赋近书”条亦谓：“《诗》之比兴，辞近于《易》。赋则近于《书》，于《风》偶见，《雅》则全体相类矣。国史之言，本其所掌，本其所学，以为吟咏，而洁静精微、疏通知远之美，不期而与温柔敦厚之情交发而迭起焉。”

能并非如此简单。其实,《校证》与《拾遗》风格迥异的背后,涉及两人后期的不同师承关系。

我们知道,杨明照后来考入燕京大学,师从郭绍虞进一步深造,而王利器后来则进入北京大学,师从傅斯年攻读研究生学位。不同的问学之路,直接导致了两人治学风格的差异。我们不妨先来看一则学术轶闻。岳南在《傅斯年与陈寅恪》一书中说:

> 史语所筹划之初,其成员结构从1928年正月以中山大学语言历史研究所为班底,到当年岁暮,变成以清华研究院人员为主体,就其内在本质而言,则是从"本土派"变成西洋"海归派",傅、陈、赵、李连同后来的吴定良等清一色西洋"海龟"构成史语所核心,而顾颉刚则被踢出圈外。当然,不能说顾颉刚是属于"捣乱滋事"与带进"乌烟瘴气"之人,这种做法除了门户之见外,更重要的还是基于学术的志向与思想观念的异同。其他自荐或被荐入所者,其情形大体如此。顾颉刚出局之后,北大考古研究室主任、著名金石学家马衡欲加入史语所,想不到竟被傅斯年作为不"预流"之人而婉拒。之后,马衡虽官至故宫博物院院长而誉满学林,但总未能跨入史语所那高傲得有些邪门的门槛。稍后,在史学界颇有些名气,且自视甚高的苏州才子、燕大教授郭绍虞,毛遂自荐又想在史语所找一把椅子坐坐,讲了自己一大堆研究成就如何伟大与不可或缺等,傅连眼皮都未眨一下,只把嘴一撇,大号烟斗往桌上一敲,便将此君仍视为不"预流"之辈而一口回绝。①

如果说上面引文是因为作者基于傅斯年传主的立场,对郭绍虞的描述略显夸张而失真的话,那么下面的记载,似乎更为客观地道出了傅斯年与郭绍虞之间的学术分歧之所在:

> 刘复加入史语所五年有余,因病去世,傅斯年为之流涕数次……相对的,稍后的郭绍虞便不了解史语所,民国二十五年他写信给傅斯年,毛遂自荐,讲了一大堆自己的研究成果,想进入史语所(25.3.19,所档

---

① 岳南:《傅斯年与陈寅恪》,西安:陕西师范大学出版社2008年版,第295—296页。

元字34号之2)，郭的学问属于传统的文史考证和诗话，不是“预流”的学术，故傅老老实实告诉他“不在本所研究范围之内”，给回绝了(25.3.22，所档元字34号之3)。这也不能说是门户，道不同，不相为谋也。①

郭绍虞与傅斯年的学术存在分歧，并且这种分歧延续到他们的学生身上。傅斯年“批判地继承了中国从清初的顾亭林、黄梨洲、乾嘉学派、以至清末民初的章太炎各流派的造诣和成果，又批判地吸取了欧洲一些科学家、思想家和历史学者治学、治史的主张和方法”，被视为“中国的兰克学派”②。毫不夸张地说，王利器的《校证》正是落实乃师治学理念的产物。徐复观对王利器《校证》的批评，赅括起来主要为两点：“有校而无注”；“没有新校出什么”“是把前人已校出的间或补充一点材料”。而这两点在傅斯年的名文《历史语言研究所工作之旨趣》中则有迹可循：

我们反对疏通，我们只是要把材料整理好，则事实自然显明了。一分材料出一分货，十分材料出十分货，没有材料便不出货。两件事实之间，隔着一大段，把他们联络起来的一切设想，自然有些也是多多少少可以容许的，但推论是危险的事，以假设可能为当然是不诚信的事。所以我们存而不补，这是我们对于材料的态度；我们证而不疏，这是我们处置材料的手段。材料之内使他发见无遗，材料之外我们一点也不越过去说。果然我们同人中也有些在别处发挥历史哲学或语言泛想，这些都仅可以当作私人的事，不是研究的工作。③

以材料为中心，傅斯年提出了“存而不补”的治学态度与“证而不疏”的处置手段。这与徐氏所指出的《校证》的两个特点若合符契。作为傅斯年的学生，邓广铭的回忆也真切说明了傅氏的鲜明主张：

回想半个世纪之前，当我最初着手于《稼轩词编年笺注》的编撰

---

① 杜正胜：《无中生有的志业——傅斯年与史语所的创立》，杜正胜、王汎森主编：《新学术之路》，台北：“中央研究院”历史语言所1998年版，第36—37页。

② 邓广铭：《怀念我的恩师傅斯年先生》，《台大历史学报》1996年第20期。

③ 傅斯年：《傅斯年全集》（第四册），台北：联经出版社1980年版，第1310页。

> 时，业师傅斯年先生曾告诫我说，最好能把书名中的“笺注”改为“笺证”，亦即只把涉及稼轩词本事的时、地、人等等考索清楚，把写作的背景烘托清楚即足；对于典故的出处则可斟酌其关系之重要与否，有选择地注出，而不必一一遍加钩稽；至其脱化于前人诗词之语句，则注之不可胜注，自以一概不注为宜；各词写作年月，其明确易知者固可为之编定，却不应曲事牵合，强为系年，以免或失鲁莽，或失穿凿。傅先生还郑重地向我说道，千万不能把此书作成仇兆鳌的《杜诗详注》那样，仇书作得确实够详、够烦琐了，但那只是供小孩子阅读用的，对于真正研究杜诗的人究竟能起多大作用呢？（以上仅记其大意如此。）①

由是观之，《校证》“洁净精微”的治学旨趣，可谓深受其师傅斯年影响的结果。这也正合王汎森所言：“这一论断（指《历史语言研究所工作之旨趣》——引者注）使他的同时代人颇为震惊，后来成为大量批评的靶子。这种对推论和疏通的极端谨慎态度，同马赫对推论和疏通的怀疑十分相似。这一指导原则形塑了史语所大多数成员的撰述风格，既是其力量所在，也是其弱点所在。这一原则影响了许多学者的研究风格，不论他们是否欣赏。”②

同样是注重材料，不同于傅斯年反对推论和疏通的极端态度，郭绍虞治学始终以传统的文献稽考、疏通注释为要务，追求全面辑录文献，崇尚详赡疏通材料，从而为中国文学批评史的学科建设，奠定了扎实的基础。其代表性作品《宋诗话辑佚》《宋诗话考》《清诗话续编》《杜甫戏为六绝句集解·元好问论诗绝句三十首》《中国历代文论选》《沧浪诗话校释》等等，可以说是傅斯年所批评的仇兆鳌《杜诗详注》的“现代版”。关于郭绍虞的名作《中国文学批评史》，不少论者注意到它在材料整理上的突出特点。胡适说他“搜集资料最辛勤”③，朱自清说“他的材料与方法都是自己的”④，张伯伟

---

① 邓广铭：《稼轩词编年笺注·增订三版题记》，上海：上海古籍出版社2016年版，第5页。

② 王汎森：《傅斯年：中国近代历史与政治中的个体生命》，北京：生活·读书·新知三联书店2017年版，第90页。

③ 胡适：《胡适全集》，合肥：安徽教育出版社2003年版，第237页。

④ 朱自清：《评郭绍虞〈中国文学批评史〉上卷》，《朱自清全集》（第八卷），南京：江苏教育出版社1993年版，第196页。

更是指出，郭著“在材料运用方面比前人迈了一大步，除了为人熟知的诗话、词话外，还扩大到史书和笔记”[①]。可见，重视材料的全面搜集是郭绍虞治学的一个重要特点。而这一点在杨明照的“龙学”研究中，也得到了很好的体现。杨氏《文心雕龙》校注计划，萌发于四川大学求学时期，到燕京大学追随郭绍虞读研究生，继续撰写《文心雕龙校注》，再到后来先后出版《文心雕龙校注》《文心雕龙校注拾遗》《增定文心雕龙校注》《文心雕龙校注拾遗补正》，其版本资料搜罗之全面、文字校勘异字收录之详赡以及相关资料的整理等，都达到了令人叹为观止的地步。例如，校勘《原道》“为五行之秀，实天地之心”一句，1958 年版《文心雕龙校注》引用版本十三种，到了 2001 年版《增订文心雕龙校注》引用参校的版本，已经达到了三十三种。

而在疏通材料方面，杨明照更是与其师宗旨相近。杨氏校注《文心雕龙》，一方面尽可能使用多种版本迻录异文、是正文字，另一方面不仅结合《说文解字》《尔雅》等辞典诠释词句，还结合经史子集对词句所涉的历史典故、语源出处等，一一钩稽说明，有时更是对引用的资料作出翔实的说明。这些都可以在其师郭绍虞那里找到学术源头。而这一学术源头，在郭绍虞主编的《中国历代文论选》中，得到了充分的体现。《中国历代文论选·前言》说：

> 对于一卷本所选各篇以及四卷本的正文，我们除了作出注释外，还写了说明。注释的目的在于解释词句，疏通文义。说明的作用或是论述一篇文章的历史地位及其影响；或是列举其主要论点，给予评价；或是揭橥其固有含义，阐明大旨；总之，是为了给教师以参考，给同学以启发，并帮助自学者培养深入钻研的兴趣和独立思考的能力。[②]

而在《例言》中，又单列“校注和说明”一节，明确指出“本书配合‘中国文学批评史’的教学，选辑了有关这方面的资料，供大学中文系教学及文学理论工作者研究之用”：

---

① 张伯伟：《一部颇有识力的中国文学批评史——〈中国文学批评〉》，《中国社会科学》1987 年第 6 期。

② 郭绍虞主编：《中国历代文论选》（一卷本），上海：上海古籍出版社 1979 年版，第 2 页。

一、入选各篇的文字，尽可能地采用各种版本加以校勘……

一、选文各篇，一律加注。各篇注文，目的在于阐释本篇的理论内容，凡用典、用事、运用成语或引用资料，其有关文学理论或文学知识范围者，一一加以注释。……

一、注文尽可能采用可靠的原始资料，力求知识性的正确。引用资料中有个别艰深的字句难于理解者，也做了简要的解释……

一、注释遇有歧义，一般的都以一说为主；必要时，两说并存，以供参考。①

很显然，从郭绍虞到杨明照，“疏通致远”的学术主张是一脉相承的。而这些主张，恰与傅斯年和王利器所倡导的“洁静精微”之宗旨异趣。

总而言之，除了个人的性情禀赋、知识积累外，由于师承渊源不同，治学旨趣各异，王利器与杨明照的《文心雕龙》校勘，无论在具体的学术观点上，还是在整体的撰述风貌上，都存在鲜明的差异。尽管存在差异，《校证》却并不因《拾遗》的存在而挫其锐，而《拾遗》亦不因《校证》的优长而销其光，二书合而观之，恰能收到迭相辉映、优势互补的效果。

（作者单位：华东师范大学中文系）

① 郭绍虞主编:《中国历代文论选》(一卷本),第4—5页。

唐僖宗初年《文心雕龙》传入日本考略[①]

冯斯我

摘　要：平安朝之前《文心雕龙》在日本有迹可循。现存最早的汉诗集《怀风藻》带有明显的六朝遗风，从中可以窥见刘勰文论思想的影响。平安朝初期，空海在《文镜秘府论》中不仅间接援引《文心雕龙·声律》篇大段的文字，而且，在关于文学产生、文学创作构思和具体写作等方面明显受到刘勰《文心雕龙》的影响。他之后的文豪都良香和菅原道真都程度不同地受刘勰影响：前者所表述的相关思想，不仅与《文心雕龙》里的相似，而且他以"刘勰云"字样，明确直接引用《文心雕龙》中的语言；后者有关声律理论的一些思想也与刘勰《声律》篇里所表述的相似。因此，即便是沿用人们常常使用的"宇多天皇宽平年间（889—897）"描述藤原佐世辑录的《日本国见在书目录》，《文心雕龙》一书也早在此之前，最迟在9世纪70年代，已经在宫廷贵族文士中有一定范围的流传。

关键词：《文心雕龙》；日本；《文镜秘府论》；都良香；《日本国见在书目录》

在包括中国古代文论的大量典籍传入日本的过程中，《文心雕龙》的传入具有重要意义。然而，无论是日本还是国内，尚未有学者就《文心雕龙》何时传入日本问题进行专题性考证研究。一般来说，日本学者们都以宇多天皇宽平年间（889—897）藤原佐世辑录的《日本国见在书目录》为依据，认为《文心雕龙》一书正式传入日本的时间为平安朝（794—1185）初期，空海《文镜秘府论》（809—810）中对《文心雕龙》"声律"篇只

---

① 基金项目：广东省普通高校基础类重大项目"国外龙学文献整理与研究"阶段性成果。

是间接引用。如比较早地对《文心雕龙》传入日本1400年历史进行爬梳整理的日本“龙学”家户田浩晓，通过对《日本国见在书目录》里收录的《文心雕龙》的分析，明确指出《文心雕龙》传入日本的时间是平安朝初期。[①] 釜谷武志也完全沿袭户田浩晓说法[②]。然而，这里存在两个问题：一是藤原佐世辑录《日本国见在书目录》的具体年代不知，仅仅以“宇多天皇宽平年间（889—897）”表述有失严谨；二是仅仅以《日本国见在书目录》为证据，笼统地认定《文心雕龙》“平安朝初期”传入日本欠妥当。本论文研究一反前人论断，拟在爬梳大量一手原始文献资料，主要比较考证空海《文镜秘府论》、都良香和菅原道真与《文心雕龙》关系的基础之上，对《文心雕龙》一书传入日本的时间进行了重新考论，以期我们对《文心雕龙》在日本的传播与影响有全新认识。

一、《文镜秘府论》与《文心雕龙》

时至平安朝初期，弘法大师空海所著《文镜秘府论》（809—810）中出现对《文心雕龙》原文的引用，成为《文心雕龙》在日流传的一个显著印记。平安时期的高僧空海（774—835）是日本佛教真言宗的创始人，同时也是活跃在平安朝初期文坛的著名汉学家、书法家。俗姓佐伯直，幼名真鱼，赞岐国多度郡（今日本香川县）人。他生而聪明，能识人事。五六岁后，邻里间号神童。15岁时，他随外舅二千石阿刀大足，学习《论语》《孝经》《史传》等经典，兼习辞章。延历十年（791）考入大学明经科，拜直讲味酒净成门下研习中国古典文学。读《毛诗》《尚书》等，问《左氏春秋》于冈田博士。他虽博览群经，却殊好佛经，常谓：“我之所习，古人糟粕。目前尚无益，况身毙之后，此阴已朽，不如仰真。”[③] 因作《三教指归》三卷（797），仿《子虚》《上林》文体，已论儒释老的旨趣，明其对三教的归属之心。20岁时剃度受戒，法号教海。两年后又在奈良东大寺受戒，法号空海，自此即以空海自称。804年，随日本第十七次遣唐使入

① ［日］户田浩晓：《中国文学考论》上，东京：汲古书院1987年版，第7—15页。本文中的引用，凡日语文献的，均为作者翻译。

② ［日］釜谷武志：《日本研究文心雕龙简史》，《文心雕龙学刊》（第一辑），济南：齐鲁书社1983年版，第469—472页。

③ ［日］真济僧正：《空海僧都传》，《弘法大师全集》（首卷），东京：吉川弘文馆1911年版，第31页。

唐，向东土佛教真言宗第七代教主惠果高僧学习密教。回国后在京都高野山建造金刚峰寺，创日本真言密教。他学识渊博，现存世著作有《文镜秘府论》《三教指归》《篆隶万象名义》等。

《文镜秘府论》实质上是空海有感于国人创作汉诗尚不能摸清门道，遂引录六朝至唐代的诗文论著编纂而成的一部诗文作法指导书。后为查阅方便起见，又从本书择其精要，汇成《文笔眼心抄》一卷。《文镜秘府论》全书分为天卷、地卷、东卷、南卷、西卷、北卷共六个部分。其内容包括了四声说、调声说（天卷）、七式、十四例、十体（地卷）、对属论（东卷和北卷）、诗病论（西卷）、创作论（南卷）等涉及吟诗作文的诸多方面。书中收录了刘勰、沈约、陆机、刘善经、王昌龄、皎然、崔融、元兢、殷璠等人的诗文理论，并结合自身，探讨诗文创作规律和审美功能。关于《文镜秘府论》与《文心雕龙》的关系，从两部文本之间的比较来看，《文镜秘府论》的思想体系确实受到《文心雕龙》的影响。这种影响具体可以从以下八个方面看出来：

1.《天卷》和《西卷》的“序”受刘勰“原道”思想的影响

《文心雕龙》第一篇是《原道》，刘勰集中论述了文学起源思想。《文镜秘府论》里的《天卷》和《西卷》的“序”中一些表述与《原道》篇类似①，试比较：

> 文之为德也大矣，与天地并生者何哉？夫玄黄色杂，方圆体分，日月叠璧，以垂丽天之象；山川焕绮，以铺理地之形：此盖道之文也。……爰自风姓，暨于孔氏，玄圣创典，素王述训，莫不原道心以敷章，研神理而设教，取象乎《河》《洛》，问数乎蓍龟，观天文以极变，察人文以成化；然后能经纬区宇，弥纶彝宪，发挥事业，彪炳辞义。故知道沿圣以垂文，圣因文以明道，旁通而无滞，日用而不匮。《易》曰：“鼓天下之动者存乎辞。”辞之所以能鼓天下者，乃道之文也。（《文心雕龙·原道》）

> 夫大仙利物，名教为基；君子济时，文章是本也。故能空中尘中，

① 这里所引《文镜秘府论》见《弘法大师全集》；《文心雕龙》引自黄叔琳《文心雕龙辑注》，北京：中华书局1957年版。下面所引用的上述两书中语，如不详注，均出自此。

开本有之字，龟上龙上，演自然之文。至如观时变于三曜，察化成于九州，金玉笙簧，烂其文而抚黔首，郁乎焕乎，灿其章以驭苍生。然则一为名始，文则教源，以名教为宗，则文章为纪纲之要也。世间出世，谁能遗此乎！故经说阿毗跋致菩萨，必须先解文章。孔宣有言："小子何莫学夫《诗》?《诗》可以兴，可以观。迩之事父，远之事君。""人而不为《周南》《邵南》，其犹正墙面而立也。"是知文章之义，大哉远哉！(《天卷》序)

夫文章之兴，与自然起；宫商之律，共二仪生。是故奎星主其文书，日月焕乎其章，天籁自谐，地籁冥韵。(《西卷》序)

观此三段文字皆论"文"之产生。其共通之处主要有二：一是将文章的发生与天地自然之"文"紧密联系在一起；二是立论的核心都基于《易·系辞上》的思想，强调古代圣贤顺循自然之"文"而撰成的经典的重要性。

2.《天卷·四声论》直接引用《声律》篇原文，并附有评论

《天卷·四声论》对《文心雕龙》"声律"篇的引用，是《文镜秘府论》里明确出现《文心雕龙》话语的段落，其曰：

又吴人刘勰著《雕龙篇》云："音有飞沉，响有双叠，双声隔字而每舛，叠韵离句其必睽；沈则响发如断，飞则声扬不还；并鹿卢交往，逆鳞相批，迕其际会，则往蹇来替，其为疹病，亦文家之吃也。"又云："声尽妍媸，寄在吟咏，滋味流于下句，风力穷于和韵。异音相慎谓之和，同声相应谓之韵，韵气一定，则余声易遣，和体抑扬，故遗响难契矣。"此论，理到优华，控引弘博，计其幽趣，无以间然。但恨连章结句，时多涩阻，所谓能言之者也，未必能行者也。

然而，从出处来看，空海所引的这段文字，并非直接出自《文心雕龙》。而是他从隋朝刘善经《四声指归》所引用的里面，间接引用的。其中"音有飞沉……亦文家之吃也"和"声尽妍媸……故遗响难契矣"部分出自《文心雕龙·声律》篇，而引文前或后面的"又吴人刘勰著《雕龙篇》云"和"此论，理到优华，控引弘博，计其幽趣，无以间然。但恨连章结句，时多涩阻，所谓能言之者也，未必能行者也"是刘善经的评论。刘善经高度赞

赏了刘勰理论的周到和缜密。然而，此处引文虽然是刘善经引自《文心雕龙》来论证作诗的声律问题，但是“空海作为编纂者，选取哪一本典籍，摘录哪一段内容都带有明确的主体意识，或者称为主观能动性”①。从这一层意义上来说，空海本人是认可甚至推崇刘勰声律理论的。

3.《南卷·论体》所倡的“六体”说与刘勰在《体性》篇概括的“八体”说相似

刘勰在《文心雕龙》篇里，有著名的“八体”之说，即“一曰典雅，二曰远奥，三曰精约，四曰显附，五曰繁缛，六曰壮丽，七曰新奇，八曰轻靡”（《体性》）。空海在《文镜秘府·南卷》里则有著名的“六体”说。他议论道：“凡制作之士，祖述多门，人心不同，文体各异。较而言之：有博雅焉，有清典焉，有绮艳焉，有宏壮焉，有要约焉，有切至焉。”（《论体》）可见，空海此处将文体归为“博雅”“清典”“绮艳”“宏壮”“要约”和“切至”六种。若仔细比较他们的说法，则不难发现空海所论“六体”与刘勰提出的“八体”说具有潜在的对应关系：即“六体”中的“博雅”“清典”相当于“八体”中的“典雅”“远奥”；“绮艳”相当于“繁缛”“轻靡”；“宏壮”相当于“壮丽”；“要约”相当于“精约”；“切至”则相当于“显附”。

4.《东卷·论对》言文之对偶，与《文心雕龙·丽辞》篇有共通之处

关于对偶，刘勰有一个基本观点就是对称。这既指上下语词，也指语义。据此，他将对偶分为“言对”“事对”“正对”和“反对”四大类，并举例说：“事对者，并举人验者也。……宋玉《神女赋》云：‘毛嫱鄣袂，不足程式；西施掩面，比之无色’。此事对之类也”。事对最忌讳的就是只有一件事，缺乏与之相配的另一件事。刘勰进一步论证指出：“事对所先，务在允当。……若夫事或孤立，莫与相偶，是夔之一足，趻踔而行也。”（《丽辞》）此句化用《庄子·秋水》里的“夔谓蚿曰：‘吾以一足趻踔而行，予无如矣。’”成玄英疏云：“趻踔，跳踯也。”而空海在《文镜秘府论·二十九种对》里所说的“跛”对正是如此。他说：“夫为文章诗赋，皆须属对，不得令有跛、眇者。跛者，谓前句双声，后句直语，或复空谈，如此之例，名为跛。”又在《文镜秘府论·论文意》里，他将这种对属称为“缺偶”，即所谓“凡文章不得不对，下句不用

① ［日］小西甚一：《文镜秘府论考》（研究编上），京都：大八洲出版社1948年版，第213页。

事，名为缺偶”。

5.《南卷·定位》之论旨，系以《文心雕龙·熔裁》篇为蓝本

空海《文镜秘府论》和刘勰《文心雕龙》里都涉及作文中体制结构、谋篇布局和剪裁等写作问题。例如：

> 体大而理多者，定制宜弘，体小而理少者，置辞必局。须以此义，用意准之，随所作文，量为定限。既已定限，次乃分位，位之所据，义别为科，众义相因，厥功乃就。故须以心揆事，以事配辞，总取一篇之理，折成众科之义。……故自于首句，迄于终篇，科位虽分，文体终合。理贵于圆备，言资于顺序，使上下符契，先后弥缝。（《文镜秘府论·南卷·定位》）

> 凡思绪初发，辞采苦杂，心非权衡，势必轻重。是以草创鸿笔，先标三准：履端于始，则设情以位体；举正于中，则酌事以取类；归馀于终，则撮辞以举要。然后舒华布实，献替节文，绳墨以外，美材既斫，故能首尾圆合，条贯统序。（《文心雕龙·熔裁》）

空海在此把刘勰关于“草创鸿笔”设立的一些原则，更加具体化，如“故自于首句……先后弥缝”是对刘勰“首尾圆合，条贯统序”的具体展开式的比较详细的解释。而他的“体大而理多者……折成众科之义”则是对刘勰“设情以位体”的进一步铺陈，其中的“以心揆事”与刘勰的“设情以位体”意义相近。

6.《南卷·论文意》述作文之要旨，与《文心雕龙·神思》篇大旨相近

作为一种指导日本人写作指南的著作，空海《文镜秘府论》编辑了中国古代文论里大量关于具体写作方面的内容。如《南卷·论文意》云：“夫作文章，但多立意。令左穿右穴，苦心竭智，必须忘身，不可拘束。思若不来，即须放情却宽之，令境生。然后以境照之，思则便来，来即作文。如其境思不来，不可作也。”又云：“意欲作文，乘兴便作，若似烦即止，无令心倦。常如此运之，即兴无休歇，神终不疲。凡神不安，令人不畅无兴。无兴即任睡，睡大养神。”这里，关于构思和立意的观点与刘勰《文心雕龙》“神思”篇里的“文之思也，其神远矣。……故思理为妙，神与物

游。神居胸臆，而志气统其关键”，以及“是以秉心养术，无务苦虑；含章司契，不必劳情也”如出一辙。

7.《地卷·十七势》吸收刘勰《定势》篇思想

刘勰《文心雕龙》里有一个重要术语“势”。在《定势》篇，刘勰集中阐释并探讨了此术语所指述的概念的内涵。他所说的“势”指述的是一种作文过程中，作者顺势而为的动态行为。刘勰也称之为“自然之势”。他举例说：“夫情致异区，文变殊术，莫不因情立体，即体成势也。势者，乘利而为制也。如机发矢直，涧曲湍回，自然之趣也。圆者规体，其势也自转；方者矩形，其势也自安。文章体势，如斯而已。是以模经为式者，自入典雅之懿；效《骚》命篇者，必归艳逸之华……譬激水不漪，槁木无阴……自然之势。”空海在《文镜秘府论》里不仅继承并吸收了刘勰这种倡导作文“自然之势”的思想，而且将其进一步发挥。他从作文之术角度，将诗歌句式的起句、搭配分为17种“势”。我们可以把它们分为两大类：（1）六种“入作势”，即“直把入作势”“都商量入作势”“直树一句、第二句入作势”“直树两句、第三句入作势”“直树三句、第四句入作势”和“比兴入作势”；（2）11种“势”，即“谜比势”“下句拂上句势”“感兴势”“含思落句势”“相分明势”“一句中分势”“一句直比势”“生杀回薄势”“理入景势”“景入理势”和“心期落句势”。前一类“入作势”和后一类“势”说法略有别，可实质一样都是倡导作文遵循“自然之势”。

8.《地卷·九意》以四言韵文行文，与《文心雕龙》四六骈文的言语形式相仿

综合以上论述，笔者认为由于《文镜秘府论》对《文心雕龙》原文的引用实质上出自刘善经之手，空海只作编集、摘录，故而不能确定空海是否见过《文心雕龙》原书。但是，《文镜秘府论》各章节内容由空海从庞杂的典籍中筛选，他在入唐求法期间颇费心力的网罗六朝至唐代的诗文论书，随后“即阅诸家格式等，勘彼同异，卷轴虽多，要枢则少，名异义同，繁秽尤甚。余癖难疗，即事刀笔，削其重复，存其单号，总有一十五种类”（《天卷·序》），在历经如此这般的编、校、削、梳之后，空海还为《秘府论》作序，共有《天卷》的总序和东、西两卷的序文三篇。由此可见，《文镜秘府论》一书实质上是空海本人文论思想的“代言”或反映。他在书中特别偏好六朝诗论这一点已是学界共识，再加上此书多处的论旨与刘勰思想相近。因此可以断言，当时空海知晓《文心雕龙》的存在，并推崇

刘勰文论的思想。

二、都良香、菅原道真与《文心雕龙》

继空海《文镜秘府论》之后，平安朝初期另一位享有盛誉的文坛巨星都良香（844—879）也与《文心雕龙》有着内在渊源。都良香初名言道，日本贞观十四年（872）上奏朝廷，改名良香，祖上为桑原氏家臣，其父辈始寻脱离桑原家族，改姓都。良香自幼受家庭熏陶，汉学功底扎实。初入大学时，见时人得意扬扬，深自矜伐，贤愚不分，遂著《辨薰莸论》用以醒人诫已。此文与曹丕《典论·论文》的主旨相近，都有针对文人相轻、主张确立批评标准的意图。都良香十七岁为博士，十八岁为侍从，享年仅36岁。在他短暂的创作生涯中，对于理论性问题的把握比其他文学者更为敏锐。他不像当时大多数贵族知识分子那般从中国典籍中寻求诗文作法，模仿形式，而是注目于“曲阜尼丘，比培嵝而无别；紫兰红蕙，浑萧艾而不分”[①] 的危害。或许正是基于对理论的追寻，使他注意到《文心雕龙》这部“体大虑周”的著作。

都良香在《策文章生菅野肖文二条》其一的《辩论文章》中有关于文思迟速差异的提问。提问有一段是“夫作文之类，迟速不同。构词之家，巧拙各异。相如则腐毫，乃美思之缓也；枚皋则应机，可观思之急也”[②]。而《文心雕龙·神思》篇有“相如含笔而腐毫，扬雄辍翰而惊梦……淮南崇朝而赋《骚》，枚皋应诏而成赋……虽有短篇，亦思之速也”之论。因而推断，都良香之所以有此提问，恐怕是参考了《神思》篇的思想。接着，都良香又在“评定文章生从七位菅野朝臣惟肖对策文第事”一文中关于班彪、班固词采优劣问题对考生作了如下评语：

> 又问云：两班文章之苑，一种共春？
>
> 对云：班彪著书之业，班固继而易成。
>
> 今案：刘勰云，旧说以为固文优彪。然则两班词采，既有先谈，而对文妄引修史之事实，失所问之旨。[③]

---

① ［日］都良香：《中村璋八》，大塚雅司译，《都氏文集全译》，东京：汲古书院 1988 年版，第205 页。

② ［日］都良香：《中村璋八》，大塚雅司译，《都氏文集全译》，第 205 页。

③ ［日］都良香：《中村璋八》，大塚雅司译，《都氏文集全译》，第 217 页。

考官都良香向菅野惟肖提出班彪、班固词采优劣的评价问题，而菅野只说出班固继承父业完成《汉书》的史实。都良香的本意是想考一考菅野是否知道刘勰书中对班彪、班固的看法，而菅野所答非所问，没有正面谈清问题。都良香所记“今案”则有力证明了他对刘勰《文心雕龙》有深入的理解。这段本出自《文心雕龙》“才略”篇，其云：“二班两刘，弈叶继采，旧说以为固文优彪，歆学精向，然《王命》清辩，《新序》该练，璿璧产于昆冈，亦难得而逾本矣。”此处，刘勰虽然没有对“固文优彪”的旧说正面反驳，但他认为就如同美玉出产于昆仑山，做儿子的成就要超过由之而来的父辈也不是一件容易的事。在《史传》篇刘勰对班固还有更具体的评价，对仲长统所说的班固“端绪丰赡之功”与“遗亲攘美之罪”都没有提出异议。都良香认为这些都是考生理应掌握的知识，在答案中理应引用阐述才好。

同时评语中，对学生菅野文章的写法都良香也给出指导意见：

> 凡作文之体，自有定准，其开发端绪，陈呈大纲，必须豫论物理，暗含题意，起文于此，会理于彼，取上事以证下事，论后义以足前义。若失比例，体势差爽；而第一对文，发首首词，叙事级虑，不依题意。虽辛苦于瀚墨，而寂寥于事由。作者之病，可谓弥留。
>
> 亦言贵在约，文不敢多。善合者为难，过繁者为易。而今自谦之词，极为冗长；加之两条之中，闻辞重生。骈枝有损于翰林，附隶不除于文体，况亦病累相仍乖调律。①

这两段文字所表述的基本思想与《文心雕龙》的《熔裁》篇和《论说》篇的基本一致。其中“骈枝有损于翰林”的说法，从上下文及其所论内容来看，很可能直接出自《熔裁》篇“骈拇枝指，由侈于性；附赘悬肬，实侈于形。一意两出，义之骈枝也；同辞重句，文之肬赘也”之说，而非《庄子》原文里的相关论述。因为与庄子不同的是，刘勰论述的具体对象是作文。

总之，上述两例说明，都良香对《文心雕龙》曾认真研读过，并认为它是指导文章写作的重要教材。刘勰论文的重要思想，都应该为当时贵族

① ［日］都良香：《中村璋八》，大塚雅司译，《都氏文集全译》，第218页。

阶层的文学研究者所掌握。从时间上来推断，倘若上述策问及评定语是在都良香生命的最后几年撰写的话，那最迟在9世纪70年代，《文心雕龙》其书在宫廷贵族文士中有一定范围的流传。

无独有偶，另一位平安朝时期著名的大文豪、汉诗人菅原道真（845—903）也受到刘勰思想的影响。菅原道真894年被任命为遣唐使，但正值唐末衰乱期间，他奏请天皇终止派遣，遣唐使时代遂告终结。901年因政治斗争他被贬为太宰权师，在九州郁郁而死。死后他被世人尊为学问之神，得到广泛民众的敬仰。菅原道真曾参与《类聚国史》《三代实录》的编纂，著有《菅家文草》（12卷）、《菅家后集》等。其中《菅家文草》卷八收有《问秀才三善清行文二条》，其中一条是“音韵清浊”，原文如下：

> 问：雕龙便手，映风月于松；白风惊神，缩山河于斧藻。盖以音也成文之称，取诸数吹其词；韵惟结格之名，用则玄黄其句。洎于问经汪秽，曹王安吐乖异之机；儒翰纷纶，萧主独招不悟之叹。彼皆失功笼纽，逐儒林之老聋；忘道浮沈，为文苑之狂响者也。然则发枢机以翻铃健，谁家先转推轮？叩五音而押四声，何处始闻命律？霜凝文炽，阴阳昨无象声；山厚水柔，南北可有优劣。亦夫列池避汉武皇帝之羊，未详烧章犯文司马氏之讳，焉在吴楚、燕赵、秦陇、梁益之异同、喉中、舌前、牙齿、唇响之清浊。口谈分字，莫辞蚌谷之劳，毛举指文，当纵乌润之势①。

可见，这里“发枢机以翻铃健，谁家先转推轮？叩五音而押四声，何处始闻命律”等句所表述的思想，显然与以刘勰《文心雕龙·声律》篇为代表的六朝声律说相一致。

三、藤原佐世与《日本国见在书目录》

众所周知，能够确凿证明《文心雕龙》原书在日本留存的史实来自藤原佐世辑纂的汉籍目录——《日本国见在书目录》。藤原佐世（847—897）是平安初期的朝臣、汉学者，式家种继的曾孙，父为正五位下菅雄，母为

---

① ［日］菅原道真：《菅家文草》12卷（6册线装本），东京：和古籍元禄13（1700）年版，第67—68页。

伴氏。作为菅原是善的门生，藤原佐世饱读儒家经史。他于贞观年间（859—876）对策及第，举文章得业生；879年担任阳成天皇的都讲，884年任大学头，同时兼任藤原基经的家司，负责基经的侍读工作；仁和二年（886）为廷左少辨，迁式部少辅；宽平三年（891）被贬，左迁陆奥守；宽平九年秋（897）被征召回京，殒于途中。其编著除《日本国见在书目录》外，他尚有著述《古今集注孝经》。

宇多天皇宽平年间，藤原佐世奉敕命收集本朝所有汉籍，辑录成《本朝见在书目录》，又名《日本国见在书目录》。藤原佐世编撰《在书目录》的工作始于被贬之前，最后完成可能在任陆奥守期间。一般认为，该书撰成于宽平三年（891），正值日本平安朝初期，相当于中国唐昭宗大顺二年，即晚唐时期。

作为日本最早的汉籍目录，《日本国见在书目录》共1卷，仿《隋书·经籍志》的分类基准，将当时现存的约1580部，近1万7000卷的汉籍，按易家、尚书家、诗家等40家分门别类记载。其中有不少在中国本土早已失传的书目记录，成为中日两国书志学、文献学史上珍贵的史料。

《日本国见在书目录》的分类方法几乎全按《隋书·经籍志》分为40家，它们分别是：

经部——易家、尚书家、诗家、礼家、乐家、春秋家、孝经家、论语家、异说家、小学家

史部——正史家、古史家、杂史家、霸史家、起居注家、旧事家、职官家、仪注家、刑法家、杂传家、土地家、谱系家、薄录家

子部——儒家、道家、法家、名家、墨家、纵横家、杂家、农家、小说家、兵家、天文家、历数家、五行家、医方家

集部——楚辞家、别集家、总集家

目录第三十“杂家类”与第四十“总集类”著录有“文心雕龙十卷，刘勰撰”的条目，明确了《文心雕龙》原书在平安初期已传入日本。著名日本“龙学”家兴膳宏曾指出：《日本国见在书目录》是当时流传于日本的汉文典籍目录，由此可知最迟在公元794年的一世纪后，《文心雕龙》确已在日本存在。[①] 这里所说的“确已在日本存在”指的是作为物质化书面文本的《文心雕龙》。

① ［日］兴膳宏：《中国の文学理论》，东京：筑摩书房1988年版，第246页。

其实，日本人间接从其他渠道了解《文心雕龙》并接受它的时间更早。以户田浩晓、兴膳宏为代表的日本一些著名学者论及《文心雕龙》在日本流传历史时，都程度不同地涉及了平安朝之前的许多现存历史文献，特别谈及《文心雕龙》与日本最早的汉诗集《怀风藻》的关系。笔者考察研究亦认为平安朝之前《文心雕龙》在日本也有迹可循。现存最早的汉诗集《怀风藻》（751—752）带有明显的六朝遗风，从中可以窥见刘勰文论思想的影响。《怀风藻》开篇录有淡海朝大友皇子汉诗两首，其下有皇子传记，在形容大友皇子仪表堂堂，气质出众时，作者举了一例，其云："唐使刘德高，见而异曰'此皇子，风骨不似世间人，实非此国之分！'"[①] 固然，此句中出现的"风骨"一词乃形容人的风采和骨格，但亦与以刘勰为代表的六朝人论文时所使用的文之"风骨"的内涵相似。从汉诗序文中也可以窥见刘勰文论思想的影响。例如：下毛野虫麻吕所作的五言汉诗《秋日于长王宅宴新罗客》，该诗序文里有"加以物色相召，烟霞有奔命之场；山水助仁，风月无息肩之地"[②] 之说。兴膳宏指出：此处"物色相召""山水助仁"等用语显然与《文心雕龙·物色》篇"若夫珪璋挺其惠心，英华秀其清气，物色相召，人谁获安……若乃山林皋壤，实文思之奥府，略语则阙，详说则繁。然则屈平所以能洞监《风》《骚》之情者，抑亦江山之助乎"[③] 的表达类似。藤原万里《暮春与弟园池置酒》一诗的序文里也有这样的表述："夫登高能赋，即是大夫之才；体物缘情，岂非今日之事。"[④] 其中的"体物缘情"之语，源自《文赋》"诗缘情而绮靡，赋体物而浏亮"。实际上与刘勰所言的"诗者，持也，持人情性"（《明诗》）的"重情性"之说异曲同工。但是，必须指出的是，这一时期《文心雕龙》对《怀风藻》等汉诗集的影响带有模糊性和不确定性：即无法确认虫麻吕、藤原万里等汉诗人是否读过《文心雕龙》。更大的可能是他们在阅读和援引唐诗、《文赋》等典籍时无意识地继承了刘勰的文论思想。另外，除"物色相召""山水助仁"等用语外，"风骨"和"体物缘情"等术语和说法在六朝其他文人作品或文集中也能见到。

---

① ［日］小岛宪之校注:《怀风藻·文华秀丽集·本朝文粹》（日本古典文学大系 69），东京:岩波书店 1980 年版,第 9 页。

② ［日］小岛宪之校注:《怀风藻·文华秀丽集·本朝文粹》（日本古典文学大系 69），第 131 页。

③ ［日］兴膳宏:《中国の文学理论》,第 254 页。

④ ［日］小岛宪之校注:《怀风藻·文华秀丽集·本朝文粹》（日本古典文学大系 69），第 158 页。

而且，早在明确著录有《文心雕龙》且标明是刘勰撰的《日本国见在书目录》（891）之前，空海在《文镜秘府论》（809—810）中不仅间接援引《文心雕龙·声律》篇大段的文字，而且，在关于文学产生、文学创作构思和具体写作等方面明显受到刘勰《文心雕龙》的影响。他之后的汉学大家都良香（844—879）、菅原道真（845—903）有关声律理论的一些思想也与刘勰《声律》篇里所表述的相似。尤其是都良香（844—879）表述的相关思想，不仅与刘勰《文心雕龙》里的相似，而且他以“刘勰云”字样，明确直接引用《文心雕龙》中的语言。由此可见，即便是沿用人们常常使用的“宇多天皇宽平年间（889—897）”描述藤原佐世辑录的《日本国见在书目录》，《文心雕龙》一书也早在此之前，最迟在9世纪70年代，已经在宫廷贵族文士中有一定范围的流传。

（作者单位：广东外语外贸大学日语语言文化学院）

用典论

——中国古典诗歌创作论之四

鲍思陶

前　记：亡友鲍思陶教授，安徽枞阳人，1956年生。1978年考入山东大学中文系，1982年考取本系古代汉语专业硕士研究生，师从殷孟伦先生。1985年毕业，留校任教。1995至2002年在齐鲁书社工作，后复回山东大学文学院执教。2006年8月24日病逝。生前有《中国诗歌语言研究》专题课备课讲稿，拟整理成专著《中国古典诗歌语言论》或名《中国古典诗歌创作论》。甫写出诗歌体式、声律论和诗歌意境三章，遽因病搁置。思陶兄疾亟时，病榻嘱余代为整理前三章，并嘱补撰“用典论”与“鉴赏论”两章，以成一书。思陶之所以临终以此事相托，乃因自1990年起，余时时向他请教学诗，前后已十余载，思陶兄以余为最知其诗学理念，亦期望其诗学思想将有益于古典诗歌创作之复兴矣。余受此重托，而迁延竟至十多年未能完成，每一念及，深怀愧疚！去年八月，余年周甲子，本该退休。单位领导以工作需要请余延退，教学任务则可稍减。遂于去年秋冬季，得专力于思陶遗稿之整理，前三章在去年岁末整理完成；后两章则分别是今年四五月间和七八月间补撰完成。现任山东大学文学院院长杜泽逊教授，亦与思陶兄有旧，其于思陶遗稿之整理事宜则时有关怀敦促。今整理完成之前三章，承蒙泽逊院长惠准在《山东大学中文论丛》连载发表；后两章则承蒙泽逊院长同窗、亦为思陶及志云良友戚良德教授在其所主编的《中国文论》辑刊连载发表。嗣后并将由文学院资助出版思陶遗著《中国古典诗歌创作论》。对于杜泽逊院长和文学院给予思陶教授遗著的关心和重视，对于戚良德教授的热心相助，余与思陶兄家人及故旧俱不胜感激！

鲍思陶遗著《中国古典诗歌创作论》整理者：倪志云谨记

2021年10月28日

1917年，胡适撰《文学改良刍议》，成为倡导推行白话新文学的提议和宣言，也是新文化运动开端的一个标志。《文学改良刍议》具体针对文言旧体诗文，列举八条入手改良事项，其第六条是“不用典”，“用典”被指为旧体诗文的一大弊害。此后新文学爱好者就多以“用典”令人难懂为不爱读旧体诗文的理由之一，今日也多有大学文学院学生因古典诗文较多“用典”而厌读，就早早画地自限，专攻现当代文学去了。

胡适《文学改良刍议》“六曰不用典”一段，已记述了他与友人关于什么是“用典”的争论。胡适说他主张的“不用典”这一条，当时就最受朋友攻击，他认为是此条最易误会。他转述友人江亢虎给他的书信里说的“所谓典者，亦有广狭二义。饾饤獭祭，古人早悬为厉禁；若并成语故事而屏之，则非唯文字之品格全失，即文字之作用亦亡。……文字最妙之意味，在用字简而涵义多。此断非用典不为功。”[①] 对于胡适等激进的“文学革命论”持异议的“学衡”派主将、哈佛大学博士、大植物学家胡先骕先生，在《评〈尝试集〉》长文中批评胡适的“不用典”论，具体分析了用典的优劣得失，他也不赞成用僻典和堆砌典故，但他指出胡适不知道外国诗也一样用典，荷马史诗中的神话，已为文艺复兴以后诗人几乎用滥；到莎士比亚、弥尔顿的诗作出来，又群起引用他们诗中的情事。所以“用典”是中外文学共有的手法，关键是要看用得是否恰到好处，用得好的起到引喻、含蓄、点染生色的作用。[②]

胡适的“不用典”论，不仅一开始就受到友人的质疑，而且一直也多有学者名家坚持异议。文学观念与胡适十分相左的大学问家、诗人黄侃在《文心雕龙札记》里说：“然质文之变，华实之殊，事有相因，非由人力，故前人之引言用事，以达意切情为宗，后有继作，则转以去故就新为主。陆士衡云：虽杼轴于予怀，怵他人之我先，苟伤廉而愆义，故虽爱而必捐。

① 胡适：《胡适文存》一集，合肥：黄山书社1996年版，第7页。

② 胡先骕：《评〈尝试集〉》，原载《学衡》第一、二期，1922年。参看胡宗刚：《不该遗忘的胡先骕》，武汉：长江文艺出版社2005年版，第57页。

岂唯命意谋篇，有斯怀想，即引言用事，亦如斯矣。是以后世之文，专视古人，增其繁缛，非必文士之失，实乃本于自然。今之訾謷用事之文者，殆未之思也。”[①] 黄先生认为文章“用事”是必然、也是自然的事情。其议论是针对“訾謷用事之文者”而发，无疑是对胡适的“不用典”论大不以为然。

先不论古典诗文用典的问题，是不是白话新文学就真可以“不用典”呢？新文学家鲁迅先生的小说《阿Q正传》广为流传，自轻自贱、又自欺自慰的阿Q品性，因为在国人中极具典型性，以致“阿Q精神”成为一个常用语，岂不是白话文学本身已形成的一个“用典”的显著例证？除了阿Q外，鲁迅小说所写还有孔乙己、闰土、祥林嫂等，这些人物名字也都常被用来比况类似的人物，这种比况就是“用典”。这都是白话新文学已自用新文学之“典”的显著例证吧。

为胡适先生记录口述自传的唐德刚先生，安徽合肥人，美籍华裔学者，1982年春曾应山东大学历史系邀请从美国来讲学。唐先生讲演的开放的视野和通达幽默的话风，浓重的安徽口音，令人印象深刻。后来读到唐德刚先生的《史学与文学》一书，其中《〈刍议〉再议——重读适之先生〈文学改良刍议〉》一文，对于胡适先生“改良八条”逐条再议，关于“不用典”，唐德刚先生说：“胡适之先生要人家作文‘不用典’，更办不到。因为他教人不用典的那篇‘逼上梁山’的大文，文题本身就是大典故！正因为他‘用典’，他那篇文章才有劲。不信？且看我把它换成个‘不用典’的题目：‘我本不要做呀！他们硬逼着我做啊！’写了这样一个‘不用典’题目的文章，那胡适还能成其为胡适吗？”[②] 读其文，依然如听闻他乡音浓重、风趣幽默的谈吐。

所以，把“用典”指为旧体诗文的一大弊害，不过是提倡新文学者最初的一种似是而非的偏激之言。其实“用典”是语文修辞的一种手法，不仅古典诗文多见用典，白话新文学也已经在用典。也不仅是中国文学多见用典，西方文学也同样用典。

以下分四节来讲讲古典诗歌“用典”的问题。

---

① 黄侃著，吴芳点校：《文心雕龙札记》，北京：中国人民大学出版社2004年版，第184页。

② ［美］唐德刚：《史学与文学》，上海：华东师范大学出版社1999年版，第208页。

一、什么是“用典”

“用典”亦称“用事”“使事”，是指诗文里引用古书中的人物故事、史实，或名言警句，以比方今情今事的修辞方法。尤其是诗歌，又尤其是律诗，由于诗句字数有限定、诗中必须有对偶句等规则，用典可以使五七言诗句包含更丰富的内容，可以委婉地表达不便或不宜直说的思想感情，可以营造典雅含蓄的语言风格。因此，用典是古典诗歌创作的一个重要手段。对于读者来说，了解古典诗歌中的典故，读懂作品蕴含的丰富的思想感情，在阅读过程中是寻幽探胜，也是一种审美享受。然而，任何一种艺术方法，如果使用不当，又都会变成弊端。用典不当，使文意晦涩难以理解，也必然令人厌烦。文学史上应对用典产生的文意晦涩难解的问题，就会出现“不用典”的主张，也会引发什么是用典以及如何用典的讨论。这一节先来说说什么是“用典”。

南朝刘勰撰《文心雕龙·事类》篇，专论诗文中引用古事和成辞以加强论证和说明的功用，刘勰首先指出“事类者，盖文章之外，据事以类义，援古以证今者也”，然后列举《易经》《尚书》“略举人事，以征义者”和“全引成辞，以明理者”的例子，说明这些都属于“事类”，也就是“用事”。刘勰认为善于“用事”，不仅能使诗文“文彩必霸”，而且“可称理得而义要矣”。因此，刘勰就不一概反对“用事”，而是提出“用事”要适当，要简约精确，要无异于自其口出，而不要乖谬，不要用在无关宏旨的地方。① 刘勰对于“事类（用事）”的概述包含全面，现代研究者会指出刘勰的“用事”所指宽泛，是广义的概念。然而现代辞书中“典故”的释义仍然是广义的，例如《辞源》“典故”条第二义项是：“诗文中引用的古代故事和有来历出处的词语。”②《现代汉语词典》“典故”条释义是：“诗文里引用的古书中的故事或词句。”③ 事实是古代文论诗话中论及“用事”者，绝大多数都是在这样的广义理解上来谈论的。因此，我们以下所讲也还是这样用其广义，以符合历来谈论“用事”的实际。

总之，“用典”是诗文里引用古书中的故事和词语的修辞方法。尤其是

① 陆侃如、牟世金:《文心雕龙译注》下册，济南：齐鲁书社 1982 年版，第 220—234 页。

② 《辞源（修订本）1—4 合订本》，北京：商务印书馆 1997 年版，第 172 页。

③ 《现代汉语词典》，北京：商务印书馆 2002 年版，第 280 页。

古典诗歌，用典可以使五七言诗句包含更丰富的内容，可以委婉地表达不便或不宜直说的思想感情，可以营造典雅含蓄的语言风格。因此，用典是古典诗歌创作的一个重要手段。而要阅读欣赏古典诗歌，也须对诗中的用典尽可能了解，才能更好地理解诗意和诗艺。现代整理古典诗歌的名家名著，全集或选本，如果只是点校，并不能满足读者读懂原作的需要，而注释乃是最为读者着想的工作。好的注释本对于诗中用典都尽可能注明出处，有的还阐释此处用典的具体用意。好的注释本是学习研究古典诗歌所必须凭借的。而如果有志于学习传统诗歌创作，则对于用典的利弊，以及用典的方法和宜忌，更应着意了解和学习。

二、用典的利弊

在中国文学史上，厌恶诗文用典，主张诗文“不用典”，又并非胡适提倡白话文时才有的创论，其实这也是一个历史话题。这一节我们做些历史回顾，说说古代关于用典的利弊的论析。

最早明确表示厌恶用典而主张“不用典”的是南朝时期的诗评家钟嵘。钟嵘《诗品序》有一段议论说：

> 夫属词比事，乃为通谈。若乃经国文符，应资博古，撰德驳奏，宜穷往烈。至乎吟咏情性，亦何贵于用事？“思君如流水”，既是即目；“高台多悲风”，亦惟所见；“清晨登陇首”，羌无故实；“明月照积雪”，讵出经史？观古今胜语，多非补假，皆由直寻。颜延谢庄，尤为繁密，于时化之。故大明泰始中，文章殆同书抄。①

其中所谓“用事”，也就是用典。钟嵘认为政论和奏议文章，应该充分引证古往史事以为借鉴，至于诗歌乃是抒发情意，何必以“用事”为贵？他列举的四句诗：“思君如流水”，出建安七子之一徐干的《室思诗》②；“高台多悲风”，是曹植《杂诗七首》第一首的起句③；“清晨登陇首”，是

---

① ［清］何文焕辑：《历代诗话》上册，北京：中华书局1981年版，第4页。

② 逯钦立辑校：《先秦汉魏晋南北朝诗》上册，北京：中华书局1983年版，第377页。

③ 逯钦立辑校：《先秦汉魏晋南北朝诗》上册，第456页。

晋张华诗句[1]；"明月照积雪"，出南朝宋谢灵运《岁暮诗》[2]。钟嵘欣赏推重这些诗句的即目所见而不"用事"的"直寻"手法，然后批评颜延之、谢庄诗"用事"繁密，批评刘宋朝文章"用事"太过，"殆同书抄"。

诗歌如果以"用事"炫耀博学而妨碍甚至湮没了抒情言志的作用，不免令人生厌。钟嵘的议论由此引发，不为无故。但仅以所举几例叙事和写景的佳句为证，而即主张不贵"用事"，议论又不免片面而肤浅。诗歌除了叙事写景外，言志抒情，在简洁的诗句里表达深婉的情意，往往以"用事"为一种有效的方法。就以钟嵘议论所列举到、并且也是他最为推重的诗人曹植来说，曹植诗中既多"直寻"的胜语，也有"用事"的佳句。例如《箜篌引》诗中"久要不可忘，薄终义所尤"句，只有知道是用《论语·宪问》篇孔子所说"久要不忘平生之言，亦可以为成人矣"的话（《十三经注疏》本《论语注疏》："孔曰：久要，旧约也；平生，犹少时。"邢昺疏："言与人少时有旧约，虽年长贵达，不忘其言。"[3] 朱熹《论语集注》也以"久要"为"旧约也"，"平生"则解作"平日也"[4]），才能理解曹植所感慨歌颂的交友处世的正道。[5] 被钟嵘引来称赞的曹植《杂诗》其一的起句"高台多悲风"，虽是即目所见，但紧接着的下句"朝日照北林"，注家谓"'北林'，林名，见《诗经·晨风》。"[6] 就也已在用《诗经》的语典。如果有人说"北林"也可以是曹植所见，而不必是用《诗经》的典故。那再看他的《杂诗》其三：

西北有织妇，绮缟何缤纷！
明晨秉机杼，日昃不成文。
太息经长夜，悲啸入青云。
妾身守空闺，良人行从军。
自期三年归，今已历九春。
飞鸟绕树翔，噭噭鸣索群。

① 逯钦立辑校：《先秦汉魏晋南北朝诗》上册，第 622 页。
② 逯钦立辑校：《先秦汉魏晋南北朝诗》中册，第 1181 页。
③ ［清］阮元校刻：《十三经注疏》，北京：中华书局 1980 年版，第 2511 页。
④ ［宋］朱熹：《四书章句集注》，北京：中华书局 2003 年版，第 152 页。
⑤ 参阅余冠英选注：《汉魏六朝诗选》，北京：人民文学出版社 1978 年版，第 112—113 页。
⑥ 余冠英选注：《汉魏六朝诗选》，第 121 页。

愿为南流景，驰光见我君。

余冠英注说：

“明晨”，清晨。“日昃（音仄）”，午后。日过午为昃。一作“日暮”。以上二句就是《诗经·大东》“跂彼织女，终日七襄；虽则七襄，不成报章”和《古诗》“皎皎河汉女，……札札弄机杼，……终日不成章”的意思。[①]

这是用《诗经》和《古诗》的典故，应无异议了吧。钟嵘《诗品》盛赞曹植诗：“其源出于《国风》。骨气奇高，词采华茂，情兼雅怨，体被文质，粲溢今古，卓尔不群。”[②] 曹植诗源出《国风》，当然主要是指其幽怨缱绻的风神，但时或取用《诗经》的词采典故，也是可证其渊源的影迹。

建安诗人“用事”，曹植又并非孤例，即如其父王曹操，钟嵘《诗品》评曰“曹公古直，甚有悲凉之句”[③]。曹操诗虽“古直”，虽多直写其事和直抒情意，但必要时也很善于用典。例如其名篇《短歌行》：

对酒当歌，人生几何。譬如朝露，去日苦多。
慨当以慷，忧思难忘。何以解忧，唯有杜康。
青青子衿，悠悠我心。但为君故，沉吟至今。
呦呦鹿鸣，食野之苹。我有嘉宾，鼓瑟吹笙。
明明如月，何时可掇。忧从中来，不可断绝。
越陌度阡，枉用相存。契阔谈宴，心念旧恩。
月明星稀，乌鹊南飞。绕树三匝，何枝可依。
山不厌高，海不厌深。周公吐哺，天下归心。[④]

其中“青青子衿，悠悠我心”二句，是用《诗经·郑风·子衿》成句，“呦呦鹿鸣”四句，是《诗经·小雅·鹿鸣》原句。《子衿》原是一首

① 余冠英选注：《汉魏六朝诗选》，第 122 页。
② ［清］何文焕辑：《历代诗话》上册，第 7 页。
③ ［清］何文焕辑：《历代诗话》上册，第 17 页。
④ 逯钦立辑校：《先秦汉魏晋南北朝诗》上册，第 349 页。

女子思念恋人的诗，《鹿鸣》是宴会群臣嘉宾时的乐歌。曹操就像《左传》所记春秋士大夫在宴会等交际场合善于断章取义引《诗》言志一样，很顺手地引用《诗经》原句，很贴切的拼接在自己的诗中，借以表达自己求贤不得的忧思和希望得到贤才的热切之情。最后两句“周公吐哺，天下归心”，也是用典。《史记·鲁周公世家》记周公告诫儿子伯禽说：“我文王之子，武王之弟，成王之叔父，我于天下亦不贱矣。然我一沐三捉发，一饭三吐哺，起以待士，犹恐是天下之贤人。子之鲁，慎无以国骄人。”[①] 曹操以周公自比，表明自己求贤之诚。这首诗里如果没有这几处“用事”，则很难如此生动准确地表达出曹操的这些心思。

建安诗人也不仅是曹氏父子诗中“用事”，陈琳、王粲等“七子”之诗也时见用典。仍以钟嵘列举胜句的诗人之一徐干为例，钟嵘欣赏的“思君如流水”句，出徐干《室思诗》其三；而《室思诗》其四“蹑履起出户，仰观三星连”二句，余冠英注云：“《诗经·绸缪》：‘绸缪束薪，三星在天。今夕何夕？见此良人。’所谓三星也是指参星。《绸缪》是乐新婚的诗，作者可能联想及之。”[②] 又《室思诗》其六“人靡不有初，想君能终之”二句，余冠英注云：“《诗经·荡》：‘靡不有初，鲜克有终’，是此诗‘人靡’两句所本，表示希望对方始终如一。”[③] 如果说“仰观三星连”句是否用典在隐约之间的话，“人靡不有初，想君能终之”二句用典，则毫无疑问，而且是化用引申，加强了对于对方的期望语气，是用典的佳例。

建安诗人“用事”不多，但“用事”的作用增加了言志抒情的深婉或强度则很明显。魏晋诗人也往往“用事”，“用事”处也不妨为胜语佳句的例子，如前面说到过陶渊明“先师有遗训，忧道不忧贫”一类的诗句，还可以举出一些，为省篇幅，就不罗列了。总之，这些例证可以说明，钟嵘以“观古今胜语，多非补假，皆由直寻”为由而鄙薄“用事”，其实是一偏之见。当然，他批评的“用事繁密，殆同书抄”的作品，确实属于病态，是应该批评的。

钟嵘撰《诗品》偏重于诗的鉴赏，由于对“用事繁密，殆同书抄”的近世诗文弊端的厌恶，导致简单化地主张“直寻”而一概反对“用事”，

---

① ［汉］司马迁:《史记》卷三十三，第1518页。

② 余冠英选注:《汉魏六朝诗选》，第108页。

③ 余冠英选注:《汉魏六朝诗选》，第108页。

又并非理性公允的立论。倒是成书还早于《诗品》十多年的刘勰《文心雕龙》，全面地论说当时已存在的各种文体的特性、文章写作的才性技艺和文学鉴赏等问题，历来被公认为“体大思精”、空前绝后的一部古典文论著作。《文心雕龙·事类》篇专论诗文中引用古事和成辞以加强论证和说明的功用，上节已引述。刘勰还列举了曹植、陆机等名家“引事乖谬”的例子，希望后来作者引以为戒。[①] 可以说，刘勰对于诗文“用事”的利弊做了比较客观的评析和有益的引导。

唐代诗论，初盛唐时主要论说的是声律和偶对，论“用事”者少见，传为王昌龄撰《诗格》“诗有六式”之一曰：“用事五：谓如己意而与事合。”举例是谢灵运《庐陵王墓下作》诗句“洒泪眺连冈”，谓“‘连冈’是诸侯事也，古者诸侯葬连冈。”[②] 至中唐诗僧皎然撰《诗式》，则以是否“用事”和如何“用事”为据分诗为五格，即“不用事第一”“作用事第二”“直用事第三”“有事无事第四”“有事无事、情格俱下第五”；《诗式》五卷，总论诗法之外，即按五格分别列述汉代至中唐名篇丽句为例，间加评论。可见“用事”成为《诗式》一条贯穿的经线，因此皎然对于什么是“用事”也有所析论，他说：“时人皆以征古为用事，不必尽然也。”他举例说：

> 如陆机诗：“鄙哉牛山叹，未及至人情。爽鸠苟已徂，吾子安得停?”此规谏之中，是用事非比也。如康乐公诗：“偶与张、邴合，久欲归东山。”此叙志之中，是比非用事也。[③]

李壮鹰《诗式校注》注这段话里所举陆机诗后的断言“是用事非比也”在流传各本中有异文，谓别本作“比非用事也”[④]。这里不想由此处异文讨论皎然分别的“比”与“用事”。关于“用事”，我还是宁愿采用刘勰《文心雕龙·事类》篇的广义的界定。而刘勰称“用事”为“事类”，所谓“据事以类义”，本就包含有“比”的意思。20世纪著名文学家朱自清先生也说：“但典故多半只是历史的比喻和神仙的比喻；用典故跟用比喻往往是

① 陆侃如、牟世金译注：《文心雕龙译注》下册，第220—234页。
② ［宋］陈应行编：《吟窗杂录》，北京：中华书局1997年版，第233页。
③ ［唐］释皎然著，李壮鹰校注：《诗式校注》，济南：齐鲁书社1986年版，第24—25页。
④ ［唐］释皎然著，李壮鹰校注：《诗式校注》，第25页。

一个理，并无深奥可畏之处。不过比喻多取材于眼前的事物，容易了解些罢了。广义的比喻连典故在内，是诗的主要的生命素；诗的含蓄，诗的多义，诗的暗示力，主要的建筑在广义的比喻上。”[①] 可知“用事”与“比、兴”，并不是可以判别区分的事情，诗歌显然可以“用事”为“比”，或“用事”起“兴”。而皎然《诗式》因为对于“用事”虽未采取前如钟嵘、后如胡适的完全摒斥的主张，但也明显受钟嵘影响而主张“不用事第一”。为此，他将一些广义上“用事”的方法说成“非用事”，他书中还有“语似用事，义非用事”一段的举例辨析，就也有如前面说的胡适因为简单主张“不用事”、而把诸多不得不“用事”的方法说成不是“用事”，做法上有些相似。

从南朝到盛唐，诗人在“用事”上多所探索，有巧有拙，有利亦有弊。有弊的一面自应受到批评和摒除，而有利的一面则也丰富了诗歌的手法，提升了诗歌的品质。宋张戒《岁寒堂诗话》说：“诗人以用事为博，始于颜光禄，而极于杜子美。”[②] 颜延之诗“用事”早已遭钟嵘的批评。而杜甫诗“用事为博”，虽也偶尔有人挑剔他“用事”之误，但历来更多的还是以之为成功的典范。宋代诗人和学者已认识到杜甫诗的经典价值，宋初诗人王禹偁称赞“杜甫集开始世界”（《日长简仲咸》）；杜甫的“诗圣”之誉也始于宋。黄庭坚既称杜甫诗为“大雅之音”，又说杜甫诗“无一字无来处”。在杜甫诗的遣词用事上发现“点铁成金”的妙处，是宋人的一大兴奋点。宋人整理、注释杜甫诗，有“千家注杜”的说法。而注释杜诗，注明事典和语典的出处，是主要内容。清代继续有杜甫诗集的新注本，如钱谦益的《钱注杜诗》，仇兆鳌的《杜诗详注》，杨伦的《杜诗镜铨》等。我们中文系前辈萧涤非先生主持的《杜甫全集校注》工作，是现代注释杜甫诗的一项大工程，历经数十年之后，其成果已经面世。

杜甫诗的高度成就固然是思想性和艺术性各方面超凡越俗的综合结果，但杜甫诗歌词汇的丰富典雅，用事的广博灵活，是以熟读经史古籍、以“腹有诗书”为基础的。浏览杜诗的用典注释，就可知他诗中自谓“读书破万卷”，是确然可信的。我们就再以杜甫诗用典为例，来看诗歌用典的作

① 朱自清：《〈唐诗三百首〉指导大概》，《朱自清古典文学论文集》，上海：上海古籍出版社 1981 年版，第 364 页。

② 丁福保辑：《历代诗话续编》，北京：中华书局 1983 年版，第 452 页。

用，也就是用典的好处。

（一）诗用典故，用古人或故事为比以寄意，可以简洁而恰当地表达自己的志尚和性情。前人的言语行事，是经过历史检验的，无论对错，都有相对的结论。运用前人的言语行事来比方自己的情感意思，就会引起读者对这种情事的认可，会增强感人深度和说服力。

例如杜甫《自京赴奉先县咏怀五百字》诗云“许身一何愚，窃比稷与契”，稷与契是尧舜贤臣，故事见《孟子·离娄下》《国语·鲁语上》和《史记·周本纪》等典籍。《孟子·离娄下》云：“禹思天下有溺者，由己溺之也；稷思天下有饥者，由己饥之也。”①《国语·鲁语上》曰：“契为司徒而民辑。”② 杜甫在《奉赠韦左丞丈二十二韵》诗中说过“致君尧舜上，再使风俗淳”，尧舜是儒家、尤其是孟子历史叙述中的上古圣明之君，尧舜时代在《易·系辞下》说是“垂衣裳而天下治”的淳朴时代。《孟子·万章上》说伊尹耕于有莘之野而乐尧舜之道，商汤聘之，伊尹初不应；汤三使往聘之，伊尹乃幡然改曰：“与我处畎亩之中，由是以乐尧舜之道，吾岂若使是君为尧舜之君哉？吾岂若使是民为尧舜之民哉？吾岂若于吾身亲见之哉？……”③ 杜甫自比稷与契，自比伊尹，就都是要“使是君为尧舜之君，使是民为尧舜之民”。如此这般志向，如果不是这样用典故来表达，是很难用几句诗说清楚的。

对于杜甫的许身稷契，当时即“取笑同学翁”，但他还是坚持自己的志尚的。后世也有质疑者，如宋葛立方《韵语阳秋》卷八：

> 老杜高自称许，有乃祖之风，上书明皇云：“臣之述作，沉郁顿挫，扬雄、枚皋可企及也。”《壮游》诗则自比于崔、魏、班、扬，又云：“气劘屈贾垒，目短曹刘墙。”《赠韦左丞》则曰：“赋料扬雄敌，诗看子建亲。”甫以诗雄于世，自比诸人，诚未为过。至“窃比稷与契”，则过矣。史称“甫好论天下大事，高而不切”，岂自比稷契而然也邪？④

---

① 杨伯峻译注：《孟子译注》，北京：中华书局1984年版，第199页。

② ［旧题］左丘明撰，鲍思陶点校：《国语》，《二十五别史》，济南：齐鲁书社2000年版，第80页。

③ 杨伯峻译注：《孟子译注》上册，第225页。

④ ［清］何文焕辑：《历代诗话》下册，第546页。

周必大《二老堂诗话》也引“自比稷与契”句，谓“子美未免儒者大言”[①]。这是一类评议。但后世更多的还是对于杜甫志向的肯定和褒赞，如苏轼说：“子美自比稷与契，人未必许也。然其诗云：‘舜举十六相，身尊道益高。秦时用商鞅，法令如牛毛。’此自是契、稷辈人口中语也。”[②] 黄彻《巩溪诗话》卷十曰：

自“杜陵有布衣，老大意转拙。许身一何愚，窃比稷与契”，其心术祈向，自是稷、契等人。“穷年忧黎元，叹息肠内热”，与饥渴由己者何异？……禹、稷、颜子，不害为同道。少陵之迹江湖而心稷契，岂为过哉。[③]

明王嗣奭《杜臆》卷一曰：

人多疑自许稷契之语，不知稷契元无他奇，只是己溺己饥之念而已。伊尹得之而念廑纳沟，孔子得之而欲立欲达，圣贤皆同此心，篇中已和盘托出。[④]

清浦起龙《读杜心解》卷一曰：

通篇只是三大段，首明赍志去国之情，中慨君臣耽乐之失，末述到家哀苦之感。而起手“许身”“比稷契”二句总领，如金之声也。结尾用“忧端齐终南”二句总收，如玉之振也。其“稷契”之心，“忧端”之切，在于国奢民困。而民惟邦本，尤其所深危而极虑者。故首言去国也，则曰“穷年忧黎元”。中慨耽乐也，则曰“本自寒女出”。末述到家也，则曰“默思失业徒”。一篇之中，三致意焉。然则其所谓比“稷契”者，果非虚语。[⑤]

① ［清］何文焕辑：《历代诗话》下册，第669页。
② ［宋］苏轼撰，［明］茅维编，孔凡礼点校：《苏轼文集》第5册，北京：中华书局1986年版，第2105页。
③ 丁福保辑：《历代诗话续编》上册，第401页。
④ ［明］王嗣奭：《杜臆》，上海：上海古籍出版社1983年版，第36页。
⑤ ［清］浦起龙：《读杜心解》，北京：中华书局1981年版，第22—23页。

杜甫诗中用古人自比，除上述自比稷、契以表达个人志尚情怀外，还有用诸葛亮、陶渊明、阮籍、谢安、谢灵运、贾谊、王粲、庾信、葛洪、许询等历史人物自比，以表现其行藏志趣、雅性襟情和困顿漂泊之悲哀等，其例甚多，不一一列举。

（二）诗用典故，用古人或故事为比以托喻，概括或委婉地表达对于他人他事的褒贬品评，或讽刺批判。

例如杜甫《春日忆李白》诗[①]，开篇盛赞“白也诗无敌，飘然思不群”，已给予李白诗至高无比的推崇。但仅有至高的推崇，并不能使人对于李白诗的特色有所感知，因而接下来的“清新庾开府，俊逸鲍参军”二句，就用六朝两位大诗人最显著的诗歌为比喻，赞美李白诗兼具庾信的清新和鲍照的俊逸风格。起句已说李白诗是“无敌”的，其后用庾、鲍诗风比况李白诗歌，自然也是称赞李白青出于蓝、后来居上。而以“清新俊逸”概括李白诗歌的独特风格也很准确切合。杜甫在诗中称赞其他诗友时，也往往用魏晋六朝名家为比喻，例如赞美孟浩然谓“赋诗何必多，往往凌鲍谢”[②]；赞美高适，是“方驾曹刘不啻过”[③]，是“文章曹植波澜阔”[④]；赞美岑参谓“谢朓每篇堪讽诵”[⑤]；赞美许十一，是“陶谢不枝梧”[⑥]；等等。这样以古诗人比今诗友，虽不都属于用典，有时只是直接的比类。但如上列诸例，却都有以前代诗人的诗歌造诣和风格来比喻所推重的诗人之意，这些就都是用典，是没有疑义的。

再看杜甫《丽人行》最后六句：“后来鞍马何逡巡，当轩下马入锦茵。杨花雪落覆白蘋，青鸟飞去衔红巾。炙手可热势绝伦，慎莫近前丞相嗔!”萧涤非先生《杜甫诗选注》注“杨花”句说：

> 这和下句都是隐语，也是微词。妙在结合当前景致来揭露杨国忠和从妹虢国夫人通奸的丑恶。这里杜甫采用了南朝民歌双关语的办法，用杨花双关杨氏兄妹。《尔雅·释草》：“苹、蓱，其大者蘋。”《埤雅》

① 《全唐诗》卷二百二十四，北京：中华书局1960年版，第2395页。
② 《全唐诗》卷二百十八，第2291页。
③ 《全唐诗》卷二百二十八，第2472页。
④ 《全唐诗》卷二百二十三，第2383页。
⑤ 《全唐诗》卷二百二十九，第2494页。
⑥ 《全唐诗》卷二百十六，第2263页。

卷十六："世说杨花入水化为浮萍。"据此，是杨花、萍和蘋虽为三物，实出一体，故以杨花覆蘋，影射兄妹苟且。又北魏胡太后尝逼通杨白花，白花惧祸，降梁。（杨华本名白花，降梁后，改名华，见《南史》）胡太后思之，作《杨白花歌》，有"秋去春还双燕子，愿衔杨花入窝里"之句。杜甫这句诗也暗用了这一个淫乱故事。①

如此荒淫的事情，巧用典故揭露，既尽显其丑恶，又不使诗句流于粗言谩骂，正是用典的好处。

（三）诗用典故，援古以证今，鉴古以论今，对现实作历史的思考，以抒发感时抚事的忧乐之情。

安史之乱初起，杜甫一度被叛军虏至沦陷中的长安，后逃出投奔肃宗皇帝行在凤翔，有诗《自京窜至凤翔喜达行在所三首》，其二云："愁思胡笳夕，凄凉汉苑春。生还今日事，间道暂时人。司隶章初睹，南阳气已新。喜心翻倒极，呜咽泪沾巾。"② 其中五六两句，用汉光武帝故事以比唐肃宗的眼下作为，借古喻今，写唐朝尚有平叛复兴的希望。汉光武帝刘秀，南阳人。《后汉书·光武帝纪》：

更始（刘玄）将北都洛阳，以光武行司隶校尉，使前整修官府。于是置僚属，作文移，从事司察，一如旧章。时三辅吏士东迎更始，见诸将过，皆冠帻，而服妇人衣，诸于绣䘿，莫不笑之，或有畏而走者。及见司隶僚属，皆欢喜不自胜。老吏或垂涕曰："不图今日复见汉官威仪！"由是识者皆属心焉。③

又《光武帝纪论》谓王莽篡位后，"望气者苏伯阿为王莽使至南阳，遥望见春陵郭，唶曰：'气佳哉！郁郁葱葱然。'"④ 由于如《史记》《汉书》《后汉书》这些史籍在唐朝已为士人必读之书，因此杜甫诗中"司隶章初睹，南阳气已新"这两句用汉光武帝故事所传达出的寄复兴希望于唐肃宗的心意，是都能一读便知的。

---

① 萧涤非选注：《杜甫诗选注》，北京：人民文学出版社 1996 年版，第 31—32 页。

② 《全唐诗》卷二百二十五，第 2405 页。

③ ［南朝宋］范晔：《后汉书》卷一上，北京：中华书局 1965 年版，第 9—10 页。

④ ［南朝宋］范晔：《后汉书》卷一下，第 86 页。

杜甫《北征》长诗最后写杨贵妃之死道：

忆昨狼狈初，事与古先别。奸臣尽菹醢，同恶随荡析。
不闻夏殷衰，中自诛褒妲。周汉获再兴，宣光果明哲。
桓桓陈将军，仗钺奋忠烈。微尔人尽非，于今国犹活。①

这十句是写唐玄宗避难匆忙出长安，行至马嵬驿，护从官军诛杀宰相杨国忠，将军陈玄礼又进言除杨贵妃，唐玄宗赐死贵妃。安禄山叛乱无疑是由唐玄宗晚年的昏庸荒淫所招致，杜甫此前所作《兵车行》《丽人行》《前出塞》《自京赴奉先县咏怀五百字》等诗篇，对于天宝君臣的昏庸荒淫已都有深刻揭露和深怀天下将乱、民不聊生的忧虑。但对于马嵬驿事，杜甫却巧用典故加以议论。萧涤非先生注“不闻夏殷衰”二句说：

夏殷衰，指夏桀王和殷纣王。夏桀嬖妹喜，殷纣嬖妲己。褒是褒姒，周幽王的女宠。有人以为“夏殷”当作“殷周”，或将“褒妲”改为“妹妲”（仇注即作妹妲），才符合史实。浦起龙云：“本应作妹妲，痛快疾书，涉笔成误。”李因笃云：“不言周，不言妹喜，此古人互文之妙，正不必作误笔。自八股兴，无人解此法矣。”按李说是，不必改动。所谓“互文”，指上句举夏、殷以包括周，下句举褒、妲以包括妹喜。“中自”即主动。唐玄宗赐杨贵妃死，实出于被动，但不好正面揭穿，只好从侧面点破，观下文明言陈玄礼“仗钺奋忠烈”可见。在当时危急存亡的情况下，把皇帝说成一个昏君，便要影响举国上下“同仇敌忾”的情绪，这可能是杜甫为什么要把官军的逼迫说成天子的“圣断”的用心。②

萧先生注“微尔人尽非”句说：

这句用《论语》孔丘赞美管仲的话：“微管仲，吾其披发左衽矣！”微，没有。尔，你，指陈玄礼。人尽非，人民将受到安史的野蛮

① 《全唐诗》卷二百十七，第2276页。
② 萧涤非选注：《杜甫诗选注》，第92页。

统治。黄生云："诛杨氏所以泄天下之愤，愤泄，然后足以鼓忠义之气，而恢复可望，故归功于陈如此。"①

杜甫称赞唐玄宗没有像夏商周三代昏君那样纵容女宠到亡国，赐死贵妃，就还有复兴希望。但玄宗赐死杨贵妃实是被陈玄礼所率官军所迫，如果不为陈玄礼说出个正当理由，将军不免有逼迫犯上的罪名。《旧唐书·玄宗本纪》在说到"上即命力士赐贵妃自尽"后，便是"玄礼等见上请罪，命释之"②。杜甫诗中则在赞扬玄宗"宣光果明哲"之后，即称赞"桓桓陈将军，仗钺奋忠烈"，说他就像孔子称赞的管仲一样，有救民活国的大功德。典故在这里支持论断的作用再显著不过了。

杜甫用典立论的恰当得体，可以比较他人的诗作来看，宋魏泰《临汉隐居诗话》即有比较论评道：

唐人咏马嵬之事者多矣。世所称者，刘禹锡曰："官军诛佞幸，天子舍妖姬。群吏伏门屏，贵人牵帝衣。低回转美目，风日为无辉。"白居易曰："六军不发争奈何，宛转蛾眉马前死。"此乃歌咏禄山能使官军皆叛，逼迫明皇，明皇不得已而诛杨妃也。噫！岂特不晓文章体裁，而造语蠢拙，抑已失臣下事君之礼矣。老杜则不然，其《北征》诗曰："忆昨狼狈初，事与古先别。不闻夏殷衰，中自诛褒妲。"乃见明皇鉴夏殷之败，畏天悔祸，赐妃子死，官军何预焉？③

其实宋朝人诧异唐朝诗人咏马嵬事，不忌讳写诛杀杨国忠等佞幸奸臣，以及"六军不发"而使玄宗不得不赐死杨妃，唐朝诗人思想和言论的自由度明显大于宋朝。南宋洪迈《容斋续笔》卷二《唐诗无避讳》说："唐人歌诗，其于先世及当时事，直辞咏寄，略无避隐。……杜子美尤多……五言如'忆昨狼狈初，事与古先别。不闻夏殷衰，中自诛褒妲。'……今之诗人不敢尔也。"④ 魏泰的议论也证明北宋时人们的拘忌就已多起来了。而他完全不顾杜甫诗"桓桓陈将军"几句所陈述的事实，硬说"乃见明皇鉴夏

① 萧涤非选注：《杜甫诗选注》，第93页。
② ［后晋］刘昫：《旧唐书》卷九，北京：中华书局1975年版，第233页。
③ ［清］何文焕辑：《历代诗话》，第324页。
④ ［宋］洪迈：《容斋随笔》，上海：上海古籍出版社1996年版，第236—237页。

殷之败，畏天悔祸，赐妃子死，官军何预焉？”岂不是强作解人。但比较刘禹锡、白居易等人的诗来看，杜甫《北征》议论马嵬之事，无论是对于唐明皇，还是对于陈将军，都是以古代君臣为比（反比、正比），充分给予必要的回护和肯定，以寄托国家再兴的希望，委婉而妥切。所以，苏轼也说：“《北征》诗识君臣大体，忠义之气，与秋色争高，可贵也。”[①] 明何孟春《余冬诗话》说：“杜子美《北征》，咏马嵬事：‘不闻夏殷衰，中自诛褒妲’，用意忠厚，立论精当乃如此！”[②] 清贺贻孙《诗筏》说：“不闻夏殷衰，中自诛褒妲。’能道人所不敢道，而回护自深。”[③] 所谓道人所不敢道者，即比杨妃为褒、妲，则君王自是昏君矣；但说成毕竟夏商三代昏君不曾自诛女宠，而今上尚能及时诛奸臣与妖姬，则又是回护深矣。这里的用意忠厚，立论精当，如果不是这样用典，是难以表达的。这可以见出用典有时是简洁而精当的表达议论所必要采取的修辞方法。

（四）写景咏物诗，摹写景物之外，如果也用切合此景此物的事典或语典，可以使语言更精炼，可以在有限的字句空间内包含最大的讯息量，则能拓展意境，丰富诗的内容和情趣。

写景咏物的诗，如果能够如钟嵘所说“皆由直寻”，不用典故，善于摹写景物，如梅尧臣所主张的“状难写之景如在目前，含不尽之意见于言外”[④]，那当然是高手佳作，自然应该是写景咏物诗所努力追求的高标准，高境界。梅尧臣向欧阳修发此议论，欧阳修请梅尧臣举例，梅氏所举例是严维“柳塘春水漫，花坞夕阳迟”，以及温庭筠和贾岛各两句诗，都是不用典故而善写景寄意的例子。其实杜甫写景咏物诗多半是符合这样的高标准、达到这样高境界的，欧阳修所记是梅尧臣一时应答，而未能举及杜诗例。我们这里要说的是景物诗用典的问题，杜甫不用典故的景物诗就也不举例了。而杜甫在写景咏物诗中有时用典，其实也是追求“状难写之景如在目前，含不尽之意见于言外”的效果的一种手法。

例如杜甫《望岳》：

岱宗夫如何？齐鲁青未了。

---

① 见［宋］罗大经撰：《鹤林玉露》卷六，北京：中华书局 1983 年版，第 341 页。
② ［明］何孟春：《馀冬诗话》，上海：商务印书馆 1936 年版，第 14 页。
③ 郭绍虞编选，富寿荪校点：《清诗话续编》，上海：上海古籍出版社 1983 年版，第 1 册，第 170 页。
④ ［宋］欧阳修：《六一诗话》述引梅尧臣语，见［清］何文焕辑：《历代诗话》上册，第 267 页。

造化钟神秀，阴阳割昏晓。
荡胸生层云，决眦入归鸟。
会当凌绝顶，一览众山小。①

前六句极力形容眺望泰山的情景，真能“状难写之景如在目前”；末二句用《孟子·尽心上》“孔子登东山而小鲁，登泰山而小天下”语意，既是泰山故事，自然贴切，也“含不尽之意见于言外”。

再例如《瞿塘两崖》：

三峡传何处？双崖壮此门。
入天犹石色，穿水忽云根。
猱玃须髯古，蛟龙窟宅尊。
羲和冬驭近，愁畏日车翻。②

也是前六句极力形容刻画，末二句用典。宋赵次公《杜诗先后解》曰：

《淮南子》注云：“日乘车，驾以六龙，羲和为之驭。”故末句云：“羲和冬驭近，愁畏日车翻。”以山之高，故日去之近。然冬日景短，故畏其车翻去。日车翻字，李尤《歌》曰：“安得猛士翻日车。”尤之言翻，则翻之使回；今公言翻，则日翻而去也。③

浦起龙《读杜心解》解全首曰：“极状山高江险。三、四警绝。五、六，假物以助威。结言日行亦且危之。极力刻画之作。‘冬驭’向南而渐低，夔峡在南而绝高，故曰‘近’。”④ 清杨伦《杜诗镜铨》曰：“结语更奇，并剔出高险两面。”⑤ 而结语正是由于用典才“更奇”。

上举两例用典都在末二句，但用典也并不是都定格在末句。杜甫律诗

① 《全唐诗》卷二百十六，第2253页。
② 《全唐诗》卷二百二十九，第2507页。
③ ［唐］杜甫著，［宋］赵次公注，林继中辑校：《杜诗赵次公先后解辑校》，上海：上海古籍出版社1994年版，第1168—1169页。
④ ［清］浦起龙：《读杜心解》，第520页。
⑤ ［唐］杜甫著，［清］杨伦笺注：《杜诗镜铨》，上海：上海古籍出版社1998年版，第720页。

除有尾联用典外，首联、颔联和颈联，也都有用典的例子。此举一例，杜甫居成都草堂时所作五律《朝雨》：

凉气晓萧萧，江云乱眼飘。
风鸳藏近渚，雨燕集深条。
黄绮终辞汉，巢由不见尧。
草堂樽酒在，幸得过清朝。①

这首诗的第五、六句（颈联）用典，“黄绮”，夏黄公、绮里季，与东园公、角里先生并称“四皓”（年皆八十余、须眉皓白的老人），为汉初高士，高祖知其贤，尝召求之而不应，隐于山中。后高祖欲废太子，吕后用张良计，迎四皓使辅太子，高祖遂不易太子。事见《史记·留侯世家》。“巢由”，巢父、许由，传说尧时隐士，事见晋皇甫谧《高士传》。仇兆鳌《杜诗详注》曰：“上四朝雨之景，下四对雨感怀。凉气、江云，雨势骤来。鸢藏、燕集，禽鸟避雨也。又以古人自况，盖将托草堂于世外欤。”②成都、夔州都是多雨的地方，杜甫漂泊西南时期，写雨的诗有约30首。名篇如《春夜喜雨》等，摹写雨景，或喜或忧，多不用典。这首《朝雨》则不单纯摹写雨事雨景，而从雨中见避雨的禽鸟，引出避世的典故，以古人自况，兴遁世之思。如果不藉用典手法，很难白描出这些行藏出处的思绪。

黄庭坚七律《登快阁》：

痴儿了却公家事，快阁东西倚晚晴。
落木千山天远大，澄江一道月分明。
朱弦已为佳人绝，青眼聊因美酒横。
万里归船弄长笛，此心吾与白鸥盟。③

《吕氏春秋·孝行览·本味》：“伯牙鼓琴，钟子期听之。方鼓琴而志在太山，钟子期曰：‘善哉乎鼓琴，巍巍乎若太山！’少选之间，而志在流

① 《全唐诗》卷二百二十六，第2443页。
② ［唐］杜甫著，［清］仇兆鳌注：《杜诗详注》，北京：中华书局1985年版，第814页。
③ ［宋］黄庭坚撰，［宋］任渊等注，刘尚荣校点：《黄庭坚诗集注》，北京：中华书局2003年版，第1144页。

水，钟子期又曰：‘善哉乎鼓琴，汤汤乎若流水！’钟子期死，伯牙破琴绝弦，终身不复鼓琴，以为世无足复为鼓琴者。”① 这是“朱弦”句所用之事典，寄寓世无知己、怀才不遇的感慨。“青眼”句，用阮籍故事，《晋书·阮籍传》：“籍又能为青白眼，见礼俗之士，以白眼对之。及嵇喜来吊，籍作白眼，喜不怿而退。喜弟康闻之，乃赍酒挟琴造焉，籍大喜悦，乃见青眼。由是礼法之士疾之若仇。”② 后因谓对人重视曰“青眼”“青眸”“青睐”“青盼”，以及鄙视他人曰“白眼”“眼白”等，都是由这个故事派生的语汇。“白鸥盟”出自《列子·黄帝》：“海上之人有好沤鸟者，每旦之海上，从沤鸟游，沤鸟之至者百住而不止。其父曰：‘吾闻沤鸟皆从汝游，汝取来，吾玩之。’明日之海上，沤鸟舞而不下也。”③ 是指人不可以存有机心，一旦有机心，必定表露出来。如果不用典故来表达这三句诗的意思，则是：我空有非凡的才能，却没有遇到一个知己，希望被人赏识的心思已经断绝了；世上的人们都是俗不可耐之辈，我对他们只有轻视，唯有面对美酒时，我才会开怀欢欣；所幸的是，我还保有一颗不去与世人争名夺利而是亲近大自然的纯洁的心。这样多内容就是在“朱弦”“青眼”和“白鸥盟”几个字词中表达出来，语言精练，而内含的讯息量大，这里只有“用典”，才是最好的表达手段。

（五）取用或化用前人诗文词句，雅化作品词采，添加作品意蕴，从广义上说也是用典，即所谓“语典”。但很多古典诗歌语词因为常用，成为一般诗化的语汇，用在诗词里无须追溯典源，就都读得懂语意，也就已不属于用典了。

唐释皎然《诗式》或是最早试图从有来历的诗语中分别出“非用事”的情形的，《诗式》卷一有《语似用事，义非用事》一段说：

如康乐公：“彭薛才知耻，贡公未遗荣。或可优贪竞，未足称达生。”此中商榷三贤，虽许其退身，不免遗议。盖康乐欲借此成我诗意，非用事也。如《古诗》：“仙人王子乔，难可与等期。”曹植诗：“虚无求列仙，松子久吾欺。”又，古诗“师涓久不奏，谁能宣我心?”

① 《诸子集成》，上海：上海书店出版社 1986 年版，第 140 页。

② ［唐］房玄龄：《晋书》卷四十九，北京：中华书局 1974 年版，第 1361 页。

③ 《诸子集成》第 3 册，第 21 页。

上句言仙道不可偕；次句让求之无效；下句略似指人，如魏武呼杜康为酒，盖作者存其毛粉，不欲委曲伤乎天真，并非用事也。①

皎然此处想分别的情形，其所举例与其论断又并非思理清晰。如举谢灵运《初去郡》诗四句，借史籍故事以“成我诗意”，岂不正是“用事”？其四句所含典故还挺丰富，且看李壮鹰注释：

四句见谢灵运《初去郡》。彭：指彭宣，据《汉书》本传云：彭宣于哀帝时曾任大司空，封长平侯。哀帝崩，大司马王莽秉政专权，宣托病辞官，上书乞骸骨归故里。薛：指薛广德，《汉书》本传载：广德于哀帝时为御史大夫，王莽擅政时，上书乞解印归故里。《汉书·叙传》云：“广德、当、宣，近于知耻。”颜师古注：“言广德、平当、彭宣三人，不苟于禄位，并为知耻也。”贡公：指贡禹，西汉末曾为光禄大夫，哀帝时上书乞归故里，三国时钟会曾作《遗荣赋》赞其品格。贪竞：谓贪婪竞进。《楚辞·离骚》：“众皆竞进以贪婪兮，凭不厌乎求索。”达生：通达生命之本也。《庄子·达生》：“达生之情者，不务生之所无以为。”四句意谓：彭、薛、贡因王莽擅政而退身，最高也只是知耻而已，不能说他们完全抛掉了荣华富贵之心。其行为虽优于贪婪竞进之徒，但仍不足以称为达生。②

四句诗包含融合了四五处典故，以成其诗意。皎然还说此“非用事也”，他对于“用事”的界定显然过于狭窄了吧。其下所举《古诗》和曹植诗句，其实也是用典。当然，他说“师涓久不奏”句，看似指古代乐师师涓，其实只是代指琴瑟，就如曹操《短歌行》诗“何以解忧？唯有杜康”，借古之造酒者人名代称酒一样。这样的“存其毛粉”（存其梗概）的借代，并非用事。从古典诗歌的语言实际来看，皎然所举这种借代的例子，实是属于“语似用事，义非用事”的借代修辞手法。

诗句用借代语，常见的借代法有：1. 借事物的部分代整体，例如“潮平两岸阔，风正一帆悬”（王湾诗句），用“帆”代指船；如“谁能将旗

① ［唐］释皎然著，李壮鹰校注：《诗式校注》，第28页。
② ［唐］释皎然著，李壮鹰校注：《诗式校注》，第29页。

鼓，一为取龙城”（沈佺期诗句），用“旗鼓”代指军队；还有如用“蛾眉”代指美貌的女子，用“朱门”代指富贵之家的宅院，等等。2. 借事物的特征代指本体，例如“羲和携两曜，疾走不可遮”（陆游诗句），用“两曜”指日、月；如“岁月一何易，寒暑忽已革”（陆机诗句），用“寒暑”指代一年；还有如用“绿”指叶、用“红”指花，用“碧落”指天空，等等。3. 以具体事物代指抽象的事情，例如“当念著白帽，采薇青云端”（杜甫诗句），用“采薇”代指隐遁的生活；还有如用“桑麻”代指农事；用“烽火”“戎马”“干戈”代指战争，等等。

诗句中的借代所借语词，许多最初都出自典籍，也就是说它们是可以追溯“语典”的。但借自典籍又并非都属于用典，或者说很多借代起初虽有典据，后来因成为常用的代称，读者略知其典据、甚或不详其来源，也都很熟悉其所指，这就成为皎然所谓“语似用事，义非用事”一类的借代，如“杜康”代酒，如“布衣”指平民，“轩冕”代官位爵禄或指显贵者，等等。这在古典诗歌中也是很常见的。也有些借代虽常用，但仍须清楚知道其典据原义，才能正确理解此处用它的诗句的含意，这种就仍应属于用典。例如上节举例中杜甫的诗句“当念著白帽，采薇青云端”①，“采薇”虽然诗词里常用，但总要知道它出自《史记·伯夷叔齐列传》，伯夷、叔齐“义不食周粟，隐于首阳山，采薇而食之”的故事，才能知道是代指隐遁的生活。所以，借代还属不属于用典，要看具体情况，未可一概而论。

以上所论是用典的作用，是用典有利于诗歌表达情意和美化诗句的论述。以下谈谈用典也不免会形成的弊端，也是诗歌用典应注意避免的问题。

“用典”在盛唐李白、杜甫等诗人的诗中，继而在中唐白居易、韩愈等诗人的诗中，都还是适当采用，还没有刻意编排典故以炫耀博学的表现。至晚唐最杰出的诗人李商隐，则表现出大量用典、罗列故事的偏好，当他写作之时，多翻阅书籍，鳞次堆集左右，以致当时人笑说他“獭祭鱼”。李商隐用勤翻书卷的功夫显著增加了诗中用典的密度，其感讽现实的诗，用典以表达其议论或期望，委婉而深切；其言情寄意的诗，用典以寄寓其深情或幽怨，婉丽而朦胧。这是李商隐诗用典成功的一面。李商隐用典佳例，如《重有感》次联：“窦融表已来关右，陶侃军宜次石头。”《安定城楼》尾联：“不知腐鼠成滋味，猜意鸳雏竟未休。”《马嵬二首》其一之“君王

① ［唐］杜甫：《别董颋》，《全唐诗》卷二百二十三，第2373页。

若道能倾国，玉辇何由过马嵬”；《筹笔驿》腹联：“管乐有才真不忝，关张无命欲何如。”等等，可谓不胜枚举。

李商隐有些诗中用典，即使典据并不生僻，但用喻何事则难以指实。最著名的例子是七律《锦瑟》：

锦瑟无端五十弦，一弦一柱思华年。
庄生晓梦迷蝴蝶，望帝春心托杜鹃。
沧海月明珠有泪，蓝田日暖玉生烟。
此情可待成追忆，只是当时已惘然。

这首诗是用典并不生僻、而其意何指却众说纷纭的一个最经典的样本。元好问《论诗绝句》曰：“望帝春心托杜鹃，佳人锦瑟怨华年。诗家总爱西昆好，独恨无人作郑笺。”[①] 刘学锴、余恕诚著《李商隐诗歌集解》所集录的“笺评”，从宋代的刘攽，到当代钱锺书，多达42家，猜测解说，可以归类为若干种。各有较多附议者的几种，其一是暗恋某人说，又一是咏瑟声说，又一是悼亡说，又一是自伤身世说，又一是自序其诗说，等等。当然也有认为“莫晓其意”，或谓为“獭祭属对，原其意亦不自解”者。[②] 四十余家笺评，以钱锺书一说为最晚出。钱先生取清人程湘衡谓《锦瑟》为“自题其诗以开集首者”一说，而加以发挥云：

自题其诗，开宗明义，略同编集之自序。拈锦瑟发兴，犹杜甫《西阁》第一首：“朱绂犹纱帽，新诗近玉琴”；锦瑟玉琴，殊堪连类。首二句言华年已逝，篇什犹留，毕世心力，平生欢戚，清和适怨，开卷历历。“庄生晓梦迷蝴蝶，望帝春心托杜鹃”；此一联言作诗之法也。心之所思，情之所感，寓言假物，譬喻拟象，如飞蝶征庄生之逸兴，啼鹃见望帝之沉哀，均义归比兴，无取直白。举事宣心，故“托”；旨隐词婉，故易“迷”。此即十八世纪以还，法国德国心理学常语所谓“形象思维”；以“蝶”与“鹃”等外物形象体示“梦”与“心”之衷曲情思。“沧海月明珠有泪，蓝田日暖玉生烟”；此一联言诗成之风

---

① 引自刘学锴、余恕诚：《李商隐诗歌集解》，北京：中华书局1988年版，第1423页。

② 参见刘学锴、余恕诚：《李商隐诗歌集解》，第3册，第1422—1434页。

格或境界，如司空图所形容之《诗品》。《博物志》卷九《艺文类聚》卷八四引《搜神记》载鲛人能泣珠，今不曰“珠是泪”，而曰“珠有泪”，以见虽化珠圆，仍含泪热，已成珍玩，尚带酸辛，具宝质而不失人气；“暖玉生烟”，此物此志，言不同常玉之坚冷。盖喻己诗虽琢炼精莹，而真情流露，生气蓬勃，异于雕绘夺情、工巧伤气之作。若后世所谓“昆体”，非不珠光玉色，而泪枯烟灭矣！珠泪玉烟亦正以“形象”体示抽象之诗品也。①

钱锺书先生于中外文学博学多识，不仅杰出于伦辈，更是后来者所难企及。钱先生论《锦瑟》一诗自成一家言，亦为诸多专家学者所信从。我们在此讲论用典，只想提出关于“沧海月明珠有泪”句所据典故的问题。钱先生所采“鲛人泣珠”故事，是沿清人如朱鹤龄等注，而商隐此句实无关于“鲛人泣珠”典故。其实以“玉”对“珠”，以“沧海珠”与“蓝田玉”两个意象属对，并不是李商隐的创造，而是化用前人诗赋的既有意象。《荀子·劝学》已有“玉在山而草木润，渊生珠而崖不枯”的比喻②，陆机《文赋》“石蕴玉而山辉，水怀珠而川媚”③，即用《荀子》的典故为对句。唐代与诗仙李白有交往的魏万，存世诗作仅一首《金陵酬李翰林谪仙子》，其开篇曰：“君抱碧海珠，我怀蓝田玉。各称希代宝，万里遥相烛。”④ 杜甫诗也有对句云“盈把那须沧海珠，入怀本倚昆山玉”⑤。李商隐诗的运思遣词都深受杜甫影响，其例甚多。《锦瑟》“沧海”一联，显然也应是参照魏万及杜甫诗语而得句。至于李商隐诗句写成“珠有泪”，虽加“泪”字，与“鲛人泣珠”也并无关联。钱锺书先生也感觉到不相关，故又作一番弥缝。其实沧海有珠，而诗人于造句之际想象为“珠有泪”，以对下句“玉生烟”，正无须以“鲛人泣珠”（鲛人泣泪为珠，而非珠有泪）为典据。正

---

① 按：钱锺书此节论说，最先是周振甫《诗词例话》1979 年的修改版补充的《形象思维》一节里引用钱锺书先生提供的未刊稿，见其书第 18—19 页。此处所引即据《诗词例话》。钱锺书著《谈艺录（补订本）》，中华书局 1984 年出版，此节论说添入补订，见其书第 433—438 页，行文不尽同于原提供给周振甫先生的未刊稿，解诗说法未变。

② 梁启雄：《荀子简释》，北京：中华书局 1983 年版，第 7 页。

③ ［晋］陆机：《文赋》，［梁］萧统编，［唐］李善注：《文选》卷一七，北京：中华书局 1977 年影印清胡克家刻本，第 242 页。

④ 《全唐诗》卷二百六十一，第 2905 页。

⑤ 《暮秋枉裴道州手札率尔遣兴寄递呈苏涣侍御》，［唐］杜甫著，［清］仇兆鳌注：《杜诗详注》，第 2016 页。

如“庄生晓梦迷蝴蝶”句用庄周梦蝶故事，而《庄子·齐物论》原文但云“昔者庄周梦为胡蝶”①，并未言“晓梦”，诗人临文写成“晓梦”以对望帝之“春心”，亦无须别寻典据矣。

李商隐作诗偏爱用典，有时不免罗列堆砌，如编类书条目，立意已不在言志抒情，又是其偏失的一面。例如七律《泪》：

> 永巷长年怨绮罗，离情终日思风波。
> 湘江竹上痕无限，岘首碑前洒几多。
> 人去紫台秋入塞，兵残楚帐夜闻歌。
> 朝来灞水桥边问，未抵青袍送玉珂。②

句句是与“泪”有关的故事，但究竟要表达什么主旨呢？虽然历来诗话多有为之疏解且予称道者，但批评者也多。如果说结联两句是一篇主题，前六句中用典都是兴比，则是说古来落泪伤心事都“未抵青袍送玉珂”，商隐恐也不至于如此不分轻重。其实最后二句也还是罗列一项“泪”的故事而已。通篇就只是堆砌“泪”的典故，这又成为钟嵘曾批评的“文章殆同书抄”了。

宋范晞文《对床夜语》卷三说：“诗用古人名，前辈谓之点鬼簿，盖恶其为事所使也。……李商隐集中半是古人名，不过因事造对，何益于诗？至有一篇而叠用者，如《茂陵》云：‘玉桃偷得怜方朔，金屋修成贮阿娇。谁料苏卿老归国，茂陵松柏雨萧萧。’此犹有微意。《牡丹》诗云：‘锦帏初见卫夫人，绣被犹堆越鄂君。石崇蜡烛何曾剪，荀令香炉可待熏。’不切甚矣。”③

李商隐诗堆砌典故、夸耀学问的一面，在宋初“西昆体”诗人杨亿（大年）、刘筠（子仪）、钱惟演（文僖）等人的创作中更成为一种崇尚。“西昆体”堆砌典故的诗一般都很像李商隐七律《泪》、或《牡丹》这种样子。北宋刘攽《中山诗话》记载了一个时人嘲诮“西昆体”诗人一味模仿李商隐的故事：

---

① ［清］王先谦注：《庄子集解》，《诸子集成》第3册，第18页。
② 引自刘学锴、余恕诚：《李商隐诗歌集解》第4册，第1637页。
③ 丁福保辑：《历代诗话续编》上册，第428—429页。

祥符天禧中，杨大年、钱文僖、晏元献、刘子仪以文章立朝，为诗皆宗尚李义山，号“西昆体”，后进多窃义山语句。赐宴，优人有为义山者，衣服败敝，告人曰：“我为诸馆职挦扯至此。”闻者欢笑。①

清姚鼐选编《今体诗钞》于《序目》中说：“西昆诸公之拟玉溪，但学其隶事耳，殊滞于句下，都成死语。”②“隶事”即“用事”，即引用典故。

杨亿、钱惟演等都是学问渊博的人，作诗爱用典故，既有模仿李商隐的兴趣的一面，也有欲免于只会描摹眼前景物之浅薄的用心一面。年辈紧随钱惟演等人之后的欧阳修《六一诗话》中说：

杨大年与钱、刘数公唱和，自《西昆集》出，时人争效之，诗体一变。而先生老辈患其多用故事，至于语僻难晓，殊不知自是学者之弊。如子仪《新蝉》云：“风来玉宇乌先转，露下金茎鹤未知。”虽用故事，何害为佳句。又如“峭帆横渡官桥柳，叠鼓惊飞海岸鸥。”其不用故事，又岂不佳乎？盖其雄文博学，笔有余力，故无施而不可。非如前世号为诗人者，区区于风云草木之类，为许洞所困者也。③

多用故事会形成语僻难晓的弊端，但不用故事而只“区区于风云草木之类”，景物有限，诗意也难免流于浅泛。“为许洞所困”的故事也见载于欧阳修《六一诗话》：

国朝浮图，以诗名于世者九人，故时有集号《九僧诗》，今不复传矣。余少时闻人多称之。……当时有进士许洞者，善为词章，俊逸之士也。因会诸僧分题，出一纸约曰：“不得犯此一字。”其字乃“山、水、风、云、竹、石、花、草、雪、霜、星、月、禽、鸟”之类，于是诸僧皆阁笔。④

---

① ［清］何文焕辑：《历代诗话》上册，第287页。
② ［清］姚鼐编选，曹光甫标点：《今体诗钞》，上海：上海古籍出版社1986年版，第3页。
③ ［清］何文焕辑：《历代诗话》上册，第270页。
④ ［清］何文焕辑：《历代诗话》上册，第266页。

显然欧阳修是认为作诗如果如宋初九僧“区区于风云草木之类”，此外别无材料，则诗的内容总不免太受局限。诗人富于学问而作诗善于用典，则能到“无施而不可”的境界。欧阳修对于用典的利弊两面都有认识，而对于用典的有利的一面又是充分肯定的。

欧阳修是开创宋代诗文新风格的一代宗师，其后王安石、苏轼、黄庭坚等，有宋一代诗文大家，对于用典都十分娴熟，进而十分讲究用典的精巧和渊博。他们用典精巧的例子，在宋人诗话里就为人津津乐道，其后明清诗话也往往列举推重。当然也有专就宋诗用典而加以批评者，如严羽《沧浪诗话·诗辨》曰：

> 诗者，吟咏情性者也。盛唐诸人惟在兴趣，羚羊挂角，无迹可求。故其妙处透彻玲珑，不可凑泊，如空中之音，相中之色，水中之月，镜中之象，言有尽而意无穷。近代诸公乃作奇特解会，遂以文字为诗，以才学为诗，以议论为诗。夫岂不工？终非古人之诗也。盖于一唱三叹之音，有所歉焉。且其作多务使事，不问兴致，用字必有来历，押韵必有出处，读之反复终篇，不知着到何处。其末流甚者，叫噪怒张，殊乖忠厚之风，殆以骂詈为诗。诗而至此，可谓一厄也。①

其后，明清时代诗评家关于用典利弊的议论，也不外是主张用典当用在必要用处，要用意恰当，语如己出；不要有意逞博，填塞堆砌，湮没情意。

当代人作旧体诗，用典的利弊问题也不断有讨论。学诗有悟而肯用功者都会认同，“用典”是古典诗歌创作有时必须借助的修辞方法。作诗抒情咏怀，如能不“掉书袋”，不用典，当然好。但有时是为表达的需要不得不用，则不应一味排斥用典，关键是要用得适当，要看如何用法。

三、用典的方法

讲用典的方法，还要先明确一下，我们并不赞同从胡适先生肇端，现在也有一些论者仍然采用的从“用事”（用典）概念中排除本来包括的多种方式，把“用典”语义辨析界定得很窄的做法。那样的收缩界定可以算

① [宋]严羽著，郭绍虞校释：《沧浪诗话校释》，北京：人民文学出版社1983年版，第26页。

是现代修辞学的新观点，其中还存在对于古代语词并非正确的理解与臆说，因而多不符合历来文论诗话中使用它的实际。相关问题，我们在此不多论辩。我们仍按历来对于“用事”的广义的理解，即如《文心雕龙·事类》所谓“明理引乎成辞，征义举乎人事”的概括，也参照《现代汉语词典》“典故”是“诗文里引用的古书中的故事或词句”的一般释义，依据历代诗话有关“用事之法”的谈论和归纳，有拣择地讲述几种主要的用典方法。

宋以后历代诗话，在谈论用典的利弊之外，也多有关于“用事之法”的揭示、归纳和析论。参阅前人诗话关于“用典之法”的讲求论述，既有益于我们理解和欣赏古典诗歌中的用典，也可以帮助我们学习在诗歌创作中适当而巧妙地用典。

但古人诗话议论“用事之法”，多数是就具体的用例解释评议，不仅各人即兴说到的“用事之法”的名目，集合来看，可能分门称名的标准并不一致；而且有些评诗者自己集中来归类评说各种“用事之法”，往往也不是依据一致的标准来列举类名。例如黄彻《巩溪诗话》较早谈论“用事”和“用事之法”，涉及“用经书语”和“用史语”，“暗用”，用事与与造语“总合其语”等。[①] 杨万里《诚斋诗话》谓“用古人语而不用其意，最为妙法”，又论及“翻案法”，“用经语”，“用古人句律而不用其句意”之“夺胎换骨”法等。[②] 其他还有所谓“僻事实用，熟事虚用”（宋姜夔《白石道人诗说》）[③]，有“借用”“活用”（元陈绎曾《诗谱》）[④]，名目繁多，一般都是即兴随笔成说。

明代胡应麟《诗薮》一则曰：

> 杜用事门目甚多。姑举人名一类：如“清新庾开府，俊逸鲍参军”，正用者也；“聪明过管辂，尺牍倒陈遵”，反用者也；“谢氏登山屐，陶公漉酒巾”，明用者也；“伏柱闻周史，乘查似汉臣”，暗用者也；“举天悲富骆，近代惜卢王”，并用者也；“高岑殊缓步，沈鲍得同行”，单用者也；“汲黯匡君切，廉颇出将频”，分用者也；“共传收

---

① ［宋］黄彻：《巩溪诗话》十卷，丁福保辑：《历代诗话续编》上册，第 343—404 页。

② ［宋］杨万里：《诚斋诗话》一卷，丁福保辑：《历代诗话续编》上册，第 135—160 页。

③ ［清］何文焕辑：《历代诗话》下册，第 680 页。

④ ［元］陈绎曾：《诗谱》，张健编著：《元代诗法校考》，北京：北京大学出版社 2001 年版，第 350 页。

庾信，不比得陈琳”，串用者也。至“对棋陪谢傅，把剑觅徐君”，“侍臣双宋玉，战策两穰苴”，“飘零神女雨，断续楚王风”，“晋室丹阳尹，公孙白帝城”，锻炼精奇，含蓄深远，迥出前代矣。①

这里所列用事门目有正用、反用，明用、暗用，并用、单用，分用、串用，共4组8种，比较此前的随笔涉论，有了较成系统的归纳分析的倾向。但“正用、反用”一组，是按用事的态度为准划分的；“明用、暗用”“并用、单用”和“分用、串用”三组，又各是按用事方式划分。这样在逻辑上仍不是标准一致的分别门类，后三组的六种用法，就都既可以是“正用”，也可以是“反用”。

即使是现今所见诗法类著述，讲用典方法，大致也都还是沿用历来诗话较多说到的正用、反用、明用、暗用等名目，表现出一种话语的惯性。

我们虽然感觉到用事之法门类划分依据的标准不尽一致，但我们这里为便于讲论，依据《文心雕龙·事类》先分别为“举乎人事”和“引乎成辞”两大类，仍参取众说，各列几种方法，举例讲述。用事之法虽变化多端，举其概要，可以隅反。

（一）举乎人事

在“举乎人事”这一类中，我们参照历代诗话择其要者，列述明用、暗用、翻用（翻案、反用、借用、活用）等用典方法。

1. 明用

凡诗句中出现典故的关键词，使人一看就知道是用的什么典故，知其比方的意味，即为明用。如杜甫五律《春日忆李白》前四句：“白也诗无敌，飘然思不群；清新庾开府，俊逸鲍参军。”起二句盛赞李白“诗无敌”，颔联随即明用南北朝大诗人庾信诗的“清新”和鲍照诗的“俊逸”来比方李白诗的风格。如果只是直说李白诗“清新、俊逸”，不免流于一般形容；而用人所熟知的庾信与鲍照诗的风格来比喻，则具体显明。进而这两句不仅明确了李白诗的风格，同时还指明李白诗既包含有庾信和鲍照诗的影响，又兼具庾、鲍二人的风格，青出于蓝，后来居上。两句诗十个字，给予李白诗精确的风格品评和诗史渊源与成就的评价，如此“征义举乎人事”的用典，很能显示用典所特具的作用。

---

① ［明］胡应麟:《诗薮》卷四,北京:中华书局1958年版,第63页。

乾元元年杜甫有五律《奉赠王中允维》诗，颔联“共传收庾信，不比得陈琳”。《杜诗详注》注曰：“《梁书》：侯景之乱，简文帝使庾信营于朱雀航。景至，信以众奔江陵。元帝承制除信御史中丞。《魏志》：陈琳避难冀州，袁绍使典文章。袁氏败，琳归太祖，太祖谓曰：‘卿昔日为本初移书，但可罪状孤而已，何乃上及父祖耶？’琳谢罪，太祖爱其才，不之责。”又附录“黄生曰：三四用古人影掠，故叙事无痕。凡诗，写景易而叙事难，叙事直致而拖沓，缘无少陵万卷书、如神笔耳。”① 《杜诗镜铨》此诗后附录“王右仲曰：此诗直是王维辨冤疏。”② 三四两句正是用事为比，为王维作了理由正当的辨冤回护。

李商隐七律《安定城楼》前四句：“迢递高城百尺楼，绿杨枝外尽汀洲。贾生年少虚垂泪，王粲春来更远游。”贾生，汉贾谊。《汉书·贾谊传》：“是时，谊年二十余，最为少。……文帝说之，超迁，岁中至太中大夫。”文帝后令贾谊为其少子梁怀王太傅，“数问以得失”。谊上《陈政事疏》，有曰：“臣窃惟事势，可为痛哭者一，可为流涕者二，可为长太息者六，若其它背理而伤道者，难遍以疏举。”③ 《三国志·魏书·王粲传》：“年十七，司徒辟，诏除黄门侍郎，以西京扰乱，皆不就。乃之荆州依刘表。”④《文选》卷十一录王粲《登楼赋》，作于荆州当阳县城楼，写念乱忧离、眷眷怀归之情。李商隐诗颔联两句以贾谊、王粲自比，明确告诉读者用贾谊垂涕、王粲远游的典故。贾谊献策，王粲登楼，都在青春年少，与作者相似；才高志远而不得施展，也正相同。

宋以后诗话多有认为用典“明用不如暗用”之论，但从杜甫诗的用典情形来看，他明用典故的诗句甚多，并没有少采明用多取暗用的倾向。胡应麟《诗薮》说：“杜甫用事错综，固极笔力，然体自正大，语尤坦明。晚唐宋初，用事如作迷。苏如积薪，陈如守株，黄如缘木。”⑤ 晚唐宋初，主要是指李商隐和宋初西昆体诗人。对于李商隐至苏、黄等诗人用事的批评，是就他们用事偏失的一面而言；他们在诗歌用事方面的探索，当然也有其推陈出新的一些贡献。而胡应麟推尊杜甫用事的“体自正大，语尤坦

① ［唐］杜甫著，［清］仇兆鳌注：《杜诗详注》卷六，第454—455页。
② ［唐］杜甫著，［清］杨伦注：《杜诗镜铨》卷四，上海：上海古籍出版社1998年版，第185页。
③ ［汉］班固：《汉书》卷四十八，北京：中华书局1962年版，第2230页。
④ ［晋］陈寿：《三国志》卷二十一，北京：中华书局1959年版，第597—598页。
⑤ ［明］胡应麟：《诗薮》卷四，第62页。

明”，允为的论。

我们再举杜甫明用典故的一些诗句来看：

东晋大诗人陶渊明弃官归隐，爱酒，爱菊花。《宋书·陶潜传》云：“尝九月九日无酒，出宅边菊丛坐久，值（王）弘送酒至，即便就酌，醉而后归。”① 杜甫诗中一再咏到陶渊明、菊花与酒的故事，都是明用典故。例如：“每恨陶彭泽，无钱对菊花。如今九月至，自觉酒须赊。”（《复愁十二首》其十一）；“篱边老却陶潜菊，江上徒逢袁绍杯。”（《秋尽》）；“优游谢康乐，放浪陶彭泽。吾衰未自由，谢尔性所适。”（《石柜阁》）。杜诗中的陶渊明，有时就是借喻自身，有时则是心向往之的偶像，也还是寄寓着自己的情怀。

杜甫明用古人名字的诗句甚多，用古贤才高士来比况他人，或自比以表明其为人的志趣。其中含有自比之意所咏及的人物，除陶渊明外，还有匡衡、刘向，谢灵运、谢安，诸葛亮、庞德公，等等；他以“方驾曹刘不啻过”称赞高适的诗才，以“管乐有才真不忝”赞扬诸葛亮的才干等，都是明用典故的例子。

即使是前节说到的李商隐七律《锦瑟》，虽然其主旨后世难得一致的理解，但其中用事如庄周梦蝶、望帝春心，以及沧海珠泪、蓝田玉烟，却也都是明用。明用典故却营造了包含多义的意境，不论人们如何诠释《锦瑟》，共同的一点是都认为它是佳作，是李商隐的代表作。从这一例来说，认为用事“明用不如暗用”的说法，可知未可以为确论。

2. 暗用

所谓“暗用”，即字面上看不出用典的痕迹，撷取典故所表达的意思的一部分，融入自己的行文议论之中，好像典故不是前人而是自己的创造一般，也就是所谓“用事不使人觉”。《颜氏家训·文章》：

> 沈隐侯曰：“文章当从三易：易见事，一也；易识字，二也；易读诵，三也。”邢子才常曰：“沈侯文章，用事不使人觉，若胸臆语也。”深以此服之。②

---

① ［梁］沈约：《宋书》卷九十三，北京：中华书局1974年版，第2288页。

② 王利器：《颜氏家训集解》，北京：中华书局1993年版，第272页。

沈约的“文章三易”说，“易见事”是指诗文所写之事要明确、不要模糊，而不是在论“用事”；“易识字”是避免用生僻字；“易读诵”主要应指声韵抑扬有调，即对于四声的布置运用的讲究。沈约这里并未涉及诗文用事的问题。邢邵称赞沈约文章“用事不使人觉”，是专论“用事”，而表达了对于“用事之法”和“用事”的造诣的一种祈向。

“用事不使人觉”，即暗用典故而语意犹明，不知其中用事者并不妨碍读解，能知其中用事者，则更能品味其中含义。能如此用事，为历代诗话所崇尚，致有“明用不如暗用”之说。前节已说明用未必不如暗用，但宋以后又确有偏重“暗用”的倾向。

李白绝句《秋下荆门》：

> 霜落荆门江树空，布帆无恙挂秋风。
> 此行不为鲈鱼鲙，自爱名山入剡中。①

“布帆无恙”是一路平安的意思，语出《世说新语·排调》“顾长康作殷荆州佐，请假还东。尔时例不给布帆，顾苦求之，乃得。发至破冢，遭风大败。作笺与殷云：‘地名破冢，真破冢而出。行人安稳，布帆无恙。’”② “鲈鱼鲙（脍）”，语出《世说新语·识鉴》之“张季鹰辟齐王东曹掾，在洛见秋风起，因思吴中莼菜羹、鲈鱼脍，曰：‘人生贵得适意尔，何能羁宦数千里以要名爵！’遂命驾便归。”③ 后因以“鲈鱼脍”为思乡赋归的典故。但李白在这里用布帆无恙、鲈鱼脍典故，并不是把自己比作顾恺之和张翰（季鹰），而用来写的就是李白自身的行事。

李白的拗体七绝《山中与幽人对酌》：

> 两人对酌山花开，一杯一杯复一杯。
> 我醉欲眠卿且去，明朝有意抱琴来。④

---

① 《全唐诗》卷一百八十一，第 1844 页。

② ［南朝宋］刘义庆著，［南朝梁］刘孝标注，余嘉锡笺疏，周祖谟等整理：《世说新语笺疏》（修订本），上海：上海古籍出版社 1995 年版，第 817 页。

③ ［南朝宋］刘义庆著，［南朝梁］刘孝标注，余嘉锡笺疏，周祖谟等整理：《世说新语笺疏》（修订本），第 393 页。

④ 《全唐诗》卷一百八十二，第 1857 页。

第三句“我醉欲眠卿且去”，如果知道是用《宋书·陶潜传》“贵贱造之者，有酒辄设，潜若先醉，便语客：‘我醉欲眠，卿可去。’其真率如此”的故事①，趣味自多；若不知是用典，也不妨碍诗意的理解，就当是李白自己说的，也径见其真率。暗用典故的妙处，这首诗尤其显著。

杜甫最善于暗用典故，常常写合无痕，叫人不觉是在用典。例如他的五律《禹庙》：

> 禹庙空山里，秋风落日斜。
> 荒庭垂橘柚，古屋画龙蛇。
> 云气生虚壁，江声走白沙。
> 早知乘四载，疏凿控三巴。②

《尚书·禹贡》长江流域的扬州、荆州皆有“厥包橘柚锡贡”事项③；《孟子·滕文公下》：“当尧之时，水逆行，泛滥于中国，龙蛇居之，民无所定；下者为巢，上者为营窟。《书》曰：‘泽水警余。’泽水者，洪水也。使禹治之。禹掘地而注之海，驱龙蛇而放之菹，水由地中行，江、淮、河、汉是也。险阻既远，鸟兽之害人者消，然后人得平土而居之。”④ 仇兆鳌认为“此赋忠州禹庙也，移动他处不得。”⑤ 长江边的忠州自多橘柚之树，禹庙中也应有壁画龙蛇之属。故杜诗颔联“荒庭垂橘柚，古屋画龙蛇”，若不知是用典，自可看作是实写忠州禹庙景物。若知橘柚、龙蛇，又皆用禹事，则愈觉下笔有神。这样用典是非常好的暗用，甚为宋明诗话所乐道。明胡应麟《诗薮》说此二句是“杜用事入化处。然不作用事看，则古庙之荒凉，画壁之飞动，亦更无人可著语。此老杜千古绝技，未易追也。”⑥

杜甫七律用事多为明用，但也有暗用的佳例。例如《送王十五判官扶侍还黔中得开字》：

---

① ［梁］沈约:《宋书》卷九十三,第 2288 页。
② 《全唐诗》卷二百二十九,第 2489 页。
③ ［清］阮元校刻:《十三经注疏》上册,第 149 页。
④ 杨伯峻译注:《孟子译注》上册,第 154 页。
⑤ ［唐］杜甫著,［清］仇兆鳌注:《杜诗详注》第 3 册,第 1226 页。
⑥ ［明］胡应麟:《诗薮》卷四,第 62 页。

大家东征逐子回，风生洲渚锦帆开。
青青竹笋迎船出，白白江鱼入馔来。
离别不堪无限意，艰危深仗济时才。
黔阳信使应稀少，莫怪频频劝酒杯。①

送王判官奉母归养，首句明用典故，《杜诗详注》引朱注："曹大家《东征赋》：'维永初之有七兮，余随子乎东征。'逐子，即随子义也。"三、四句则是暗用故事，《杜诗详注》引《楚国先贤传》："孟宗最孝，母好食笋，冬月无之，宗入林中哀号，笋为之生。"又《东观汉记》："姜诗与妇佣作养母，母好饮江水，嗜鱼鲙，俄而涌泉舍侧，味如江水，每旦出双鲤鱼。"杜甫这首分韵送别诗，显为应酬之作，评论者多有贬词。但三、四句用事，却得浦起龙《读杜心解》的回护好评说：

（此诗）意味殊浅。只三、四句得用事化腐推陈之法，看去但似写景，故妙。若改云"青青孟笋迎船出，白白姜鱼入馔来"，便了无生趣矣。杨慎曰："青青"自好，"白白"近俗，有似童谣"白白一群鹅"之句。愚谓正好在此两字活泼。"江鱼"白白，跳跃闪烁如生，群鹅白白，则呆而俚矣。用修好以攻杜为事，拟非其伦。愿与解人辨之。②

浦起龙假设的改句即为明用典故，"便了无生趣"。而杜甫原句暗用故事，故妙。这个假设确实能帮助我们比较、理解暗用典故的好处。

刘禹锡七律《送蕲州李郎中赴任》：

楚关蕲水路非赊，东望云山日夕佳。
薤叶照人呈夏簟，松花满碗试新茶。
楼中饮兴因明月，江上诗情为晚霞。
北地交亲长引领，早将玄鬓到京华。③

---

① ［唐］杜甫著，［清］仇兆鳌注：《杜诗详注》第3册，第1019页。
② ［清］浦起龙：《读杜心解》第3册，第630页。
③ 《全唐诗》卷三百五十九，第4047页。

“楼中、江上”两句，一用庾亮故事，《世说新语·容止》：“庾太尉在武昌，秋夜气佳景清，使吏殷浩、王胡之之徒登南楼理咏。音调始遒，闻函道中有屐声甚厉，定是庾公。俄而率左右十许人步来，诸贤欲起避之。公徐曰：‘诸君少住，老子于此兴复不浅！’因便据胡床，与诸人咏谑，竟坐甚得任乐。”① 一用谢朓诗意，谢朓《晚登三山还望京邑》诗有“馀霞散成绮，澄江静如练”名句。刘禹锡用在诗中，读之使人不觉，也是暗用佳例。

宋诗人多称赏“暗用”的用事法，最著名的例子是王安石的绝句《书湖阴先生壁》，诗云：

茅檐长扫净无苔，花木成畦手自栽。
一水护田将绿绕，两山排闼送青来。

钱锺书《宋诗选注》注后二句说：

这两句是王安石的修辞技巧的有名例子。“护田”和“排闼”都从《汉书》里来，所谓“史对史”，“汉人语对汉人语”（叶梦得《石林诗话》卷中、曾季狸《艇斋诗话》）；整个句法从五代时沈彬的诗里来（吴曾《能改斋漫录》卷八），所谓“脱胎换骨”。可是不知道这些字眼和句法的“来历”，并不妨碍我们了解这两句的意义和欣赏描写的生动；我们只认为“护田”“排闼”是两个比喻，并不觉得是古典。所以这是个比较健康的“用事”的例子，读者不必依赖笺注的外来援助，也能领会，符合中国古代修辞学对于“用事”最高的要求；“用事不使人觉，若胸臆语也。”（《颜氏家训》第九篇《文章》记邢邵评沈约语）②

钱锺书《宋诗选注》撰著于20世纪50年代，受当时强调文学艺术的“人民性”和“现实主义”等压倒性观念的规约和影响，钱先生在书中对

---

① ［南朝宋］刘义庆著，［南朝梁］刘孝标注，余嘉锡笺疏，周祖谟等整理《世说新语笺疏》（修订本），第616页。

② 钱锺书选注：《宋诗选注》，北京：人民文学出版社1994年版，第48页。

于王安石、苏轼、黄庭坚等最具典型性的宋诗人爱用典故的修辞风尚，一再加以嘲诮苛评，明显有失公允。其实以钱先生的读书之多，对于宋诗的“以学问为诗”、爱驱遣典故，应也是十分有兴趣，应与他欣赏苏轼的“博喻”一般有兴味的。这也不只是我们的猜测，看他的大著《谈艺录》和《管锥编》，即可知他的兴趣所在。而他称许王安石“一水护田将绿绕，两山排闼送青来”这两句诗“是个比较健康的‘用事’的例子”，还是保留有公允的余地的。

3. 翻用（翻案、反用、借用、活用）

《苕溪渔隐丛话》后集卷十九引《艺苑雌黄》云：“文人用故事，有直用其事者，有反其意而用之者。”[①] 所谓“直用”，或称“正用”，即用故事本义，以传达我诗意。如前面讲到的杜甫赞扬李白的诗谓“清新庾开府，俊逸鲍参军”，这是“明用”，也是“正用”；而称赞王判官奉母孝心的“青青竹笋迎船出，白白江鱼入馔来”，这样“暗用”，也是“正用”。与“正用”相反，“有反其意而用之者”，则为“反用”。郭绍虞据《苕溪渔隐丛话》等书辑《艺苑雌黄》佚文入《宋诗话辑佚》书中，所采辑“文人用故事”这一则，即加标题为“反用故事法”[②]。

《苕溪渔隐丛话》后集卷十九是在“王黄州”（王禹偁，字元之）名下引《艺苑雌黄》之论，并附加自己的议论，原文如下：

> 《艺苑雌黄》云：“文人用故事，有直用其事者，有反其意而用之者。元之《谪守黄冈谢表》云：‘宣室鬼神之问，岂望生还；茂陵封禅之书，惟期死后。’此一联每为人所称道，然皆直用贾谊、相如之事耳。李义山诗：‘可怜夜半虚前席，不问苍生问鬼神。’虽说贾谊，然反其意而用之矣。林和靖诗：‘茂陵他日求遗稿，犹喜曾无封禅书。’虽说相如，亦反其意而用之矣。直用其事，人皆能之；反其意而用之者，非识学素高，超越寻常拘挛之见，不规规然蹈袭前人陈迹者，何以臻此？”苕溪渔隐曰：“《艺苑》以元之直用贾谊、相如事，不若李义山、林和靖反用之；然元之是谢表，须直用其事，以明臣子之心，

① ［宋］胡仔纂集，廖德明校点，周本淳重订：《苕溪渔隐丛话 · 后集》，北京：人民文学出版社1993年版，第141页。

② 郭绍虞辑：《宋诗话辑佚》，北京：中华书局1987年版，第566页。

非若作诗可以反意用。此语殊非通论也。”[①]

王禹偁给皇帝写谢表，必须直用其事而不可“反用”，苕溪渔隐（胡仔）的辨说固无疑义。然而我们看《艺苑雌黄》原文，感觉他是以王禹偁谢表里用贾谊和司马相如之事为“直用其事”的显著例子，来对照陈述所要强调的如李商隐和林和靖诗中“反用”故事的较有难度，其本义似并非要贬低王禹偁谢表的“直用其事”。只是如此顺手拿人们所熟悉和赞赏的王禹偁谢表用例来做对照，难免令人因误会而致诘岂可如此议论“用事”优劣，即如胡仔亟欲加以辨说者。

由故事引出不同于其原意的想法，也不必定都是反其意，则亦不宜概称之为“反用”。杨万里《诚斋诗话》有“翻案法”一说，曰：

孔子程子相见倾盖，邹阳云：“倾盖如故。”孙侔与东坡不相识，乃以诗寄坡，坡和云：“与君盖亦不须倾。”刘宽责吏，以蒲为鞭，宽厚至矣。东坡诗云：“有鞭不使安用蒲。”老杜有诗云：“忽忆往时秋井塌，古人白骨生青苔，如何不饮令心哀。”东坡则云：“何须更待秋井塌，见人白骨方衔杯。”此皆翻案法也。予友人安福刘浚字景明，重阳诗云：“不用茱萸仔细看，管取明年各强健。”得此法矣。[②]

清吴景旭《历代诗话》卷五十二也列“翻案”一则，先引《艺苑雌黄》“文人用故事”一段，又附自己的论述如下：

吴旦生曰：杜少陵诗：“羞将短发还吹帽，笑倩旁人为正冠。”盖孟嘉以落帽为胜，而杜反欲正冠也。王荆公诗：“茅檐相对坐终日，一鸟不鸣山更幽。”盖王文海有云“鸟鸣山更幽”，而王亦反之也。然此犹反前事与旧语耳。至于自家语有时异用者，如韦苏州诗：“心同野鹤与尘远，诗似冰壶彻底清。”又送人诗：“冰壶见底未为清，少年如玉有诗名。”黄常明云：“此可为用事之法。”盖不拘故常也。[③]

---

① ［宋］胡仔纂集，廖德明校点，周本淳重订：《苕溪渔隐丛话·后集》，第141—142页。

② 丁福保辑：《历代诗话续编》上册，第141页。

③ ［清］吴景旭：《历代诗话》，北京：中华书局1960年版，第747页。

“翻案”用事，不必都是“反其意而用之”，只要是“不拘故常”的用法，都归此类。

沈德潜《清诗别裁集》中一再提示并称赞“实事虚用”和“死事活用”（卷二十一、二十五）、“翻用”（卷十三、十七、二十四、二十八、二十九）等，大致也都属于“不拘故常”的用法。故知诗话、诗评中用事之法的名目虽多，其中有些名目其实是异名而同实的。这里只举《清诗别裁集》卷二十九一例，陈灿霖七律《咏橘》：

洞庭朱实饱经霜，信手拈来满座香。
有柚愿教兄弟合，成林休虑子孙忙。
厥包锡贡来天府，作诵留名重楚湘。
但得贞心能不改，纵令移植亦何妨。

第三句下原录“自注：《淮南子》‘槐榆与橘柚合而为兄弟’”，第四句用《三国志·吴书·孙休传》注引《襄阳记》李衡密于武陵龙阳氾洲上种橘千株以遗子孙故事；第五句用《尚书·禹贡》典故，第六句用屈原作《橘颂》故事。中两联四句用事，都是明用，正用，结二句则从屈原《橘颂》“受命不迁，深固难徙”意翻出，沈德潜评曰：“结意翻得独高。”① 翻用，活用，别出新意，故高。

清方东树《昭昧詹言》卷一“凡学诗之法”一则有言曰：“四曰隶事：陈言，须如韩公翻新用。”② 也是主张“翻用”。

《苕溪渔隐丛话》后集卷二十五引《蔡宽夫诗话》云：

荆公尝云：“诗家病使事太多，盖皆取其与题合者类之，如此乃是编事，虽工何益；若能自出己意，借事以相发明，情态毕出，则用事虽多，亦何所妨?”故公诗如“董生只为公羊惑，岂肯捐书一语真”，“桔槔俯仰何妨事，抱瓮区区老此身”之类，皆意与本题不类，此真所谓使事也。③

---

① ［清］沈德潜编：《清诗别裁集》，北京：中华书局 1981 年版，第 530 页。
② ［清］方东树著，汪绍楹校点：《昭昧詹言》卷一，北京：人民文学出版社 1961 年版，第 10 页。
③ ［宋］胡仔纂集，廖德明校点，周本淳重订：《苕溪渔隐丛话》后集，第 190 页。

王安石的“借事以相发明”的说法，也可说是“借用”的意思。元陈绎曾《诗谱》于《五故事》一则列举“正用、反用、借用、暗用、活用”五个名目，其所谓“借用”即是“本不切题，借用一端”；“活用”则是“本非故事，因言及之。此乃用事之妙”①。陈绎曾另著有《文说》，其中所列《用事法》，对于“借用”的解释稍详曰：“故事与题事绝不类，以一端相近而借用之者也。”②

我们这里把“借用”“活用”，也归入“翻用”一类。

王维《辋川闲居赠裴秀才迪》诗尾联，一般认为是“借用”、或曰“活用”的佳例，其诗曰：

寒山转苍翠，秋水日潺湲。
倚杖柴门外，临风听暮蝉。
渡头余落日，墟里上孤烟。
复值接舆醉，狂歌五柳前。③

第七句以接舆比裴迪秀才，第八句以五柳先生陶潜比喻辋川闲居的自己。按：接舆者，春秋楚人，姓陆名通、字接舆。昭王时政令无常，乃被发佯狂不仕，时人称为“楚狂”。孔子适楚，楚狂接舆过孔子车而歌曰：“凤兮凤兮！何德之衰？往者不可谏，来者犹可追。已而，已而！今之从政者殆而！”④ 五柳者，晋陶潜也，潜字渊明，尝为彭泽令，郡遣督邮至，县吏说应束带见之，潜叹曰：“吾不能为五斗米折腰，拳拳事乡里小人邪！”遂解印弃官归去。其宅边有五柳树，因以自号为五柳先生，尝著《五柳先生传》以自况。⑤ 让春秋时代的楚狂接舆到晋代陶渊明的门前去唱《凤歌》，这是借用本不相关的两个故事，来比况表现朋友裴迪和自己的幽闲放旷和淡泊名利。

以上分别举例讲述了明用、暗用、翻用（翻案、反用、借用、活用）

---

① [元]陈绎曾:《诗谱》,张健编著:《元代诗法校考》,北京:北京大学出版社 2001 年版,第 350—351 页。

② [元]陈绎曾:《文说》,文渊阁四库全书本。

③ 《全唐诗》卷一百二十六,第 1266 页。

④ 杨伯峻译注:《论语译注》,北京:中华书局 1980 年版,第 193 页。

⑤ [唐]房玄龄:《晋书》卷四十九,第 2460—2461 页。

等“举乎人事”的几种用典方法，以下讲述“引乎成辞”的几种用典方法。

（二）引乎成辞

前面已经讲到，现今有人讲诗歌修辞，用现代学术条分块割的意识主张“引语”不属于“用典”。但因为在古代文论和诗话的主流话语中，“引乎成辞”一直是属于“用事”的，以及在《现代汉语词典》中，“典故”的定义还是“诗文里引用的古书中国的故事或词句”。所以我们也还在“用典”这章里来讲讲“引乎成辞”一类的几种方法。

《文心雕龙·事类》篇即以“明理引乎成辞，征义举乎人事”两方面统属于“用事”。刘永济《文心雕龙校释》释义说：

> 文家用典，亦修辞之一法。用典之要，不出以少字明多意。其大别有二：一用古事，二用成辞。用古事者，援古事以证今情也；用成辞者，引彼语以明此义也。援古事以证今情之类，约有四端：一曰直用，二曰浑用，三曰综合，四曰假设。……用成辞以明此义之类，亦约有四项：一曰全句，二曰隐括，三曰引证，四曰借字。①

前面我们讲“援古事”一类，没有采用刘永济先生书中的“四端”名目，而是仍以古代诗话中较多用的明用、暗用、翻用等类目进行讲述的；这里来讲“用成辞”一类，刘先生所列的四项：全句、隐括、引证、借字，后来诗词里引用成辞的方式大致不外这几种。所以我们以下即依此四项，分别举例来讲述。

1. 全句

刘永济先生于“全句”举例，有“一字不易，几同集句”的例子，即班固《封燕然山铭》之“纳于大麓，维清缉熙”二句，上句出《尚书·舜典》，下句是《诗经·周颂·维清》原句。又有“引用成辞，略加改易。殆为直用全语，嫌于集句，故小变耳”的例子，如潘岳《杨荆州诔》：“鸟则择木，臣亦简君。”前句用《左传》哀公十一年孔子原话，后句用《孔子家语》记孔子之语，但易“择”为“简”，以避与前句重复“择”字；又沈约《为武帝与谢朏敕》：“不降其身，不屈其志。”刘先生指出是用

① ［梁］刘勰著，刘永济校释：《文心雕龙校释》，北京：中华书局1962年版，第148—151页。

《论语》“不降其志，不辱其身”，易“辱”为“屈”，又以“身”“志”互易。

古典诗歌中这样直接引古书全句“剪贴”到自己作品中的例子很常见，如我们前面说到过的曹操的《短歌行》诗，就把《诗经·小雅·鹿鸣》开头的“呦呦鹿鸣，食野之苹。我有嘉宾，鼓瑟吹笙”四句，“剪贴”在自己诗中，用得很自然，很妥帖。

宋黄彻《巩溪诗话》卷四有“古人作诗，有用经传全句”一段，所举例如：《文选》卷二十三阮籍《咏怀诗十七首》之十二：“小人计其功，君子道其常。”是用《荀子·天论》“君子道其常，而小人计其功”句，倒其先后而已。白居易《和答诗十首·和阳城驿诗》：“疾恶若《巷伯》，好贤如《缁衣》。”用《礼记·缁衣》：“好贤如《缁衣》，恶恶如《巷伯》，则爵不渎而民作愿，刑不试而民咸服。”《巷伯》，《诗经·小雅》中篇名；《缁衣》，《诗经·郑风》中篇名。杜甫《寄狄明府博济》诗句“谁谓荼苦甘如荠”，用《诗经·邶风·谷风》：“谁谓荼苦，其甘如荠。”又杜甫《丹青引》“富贵于我如浮云”句，用《论语·述而》：“不义而富且贵，于我如浮云。”①

唐宋诗不仅用经典全句，也用六朝人诗句。如南朝谢朓《隋王鼓吹曲·入朝曲》诗起头两句曰：“江南佳丽地，金陵帝王州。”② 唐孟浩然《送袁太祝尉豫章》诗云：“何幸遇休明，观光来上京。相逢武陵客，独送豫章行。随牒牵黄绶，离群会墨卿。江南佳丽地，山水旧难名。”③ 用“江南”全句为尾联出句。文天祥七律《中秋》尾联云：“犹是江南佳丽地，徘徊把酒看苍天。”④ 也在出句引用“江南佳丽地”全句。

宋人词用经史或前人诗句更为多见。著名的例子，如晏几道《临江仙》：“梦后楼台高锁，酒醒帘幕低垂。去年春恨却来时。落花人独立，微雨燕双飞。记得小苹初见，两重心字罗衣。琵琶弦上说相思。当时明月在，曾照彩云归。”⑤ 这首是晏几道词的代表作。其中尤其令人称道的“落花”

① 丁福保辑：《历代诗话续编》上册，第363页。

② 逯钦立辑校：《先秦汉魏晋南北朝诗》中册，第1414页。

③ 《全唐诗》卷一百六十，第1641页。

④ 北京大学古文献研究所编：《全宋诗》卷三五九八，北京：北京大学出版社1991年版，第43033页。

⑤ 唐圭璋编：《全宋词》，北京：中华书局1995年版，第222页。

二句，其实却是从五代翁宏五律《春残》诗中取用，翁诗前四句云："又是春残也，如何出翠帏？落花人独立，微雨燕双飞。"① 当然，这两句被晏几道用到词里，也被其词烘托得更加令人一读难忘。又如张元干《贺新郎·送胡邦衡待制赴新州》词"天意从来高难问，况人情、老易悲难诉"二句②，用杜甫《暮春江陵送马大卿公恩命追赴阙下》诗"天意高难问，人情老易悲"一联③，略加改易成句。

辛弃疾词最善用古人全句，如《贺新郎》起句"甚矣吾衰矣"④，用孔子感慨的话，《论语·述而》："子曰：'甚矣吾衰也！久矣吾不复梦见周公！'"⑤ 又如《南乡子·登京口北固亭有怀》："何处望神州？满眼风光北固楼。千古兴亡多少事，悠悠，不尽长江滚滚流。年少万兜鍪，坐断东南战未休。天下英雄谁敌手？曹刘。生子当如孙仲谋。"⑥ "不尽长江滚滚流"是用杜甫七律《登高》"不尽长江滚滚来"句，改一字以押韵；"生子"句用全句，仲谋，孙权字。《三国志·吴书·孙权传》注引《吴历》："公（曹操）见舟船器仗军伍整肃，喟然叹曰：'生子当如孙仲谋，刘景升儿子若豚犬耳。'"⑦ 又如《八声甘州》："把江山好处付公来，金陵帝王州。想今年燕子，依然认得，王谢风流。……"⑧ 开篇第二句是用前面讲到的谢朓诗"金陵帝王州"全句。

其实，一字不改用全句，是原句正合我用而用之。略加改易，哪怕是只改一字，已经是从我此处选字调声的考虑而做改动，更能显出用典的主动性。这两种如果分别言之，则用全句是剪贴式用典，略加改易则已是化用语典。

2. 隐括

刘永济《文心雕龙校释》举例释"隐括"说：

> 陆机《演连珠》："臣闻弦有常音，故曲终则改；镜无留影，故触

① 《全唐诗》卷七百六十二，第 8656 页。
② 唐圭璋编：《全宋词》，第 1073 页。
③ 《全唐诗》卷二百三十二，第 2558 页。
④ 唐圭璋编：《全宋词》第 3 册，第 1914 页。
⑤ 杨伯峻译注：《论语译注》，第 67 页。
⑥ 唐圭璋编：《全宋词》第 3 册，第 1961 页。
⑦ ［晋］陈寿：《三国志》卷四十七，第 1119 页。
⑧ 唐圭璋编：《全宋词》第 3 册，第 1876 页。

形则照。”上句用《文子》：“事犹琴瑟，终必改调。”下句用《淮南子》：“镜不设形，故能形也。”陆机《文赋》：“石蕴玉而山辉，水怀珠而川媚。”二句皆用《荀子》：“玉在山而木润，渊生珠而岸不枯”之意。此类用法，韵文最多，大抵原辞不便属对，故全用其意，而略约其辞以为之也。①

“隐括”的方法是“全用其意，而略约其辞以为之”。例如杜甫七律《宿府》：“清秋幕府井梧寒，独宿江城蜡炬残。永夜角声悲自语，中天月色好谁看？风尘荏苒音书绝，关塞萧条行路难。已忍伶俜十年事，强移栖息一枝安。”② 其尾联即隐括《庄子·逍遥游》“鹪鹩巢于深林，不过一枝”语意。再如杜甫《返照》：“楚王宫北正黄昏，白帝城西过雨痕。返照入江翻石壁，归云拥树失山村。衰年肺病唯高枕，绝塞愁时早闭门。不可久留豺虎乱，南方实有未招魂。”③ 其尾联隐括王粲《七哀诗》“西京乱无象，豺虎方构患”④，以及《楚辞·招魂》：“魂兮归来，南方不可以止些”⑤，造句既用其语，感时伤世，亦用其意。

又如李商隐绝句《昨夜》：“不辞鶗鴂妒年芳，但惜流尘暗烛房。昨夜西池凉露满，桂花吹断月中香。”⑥ 起句隐括屈原《离骚》“恐鶗鴂之先鸣兮，使百草为之不芳”二句意，鶗鴂即杜鹃，杜鹃鸟于暮春时啼鸣，春花将尽，青春即逝矣。

诚如刘永济先生所说，用隐括方法，韵文最多。多读古人诗词，自能感知，这里就不多举例了。

3. 引证

刘永济《文心雕龙校释》举例释“引证”说：

刘孝标《辨命论》：“诗云：‘风雨如晦，鸡鸣不已。’故善人为善，焉有息哉。”此明引成辞，以证为善不息也。同前：“且于公高门

① ［梁］刘勰著，刘永济校释：《文心雕龙校释》，第 149—150 页。
② 《全唐诗》卷二百二十八，第 2483 页。
③ 《全唐诗》卷二百三十，第 2529 页。
④ 逯钦立辑校：《先秦汉魏晋南北朝诗》上册，第 365 页。
⑤ ［梁］萧统编，［唐］李善注：《文选》卷三十三，第 473 页。
⑥ 《全唐诗》卷五百四十，第 6198 页。

以待封，严母扫墓以望丧。此君子所以自强不息也。”此浑引成辞，以证善恶有征，贵能自强不息也。于公事见《汉书·于定国传》，严母事见《酷吏·严延年传》。[①]

明引原话与浑引成辞，诗词中也都采用。例如陶渊明《癸卯岁始春怀古田舍》其二起四句曰：“先师有遗训，忧道不忧贫。瞻望邈难逮，转欲患长勤。”[②]《论语·卫灵公》“子曰：‘君子谋道不谋食。耕也，馁在其中矣；学也，禄在其中矣。君子忧道不忧贫。’”[③] 陶渊明明引孔子遗训，感慨“瞻望邈难逮”以寄深意。

唐诗人中，李白《金陵城西楼月下吟》诗句：“解道澄江净如练，令人长忆谢玄晖。”即明引谢朓《晚登三山还望京邑》诗中“余霞散成绮，澄江净如练”一联下句，表达钦佩之情。白居易诗中引证的诗句较多，有明引成辞的，如五古《酬吴七见寄》：“尝闻陶潜语，心远地自偏。”[④] 五律《闲吟二首》其一结句：“忆得陶潜语，羲皇无以过。”[⑤] 也有浑引的，如五古《读谢灵运诗》起四句：“吾闻达士道，穷通顺冥数。通乃朝廷来，穷即江湖去。”[⑥] 绝句《读庄子》：“庄生齐物同归一，我道同中有不同。遂性逍遥虽一致，鸾凰终校胜蛇虫。”[⑦]

宋诗人如苏轼诗中引证，其五古《送参寥师》中数句：“退之论草书，万事未尝屏。忧愁不平气，一寓笔所骋。颇怪浮屠人，视身如丘井。颓然寄淡泊，谁与发豪猛？”[⑧] 韩愈《送高闲上人序》论张旭草书说：“往时张旭善草书，不治他技，喜怒窘穷，忧悲愉佚，怨恨思慕，酣醉无聊，不平有动于心，必于草书焉发之。……故旭之书，变动犹鬼神，不可端倪，以此终其身，而名后世。”[⑨] 苏轼引韩愈对张旭草书的议论形容，来比喻称赞僧道潜（参寥）的诗歌。苏轼又有引欧阳修成辞的诗句，如五古《僧惠勤

---

① ［梁］刘勰著，刘永济校释：《文心雕龙校释》，第150页。

② 逯钦立校注：《陶渊明集》，北京：中华书局1999年版，第77页。

③ 杨伯峻译注：《论语译注》，第168页。

④ 《全唐诗》卷四百二十九，第4737页。

⑤ 《全唐诗》卷四百五十一，第5093页。

⑥ 《全唐诗》卷四百三十，第4742页。

⑦ 《全唐诗》卷四百五十五，第5150页。

⑧ ［宋］苏轼著，［清］冯应榴辑注，黄任轲、朱怀春校点：《苏轼诗集合注》，上海：上海古籍出版社2001年版，第864页。

⑨ 童第德选注：《韩愈文选》，北京：人民文学出版社1980年版，第260—261页。

初罢僧职》结尾四句："非诗能穷人，穷者诗乃工。此语信不妄，吾闻诸醉翁。"[①] 欧阳修（醉翁）《梅圣俞诗集序》说："予闻世谓诗人少达而多穷。夫岂然哉？盖世所传诗者，多出于古穷人之辞也。……然则非诗之能穷人，殆穷者而后工也。"[②]

陆游诗也多有引证，如五古《杂兴十首以贫坚志士节病长高人情为韵》其二："孟子辟杨墨，吾道方粲然；韩愈排佛老，不失圣所传。伐木当伐根，攻敌当攻坚。坐视日月食，孰探天地全？一木信难恃，要忧大厦颠。安得孟韩辈，出为吾党先？"[③] 孟子辟杨墨，韩愈排佛老，这里都是浑引，孟、韩的思想言论为人们所熟知。又如七律《晚兴》颈联"屈子所悲人尽醉，郦生常谓我非狂"[④]，明引属对，以自比况。

宋诗人最令人肃然起敬、令人感知崇高悲壮的引证成辞的例子，是文天祥的临刑前留在衣带中的《自赞》：

> 孔曰成仁，孟曰取义；唯其义尽，所以仁至。读圣贤书，所学何事？而今而后，庶几无愧。[⑤]

《论语·卫灵公》："子曰：'志士仁人，无求生以害仁，有杀身以成仁。'"[⑥]《孟子·告子上》："生亦我所欲也，义亦我所欲也；二者不可得兼，舍生而取义者也。"[⑦] 文天祥以绝不降元而从容就义，用牺牲生命完成了儒家所崇尚的志士仁人的理想品格。

4. 借字

刘永济《文心雕龙校释》举例释"借字"说：

> 班固《东都赋》："是以四海之内，学校如林，庠序盈门。"如林二字出《书》"受率其旅若林"，盈门二字出《诗》"烂其盈门"，此

---

① ［宋］苏轼著，［清］冯应榴辑注，黄任轲、朱怀春校点：《苏轼诗集合注》第2册，第551页。

② 陈必祥编撰：《欧阳修散文选集》，上海：上海古籍出版社1997年版，第290页。

③ ［宋］陆游著，钱仲联校注：《剑南诗稿校注》，上海：上海古籍出版社1985年版，第3097页。

④ ［宋］陆游著，钱仲联校注：《剑南诗稿校注》第4册，第1679页。

⑤ ［元］脱脱：《宋史》卷四百一十八《文天祥传》，北京：中华书局1977年版，第12541页。

⑥ 杨伯峻译注：《论语译注》，第163页。

⑦ 杨伯峻译注：《孟子译注》下册，第265页。

但用其字面也。①

用前人诗文中的字词，在写作中是尽量避免用词生造。虽然古来诗文其实是不断“生造”创作的成果，但在已有丰厚的诗文古典的背景上，诗文写作选词用字最好是有先例，如此则既稳妥又典雅，能见出作者学养的深厚。黄庭坚称杜甫诗“无一字无来处”，正是由于杜甫自己所表白乃“读书破万卷，下笔如有神”矣。然而“但用其字面”这一项，多数应只视为普通修辞的讲究，不必全当作用典，除非在用其字面的同时，也含有用其原句意的作用，才有“用典”的性质。

《苕溪渔隐丛话·前集》卷九引《王直方诗话》说：

近世有注杜诗者，注“甫昔少年日”，乃引“贾少年”。“幽径恐多蹊”，乃引《李广传》“桃李不言，下自成蹊”。“绝域三冬暮”，乃引东方朔“三冬文史足用”。“寂寂系舟双下泪”，乃引《贾谊传》“不系之舟”。“终日坎壈缠其身”，乃引“孟子少坎坷”。“君不见古来盛名下”，乃引《新唐书·房琯赞》云“盛名之下为难居”。真可发观者一笑。②

这种不管有无联系，只是取一个古代诗文的相同用例为注的问题，其实在清初仇兆鳌《杜诗详注》中依然存在。仇氏如此出注的用意应也不是把不相关的用例都误以为是“语典”出处，而只是用以证明杜甫诗语多有先例而已。仇氏这部“详注”也还有供参考的价值。当然，清乾隆时杨伦撰《杜诗镜铨》就以注释精简为特色，以修正前人注释繁芜逞博的偏失。

今人整理诗文古籍，注释典故出处，有时也还有把不相关的用例罗列为注的问题。我们读书参阅时，要能辨识，才不至于被误导。

四、用典的宜忌

以上三节，我们论述了用典是一种修辞的需要，诗歌不用典是不可能的。但用典有利也有弊，用典有多样的方法。学习古典诗歌的创作，要善

---

① ［梁］刘勰著，刘永济校释：《文心雕龙校释》，第150页。
② ［宋］胡仔纂集，廖德明校点，周本淳重订：《苕溪渔隐丛话·前集》，第59页。

于用典，要用得恰到好处。那么，用典要注意哪些问题呢？

（一）要自然贴切，忌牵强斗凑

用典要自然贴切，浑然天成，不可牵强斗凑。《颜氏家训·文章》引邢邵之言所谓“沈侯文章用事，不使人觉，若胸臆语也，深以此服之”，其意不在强调暗用，而主要是称道用典的自然。上一节讲用典的方法所举例证，也都可以看作用典自然贴切的例子。再看诗话中的谈论，宋蔡居厚《蔡宽夫诗话》一则说：

前史称王筠善押强韵，固是诗家要处，然人贪于捉对用事者，往往多有趁韵之失。退之笔力雄赡，务以词采凭陵一时，故间亦不免此患。如《和席八》“绛阙银河晓，东风右掖春”诗终篇皆叙西垣事，然一联云：“傍砌看红药，巡池咏白蘋。”事除柳恽外，别无出处；若是用此，则于前后诗意无相干，且趁蘋字韵而已。然则人亦有事非当用，而炉锤驱驾，若出自然者。杜子美《收京诗》以樱桃对杕杜，荐樱桃事，初若不类，及其云“赏因歌杕杜，归及荐樱桃”，则浑然天成，略不见牵强之迹，如此乃为工耳。①

又如宋《漫叟诗话》一则说：“东坡最善用事，既显而易读，又切当。”举例有《柳氏求字答》诗，称是“天然奇作”②。所举苏轼诗全题是《柳氏二外甥求笔迹二首》，诗为七绝两首，曰：

退笔如山未足珍，读书万卷始通神。
君家自有元和脚，莫厌家鸡更问人。

一纸行书两绝诗，遂良须鬓已如丝。
何当火急传家法，欲见诚悬笔谏时。③

苏轼的柳氏二外甥求他的书迹，他书写了这两首绝句。诗中用到柳氏

---

① 郭绍虞辑：《宋诗话辑佚》下册，第390页。
② 郭绍虞辑：《宋诗话辑佚》上册，第363页。
③ ［宋］苏轼著，［清］冯应榴辑注，黄任轲、朱怀春校点：《苏轼诗集合注》第2册，第505页。

的典故，“君家自有元和脚”两句，是用唐朝柳宗元和刘禹锡的唱和诗的故事和语词。柳宗元有《殷贤戏批书后寄刘连州并示孟仑二童》诗曰：“书成欲寄庾安西，纸背应劳手自题。闻道近来诸子弟，临池寻已厌家鸡。”① “厌家鸡”的典故出晋何法盛《晋中兴书》所载：庾翼书法曾与王羲之齐名，后来王羲之书法更引人爱好，庾翼不服气，在书信里说：“小儿辈厌家鸡，爱野雉，皆学逸少书，须吾下当北之。”庾翼把自己的书法比喻为家鸡，把王羲之书法比为野雉。然而《世说新语》记后来庾翼终于服膺王羲之书法的造诣。刘禹锡有《酬柳柳州家鸡之赠》诗云：“日日临池弄小雏，还思写论付官奴。柳家新样元和脚，且尽姜芽敛手徒。”②《因话录》记载，柳宗元书法自成一家，在元和时期，后生多学他。③ 刘禹锡用“柳家新样元和脚”称赞柳宗元书法。苏轼绝句二首，前首“君家自有元和脚”即是用刘禹锡诗语指柳宗元书法，后首“欲见诚悬笔谏时”句，则是用柳公权（字诚悬）答唐穆宗问笔法说“用笔在心，心正则笔正”的故事。④ 用两个著名的柳氏书法典故，勉励爱好书法的柳氏外甥，如此用典，是自然而贴切的最佳范例。当然，这样自然贴切的用典，在苏轼诗中是每每如此的，他获得“最善用事”的赞誉，是实至名归。

诗歌用典要自然贴切，不要牵强为之。《石林诗话》卷上说：“诗之用事，不可牵强，必至于不得不用而后用之，则事词为一，莫见其安排斗凑之迹。”⑤ 所举出称道的例子也是苏轼诗句，此略不录。总之，多看苏轼诗歌的用典处，可以受到很多很好的启发。

（二）要明白易解，忌生僻难晓

用典是为了含蓄，但含蓄不是含混，也不是要做成谜语。所以，用典要尽可能用一些人人皆知的成为共语的典故，而不要用僻书僻典，这样才能够流畅地表达意思，不至于使读者猜谜或误解。

明胡应麟《诗薮》卷四说：“用事之僻，始见商隐诸篇。宋初杨、李、钱、刘，愈流绮刻。”⑥ 清黄士龙《野鸿诗的》一则说：“自汉以迄中唐，

---

① 《全唐诗》第 11 册，第 3938 页。
② 《全唐诗》第 11 册，第 4126 页。
③ ［唐］赵璘：《因话录》卷三，上海：上海古籍出版社 1979 年版，第 84 页。
④ ［后晋］刘昫：《旧唐书·柳公权传》第 13 册，第 4310 页。
⑤ ［清］何文焕辑：《历代诗话》上册，第 413 页。
⑥ ［明］胡应麟：《诗薮》，第 62 页。

诗家引用典故，多本之于经、传、《史》《汉》，事事灼然易晓。下逮温、李，力不能运清真之气，又度无以取胜，专搜汉魏诸秘书，括其事之冷寂而罕见者，不论其义之当与否，擒剥填缀于诗中，以夸耀己之学问渊博。”① 温庭筠、李商隐用典有偏失、也有新的探索，此论对于温、李的批评不免过苛，但主张用典应避免冷僻而用灼然易晓的故事，则宜为用典一准则。

古代典籍随时代而不断增添益多，唐人用典以经、传、《史》《汉》等为主要来源，宋代用典自然已延伸到唐朝故事。明人有认为不可用宋以下之事者，不免为因尚古而自加拘限。但其用心所在还是主张用典宜用读书人普遍都读的经史典籍故事，以便明白易解，这又是合理的。只是对于今人来说，可读的书的范围之广大，更是古人所不曾面对的。现在很难要求爱读诗歌者必须有个共同必读的经史古籍的范围，则即使是作者以为最明白易晓的典故，在读者也未必一读便知。应对这种问题，一方面虽然是读者要多读书，一方面也则是诗人要考虑用典的必要性，能不用则不用。

（三）引用要准确，避免误用

南宋魏庆之编《诗人玉屑》，以格法分类，选辑诸家诗话；其卷七“用事”一类，辑录三十几则谈论，其中论用事宜“的当”“精确”者数条，而论“误用事”“率尔用事”者亦有多条。可知用典要精确、不要误用，是古人诗话中所反复论说的事情，是学习作诗者须要留意借鉴的问题。

关于用典准确，前面讲用典的方法所举例，都可谓是“的当”“精确”的，这里不再另举。关于“误用事”，《诗人玉屑》引《西清诗话》云：

> 唐人以诗为专门之学，虽名世善用故事者，或未免小误。如王摩诘诗：“卫青不败由天幸，李广无功缘数奇。”“不败由天幸”，乃霍去病，非卫青也；《去病传》云：其军尝“先大将军，军亦有天幸，未尝困绝”。意有“大将军”字，误指去病作卫青耳。李太白“山阴道士如相访，为写黄庭换白鹅。”乃《道德经》，非《黄庭》也。逸少尝写《黄庭经》与王修，故二事相紊。杜牧之尤不胜数。前辈每云：用事虽了在心目间，亦当就时讨阅，则记牢而不误。端名言也。②

① 丁福保辑:《清诗话》下册,第891页。

② ［宋］魏庆之编,王仲闻校勘:《诗人玉屑》卷七,北京:中华书局1961年版,第157页。

王维《老将行》“卫青不败由天幸”一句，典据《史记·卫将军骠骑传》：“大将军卫青者，平阳人也。……大将军姊子霍去病……为骠骑将军……然亦敢深入，常与壮骑先其大军，军亦有天幸，未尝困绝也。”① 上引诗话以为“误用事”。现代高步瀛《唐宋诗举要》认为：“此诗以天幸指卫青，盖借用。”② 而现代注家也仍有以为误用者。又有如陈贻焮先生的一种理解曰：“列传中霍去病的事迹紧接于卫青的事迹之后，既说霍去病‘亦有天幸’，似有谓卫青‘有天幸’之意；说‘卫青不败由天幸’，也可能由于诗人对此做如此理解所致。”③

李白的“山阴道士”两句，出绝句《送贺宾客归越》。其中用事是否“误用”，历来也多争议，可以参阅瞿蜕园、朱金城二氏《李白集校注》注释的列举和讨论，此不具引。

总之，用事要讲究准确，要避免误用，这个原则还是应记取的。

---

① ［汉］司马迁：《史记》卷一百一十一，第2921—2931页。

② 高步瀛：《唐宋诗举要》，上海：上海古籍出版社1986年版，第145页。

③ 陈贻焮选注：《王维诗选》，北京：人民文学出版社1983年版，第55页。

旧学商量加邃密，新知培养转深沉

——李平《范文澜〈文心雕龙注〉研究》简评

桑　农

历史学家范文澜也是一位著名的“龙学”专家。他的《文心雕龙注》，是研读《文心雕龙》的必读书。甚至可以说，后世的《文心雕龙》研究，都是以此书为基础的。后人的校勘和注释，基本上都是对该书一些细节的补苴罅漏；完全另起炉灶者，至今尚未出现。这部里程碑式的“龙学”名著，是如何诞生的？在“龙学”史上承前启后的地位，是如何确立的？如何看待后人所做的增补和纠误？总之，作为一部学术经典，其价值和意义何在？李平教授的新著《范文澜〈文心雕龙注〉研究》（中华书局，2020年12月版）对此做了全面、系统的论述。

李平教授早年师从“龙学”名家祖保泉先生，硕士论文即以“范注”为选题；之后，主要从事《文心雕龙》学术史和中国文化史研究，成果斐然，有目共睹。而今回头重新审视“范注”，对这部“龙学”经典作专门的个案研究，无论从专业储备还是从学术视野方面来看，都是当下学界最理想的人选。

一、突显问题意识

与早年重视基础研究不同，作者在本书中围绕范文澜《文心雕龙注》，选择具体且关键的问题，进行深入探讨、详尽阐释。这些问题既各自独立，又相互补充。全书议题集中，整体有序。“范注”本身存在的一些令人困惑之处，“范注”研究中存在的一些悬而未决的疑难，在此都一一迎刃而解。

例如，“范注”的底本问题。按照著者自述，应是以清代黄叔琳《文心雕龙辑注》为底本无疑。但《辑注》又有不同的版本系统，杨明照根据范注屡将黄叔琳批语误为纪昀评语，指出底本当是“坊间流俗本”，并认为可能采用的是《四库备要》本。本书通过细致地考证，断定为1915年出版的扫叶山房石印本。这个底本的确定，不仅可以给出时间上的合理解释，也解决了杨明照举出的错误以及其他讹失的来源。

“范注”本身，也存在着不同版本的问题。据本书考证，“范注”最初的刊行本，是1925年天津新懋印书局出版的《文心雕龙讲疏》；1929至1931年，北平文化学社分上中下三册出版的新注本，更名为《文心雕龙注》；1936年，上海开明书店又出版改编修订本，“范注”基本定型；1958年，经著者同意请人核对编订，北京人民文学出版社分两册重印，这便是目前常见的通行本。弄清这些版本的演变，可以看到“范注”不断更新、发展完善的过程，体会著者精益求精的不懈努力和自我超越的治学精神，见识到一座学术丰碑的建立绝不是一蹴而就的偶然事件。

除了底本和版本等核心问题，本书还探究了一些引起争议的细节问题。如“范注”对黄侃《文心雕龙札记》的因袭和淡化问题，“范注”中“孙云”的具体所指问题，人民文学出版社《文心雕龙注》订补人揭秘问题，以及《文心雕龙》原文中个别字句的辨析和疏证问题。无论问题是大是小，难度如何，作者都不轻易放过，而是全力以赴，给出有理有据的圆满答案。

由于以问题为中心，本书省略了基本常识的铺陈，单刀直入，引人入胜，既显示了作者深厚的学养和功力，也展现了“龙学”研究迄今已抵达的深度和高度。

二、注重文本对勘

发现问题需要敏锐的感觉，解决问题则需要耐心的辨析。将不同的文本进行细致入微地对照、比较，从中发现异同，为解决问题提供确定无疑的证据，本书在这方面的表现，也给读者留下深刻的印象。

在考证“范注”底本时，作者判断为扫叶山房石印本，而非《四部备要》本，四条充足的证据均来自这两个版本的文字对勘。“范注”中“‘仙诗缓歌’，今已无考”系节录纪昀讥讽黄叔琳的评语，此句见扫叶山房石印本，《四部备要》本中遗漏。“范注”中“陪笔”“恠石”“割精”，也与扫叶山房石印本中一致，《四部备要》本中作“暗笔”“怪石”“割情”。由此，结论不言自明。

在“范注”版本探究中，作者比较文化学社版《文心雕龙注》与早年《文心雕龙讲疏》的差异，以具体的统计数据来说明问题。新补注释条目和修改原注条目合计1096条，占全部条目的80%以上，而保留原注未做任何修订的只有223条，占全部条目17%，所以新书几乎等于“重造”。考察修订的条目，作者发现新书吸收了最新研究成果，消解了原书讲疏体的色彩，摆脱了对二黄（黄叔琳、黄侃）的依傍，范注自身的价值和意义脱颖而出。

同样，在揭秘人民文学版《文心雕龙注》修订人时，作者也是将开明书店版与人民文学版放在一起比勘对照，逐一考察了五百余条订补，将其分为增补、订误、完善、厘正四大类，充分肯定了王利器对“范注”的贡献。同时也指出了王氏订补的不足，如尚有讹误未予更正，以及订补本身不乏可商榷之处。如此，这一桩当年传为学林佳话的学术公案，得以清楚地告白于世。

台湾学者张立斋《文心雕龙注订》对“范注”多有批评。本书作者则将两者对照，细加比勘，发现张氏对“范注”的订补，除偶有进益之解，稍补“范注”未备之外，多为误评，或为一家之言。相反，因为过于倚重“范注”，倒是留下了明显的因袭痕迹。书中将两人《原道》注文分条列出对照表，呈现张氏对“范注”的直接迻录、部分酌取和间接化用。白纸黑字俱在，因袭的事实自然不容置疑。

三、梳理学术脉络

本书引人注目之处，不仅在于细读精勘的功夫，更重要的在于作者将这些具体细屑的问题纳入宏观的学术史视野中加以考察，梳理出“龙学”研究的历史脉络，为“范注”何以成为学术经典提供了有力的证据，为“龙学”发展史的研究提供了可借鉴的范式。

全书各章虽独立成篇，但先后安排环环相扣、井然有序，依次涵盖了经典研究的各个层面。首先是底本选择和不同版本的更替与精进，可以看到“范注”在不断修订中逐渐完善的过程。如果说《文心雕龙讲疏》是在黄（叔琳）注、黄（侃）札的基础上进行现代学术研究的一次尝试，那么文化学社版《文心雕龙注》则是吸收孙蜀丞、赵万里等人的校勘成果，尽力摆脱对黄注、黄札的依赖，期盼建立现代注疏范型的一种努力。而开明书店版《文心雕龙注》则是这一现代范型的进一步完善。在形式上将校注条目随正文之后，体例更加规范；在内容上增补了铃木虎雄的《校勘记》等最新成果，弥补了“范注”没有版本叙录的遗憾。此外，王利器对人民文学版《文心雕龙注》的订补，也为“范注”匡讹纠谬，增色颇多。——这一不断修订和完善的过程，在作者看来，正是《文心雕龙》研究从传统向现代转型的历程。这一历程以“范注”的出版、修订、再版为标识。“范注”的出现，不仅意味着传统“龙学”模式的终结，同时标志着现代“龙学”范型的确立。

作者认为，新范型诞生、确立之后还需要后续的补正和修订，需要一批学者参与其间，共同维护和巩固其学术经典的地位，体现一个学术共同体的理想追求与价值取向。故而，本书随后以《范文澜〈文心雕龙注〉订补综论》这样的长篇专论，评析得失，总结经验。还有四篇长文分别探讨了海内外“龙学”名家杨明照的“举正”、斯波六郎的“补正”、张立斋的“正补”、王更生的“驳正”。这些论述合而观之，完全可以视为“范注”的影响史、接受史。

一部学术经典的确立，在于相对前人的创新；其地位的巩固，则在于对后世的影响。本书作者正是由此论证“范注”在“龙学”研究中承上启下的历史地位，揭示“范注”作为经典的价值和学术史意义。

四、持论客观中肯

本书论证了“范注”在“龙学”研究史上里程碑式的地位，但并不认为“范注”已臻于完美之境。相反，对“范注”在各方面存在的不足，诸如校字有妄改之病、征典有不精之瑕、释义有不详之疵、录文有烦冗之累，本书作者都从不避讳，且详尽列举了后人对这些不足的订补举正。

在作者看来，一代学术经典的造就，在于突破传统的模式，建立新的学术范型，而不在于自身的十全十美。正确地对待他人批评指正，从善如流地改正讹误和缺失，不仅有利于学术成果的完善，也有利于维护和巩固学术经典的地位。“范注”不断更新的历史，正说明了这一点。也正是因此，作者对王利器、杨明照以及斯波六郎等人的订补工作给予充分肯定。当然，对他们的不足也提出商榷。肯定成绩，指出不足，无论对范文澜还是对后来的“龙学”名家，本书都是持这一不偏不倚的态度。

对于张立斋、王更生两位台湾学者，本书作者予以具体地辨析，指出他们由于受到政治因素的干扰，流露出吹毛求疵、无中生有的不良倾向。特别是对张氏剑拔弩张、欲取而代之的孟浪做法，表示警惕。而对张氏《文心雕龙注订》中大量的因袭，本书作者认为，如果换一个角度看，也不失为海峡两岸“龙学”交融互补的一个见证。这种看法或意见，无疑十分中肯，有利于学术的发展。的确，只有保持公正的立场和客观的态度，学术交流才能得到健康的保障，学术研究才能得以稳步的推进。

朱熹诗云：“旧学商量加邃密，新知培养转深沉。”范文澜《文心雕龙注》的反复修订，体现了这一诉求；后人对“范注”的继续订补，呈现了这一进程；《范文澜〈文心雕龙注〉研究》一书对“范注”及相关问题所做的全面探讨和客观评价，也可作如是观。

（作者单位：安徽师范大学文学院）

编后记

从2014年9月至今的七年多时间里，《中国文论》出版了九辑，总字数近300万字。从本辑（第十辑）开始，本刊编委会进行了较大调整。首先需要郑重说明的是，原编委会中的张长青先生、张可礼先生、刘文忠先生先后辞世，我们深感悲痛，对三位先生为本刊做出的巨大贡献，我们将永远铭记于心。本次编委会调整，一是设立编委会顾问，敦请一批为本刊的筚路蓝缕已然做出极大贡献的前辈，继续为本刊的发展出谋划策。二是聘请一批年富力强的“龙学”和中国文论专家，为本刊的进一步发展贡献力量。对各位德高望重的先生，对各位新任编委的支持，我们谨表达由衷的敬意和感谢！

本辑“文心雕龙”栏目下，是两位“龙学”老将的大作。首先是涂光社先生的《〈庄子〉寓言：哲思表述和文艺实践理论中的非凡建树》一文。涂老师是“龙学”大家，亦为庄子专家，近年对庄子研究付出极大心力，创获自然亦多。如所周知，《庄子》一书“寓言十九”，对此如何认识和评价，自然就成了庄子研究的永恒话题。涂老师认为，《庄子》寓言是先秦子书中以“谬悠”“荒唐”笔触撰就的绝世精品，拥有跨越时空局限的文化意义和理论价值；而“寓言十九”的写作将《庄子》归诸文学范畴，是极为成功的文学实践，对两千多年中国的文学艺术创造有着深刻影响和引领作用。即是说，庄子之“哲思表述”的最大特点在于“中外古今学人哲思难能企及的艺术表达”，“《庄子》寓言是用绝妙的既荒诞又切中肯綮的笔触进行表述，也有若干造艺方式和规律的精要论证。可以说既是浪漫主义的文学实践，也是‘道法自然’‘法天贵真’的文艺理论批评的经典著述”。应该说，这样的认识既是对《庄子》一书实事求是的概括，符合中国古代文化的基本特点，又立足当代哲学、文学学科的话语体系，从而较好地达到了古今话语的衔接和贯通，是颇为难能可贵的。

可以看出，涂老师既关注《庄子》的哲学品质，又深深沉入庄子营造的艺术境界，乃至将二者融为一体。如谓“其诗意表达上易被忽略的一点是民族特色鲜明的概念和语汇创用，运用‘象形为先’的汉字令概念、语汇（包括成语）文辞简约、意涵深蔚，首见于《庄子》被传承和广泛的范畴概念和词汇、成语之丰富在古今著述中首屈一指”，又说“‘寓言十九’令《庄子》也归属文学领域，其‘谬悠’‘荒唐’‘恣纵’‘无端崖’的表述令其成为绝世无双的浪漫主义作品”；一方面，“庄子寓言以浪漫笔触展示的精神视野和理论境界堪称卓异：庄周有古今哲人难以企及的宇宙观、人生观和社会发展观，即使当代学者也不能不惊叹其思维方式、生命理念及其政治学说逾越时空局限的非同凡响”，另一方面，“庄子充分发挥汉字在语词组合上的优长，创用了一系列有‘天’的概念组合系列，多层面地阐扬了古人崇尚自然的美学追求，尤其是对‘真’（包括对清纯、素朴、愚拙、本色）美学意蕴的肯定，凸显了传统审美意识和文学艺术创造上的一个重要文化特征”。笔者觉得，这种对庄子及其著作的体悟有类李泽厚先生所谓庄子哲学即是美学的论断，而又深入《庄子》一书所创造的哲学、美学和艺术境界，乃至庄子独特的语言世界，从而使我们真正深刻领悟《庄子》寓言的哲思表述及其文艺实践理论中的非凡建树。

其次是刘业超先生的《佛教心法观对〈文心雕龙〉心法说的历史性献功》一文。佛教和佛学对《文心雕龙》的影响是“龙学”的一个重要论题，但这一问题的难度也是可想而知的。刘先生不仅不避其难，而且迎难而上；不仅迎难而上，而且单刀直入，就佛教心法观对《文心雕龙》的影响展开正面论证，就笔者所知，这是不多见的，其理论勇气自然是令人敬佩的。如刘先生所说，对心性的探讨和体认在中华认识论中具有普遍性，但在儒释道不同的文化体系中，是存在着较大差异的，其间又有着诸多的交集与融会，种种复杂的情况，在《文心雕龙》的思想体系中都有所呈现，如何准确认识并充分观照其中的历史事实与逻辑关系，显然事关重大。刘先生认为，“佛教心法论所体认的心，不再是‘心之官则思’的以人为本的纯人性化的体人之心，也不再是‘绝圣弃智’的以物为本的纯自然化的体物之心，而是将宇宙万物融为一体的‘万法唯心’之心。……这一带有鲜明佛教本体论色彩的有机整体具体表现在《文心雕龙》的心物论中，就是它的独标一格的理论界面。而其‘神思’之说，就是这一心物融一的理论界面在美学领域中的集中表述”。

刘先生指出，“以心为本、以心为总、以心为美、以心为力、以心为用、以心为法，因而顺理成章地将心与物置于同一的心理界面进行冥思从而获得智慧的启迪和精神的解脱的思维理论与思维方法”，为佛教禅修所独擅，“刘勰《文心雕龙》以心总文的总旨和以心为法的用心之术及以心为力、以美为求的工程方法体系，显然是与佛教的这一强大的认识体系与方法体系的滋润和支持密不可分的”。如刘勰有著名的“神与物游”之论，刘先生解释说：“神”者，主体之心也；“物”者，心外之感知对象也；“游”者，融合为一之谓也。“这种心物融一的心理境界，也就是佛教所标举的‘色不异空，空不异色，色即是空，空即是色，受想行识，亦复如是’的‘心物不二’般若境界。”诚如是，这确乎就是佛教心法观对刘勰及其《文心雕龙》的直接影响了。类似大胆的看法，本文还有不少。正是在这些重要认识的基础上，刘先生得出这样的结论：“刘勰由点到线，由外及内，由面及体，构建了一个完整的心法论的理论体系和方法体系，其中的林林总总，点点滴滴，无一不与佛教以心为本的认识论的强大支持密切相关，无一不与佛教以心为总、以心为用、以心为力、以心为美的方法论的智慧启迪密切相关。《文心雕龙》用心之理与用心之术之卓越与精深，不言自明。佛教心性论对中华心性论之历史性补益与升举，于此可见一斑。”由于事关重大，加之笔者乃佛学研究之外行，这些结论是否确然如此，笔者尚难以遽断，但其带给我们的启发应该是多方面的，因而这些探索和思考是极为有益的。

在“文之枢纽”栏目下，首先是万奇教授的《以“文”为本：〈文心雕龙·原道〉篇新解》一文。刘勰的“原道”论是“龙学”的老问题，也是意见最难统一的问题之一，万教授贡献了自己最新的思考成果。他认为，《原道》篇虽标名“原道”，其实论述的重点在“文”，而不在“道”；学界对“德”的关注较多，而忽视了“德”之前的“文”。文章首先梳理了“《原道》篇的内在义脉”，指出该篇从“道之文”出发，析一为三，分述天文、地文与人文；又在与“无识之物”的对比中强调“有心之器”的人文之重要；进而指出人文始于文字产生之前的“象之文”，而有文字之后则发展为“言之文”，即道之文→人文→言之文。同时，文章还借鉴语言学家的研究成果，对《原道》篇至关重要的开篇之语“文之为德也，大矣”一句进行了认真剖析，指出“……之为……”句型有六种句式，刘勰的这句话属于“N之为N3”的主语同位式。其中的“之”是代词，指代它前面的

“文”，而“为”不是动词，是作为同位词组标志的助词，同时又兼有衬音作用，“这个‘为’字在一般情况下是不能省去的，因为省去后‘N之为N3’就成了‘N之N3’的名词性偏正词组了”，因此，“文之为德”不能简化为“文之德”。从而，“文之为德”可译为“人文这种文德”，“文之为德也，大矣”一句便可译作“人文这种文德（人文），真是很伟大（了不起）”，将其缩简为“文德大矣”也是可以的。应该说，这一解读是非常细致而具有启发意义的，对正确理解刘勰的“原道”论自然也具有重要价值。

值得一提的是，万教授还特别指出，研读古人著述，宜抱陈寅恪所倡导的“了解之同情”的态度，弄清楚“其持论所以不得不如是之苦心孤诣，表一种同情”；尽管由于研究者都有自己的“前见”（Vorurteil），似乎不大可能还原古人的本意，但却可以最大限度去贴近古人的语境与行文脉络，“始能批评其学说之是非得失”，而无以今律古的“隔阂肤廓之论”。对此，笔者深以为然，这不仅对研究刘勰的“原道”论是重要的，而且也应视为“龙学”的方法论，是值得提倡的。

其次是韩湖初先生《论“自然”为“道之异名”——复魏伯河先生》一文。虽然如万奇教授所说，刘勰在《原道》篇讨论的重点是“文”而不是“道”，但“原道”之“道”及其相关用语，如“自然”“自然之道”“神理”等的内涵所指，研究者一直有着不同的认识和结论，这也正是韩湖初与魏伯河两位先生所争论的问题。需要说明的是，韩先生本文的大标题原为“‘自然’为道之体与用二义，故为‘道之异名’”，笔者将其做了简化处理。韩先生认为，道、自然、体、用等范畴乃是我国传统的哲学范畴。“道”指宇宙本体，“自然”兼指道与用；“体”指道为宇宙万物的总根源，“用”指道化生万物及其演变是自来如此、自然如此。由于体、用密切不分，故“自然”为“道”之异名。韩先生指出，他与魏先生之争，从根本上来说，魏先生认为“自然”只是一般的叙述语言，不承认已经作为哲学范畴指宇宙本体，兼有体、用二义，故是道之异名。因此，这确乎是一个带有根本性的问题，恐怕一时之间还难以达成一致的意见。

笔者想说的是，在学术发展的过程中，必要的争论和争鸣不仅是难以避免的，而且是非常重要的。虽然个别时候未必真理愈辩愈明，但大方向应该是这样的。在上一期的文章中，魏先生曾有这样的说法：“在当今民主开放的学术氛围中，更应倡导平等讨论，任何企图‘定于一尊’的想法和做法都是不可取的。”本期韩先生的文章则专门引用了这段话，并称赞“说得好”，可见虽然两位先生暂时还没有就“道”和“自然”的概念达成一致的意见，但对学术争鸣的态度和原则，却有着一致的认识，这可能是最重要的事情，它将保证学术争论沿着正确的轨道进行。

在本期“论文叙笔”的栏目下，首先是洪树华教授《论“诗言志”说的流变》一文。如所周知，“诗言志”是著名的先秦儒家诗论命题，但如何认识、评价这一命题，尤其是如何认识其后漫长而复杂的发展、流变过程，显然还有着深入研讨的学术空间。洪教授认为，从先秦儒家对诗的看法而言，“诗言志”这一命题表明了中国古代对诗歌本质特征的认识，那就是诗不仅表现诗人的思想、志向和怀抱，而且还要抒发诗人的情感。即是说，“诗言志”的“志”包含诗人的理性与情感两个方面。这一认识与若干批评史的说法是有所不同的，但可能是更为合乎实际的。洪教授特别指出，尽管先秦文论家对诗的看法有所差异，但最根本的一点却是相同的，那就是都认识到“志”是含“情”的因素在内的，它并不是一个排斥情感的纯理性范畴。然而，由于后来对诗歌的功能认识和对“志”的含义有不同理解，“诗言志”说在各个时代有所变化。

这种变化，“受儒家政教思想的影响，对‘诗言志’说的解释偏重于政治教化的功能方面，将先秦文论家对诗的本质特征认识的‘诗言志’说引向了歧途。从汉儒，梁代裴子野，唐代的韩愈、柳宗元，宋代的邵雍、周敦颐，一直到清代要求诗成为经世匡时、体现忠孝思想的工具的宋濂、翁方纲、沈德潜等，一步步将先秦儒家的‘诗言志’作了扭曲的阐释，他们注重政教、风化，以致把诗当成传道的工具，从而使‘诗言志’说推向了极端程度，这种忽略了文艺创作本身的内在规律，否定了艺术的审美情感特征的‘言志’说，并不能代表在‘诗言志’说流变中对诗的本质特征的正确看法”。同时，“诗言志”在流变的过程中，还出现了重视“志”与“情”的融合。“从汉代《毛诗序》开始，经魏晋南北朝时期刘勰等人，唐宋时期的吴融、孔颖达、白居易、陆游，直至清代的钱谦益、王夫之、叶燮等人的诗论，将传统‘诗言志’说推向了重视情感的‘情志’论。”洪教授认为，这种“情志”说，强调感物言志，既重视诗歌的社会作用，又强调了诗歌的抒情特点，继承和发展了先秦儒家“诗言志”说的传统。

其次是冷蕊的《〈文心雕龙·颂赞〉篇“末代之讹体”辨析——关于陆机〈汉高祖功臣颂〉的评价问题》一文。文章指出，在《文心雕龙·颂赞》篇中，刘勰以“褒贬杂居，固末代之讹体”评论了陆机的《汉高祖功臣颂》，这一评论引发了学术界较多的争论。文章认为，刘勰对《功臣颂》的贬抑并不表明他完全否定陆机这一作品的成就，而是在指出“褒贬杂居”的问题之外，也隐含着对其创作成就的肯定。本文特别指出，刘勰之所以会认为陆机这一“褒贬杂居”的颂不符合颂文的创作要求，这与他对颂文体的认识密切相关：在颂的名称性质上，刘勰将《诗经》之“颂”与同源于《诗经》的“风”“雅”两体进行比较，申明颂文“美盛德之形容”的理论主张；刘勰明确了《诗经》颂文用以“告神”而“义必纯美”的要求，以区别于《诗经》中“风”“雅”两体用以“序人”，所以“事兼正变”而有美有刺的特点。正因为刘勰以《诗经》颂文的特点彰显了颂文体“美盛德之形容”的创作要求，而陆机的《功臣颂》在“褒贬杂居”上违背了颂文体只褒不贬的原则，所以受到了刘勰严厉的批评。但文章认为，这并非对《功臣颂》创作成就的笼统否定，而是有着一分为二的折中态度，即在内容上肯定了其中歌功颂德的部分，在形式上也没有彻底否定《功臣颂》的艺术成就。

在本期“剖情析采”栏目下，首先是朱文民先生的《〈文心雕龙〉之体势论》一文。正如朱老师所说，对于刘勰的文章体势理论，“龙学”界一直没有取得完全一致的意见，因而颇有认真研究的必要。尤其是刘勰的“势”字，笔者也一直觉得颇难准确把握。朱老师认为，就文论而言，“势”在文家笔下；就兵学而言，“势”在战争指挥者的谋略之中，因此，“体”在客观中，“势”在主观内。笔者觉得，这一说法视野较为开阔，对进一步理解刘勰的体势论是有帮助的。朱老师特别指出，在《孙子兵法》中，《形篇》在前，《势篇》在后；在《文心雕龙》中，《体性》篇在前，《定势》篇在后，这都不是偶然的巧合，而是刘勰有根有据的安排。他认为，刘勰的宗经，并不仅仅是宗儒家之经，孙武《兵经》各篇严密的逻辑结构和珠玉般的辞藻，也是刘勰可“宗”的范例，“因而刘勰《文心雕龙》中的‘体’，也就是孙武《兵经》中的‘形’”，刘勰给“势”下的定义“不仅源于《孙子兵法》，就是连《定势》篇的有些事例也来自《孙子兵法》”。

基于这样的认识，朱老师指出，“势”在军事学上可以称为军队布阵形势，简称阵势；在文章学上，可以称为文章体势，或者简称文势。“刘勰主张文势变化之无穷，目的就是为了提高作品的感染力，以征服读者为目的。作家在不同的文体里，无论是一派柔情，缠绵悱恻，还是慷慨激昂，义正词严，都是情的需要，都是为了打动读者。只要使文章能有感染力，无论刚柔，皆为任势。一位伟大的作家总是因情立体，因体变势，按照势之自然旨趣，以掌握其文学创作规律，这是文学创作的重要原则。”应该说，这些认识都是颇有见地的，有助于我们抓住刘勰“定势”思想的基本内涵。

其次是吕枫云的《遒：中国古代文论的一个独特范畴》一文。“遒”是一个很容易被忽略的文论范畴，正如本文所说，“遒”从日常用语进入文艺理论，经历了从先秦到魏晋南北朝的漫长历史时期。在六朝以前，“遒”的用法集中于本义及其引申义，到了魏晋之际开始在文论中出现，并随着人物品藻的流行，得以脱离一般语境而具备抽象的评鉴意义，广泛渗入六朝文艺批评的各个领域。那么，“遒”的本义以及引申义都是什么呢？作者通过检索中国基本古籍库，对隋以前古籍中“遒”字的用例进行分类归纳，将其义项分为若干种，按用例数量从高到低排序，由此对其各类语义及其引申情况进行了直观把握，如作“超逸、卓拔”义有 15 条，作“急迫或迫近”义有 14 条，作“终尽”义有 11 条，作“美好”义有 7 条，作“完备、大成”义有 6 条，作“聚集”之义有 4 条，作“强健有力”义有 2 条，作“坚固”义有 1 条等。文章进而指出，“遒”由急迫、行进的本义引申出聚集、坚固、终尽、完成、美好、劲健之义，并在人物品鉴风气的影响下，发展出超逸、卓拔等更为抽象的内涵，最终实现了从一般用语向文论术语的转化，成为文艺批评领域中的一个独特范畴。显然，这一研究有着较为扎实的文献基础，因而可望得出令人信服的结论。

如《文心雕龙·风骨》有“风力遒”的说法，多数研究者不觉得有什么难解之处，但是否如此呢？本文指出，此处的“遒”相对于骨力之强劲来说，更强调意气之骏爽，突出神采的方面而非形质的方面，当解作“超逸”；此前学者多将“遒”理解为劲健，而对“遒”这一概念所蕴含的风神、风采之高蹈远扬有所忽略。文章认为，“遒”的这类用法从人物品评而来，并在此一时期的书画理论中均大量出现，其与风韵、风姿、风仪的关系更为紧密，往往形成“遒上”“遒迈”“遒逸”“遒雅”“遒举”“遒越”等词语，而少与“劲”“健”组合。这种对神韵风采、精神气度之英特俊迈、清逸洒脱的高扬，正是魏晋南北朝时代崇尚风神韵度的审美风尚的鲜明体现。同时，“遒”与“风力”的连用，又是刘勰提倡文章力度和刚健风貌的体现，为“遒”之美学内涵从“气”的圆融转向“力”的强劲提供了依据，为后世文论将“遒”与“壮”“健”“劲”等表示力量的词联合使用奠定了基础。应该说，这样的解说较之一般“劲健”的理解显然是更为细致而准确了。

文章还对六朝之后“遒”的语义演变进行了较为清晰的概括。作者指出，在一个历史阶段内，从语言运用的静态、数量的角度看，“遒”的含义呈现出不偏不倚、多元并存的局面，而从动态、质量的角度看，则表现出优美婉丽向刚健壮大转变的趋势，这正体现了“遒”的美学内涵在唐代的过渡性特征，即其原有的神韵、风采、意趣方面的光芒逐渐被掩盖，而代表骨力劲健的质实一面逐渐凸显并凝固下来，并在宋代得到进一步发展，最终完成了由气韵、神采、风度向形质、骨格、力度的转型，尤其是南宋以后逐渐凝固为一种基于形质而不是神韵上的骨格劲挺、笔力雄健、结字精警，具有高峻豪宕、奇崛峭拔、苍劲雄直的审美特征。这也体现了由魏晋南北朝到唐、宋审美风尚与理想的转变。

值得一提的是，枫云这篇文章在初稿完成后，适逢《北京大学学报》2021 年第 4 期发表了李飞的《论六朝时期“遒”作为文艺批评概念的四种意义》一文，她在认真研读该文之后，对自己的文章进行了数次修改，最终成为现在的样子。笔者觉得，这是一篇值得鼓励的研究生习作，尽管其中难免一些稚气和不成熟的地方，但总体而言，该文呈现了新一代研究者的灵活和生气，令人鼓舞。

在本期“知音君子”的栏目下，首先是“龙学”前辈、曾担任中国《文心雕龙》学会副会长的缪俊杰先生的《论刘勰〈梁建安王造剡山石城寺石像碑〉的文学价值》一文。缪先生对很少有人关注的刘勰《梁建安王造剡山石城寺石像碑》一文进行了认真研究，提出要重视刘勰这篇作品的文学价值，这无疑是非常有意义的。他认为，杨衒之的《洛阳伽蓝记》和刘勰的《石像碑》是魏晋南北朝时期佛教文学双璧，“杨、刘之文章，在文学上的价值地位，伯仲之间耳”，但一般文学史著作或论文，除《文心雕龙》之外，谈到魏晋南北朝的佛教文学时，只提到杨衒之的《洛阳伽蓝记》，很少人去论述刘勰的《石像碑》。“这是一个天大的遗憾，真正的‘遗珠’之憾”，缪先生此文，就是想引起文学史家们的注意，“把这颗‘遗珠’拾起来，让刘勰的这颗‘文学之珠’在中国文学史上放出光彩”。缪先生指出，作为一篇具有文学价值的作品，刘勰的《石像碑》具有三个重要特点：一是记录历史，真实可信；二是艺术描写，文采飞扬；三是气韵生动，启人心智。笔者也觉得，《石像碑》在这三方面确实都很出色，是值得我们予以充分重视并加以认真研究的。

其次是魏伯河先生的《刘勰文学发展观述论——兼答韩湖初先生对“商周文学顶峰论”的否定》一文。文章指出，古人之所谓“文学”既与当今之“文学”有异，其“文学发展”也必然与当今之“文学发展”有所不同；这种不同，主要就是古代之“文学发展”是指整个文化学术的发展变化，其中包括文学，也与其他的学术文化、政治制度密不可分。魏先生强调，刘勰的思维方式带有经学思维的明显特征，他的论“文”，以“征圣”“宗经”为“枢纽”，在“论文叙笔”中将各类文章都追溯到儒家经典，其“割情析采”也处处以儒家经典为标尺，因而刘勰的学术价值取向，其实是崇实黜虚，亦即崇儒黜玄。“今人或以为刘勰尊经崇儒限制了他的文学天才，否则的话《文心雕龙》会写得更好，殊不知儒家经典恰恰是他当时进行学术研究所能掌握的最得力的理论武器。没有尊经崇儒，便不会有《文心雕龙》，即便有之也将与我们所见大为不同。”

魏先生认为，刘勰之征圣、宗经不是可以简单否定的。“大抵古人所做选择，每有其只能如此或不得不如此之理由。刘勰选择征圣、宗经，一方面固然出于他对儒家圣人和经典发自内心的崇拜，另一方面，他要扭转文坛颓风，正末归本，在当时并没有比儒家经典更有力的理论武器”，因而“真要治国平天下，并使文风归正，只能依靠儒家经典”。本文还借鉴“轴心时代”的概念，以此来回顾、扫描中国传统社会“以经为纲”的历史和人们“经学思维”的普遍现象，并从中找到一个相对合理的解释。“在这种视角下，刘勰的文学发展观之所以受宗经思维的严重制约，乃至以五经产生的商周时代为文学发展的顶峰，便不是完全不可思议，而是有其内在的依据了”。

本期“学科纵横”栏目下，是两篇“龙学”博士后的论文。首先是黄诚祯博士的《王利器与杨明照“龙学”研究异同论——从徐复观的“褒杨贬王”倾向谈起》一文。王利器与杨明照两位先生是我们熟知的“龙学”大家，尤其是在《文心雕龙》的文本校勘上做出了巨大贡献。但据诚祯研究，徐复观先生对于王利器的《文心雕龙校证》存在着较为明显的误解，且透露出一种鲜明的“褒杨贬王”倾向，这确是值得研究的。诚祯认为，徐氏对于王利器的批评，与批评其师黄侃一样，并非由于海峡阻隔所形成的意气之争，而是出于学术为天下之公器的考虑；最根本的原因，是此间涉及“新儒家”的治学宗旨，实为“箭在弦上，不得不发也”。文章指出，

“不管是牟宗三抑或是徐复观，在熊十力的影响下，他们的治学均主张以‘生命’为中心，崇尚儒家思想，尤其是推重宋明理学，极力反对考据，进而抨击以胡适、傅斯年为代表的“中央研究院”的治学理念。这种主张，落到徐氏的《文心雕龙》研究中，便是对于王利器的严厉批评。”笔者以为，这种跳出“龙学”看“龙学”的做法，对研究徐复观这样的文化大家的有关“龙学”成果而言，确是非常必要的。

当然，诚祯的重点是比较两位“龙学”大家的成就。他认为，《校证》与《拾遗》，恰如《文心雕龙》校注史上的双子星座，对它们的评价，不能简单地判定优劣，而是应当结合两人的优长，综合比较分析。正是在这种认真分析的过程中，体现出本文非常扎实的“龙学”功底。如就两书所录版本而言，杨氏所依据的版本数量看起来远比王氏要多，但实际上，“具体到《文心雕龙》的校勘操作时，所依据的关键性版本资料，其实不出唐写本、宋《太平御览》《玉海》、元至正本、明代诸本及清纪昀、黄叔琳辑注本等若干种。”又如明代《文心雕龙》版本颇多，“杨氏经眼的明代写本一种，单刻本十四种、丛书刻本七种，选本十三种，校本二种，合计三十七种，确实比王氏要多”，但比较重要的版本，如冯允中本、汪一元本、张之象本、王惟俭本、梅庆生音注本等，王氏实际上也已经搜罗殆尽，足以保障校勘工作的顺利开展。因此本文认为，在实际操作过程中，个别王氏所无而杨氏经眼的材料，对于文字校勘的最终裁定，虽然具有一定的参照作用，但并无重要的特殊价值。文章还特别指出了王、杨二书各自具有不同的学术价值，并分析了其所以具有不同风格的原因：“杨明照后来考入燕京大学，师从郭绍虞进一步深造，而王利器后来则进入北京大学，师从傅斯年攻读研究生学位。不同的问学之路，直接导致了两人治学风格的差异。”同时，“尽管存在差异，《校证》却并不因《拾遗》的存在而挫其锐，而《拾遗》亦不因《校证》的优长而销其光，二书合而观之，恰能收到迭相辉映、优势互补的效果。”

其次是冯斯我博士的《唐僖宗初年〈文心雕龙〉传入日本考略》一文。文章指出，无论是日本还是国内，尚未有学者就《文心雕龙》何时传入日本问题进行专门考证。“一般来说，日本学者们都以宇多天皇宽平年间（889—897）藤原佐世辑录的《日本国见在书目录》为依据，认为《文心雕龙》一书正式传入日本的时间为平安朝（794—1185）初期，空海《文镜秘府论》（809—810）中对《文心雕龙》‘声律’篇只是间接引用。”本文则爬梳大量原始文献资料，在比较空海《文镜秘府论》、都良香和菅原道真与《文心雕龙》关系的基础之上，对《文心雕龙》一书传入日本的时间进行了重新考论，从而有助于我们对《文心雕龙》在日本的传播与影响有新的认识。

关于《文镜秘府论》与《文心雕龙》的关系，文章认为《文镜秘府论》的思想体系确实受到《文心雕龙》的影响，具体有八个方面：一是《天卷》和《西卷》的“序”受刘勰“原道”思想的影响；二是《天卷·四声论》直接引用《声律》篇原文，并附有评论；三是《南卷·论体》所倡的“六体”说与刘勰在《体性》篇概括的“八体”说相似；四是《东卷·论对》言文之对偶，与《文心雕龙·丽辞》篇有共通之处；五是《南卷·定位》之论旨，系以《文心雕龙·熔裁》篇为蓝本；六是《南卷·论文意》述作文之要旨，与《文心雕龙·神思》篇大旨相近；七是《地卷·十七势》吸收刘勰《定势》篇思想；八是《地卷·九意》以四言韵文行文，与《文心雕龙》四六骈文的言语形式相仿。文章以此说明，“早在明确著录有《文心雕龙》且标明是刘勰撰的《日本国见在书目录》（891）之前，空海在《文镜秘府论》（809—810）中不仅间接援引《文心雕龙·声律》篇大段的文字，而且，在关于文学产生、文学创作构思和具体写作等方面明显受到刘勰《文心雕龙》的影响。”同时，文章还指出，空海之后的汉学大家都良香（844—879）、菅原道真（845—903）有关声律理论的一些思想也与刘勰《声律》篇有着渊源关系，尤其是都良香还以“刘勰云”字样，直接引用《文心雕龙》中的语言。因此，本文认为，《文心雕龙》一书最迟在9世纪70年代，已经在日本宫廷贵族文士中有一定范围的流传。

在“文场笔苑”栏目下，首先隆重推出英年早逝的鲍思陶教授的《用典论——中国古典诗歌创作论之四》，这是由倪志云教授整理的鲍先生遗著《中国古典诗歌创作论》一书的第四章。如该章所说，用典是古典诗歌创作的一个重要手段，而要阅读欣赏古典诗歌，也需对诗中的用典尽可能了解，才能更好地理解诗意和诗艺。文章认真分析了诗歌用典的种种好处，一是用古人或故事为比以寄意，可以简洁而恰当地表达自己的志尚和性情；二是用古人或故事为比以托喻，概括或委婉地表达对于他人他事的褒贬品评，或讽刺批判；三是援古以证今，鉴古以论今，对现实作历史的思考，以抒发感时抚事的忧乐之情；四是写景咏物诗，摹写景物之外，如果也用切合此景此物的事典或语典，可以使语言更精炼，可以在有限的字句空间内包含最大的信息量，从而拓展意境，丰富诗的内容和情趣；五是取用或化用前人诗文词句，雅化作品词采，添加作品意蕴，从广义上说也是用典，只是习以为常、习焉不察了。

该文并非一般用典的泛泛之论，而是其中不乏鲜活的学术新见。如关于李商隐《锦瑟》中著名的“沧海月明珠有泪”之句，其所据何典，钱锺书先生曾沿清人朱鹤龄等注，采“鲛人泣珠”故事。本文则认为，以“玉”对“珠”，以“沧海珠”与“蓝田玉”两个意象属对，并非李商隐的创造，而是化用前人诗赋的既有意象：《荀子·劝学》已有“玉在山而草木润，渊生珠而崖不枯”的比喻，陆机《文赋》“石蕴玉而山辉，水怀珠而川媚”，即用《荀子》的典故为对句；唐代与李白有交往的魏万，其存世诗作《金陵酬李翰林谪仙子》开篇有“君抱碧海珠，我怀蓝田玉”，杜甫诗也有对句云“盈把那须沧海珠，入怀本倚昆山玉”；《锦瑟》“沧海”一联，显然也应是参照魏万及杜甫诗语而得句。“用典论”中类似颇具功力的考论不时可见，体现了鲍先生及其整理者倪教授非凡的学识。

特别值得一提的是，《中国古典诗歌创作论》一书乃鲍思陶教授去世多年之后，倪先生不忘老友之嘱托，全力整理完成的一部书，虽署名鲍先生，实则具二人合著性质。尤其是本期所发“用典论”以及下期将发的“鉴赏论”这两章，更由倪教授“补撰完成”。对倪教授这一行为，笔者知之颇早，但在他真正完成之后，笔者不禁思忖良久，自问假如有人托我，我可以做到这样吗？信守朋友之约，忠于朋友之托，完成朋友之愿，虽然不是每个人都能做到，相信做到的人还是有不少，但假如所托是一部书，这对一个学者、一个文人来说，能够完成的有多少？或许，首要的问题可能还不在于能否完成，而在于能否找到所托之人，尤其是对才华横溢的鲍先生而言，谁又堪为所托？以此而言，志云兄看似古道古风的侠义之举，如此不计个人得失的仁厚之行，实则诠释了一曲新的高山流水，岂止令人称赏乎！

其次是桑农的《旧学商量加邃密，新知培养转深沉——李平〈范文澜《文心雕龙注》研究〉简评》一文。从2020年底至2021年6月，李平教授相继推出两部研究范注的大著，《范文澜〈文心雕龙注〉研究》便是其中的一种。非常荣幸的是，本刊第五、六辑曾分别发表过其中的两章，笔者在第六辑的“编后记”中说过这样的话：“读完这篇大作，我觉得能够如此精读范老文化学社本《文心雕龙注》，并以之与讲疏本进行详细比较，从而完全把握其注疏演变情况者，惟李平先生一人耳！范老地下有知，其当惊知己于千古乎！”那时候笔者并不知道李平兄于范注有如此庞大的研究规划，更没有想到有如此重大的研究成果。否则，此时再说“惊知己于千古”，更令人感同身受了。

桑农的简评，总结了李平兄大著的一些特别贡献，如“范注”的底本问题，按照范先生自述，乃以清代黄叔琳《文心雕龙辑注》为底本无疑，但《辑注》有不同的版本系统，杨明照根据范注屡将黄叔琳批语误为纪昀评语，指出底本当是“坊间流俗本”，并认为可能采用的是《四库备要》本。“本书通过细致地考证，断定为1915年出版的扫叶山房石印本。这个底本的确定，不仅可以给出时间上的合理解释，也解决了杨明照举出的错误以及其他讹失的来源。”又如关于人民文学出版社《文心雕龙注》的修订人，“作者也是将开明书店版与人民文学版放在一起比勘对照，逐一考察了五百余条订补，将其分为增补、订误、完善、厘正四大类，充分肯定了王利器对‘范注’的贡献”，从而揭秘了一段重要的学术公案。不过，笔者觉得，只有“简评”还是远远不够的，范注固为名著，李平兄的大力研究则不仅是对范注的弘扬，更是“龙学”深入发展的重要标志之一，因而值得进一步总结。

良德记于辛丑年腊月

稿　约

《中国文论》是由山东大学儒学高等研究院主办的以《文心雕龙》研究为中心的中国文论研究集刊。我们认为，中国文论是对中华文章的解读、概括和认识，因而这里的“文论”不完全等于近世以来的“文学理论”。本刊不仅着眼中国文论的研究，也注重文论与各类文章的联系以及对文章本身的探索，注重中华文脉的承继和发扬。以对中国文论的把握和阐释为中心，关照并联系中国文论赖以产生的经济、政治、思想、文化根源以及文章、文学风貌，甚至鼓励尝试古诗文辞的练笔和创作，以体现“文心雕龙”的真意，将是本刊的追求和特色。

本刊欢迎各位同仁赐稿。兹就有关问题说明如下：

一、来稿字数不限，既欢迎短小精悍的佳作，亦不拒洋洋洒洒的长篇；然无论长短，均需作者独立创获，文责自负。

二、来稿请在文前加500字以内“摘要”和不超过5个“关键词”。

三、来稿请用WORD排版，简体横排，单倍行距，正文用五号宋体，独立分段引文用五号楷体。

四、稿件所有引文均需详细注明出处，并保证准确无误。

五、注释请采用脚注（即页下注），每页重新编码，用①②③……注释的要素和格式，示例如下：

①［唐］姚思廉：《梁书》，北京：中华书局1973年版，第712页。（文中再次引用本书可省略出版信息，简化为：［唐］姚思廉：《梁书》，第713页。下同。）

②［唐］杜甫：《偶题》，［清］仇兆鳌：《杜诗详注》，北京：中华书局1999年版，第1541页。

③［宋］晁公武撰，孙猛校证：《郡斋读书志校证》，上海：上海古籍出版社1990年版，第517页。

④［梁］刘勰：《文心雕龙·原道》，范文澜：《文心雕龙注》，北京：人民文学出版社 1958 年版，第 1 页。

⑤ 王重民：《中国目录学史论丛》，北京：中华书局 1984 年版，第 134 页。

⑥［美］勒内·韦勒克、奥斯汀·沃伦著，刘象愚等译：《文学理论》，南京：江苏教育出版社 2005 年版，第 158 页。

⑦ 牟世金：《〈文心雕龙〉的总论及其理论体系》，《中国社会科学》1981 年第 2 期。

⑧ 庞朴：《一分为二，二合为三——浅介刘咸炘的哲学方法论》，《国学研究》第 11 卷，北京：北京大学出版社 2003 年版，第 123 页。

⑨ 曹顺庆：《〈价值理性与中国文论〉序》，刘文勇：《价值理性与中国文论》，成都：巴蜀书社 2006 年版，“序”，第 3 页。

⑩ 张清俐：《形成〈文心雕龙〉研究的中国学派》，中国社会科学网 http://ex.cssn.cn/zx/bwyc/201803/t20180323_3885240.shtml，2018 年 3 月 23 日。

六、来稿请于文末注明作者详细通讯地址、邮政编码、联系电话以及电子邮箱。

七、来稿一个月内即决定刊用与否并作出回复，除作者特别要求外，一般不退稿，请自留底稿。

八、本刊拟用稿件，编辑有删改权，不同意删改者，请来稿时申明。

九、来稿一经采用，酌奉薄酬，并寄赠样刊两册。

十、本刊联系方式：

电子邮箱：zgwlck@163.com，zgwlck@126.com

通讯地址：山东省济南市山大南路 27 号

山东大学儒学高等研究院《中国文论》编辑部

邮编：250100